LES ÂMES RÉVOLTÉES

Paul Sheldon

LES ÂMES RÉVOLTÉES

Roman

© Édition : Sheldon
Impression : Libri Plureos GmbH,
Friedensallee 273,
22763 Hamburg (Allemagne)
Dépôt légal : Mai 2025
ISBN : 978-2-901224-32-7

Je dédie ce livre à mon père, qui partageait avec moi son amour pour la Chine et qui, par ses choix de vie, a profondément transformé la mienne.

Remerciement

Je remercie Madame Mull Marie pour son soutien tout au long de l'écriture de ce roman, pour la finesse de sa lecture, la pertinence de ses remarques et la justesse de ses critiques, qui m'ont aidé à progresser et à affiner mon travail.

Avertissement au lecteur

Ce livre est destiné à un public adulte et interdit aux moins de 18 ans. Il aborde des thèmes et contient des scènes susceptibles de heurter la sensibilité des lecteurs, notamment en raison de leur violence physique et psychologique. La lecture de cet ouvrage est déconseillée à toute personne qui pourrait être perturbée par ces sujets.

Nous étions trois, et le monde nous appartenait. Maintenant, il ne reste plus que cette image, fragile témoin d'un bonheur qui semble si loin.

Chapitre 1

Les âmes perdues

République Populaire de Chine, Hangzhou, 16 septembre 1968

Obscurcie par la brume, l'aube était lourde d'humidité. En file indienne, la quarantaine de minibus, aux contours estompés par la lumière laiteuse, s'engagea lentement sur la vaste place. Le grincement de leurs roues sur le gravier évoquait un craquement d'os brisés. Leurs carcasses métalliques s'alignèrent avec une précision militaire. Les portes s'ouvrirent dans un râle de rouille, et les chauffeurs, vêtus d'uniformes bleu délavé, descendirent d'un pas pesant.

Serrées les unes contre les autres, les silhouettes des futurs rééduqués se fondaient dans le brouillard, qui s'effilochait. Ils tenaient leurs valises et chuchotaient à voix basse. À voir leurs visages pâles, on aurait cru que même l'air s'imprégnait de leur chagrin.

Soudain, les enceintes de la place grésillèrent, suivies d'un tapotement discret sur un micro. Tous les regards convergèrent vers les haut-parleurs. Une voix rocailleuse et déformée déchira le silence :

— Chers camarades résidents, aujourd'hui, vous, la génération pure, vous vous êtes portés volontaire pour être rééduquée afin de lutter contre le révisionnisme, qui a depuis trop longtemps frappé le Parti. Vous allez, par votre choix enthousiaste et audacieux, donner un nouvel élan à la révolution, pour briser le carcan du vieux monde ! Soyez fiers de votre action ! Soyez fiers d'être de bons communistes !

Un coup de sifflet strident traversa la place, et les gardes rouges du comité révolutionnaire de l'Université de Hangzhou, armés de matraques et le visage dénué de toute émotion commencèrent à appeler les gens un par un. Ces gardes rouges se percevaient comme l'élite, ceux laissés à l'écart de la sélection.

La purification idéologique, disaient-ils… n'était qu'un prétexte. Ils envoyaient à la campagne ceux qu'ils considéraient être leurs adversaires les plus féroces, tout en prétendant qu'ils étaient les plus dévoués à Mao. Impitoyables, les gardes rouges de cette université de Hangzhou se battaient pour la domination de la ville. *Moi, je les voyais, ces jeunes embrigadés, imposant leurs idées sous prétexte de lutter contre les « contre-révolutionnaires ». Ils revenaient d'une guerre fratricide qui avait duré plusieurs semaines, une lutte sanglante, menée pour le pouvoir et l'influence. S'ils n'avaient pas pris le contrôle des autres clans, ils auraient eux-mêmes été envoyés dans cette sélection.*

Lorsque le sifflet cessa de résonner, une bousculade générale éclata. J'étais perdu et terrifié.

Je savais de quoi ces monstres étaient capables, ayant été témoin des atrocités qu'ils avaient semées. Je balayai les environs, cherchant désespérément mes camarades de classe, ou au moins mon ami Chin ii. Mais il n'y avait personne. C'est à ce moment-là, dans le chaos ambiant, que j'entendis mon nom.

Prête à tout engloutir, une nausée sourde monta en moi. Je cherchai alors celui qui m'avait appelé, mais dans la foule, je ne distinguais rien ni personne, seulement des visages indistincts qui se dissolvaient dans le tumulte.

— Yáo Jun, du quartier de Binjiang ! réagit de nouveau la voix.

Je me retournai précipitamment et levai la main. Le visage marqué par la colère, il me désigna du bout de sa matraque :

— Dans ce minibus-là ! Dépêche-toi de monter !

En montant à bord, une odeur âcre d'éther et d'amertume me brûla les narines. Tout comme moi, la plupart des jeunes étaient marqués par la peur et l'angoisse. Me frayant un chemin à travers la rangée de sièges, je pris place côté vitre pour observer. Il était interdit de parler.

« *Vous vous êtes porté volontaire pour être rééduqué.* » Ses mots suscitèrent en moi une vive exaspération. Je n'avais jamais accepté quoi que ce soit, et pourtant, je me retrouvais assis dans ce minibus en partance, contraint de subir cette rééducation forcée, entouré de tous ces salopards.

Je souriais en silence, sincèrement ravi de voir ces pourritures perdre pied et se morfondre.

La plupart avaient sans doute dénoncé leurs proches pour une simple critique de Mao où tabasser des gens. Personne, qui avait ensuite été exécutée ou envoyée dans un camp de rééducation. Oui, ils avaient probablement participé à des lynchages publics, voire tué des gens.

Heureusement que j'avais échappé à tout ça. Dès les premières lueurs de l'idéologie, lorsque les écoles avaient commencé à fermer, mes parents m'avaient interdit de sortir et de fréquenter mes amis, du moins pendant un moment.

Mes parents ne pensaient et ne vivaient que pour la musique. Toutes les idéologies de la propagande communiste que nous étions forcés de subir et d'accepter à l'extérieur n'étaient jamais entrées chez nous. Seul persistait un portrait de Mao dans la salle à manger, et ce, uniquement pour faire bonne figure lorsqu'on recevait des amis ou des personnes extérieures au cercle familial.

Je mordis l'intérieur de ma joue pour empêcher les larmes de couler. Je ne voulais pas leur faire ce plaisir. Je n'avais rien à faire ici, et pourtant, j'y étais. Le seul crime que j'avais commis, c'était d'avoir eu des parents professeurs de musique.

D'un geste machinal, j'essuyai la buée de la vitre avec la manche de ma veste. La place était désormais vide. Un coup de sifflet donna le signal.

Les vibrations du véhicule nous firent danser à la même mesure, et c'est à cet instant que je vis Chin ii.

Elle était dans le minibus d'à côté. Lorsqu'elle tourna la tête et me remarqua, elle se leva brusquement. Je pouvais ressentir sa détresse, et la peur qui se lisait sur son visage. Elle non plus n'avait jamais été un garde rouge.

Son père, dentiste, était détenu dans un camp et avait fréquenté le cercle qui soutenait Liu Shaoqi, l'ex-président, celui qui avait osé critiquer les politiques économiques radicales de Mao pendant le Grand Bond en avant. Il était toujours en prison, soumis par ses tortionnaires, qui l'obligeaient à des séances d'accusations, de sévices corporels et de torture psychologique.

Alors, en la voyant, je ne pus retenir mes larmes. Je plaçai délicatement ma paume contre la vitre froide, et elle fit de même, nos mains se rejoignant dans ce silence partagé. Nous étions ce qu'on appellerait plus tard « les âmes perdues », ceux qui avaient subi les dommages collatéraux de l'idéologie de Mao.

Empruntant chacun des chemins différents, les minibus bruyants quittèrent les lieux en file indienne. Nous avons mis cinq heures pour rejoindre la province d'Anhui. Le trajet fut pénible et désagréable.

Durant ce laps de temps, une jeune fille avait attiré mon attention, car elle manipulait un briquet Zippo. Vêtue d'un pantalon bleu et d'une veste en toile, ses cheveux noirs, coupés court, encadraient son visage pâle et amaigri.

Durant la Révolution culturelle, les produits venant de l'Occident étaient très mal vus et donc difficilement trouvables. Avoir un tel briquet relevait du miracle.

Elle fut l'avant-dernière à sortir. Je ne pus m'empêcher de remarquer la tension qui émanait de son corps frêle. Le désespoir intense qui s'était lu dans ses yeux m'avait profondément touché.

Dans ce moment de profonde incertitude, sachant qu'elle ne reviendrait sûrement jamais et que chaque syllabe qu'elle prononcerait deviendrait une trahison, elle me dit son nom avant de descendre : « Je m'appelle Yang Lojin ». Ses mots, fragiles, tels des pétales de pivoine portés par la brise, flottèrent un instant avant de se perdre dans le grondement du moteur. Tandis que nous quittions les lieux, j'aperçus les hommes venus l'accueillir.

L'un, grand et maigre, au visage buriné et creusé par des rides profondes, portait des cheveux parsemés de mèches grises, relevés en queue de cheval. Sa veste en coton brun, élimée et avec des boutons remplacés par des nœuds de ficelle, complétait son apparence. Le deuxième, plus jeune, avait les joues creuses et des bras noueux, signe de privations. Le dernier, frêle et ressemblant à un gamin, avait un teint plus clair et une veste aux coudes troués, son pantalon retenu par une corde et couvert de taches de terre séchée.

Chargés de sous-entendus, leurs sourires pernicieux trahissaient ce désir malsain, avide, de la posséder.

Ils se réjouissaient de l'opportunité qui s'était offerte à eux. « *Une proie si fragile et fraîche, fournie par le Parti. Pourquoi s'en priver ?* », avaient-ils sûrement pensé.

J'inclinai la tête. À présent, j'étais le dernier passager. Emprisonné dans une bulle de tristesse, je me sentais isolé, à l'écart du monde qui continuait de tourner sans moi.

Mon front contre la vitre, épuisé, je m'enfonçai dans un sommeil sans rêves. Je ne vis pas la nuit, qui, tel un voile funèbre, avait commencé à draper le paysage de sa robe glacée.

Le chauffeur freina brusquement. Réveillé et encore troublé par mon sommeil, j'aperçus un homme au milieu de la route. À travers le pare-brise illuminé par les phares jaunes, il s'approcha de la portière côté conducteur et interpella le chauffeur. Portant un baluchon sur l'épaule et une lampe à pétrole à la main, l'homme avait eu pour mission de m'escorter à travers les méandres tortueux et dangereux des « Monts Huang ».

Au moment où je me levai, une silhouette se dessina dans l'ombre à l'arrière et commença à bouger lentement. Un jeune homme, grand et assez costaud, se leva péniblement. Il passa ses doigts dans ses longs cheveux ébouriffés, bâilla, puis attrapa sa valise.

— Ce n'est pas trop tôt. Je commençais à avoir des crampes, avait-il lâché en passant à côté de moi.

À côté de lui, avec mes 45 kilos et mes lunettes cerclées, je me sentais misérable. De plus, il avait laissé échapper un léger sourire en me voyant, ce qui m'avait aussitôt mise mal à l'aise. *Pour qui se prenait-il, cet abruti ?* pensais-je.

Il faisait déjà froid dans le minibus, mais dehors, je sentis la morsure glaciale.

Je sursautai au bruit sec de la porte du minibus qui se fermait. Le chauffeur ne tarda pas à reprendre sa route, me laissant seul avec ces deux inconnus.

D'un seul coup, le labyrinthe obscur et étouffant de la nature, plongé jusqu'alors dans un profond silence à cause du vrombissement du moteur, reprit ses droits. Chaque oiseau, chaque insecte, chaque créature, qui s'était tu un instant, se libéra soudainement dans un déluge de sons.

Notre guide affichait des traits rugueux et une expression patibulaire. Son mandarin, haché et émaillé d'un accent marqué, annonçait ce qui nous attendait : un monde perdu, oublié et noyé dans la superstition, où l'art et la culture ne s'étaient jamais donné rendez-vous.

Sous la lumière vacillante et fragile qui nous précédait, les jambes lourdes et les poumons gelés, nous avancions prudemment, dominés par l'obscurité qui nourrissait ma peur. Le souffle court, je scrutais la nuit, chaque craquement, chaque bruit, me nouait l'estomac. Mes pas peinaient à s'imposer sur les pierres glissantes et les épines acérées des végétaux qui encombraient notre chemin.

Les échardes, les corniches, les crevasses, la boue et les racines tortueuses semblaient conspirées contre nous.

Soudain, mes pieds dérapèrent, et je faillis m'effondrer. Notre guide se retourna : « Si vous tombez, moi pas ramasser vous ! » grogna-t-il d'une voix rocailleuse.

S'aventurer seul dans ces sombres abysses, c'était s'abandonner à la mort elle-même. Alors, malgré ma frustration, je me retins de lui répondre.

Mes chaussettes étaient gorgées d'eau jusqu'aux mollets, et la boue tenace s'incrustait dans les fibres. Le froid, s'était engouffré sous mon pantalon, serpentait sur ma peau et gelait mes os. J'étais épuisé et je n'avais qu'une seule envie : m'allonger et fermer les yeux. C'est alors que, au loin, de faibles points lumineux commencèrent à scintiller. Le village. Nous y étions enfin.

Dès notre arrivée, les villageois se précipitèrent vers nous. Chacun d'eux portait une vieille lampe à huile dont la lumière chancelante perçait à peine l'obscurité. Ils souriaient tout en nous dévisageant.

Nos vêtements étaient tellement différents des leurs que j'avais l'impression que nous venions d'un autre temps.

Nous étions en pantalons, chaussures en cuir et chemises blanches sous des vestes, tandis qu'eux portaient des pantalons sales et larges, des sandales et des peaux de mouton drapées sur leurs dos. Oui, ils nous jugeaient, nous opposant à leur propre misère.

Escortés par la foule, nous pénétrâmes dans une maison. Le Cūn zhǎng[1], véritable pin centenaire au regard perçant, était assis en tailleur, vêtu d'une blouse bleue usée, près d'un foyer de charbon creusé à même le sol. Il nous observait à travers les milliers de rides profondes de son visage tanné par le soleil.

Lentement, il releva la visière de sa casquette verte arborant une étoile rouge pâlie pour mieux nous scruter. Derrière lui, un large portrait de Mao Zedong, encadré et orné d'une fleur en papier rouge, trônait sur le mur. La vitre avait été méticuleusement nettoyée et un autel d'offrandes avait également été disposé au pied du cadre.

Là, la fumée des bâtons d'encens plantés dans un bol en porcelaine blanche s'élevait lentement dans l'air chaud de la pièce.

Malgré la peur, mes orteils raidis par le froid et mon nez qui coulait à cause du changement de température, je me sentais un peu mieux près du feu.

Cette démonstration de ferveur communiste n'était qu'une façade. En nous accueillant avec tant de sollicitude, ils ne cherchaient qu'à se donner une image de villageois accueillants. Derrière leur

---

[1] Cūn zhǎng 村长, signifie « chef du village ».

empressement, nous percevions une sourde hostilité. Nous, les « intellectuels », représentions ce qu'ils détestaient le plus et craignaient naïvement : cette odeur de civilisation qu'ils leur faisaient tant défaut.

La propagande leur avait martelé que notre esprit était corrompu par des influences extérieures et que nous étions enclins à la contre-révolution. Bien que ces mots leur fussent étrangers et leur sens obscur, ils les avaient pris au sérieux, de peur que cela ne leur porte malheur.

Un homme efflanqué, marqué d'une cicatrice au cou, saisit nos valises et les déposa aux pieds du chef. Il les ouvrit, dévoilant leur contenu. Aussitôt, les villageois s'amassèrent autour. Sur la pile de vêtements soigneusement pliés, un cadre contenant une photo en noir et blanc de mes parents attira instantanément l'attention, en particulier celle des femmes qui se montrèrent plus curieuses que les hommes.

L'arrivée d'un homme arborant un collier de grosses perles noires fit taire brutalement les chuchotements de la foule. Dans une démarche lente et déterminée, il se fraya un chemin et s'arrêta au niveau de nos valises.

Son regard, chargé de malveillance, nous fixa avec une insistance troublante. Angoissé, je baissai la tête et jetai un regard furtif à mon compagnon de route. Je fus frappé par l'indifférence qu'il montrait face à la situation. Il s'était même mis à bâiller, insensible à la présence de l'homme.

Avant de plonger ses mains dans mes vêtements, l'homme au collier de perles s'empara brutalement du cadre de mes parents et le jeta au sol. La petite vitre se fendit, défigurant le couple d'un éclat zébré.

Une colère sourde m'envahit, suivie d'une vague d'inquiétude. Sous mes vêtements était caché un objet auquel je tenais précieusement. Je fermai les paupières, espérant qu'il passe à côté. Quel ne fut pas mon désespoir lorsque l'homme le découvrit.

Il le regarda un instant, puis le souleva. Rien qu'en voyant ses yeux, je savais qu'il ne comprenait pas ce qu'il tenait.

Nerveusement, je souriais, conscient du contraste évident entre la grandeur de mon roman et la simplicité de cet homme.

La foule se mit à murmurer. C'était la première fois qu'elle voyait un livre, ou plutôt un roman, un chef-d'œuvre de l'écrivain français Victor Hugo : *Les Misérables*.

L'exemplaire, qu'il tenait maladroitement entre ses mains calleuses, devait être, à ma connaissance, le seul traduit en Chine à l'époque, ce qui le rendait d'autant plus précieux, car tous les autres avaient dû être brûlés.

Le voir le tenir à l'envers ne faisait que renforcer ma première impression. Il était évident qu'il n'avait jamais vu de livre, tout comme la foule curieuse, maintenant excitée, qui se pressait autour de lui. D'un simple hochement de tête, son complice, l'homme à la cicatrice sur le cou, me désigna.

Le visage de l'homme au collier se durcit :

— C'est quoi, ça ? demanda-t-il, la voix râpeuse.

Il se mit à tourner le roman dans tous les sens pour en comprendre l'utilité. La couverture glissa sous ses doigts, lisse, presque trop douce pour être honnête. Il laissa échapper un petit grognement, à mi-chemin entre l'agacement et l'étonnement. Son poids l'étonna aussi.

Isolé et perché plus haut que les autres, le village des Hirondelles, où nous venions d'arriver, n'avait jamais connu de livre. Depuis la Révolution culturelle, en raison de son altitude et de son inaccessibilité, ses habitants, enfants comme parents, avaient été privés de toute forme d'enseignement et n'avaient jamais fréquenté l'école.

Cela avait considérablement augmenté l'illettrisme dans les régions pauvres, ainsi que dans les grandes métropoles. Partout dans le pays, ils avaient brûlé des livres, des bibles, des corans et toute autre œuvre perçue comme porteuse d'une idéologie étrangère, saccageant sans pitié bibliothèques, lycées, collèges et universités pour nourrir de gigantesques feux de joie.

Les doigts de l'homme effleuraient doucement les reliefs du dos ; cela le perturbait. Il se mit à suivre les contours avec son index, chaque mot calligraphié étant une nouvelle énigme pour lui.

D'une voix étouffée, il se mit à murmurer à lui-même :

— C'est peut-être un genre de... non, ce n'est pas ça...

Là, il me fixa sans cligner des yeux et, d'une voix tranchante, il me posa la question :

— C'est quoi ça ?

Je restai pétrifié, paralysé par la peur.

— Réponds, camarade ! Tu as perdu ta langue ?

Des larmes tracèrent des sillons sur mes joues sales. Je voulais répondre, mais je n'avais ni les mots ni le courage d'ouvrir la bouche. Comment lui expliquer que je détenais un livre interdit, un objet qui, selon la loi, méritait une sanction sévère, voire la prison ? Je n'étais pas prêt à affronter cela.

Soudain, d'un geste brutal, sa main s'abattit sur mon visage, faisant voler mes lunettes qui s'écrasèrent sur le sol de bois fendillé et poussiéreux. Lorsque je repris mes esprits, tout ce que je voyais n'était qu'une vision floue.

— Tu te moques de moi, espèce d'idiot ! Ça sert à quoi ? dit-il en hurlant.

Il s'apprêtait à me frapper à nouveau lorsque mon compagnon de route intervint soudainement :

— C'est un livre, camarade. Un livre qui raconte une histoire… poursuivit-il. Il a ses propres mots.

— Ses propres mots… murmura l'homme.

Aussitôt, le mot « livre » provoqua une vive réaction chez les villageois, qui se mirent à le répéter. La frayeur transparaissant dans leurs voix.

— As-tu déjà vu un livre, camarade ? lança mon compagnon, d'un ton malicieux et tranquille.
— Bien sûr ! Tu me prends pour un con !

Il renifla la couverture, inspecta de nouveau le titre gravé sur le cuir, passa sa langue sur la tranche et, en le manipulant avec précaution, l'ouvrit accidentellement. Sous la pression de ses doigts, les pages jaunies glissèrent, et la douce odeur du livre, un mélange de bois et d'encre fanée, fit frissonner les mèches de ses cheveux. Les milliers de mots calligraphiés sur le papier le laissèrent sans voix.

— C'est du dessin ?
— Non, c'est de l'écriture.

Il hocha lentement la tête, comme si ça ne faisait pas une grande différence. Puis il passa le doigt sur les lettres, doucement.

Tout d'un coup, la voix stridente d'une femme perça le silence :

— Il faut le brûler !
— Oui, brûlez-le ! Renchéris un homme.
— Brûlez-le ! Brûlez-le... ! s'écria aussitôt la foule devenue déchaînée.

L'homme au collier leva la main et tout le monde se tut :

— Des mots qui parlent ? C'est de la magie, ça ? Il y a un petit esprit à l'intérieur ?

— Non, camarade, ce n'est pas de la magie, répondit mon compagnon.

— Montre-moi.

Il le saisit. Cela faisait longtemps qu'il n'avait pas tenu entre ses mains un ouvrage aussi rare.

Les derniers livres qu'il avait touchés, il les avait brûlés. Il l'observa, laissant le poids des souvenirs l'envahir, et ouvrit un passage au hasard avant de lire à voix haute :

— *Cette soirée laissa à Marius un ébranlement profond, et une obscurité triste dans l'âme. Il éprouva ce qu'éprouve peut-être la terre au moment où on l'ouvre avec le fer pour y déposer le grain de blé...*

— C'est un manuel sur le blé ? demanda une personne dans la foule, en lui coupant la parole.

Au moment où il voulait lui répondre, une voix rauque chargée d'une fausse jovialité s'éleva à son tour :

— Du blé ? Mais qu'est-ce qu'il nous raconte là ? Ce n'est pas plutôt une histoire de lutte des classes ? dit un homme dont le visage me rappelait celui d'un renard.

Un rire nerveux parcourut la foule. Je baissai les yeux, amer. Ils ne comprenaient pas. Comment auraient-ils pu comprendre ?

— Ce roman parle d'un homme pauvre qui a volé un pain de maïs pour nourrir sa famille, reprit mon camarade, d'une voix qui prêta au silence. Il l'a dérobé à un ignoble bourgeois réactionnaire, ajouta-t-il avec véhémence, crachant sur le dernier mot comme une insulte, dans le but sûrement de s'attirer la sympathie de la foule.

Cependant, ses paroles ne firent qu'attiser la colère de l'homme au collier, qui le montra du doigt :

— Un sale petit réactionnaire bourgeois, comme toi ! hurla-t-il. Camarade, vous êtes ici pour travailler dur et être rééduqué, pas pour raconter une histoire de blé. Il s'empara du roman, et avec une attitude dédaigneuse, le jeta au sol avant de se pencher à nouveau sur ma valise.

Là, un petit garçon d'environ cinq ans s'approcha du roman. Un mélange de curiosité et d'inquiétude se lisait sur son visage. D'un doigt hésitant, craignant sans doute de le réveiller, il l'effleura.

Voyant que le livre ne l'avait ni mordu ni piqué, il rassembla tout son courage, l'attrapa et se mit à courir entre les jambes des gens. Les gens se mirent aussitôt à s'agiter. Ce que tenait l'enfant était d'une étrangeté telle qu'il n'en comprenait pas vraiment la nature. Voyant qu'il n'y avait pas de danger, un homme grand et maigre s'empara précipitamment du roman d'un geste vif, mais le perdit aussitôt au profit des mains chapardeuses d'une fille aux joues rondes, qui s'enfuit.

Dans un tumulte soudain, la foule s'enflamma. À présent, chacun désirait le toucher, caresser sa reliure, le peser, l'ouvrir, et même le lécher, dans l'espoir de découvrir son goût. Finalement, l'homme au collier le récupéra puis posa son regard sur nous :

— Écoutez-moi. Vous allez dormir dans l'ancienne maison des Zhou, à la sortie du village. La camarade Chuang-Mu va vous accompagner. Demain matin, nous irons travailler aux champs. Les enfants de bourgeois doivent apprendre la discipline et le dur labeur pour contribuer à la révolution. Si vous commettez la moindre erreur, je vous dénoncerais au bureau politique sans hésitation. Vous feriez mieux de vous tenir tranquille. Vous avez compris ?

Sans hésiter, nous acquiesçâmes : « Oui, camarade ! »

Une femme d'une trentaine d'années, aux traits tirés par l'inquiétude, se fraya un passage dans la foule et s'avança vers nous.

Je ramassai le cadre de mes parents et le remis dans ma valise, avant de la suivre en silence, avec mon camarade.

Tandis que nous nous éloignions du tumulte, la simple vue de mon roman, entre les mains de cet individu abject me déchirait le cœur. Ce n'était pas seulement un roman, c'était une part de moi-même. Le voir ainsi, malmené, s'était voir une partie de mon âme profanée.

Sans savoir comment s'adresser à nous, la camarade Chuang-Mu, au visage rond et à présent illuminé par un sourire chaleureux, nous observait du coin de l'œil avec une bienveillance maternelle. Nous traversâmes le village, à présent désert, suivi par une bande d'enfants espiègles qui agitaient leurs lampes.

Dès que nous arrivâmes devant notre nouvelle demeure, les gamins s'éparpillèrent dans tous les sens. Nous remerciâmes la camarade Chuang-Mu, mais alors que nous nous apprêtions à franchir le seuil, elle me tapota amicalement l'épaule. Surpris, je me retournai. Elle fouilla dans sa poche et me tendit ma paire de lunettes. Ému par son attention, je la remerciai vivement. En les posant sur mon nez, je constatai avec déception que le verre gauche était rayé.

Le Diaojiaolou[2], où nous allions habiter, se dressait fièrement au bord d'un ravin. Munis de nos lampes à huile, nous entamâmes l'inspection des lieux. L'intérieur était poussiéreux, imprégné d'une odeur âcre de moisissure.

Aucune trace de modernité n'était visible. L'électricité et l'eau courante n'avaient pas encore atteint ces villages de montagne.

Malgré le feu que j'avais allumé dans le foyer, le froid persistait et me glaçait les os. Mes pensées se bousculaient, ne m'offrant que le réconfort de la photo de mes parents à travers sa vitre fendillée. Un bruit sourd me tira de ma rêverie. Je fis volte-face et vis mon

---

[2] Diaojiaolou, habitation traditionnelle sur pilotis.

compagnon qui fouillait dans sa valise. Sachant que nous allions vivre ensemble pendant une bonne partie de notre vie, je me présentai à lui :

— Bonjour, je suis Yáo Jun. Je tenais à vous remercier pour tout à l'heure.

Il hésita un instant, puis à son tour il me tendit la main :

— Li Shui, et arrête de me vouvoyer, je n'aime pas ça.

Tel un automate, il sortit un paquet de cigarettes de la poche de sa chemise, en tira une et l'alluma. La fumée, épaisse et âcre, se mêla à l'odeur du bois brûlé du foyer.

Sans que nous le sachions, l'homme au collier de perles, caché sous notre fenêtre, écoutait chaque mot de notre conversation.

Allongé sur mon lit de paille, je scrutais la nuit noire à travers les carreaux sales. Ici, à l'écart de tout, la perte de mon livre m'attristait. Il fallait absolument que je le récupère.

Plongé dans mes réflexions, mon esprit se porta vers ma mère et les épreuves qu'elle avait dû traverser en tant que professeure de musique. Elle avait été arrachée à sa vie, envoyée dans un camp de rééducation, pour la simple raison d'avoir enseigné à ses élèves des sonates de compositeurs étrangers. Parmi mes souvenirs les plus anciens d'elle, je me rappelais particulièrement le moment où elle m'avait confié son bien le plus précieux : son vieux violon italien.

Du haut de mes sept ans, je me tenais debout dans la salle à manger, les mains tremblantes agrippées à l'instrument qui, à mes yeux, paraissait d'une taille démesurée. Celui-ci dégageait une odeur de cire d'abeille mêlée à celle du vieux bois. Lorsque l'archet glissa sur les cordes, produisant un son strident, cela capta immédiatement mon attention. Ce n'était peut-être pas agréable aux oreilles de ceux qui m'entouraient, mais pour moi, en tant qu'enfant, c'était un cadeau que la vie me faisait.

Au fil des années, je parvins à l'accompagner sur des sonates de Mozart, d'Antonio Vivaldi, de Chopin et de Yin Zizhong, un compositeur chinois dont elle m'avait fait découvrir la musique. Le violon, qui avait autrefois été si imposant entre mes petites mains, était devenu une extension de moi-même. Un instrument qui me permettait de partager avec ma mère une passion commune et d'exprimer des émotions qui dépassaient les mots.

Ma mère me vantait souvent ma façon unique de jouer, me qualifiant de petit prodige avec un avenir prometteur dans la musique classique. Cependant, je me questionnais parfois, conscient de son amour maternel, si ses éloges n'étaient pas simplement destinés à me réconforter. Malgré mes doutes persistants, une passion ardente pour la musique brûlait en moi, me poussant à poursuivre mon apprentissage du violon avec l'ambition de devenir un virtuose accompli.

L'arrivée au pouvoir de Mao Zedong en Chine en 1949 avait entraîné des changements significatifs dans le paysage musical et artistique. Sous sa direction, les arts étaient soumis à un contrôle idéologique strict, devenant principalement des outils pour promouvoir l'agenda communiste. Les compositeurs et professeurs de musique qui refusaient de se conformer à cette règle se retrouvaient contraints de servir les masses, sous la houlette d'un ministère de la Culture qui centralisait et réglementait toutes leurs activités.

Du jour au lendemain, tous les conservatoires furent fermés, leurs enseignants persécutés et envoyés en prison où en camp de travail forcé. La musique occidentale, symbole de décadence bourgeoise, fut interdite, ainsi que les musiques traditionnelles. Seuls subsistaient alors les opéras révolutionnaires, imprégnés de propagande et de récits exaltant la lutte du peuple chinois.

Les disciples de Confucius écrivaient : « *La première note de la gamme, c'était le souverain ; la deuxième note, c'était les ministres ; la troisième note, c'était le peuple. Faire que l'ordre social ne connaisse pas d'infortune, telle était l'essence de la musique. Aussi, les anciens souverains ont institué la musique parce qu'elle était un moyen de gouverner. Quand elle était bonne, les conduites humaines étaient vertueuses.* » Derrière cela, Mao raisonnait de la façon suivante : « *Les musiques et les chansons étrangères portent des idées, des messages. Il est très difficile d'éradiquer les consciences, seuls les coups de bâton et le langage de la force peuvent ouvrir la voix de la raison, de sorte que le peuple obéisse et ne se laisse pas enrôler dans des pensées réactionnaires.* »

Li Shui me sortit de ma torpeur :

— Tu veux une cigarette ?

Malgré mon dégoût pour cela, j'en saisis une et la plaçai entre mes lèvres sèches. Souhaitant ne pas paraître ridicule, j'allumai l'extrémité avec une allumette. La première bouffée fut désastreuse. Ma gorge brûlait, piégée dans cet épais brouillard qui envahissait l'air, et je me mis à tousser.

— C'est ta première fois ? demanda-t-il.

J'avalai péniblement ma salive avant de tenter de nouveau l'expérience, mais le goût âpre et écœurant de la fumée qui avait empli ma bouche me fit tousser de plus belle.

— Il est indéniable et fort probable que cela ne me convient pas du tout, répliquai-je d'une voix étouffée.

Nous nous sommes regardés un instant, puis nous avons piqué un fou rire. Notre éclat de spontanéité avait été si fort que l'écho de notre joie s'était échappé par la fenêtre et avait dévalé le ravin. Là, notre élan de joie fut brutalement interrompu par des cris provenant de la maison voisine. Ces cris, répétés, avaient fini par paraître presque compréhensibles.

C'était Madame Chuang-Mu, la gentille dame. Son mari, complètement ivre, s'était mis à la frapper. Nous n'en menions pas large en entendant cette pauvre femme se faire battre.

Durant le reste de notre conversation, j'appris qu'il était le fils d'un médecin et qu'il n'avait pas connu sa mère.

La dernière fois qu'il avait vu son père, c'était sur la grande place de Hangzhou, en compagnie des gardes rouges.

Lorsqu'il me fit cette confidence, je pus sentir dans le timbre de sa voix qu'il avait envie de pleurer. Nous, les âmes perdues, désormais au cœur des montagnes jaunes, plongeâmes alors dans un sommeil froid et sans rêve, réconfortées par notre nouvelle amitié.

Nous avions tous deux seize ans, et Li Shui allait devenir mon meilleur ami.

Chapitre 2
Premières notes

Lentement, les lueurs de l'aube étaient apparues. Des rayons dorés et argentés avaient traversé le toit ajouré et s'étaient mis à danser entre la poussière en suspension. Un vent léger, chargé de l'odeur des pins centenaires, emplissait la pièce. Craquelé, le bois que nous avions mis la veille pour nous réchauffer dans le foyer, n'était plus qu'un amas de cendre grise.

Par la fenêtre, un tableau saisissant s'était offert. Des pics de granit, tourmentés par des conifères, émergeaient d'une brume et s'étalaient à perte de vue. Ce spectacle de la nature m'avait laissé sans voix.

« Huang », signifiant littéralement « les monts jaunes », caractérisait bien le paysage splendide de ces montagnes mythiques, où les légendes se mêlaient aux nuages. Ces montagnes avaient été, depuis des millénaires, une source d'inspiration pour les calligraphes, les peintres et les poètes.

Notre première journée s'annonçait, et je redoutais déjà le dur labeur qui nous attendait. À leurs yeux, nous n'étions que des bêtes de somme, offertes par le parti pour alléger leurs tâches. Ils n'allaient certainement pas se gêner pour nous traiter en esclaves.

Je me demandais comment j'allais m'en sortir, moi qui n'avais jamais tenu de pelle ni coupé une simple branche de bois.

Tout à coup, j'entendis une radio. Elle diffusait de la propagande en grésillant à travers les maisons endormies. Après quelques minutes, le crépitement cessa, suivi d'un long coup de sifflet. Puis une voix masculine se mit à hurler :

— C'est l'heure ! Allez ! Réveillez-vous, bande de boucs !

Les mots criés résonnèrent vers les habitations dressées de toutes parts. Il me fut aisé de reconnaître cette voix, c'était celle de l'homme aux colliers de perles.

La radio, de marque Red Lantern, reposait sur une pierre plate adossée au mur de sa maison, bien en vue. C'était le seul objet du village à porter l'empreinte de la civilisation, et cette singularité lui conférait une importance particulière.

« *Une radio, ici…* » songeais-je. Comment cet homme, au comportement grossier et dépourvu de finesse, avait-il pu mettre la main sur un tel objet précieux ? La question me taraudait. Pendant la Révolution culturelle, la possession d'une radio était soumise à des restrictions et contrôles.

Nous allâmes travailler. Pour rejoindre les champs, il fallait descendre une partie de la montagne et traverser une forêt d'érable palmé et de mûrier blanc. Malgré la tristesse que j'avais ressentie en partant de chez moi, l'incontournable peine s'était peu à peu adoucie en contemplant les décors extraordinaires que m'offraient les toiles de la nature.

Les travailleurs étaient encouragés à porter des bottes pour éviter les blessures et les maladies. Nos souliers en cuir, à semelles plates, n'étaient pas adaptés au travail, nous avons donc dû les enlever. Nous savions que c'était dangereux, mais pour ma part, il était hors de question d'abîmer mes chaussures.

Nos pieds nus s'enfoncèrent péniblement dans la boue noire et froide, à l'odeur âcre de décomposition. L'odeur m'envahissait, et me dérangeait à chaque respiration. Marcher était difficile. La terre gluante elle-même voulait me retenir. On disait qu'on finissait par s'habituer à ce genre de choses. Moi, je savais déjà que je n'y arriverais jamais.

En 1959, le secrétaire du parti de la petite commune de Qisi, dans la province du Henan, avait inventé une méthode révolutionnaire pour transformer les cadavres des affamés en engrais. Elle avait consisté à dissoudre les corps en les faisant bouillir longuement dans des marmites spéciales, avant que celles-ci ne soient acheminées aux quatre coins de l'empire rouge.

Si j'avais su à l'époque, pour ces pauvres âmes, j'aurais sans doute refusé d'aller aux champs. Il aurait fallu me battre, sans doute.

De loin, Li me saluait. Son rôle, plus enviable que le mien, était de planter des graines de Báicài[3]. Le labeur qu'on m'avait assigné consistait à labourer la terre avec une charrue en bois. Gardant les mains bien fermes sur les poignets, les mottes de terre froides, visqueuses et épaisses se retournaient avec supplice sur mes chevilles.

Le travail était pénible et fatigant. Lorsque je levais la tête, le postérieur d'un énorme buffle d'eau, envahi d'une escouade de mouches, me faisait face. Sa queue ornée d'une longue touffe de poil noir, qui n'arrêtait pas de se balancer dans tous les sens, ne s'arrêtait de bouger que lorsqu'il déféquait. Les villageois lui avaient donné un nom, ils le surnommaient : « Ning ».

Quelques heures plus tard, Li ne rigolait plus, car nous devions répandre un mélange à l'odeur fétide entre les sillons que j'avais creusés. Les cordes du lourd panier de bambou, qui nous cisaillaient les épaules, étaient remplies d'excréments humains. L'odeur me soulevait l'estomac.

Nous apprîmes durant cette première journée que l'homme au collier de perles était le fils du Cūn zhǎng. Il s'appelait Yong, ce qui voulait dire : brave en mandarin. Il préférait que nous l'appelions chef Wu, chose que nous avions plus ou moins respectée par la suite.

---

[3] Báicài 白菜, signifie chou blanc.

Il était espiègle, arrogant et méchant. C'était un parfait abruti, qui prenait plaisir à embêter les autres et à asseoir son autorité. De plus, il était feignant. À chaque fois que nous prononcions son prénom, qui pouvait se traduire par « brave », il nous était impossible de ne pas rire.

Un matin, j'admirais la délivrance des premiers rayons de soleil qui émergeaient à l'horizon, nuancés de fuchsia, d'ambre, d'écarlate et de corail, avec une certaine joie. Après deux semaines éprouvantes, nous avions enfin obtenu un jour de repos.

Nous avions saisi cette occasion pour explorer les montagnes environnantes. Nous avions eu la chance de trouver de la ciboulette sauvage et de délicieux champignons, ce qui avait ajouté une touche de bonheur à notre journée.

Alors que je remplissais mon sac, nous entendîmes un bruit qui se mêlait aux innombrables murmures de la montagne.

Plus nous nous en approchions, plus il devenait clair et étrange. Il provenait sûrement de l'intérieur d'un trou creusé à même le sol.

Nous comprîmes qu'il s'agissait d'un piège sauvage, car la chasse était strictement réglementée et contrôlée. Ce bruit ressemblait à des… petits couinements. Nous finîmes par trouver et ce que nous découvrîmes nous laissa sans voix. Couinant et grognant, un petit marcassin à la robe beige et aux rayures foncées essayait désespérément de trouver une sortie. Il se faufilait entre les morceaux de bois pointu, qui avaient été installés pour tuer un gibier plus gros.

— C'est un marcassin ! dis-je étonné.
— Il faut le sortir du trou.
— À qui appartient ce piège ?
— Je ne sais pas et je m'en fiche. Nous l'avons trouvé, il est à nous !

Li sortit un couteau de sa poche et déplia la lame. Après un instant d'hésitation, je descendis dans le trou. Lorsque je saisis le marcassin, il se mit à hurler et à gesticuler. Je sentais son petit cœur battre frénétiquement. D'un geste maladroit, je le tendis à Li.

— Je vais lui planter mon couteau dans la gorge ! déclara-t-il. Attention, il ne faut pas qu'il s'échappe !
— Non, il faut le ramener au village. On peut le faire grossir et le manger plus tard.
— Tu es stupide ou quoi ? Tout le monde crève de faim là-bas, tu comprends ça ? Comment vas-tu le nourrir ? La meilleure chose à faire, c'est de le tuer et de le cuisiner au village.

Il m'avait rappelé une vérité. Malgré nos efforts dans les champs pour accroître notre rendement en nourriture, les gens avaient toujours du mal à s'alimenter.

Jusqu'au début des années 1980, le gouvernement expliquait officiellement que la grande famine qui avait eu lieu, et dont nous ressentions encore les effets, avait été principalement le résultat d'une série de catastrophes naturelles, aggravées par certaines erreurs de planification.

Toutefois, les spécialistes étrangers étaient généralement d'accord sur le fait que les changements institutionnels et politiques massifs qui avaient accompagné le « grand bond en avant » étaient les causes principales de la grande famine qui avait sévi partout dans le pays.

Une famine ignoble, qui avait parfois poussé les gens à s'entre-dévorer. Notamment à Wuxuan, dans des campagnes isolées de la province du Guangxi, où la barbarie avait atteint des sommets : les cœurs, foies et parties génitales des victimes y avaient été découpés et cuits avant d'être consommés.

« C'est en exacerbant l'injonction à la lutte des classes qu'on en est arrivé au cannibalisme », expliquait un retraité du Parti. « Les meurtres étaient effroyables, pires que des bêtes », avait-il murmuré avant de pleurer.

Li Shui planta son couteau dans la gorge de l'animal et du sang gicla sur la manche de sa chemise.

Le marcassin gesticula un moment, suivi de sursauts, puis il s'immobilisa. Il suspendit le petit porc sauvage à une branche, afin qu'il puisse se vider de son sang. Mes papilles gustatives s'excitaient déjà à l'idée de déguster cette viande tendre, cuisinée avec des champignons et des morceaux de ciboulettes.

Quand l'animal fut prêt, Li ouvrit son abdomen et prit soin de récupérer le cœur et le foie.

Alors que nous traversions le village, nous croisâmes Yong. Quand il vit le petit porc sur l'épaule de Li, enveloppé dans une feuille de paulownia, ses yeux s'illuminèrent d'une étrange lueur. Il nous scruta avec une arrogance telle qu'elle nous glaça le sang.

À cet instant, nous ne pouvions que subir. Nous aurions dû nous méfier de lui. Sans demander la permission, il s'empara du marcassin. Nous le regardâmes bêtement, incapables de réagir.

« Il va être délicieux, ce petit porc », dit-il avec un sourire méprisant.

Je saisis le bras de Li Shui avant qu'il ne puisse ouvrir la bouche pour protester.

Depuis un petit moment, un voile d'inquiétude planait sur le village, alimenté par des rumeurs selon lesquelles la santé fragile du vieux chef le rendait incapable de diriger. Dans les ruelles étroites, des chuchotements murmuraient qu'il crachait du sang, semant la consternation parmi les villageois. Ce signe funeste laissait craindre un mal terrible qui le rongeait de l'intérieur.

La perspective de sa disparition prochaine agitait les esprits, et la question de sa succession revenait sans cesse sur toutes les lèvres. Bientôt, un autre responsable de village, un autre Cūn zhăng, prendrait sa place et tout le monde le connaissait : il s'agissait de Yong. Alors, il était hors de question de nous attirer ses foudres.

Après tout, nous n'étions que des rééduqués, des laissés-pour-compte, des fils de réactionnaires.

Nous rentrâmes d'un pas lourd. Li Shui, en silence, ôta ses chaussures et les lança violemment sur le sol. Puis, il s'effondra sur son lit, râlant entre ses dents :

— Quel enfoiré ! Sale voleur, je le déteste… J'aurais dû me méfier de lui dès le premier soir.

Chagriné, je trempai mes mains dans un seau en bois rempli d'eau froide pour les nettoyer avant de préparer le repas. Avec tout ça, nous n'avions pas tout perdu. Il nous restait le cœur et le foie du marcassin. Accompagnés de racine, de patate douce et de champignons, nous nous fîmes une délicieuse soupe, ce qui apaisa nos estomacs affamés et notre moral.

Enveloppant le village d'une fine bruine, la nuit était tombée. C'est dans cette atmosphère propice au mystère que nous fîmes la connaissance inattendue du fils de madame Chuang-Mu. À peine perceptible, sa silhouette frêle s'était dessinée dans l'obscurité. Des petits doigts, tremblants et hésitants, s'étaient discrètement accrochés au rebord de notre fenêtre. Il s'appelait « Guang », et il passa une bonne heure à nous observer, avant de rentrer chez lui.

Cette nuit-là passa en un éclair. Nous n'avions pas encore eu le temps de fermer l'œil que Yong hurlait déjà :

— Réveillez-vous, bande de boucs ! C'est l'heure !

D'un pas léger, il s'était avancé jusqu'à notre maison, un bol fumant dans une main. De l'autre, il portait à sa bouche un mélange de nouilles, de légumes et de viande de marcassin, qu'il aspirait avec des baguettes, tout en savourant l'air frais du matin. Avec grand bruit, il mangeait, s'arrêtant juste pour rire d'un ton gras et méprisant. Les poings de Li étaient tellement serrés que ses phalanges étaient devenues blanches. La tension était palpable, et désobéir n'était pas une option. Je lui murmurai d'une voix posée :

— Viens, allons-y. Il est temps de partir travailler.

Janvier 1969

Trois mois s'étaient écoulés. Les paysans du village s'étaient habitués à notre présence. Il était fascinant de constater comment nos habitudes et notre langage se transformaient et se pliaient, en quelque sorte, au décor ambiant avec le temps.

J'avais appris à contempler les peintures de maîtres que m'offraient les décors du mont Huang. Défiant presque les lois de la nature, les pics de granit se dressaient majestueusement, au-dessus des nuages. Les conifères tourmentés, tels des danseurs éternels, ajoutaient leur élégance à ce tableau grandiose. Les monts mythiques avaient cette particularité de changer constamment de visage au gré des vents et des bruines, défiant toute tentative des artistes qui désiraient autrefois en fixer la beauté éphémère.

Enfin, la région abritait également des sources d'eau chaude, qui offrait un refuge de détente pour les voyageurs fatigués et les âmes en quête de réconfort.

À cette hauteur, les nuits étaient si calmes. Contemplant les étoiles et les nuages sombres passant devant la lune, je pensais souvent à mon avenir, convaincu qu'il m'attendait quelque part, loin d'ici.

Un soir, alors que la clarté lunaire baignait le paysage, une pensée germa dans mon esprit. À l'aube, nous profiterions de notre journée de repos pour explorer les environs et construire un piège à sanglier en secret. J'avais hâte d'y être. Aux premières lueurs du jour, je bondis hors de mon lit, impatient de mettre notre plan à exécution.

Au bout de quelques heures de marche, nous arrivâmes dans un coin isolé, un endroit idéal pour installer notre piège. La sueur perlant sur nos fronts, nous nous reposâmes un instant, puis nous commençâmes à creuser, nos pelles s'enfonçant dans la terre meuble.

Soudain, un craquement sec nous fit sursauter. Un écureuil s'enfuit en gambadant dans les branches. Les chants des cigales rythmaient notre travail, tandis que l'odeur de la terre humide, des feuilles mortes et la résine des pins imbibait nos narines.

Afin de nous souvenir de l'emplacement, une fois le trou creusé, les pics plantés et recouverts de branches et de feuilles, nous entourâmes un tronc d'une large bande de tissu rouge. Épuisé, je m'assis le dos contre un arbre, tandis que Li disparu dans les broussailles.

Tout à coup, sa voix retentit, forte et tremblante d'excitation :

— Yáo, viens voir ! Viens voir !

Intrigué, je m'avançais jusqu'à lui, écartais les buissons, quand brusquement je m'arrêtai au bord d'un précipice. Une moiteur lourde et humide pesait, ne laissant place qu'au souffle du vent chutant à pic dans le décor. En contrebas, un immense lac sauvage se dressait. Son eau d'un bleu céruléen reflétait les rayons du soleil.

Le plateau que nous avions découvert, composé de roche et de calcaire, offrait un sanctuaire paradisiaque hors du commun. Ici et là, ponctuant le paysage lacustre, des colonnes de fumée blanche s'élevaient de la terre, accentuant le mystère des lieux. Il nous avait fallu une bonne demi-heure pour atteindre ce havre de paix.

À notre grande surprise, nous découvrîmes de petits bassins d'eau chaude. Ils étaient ronds et parfaits, à l'image de cratères lunaires, et s'échelonnaient en cascade. Le soufre, mêlé à celle de la terre humide et de la végétation, nous entourait.

L'eau turquoise, translucide, bouillonnait doucement, libérant de petites bulles qui éclataient à la surface. Les bords des bassins étaient incrustés de dépôts minéraux, créant des motifs colorés et changeants.

Nous avions eu l'impression, ce jour-là, d'être les premiers à fouler ce sol vierge. Nous nous déshabillâmes et avançâmes dans l'eau ; frémissante. Nos pieds nus glissèrent sur les pierres humides tandis que la chaleur nous enveloppait. L'eau caressa notre peau, et un soupir de soulagement nous échappa.

Bien loin de notre bain de vapeur et du silence, des pas venaient de dévier le cours d'un destin.

—

L'entremetteuse du jeune homme avait enfilé ses plus beaux habits. Elle tenait à faire bonne impression : ce n'était pas tous les jours qu'elle aidait à présenter le fils d'un ami pour un mariage éventuel. Dans le panier qu'elle tenait à la main, il y avait des mandarines et des pommes, un véritable cadeau de luxe.

Elle était certaine qu'avec ce symbole de bonne fortune, elle réussirait à impressionner la tante de la jeune promise et qu'ils arriveraient à un accord.

Cela faisait plus de quatre ans que les parents de Liang souhaitaient qu'il trouve une épouse. Cependant, un léger obstacle se dressait sur leur chemin : leur fils n'était pas, disons... un très beau garçon.

Le jeune homme était dégingandé et terriblement maigre. Il avait une mâchoire fuyante, un nez trop large pour ses traits, et sa peau était marquée de rougeurs et de cicatrices anciennes laissées par la rougeole.

Des larmes roulaient sur les joues de la fille. Elle savait que Liang, le jeune homme que l'entremetteuse allait lui présenter, était gentil, toutefois, cela ne suffisait pas.

Un mariage, c'était avant tout une question d'amour, et cette union arrangée la répugnait. La fille avait une allure délicate et gracieuse qui attirait les regards sans effort. Ses traits étaient harmonieux, avec un visage en forme de cœur encadré par une cascade de cheveux noirs et brillants qui retombaient en une ligne droite et soyeuse, jusqu'à sa taille. Ses yeux, en amande, étaient d'un brun profond, bordés de cils longs et courbés qui accentuaient leur éclat. Ils avaient une lueur douce, presque rêveuse, qui trahissait à la fois la curiosité et une certaine mélancolie.

Son nez, fin et droit, ajoutait une touche d'élégance, tandis que ses lèvres, pleines et délicatement rosées, esquissaient presque toujours un sourire timide.

Mais pas aujourd'hui. Son visage restait figé, marqué par les larmes.

Trois coups se firent entendre contre la porte de bois. La porte d'entrée s'ouvrit doucement, et l'entremetteuse fit son apparition, suivie de Liang. Ce fut d'un même mouvement qu'ils pénétrèrent dans la demeure, mêlant dans leurs yeux cette étrange alchimie de crainte et de résolution.

Le visage pâle et fermé, la jeune fille, assise dans le salon, leva les yeux vers eux. Sa tante, aussi exigeante que jamais, accueillit ses invités d'un sourire poli. Elle avait soigneusement préparé la pièce, ornée de lanternes rouges et de petits objets de porcelaine, pour marquer l'occasion.

L'entremetteuse s'avança, un léger sourire aux lèvres. Le jeune homme derrière elle se tenait un peu à l'écart, les mains nerveusement croisées devant lui, une expression incertaine sur le visage.

— Voilà, nous y sommes, dit l'entremetteuse d'une voix douce, en fixant la tante et la jeune fille. Je vous présente Liang, le fils de mon vieil ami, Jiang.

La tante acquiesça d'un hochement de tête, ses yeux glissant sur le jeune homme avec un intérêt mesuré. Elle invita tout le monde à s'asseoir autour de la table basse, où le thé parfumait le salon.

— Je vous ai apporté un petit présent, dit l'entremetteuse en désignant le panier qu'elle portait.

Elle le posa délicatement sur la table, et la tante se pencha pour l'examiner. À l'intérieur, des mandarines et des pommes brillaient sous la lumière tamisée.

La tante sourit, un sourire à la fois aimable et calculé, conscient que le plus important était la dote. Elle laissa ses doigts effleurer les fruits, appréciant leur aspect raffiné, avant de relever les yeux vers la femme.

— Vous êtes trop gentille, dit-elle d'un ton mesuré.

Son invité acquiesça doucement, son sourire légèrement plus marqué. Elle ne répondit pas directement, la lueur dans ses yeux suffisait à comprendre que la conversation se déroulait sur un autre terrain. Le jeune homme, un peu en retrait, ne se sentait pas encore à sa place, et attendait, les mains jointes devant lui. La fille, elle, observait toujours ailleurs, insensible aux sous-entendus qui se jouaient dans la pièce.

La tante acquiesça d'un hochement de tête, son regard glissant sur le jeune homme et sa nièce.

— Il faut discuter de certains détails, dit-elle d'un ton calme, mais ferme. Si vous voulez bien nous laisser un moment.

L'entremetteuse hocha la tête avec compréhension et se tourna vers les jeunes gens, un sourire conciliant aux lèvres.

— Allez dehors, profitez du jardin, cela vous permettra de vous connaître un peu plus.

Liang, nerveux, jeta un regard furtif sur sa promise. Elle détourna immédiatement la tête. Il resta là, devant elle, figé, tandis que sa tante et l'entremetteuse les observaient, un sourire forcé sur leurs lèvres.

Elle se sentit obligée d'y aller, alors elle se leva lentement. Le jeune homme la suivit sans un mot, gêné et maladroit. À l'extérieur, elle se dirigea vers un coin du jardin, ses pieds effleurant à peine le sol. Ils s'assirent sur un banc.

Elle se mit à fixer l'horizon, le visage fermé, les bras croisés. Lui, de plus en plus nerveux, peinait à prendre la parole.

— Ton père était mon instituteur. Je l'ai eu pendant une seule année, finit-il par murmurer.

Elle croisa brièvement son regard, froid et distant :

— Comme beaucoup d'autres, répondit-elle sèchement.

Le jeune homme baissa les yeux, conscient de la gêne qui s'était installée entre eux. Il savait qu'elle ne l'aimait pas, et il n'avait aucune illusion à ce sujet. Il aurait voulu dire quelque chose pour apaiser la situation, cependant, les mots lui manquaient.

À l'intérieur de la maison, la tante et l'entremetteuse discutaient à voix basse, leurs voix devenant plus sèches et plus précises à mesure que la conversation avançait. Puis, au bout d'une demi-heure, les détails de la dote furent réglés et les arrangements fixés.

Quand tout fut terminé, la fille revint dans le salon, suivie du jeune homme, qui semblait encore plus perdu qu'avant. La tante se leva, un sourire satisfait sur les lèvres.

— Tout est réglé, dit-elle d'une voix douce, mais avec une fermeté qui trahissait la conclusion du marché.

La fille ne répondit pas. Elle jeta un dernier regard à l'entremetteuse et à sa tante, et la colère éclata en elle. D'un geste brusque, elle saisit le panier de fruits et le renversa violemment. Les mandarines et les pommes roulèrent dans toutes les directions :

— Vous croyez vraiment que je vais accepter ça ? hurla-t-elle, les yeux remplis de rage. Vous me réduisez à un simple objet dans ce jeu ! Mon père n'aurait jamais accepté cela !

Sans attendre de réponse, elle tourna brusquement les talons, monta au premier étage, redescendit avec un étui à violoncelle et claqua la porte d'entrée derrière elle. Elle disparut ensuite entre les buissons qui descendaient la montagne.

—

À travers la brume s'élevant du bassin, mes yeux contemplaient les nuages blancs, leur mouvement était lent et hypnotique. Li Shui, les paupières closes, avait posé sa tête contre la roche humide, ses longs cheveux flottant doucement à la surface de l'eau. Le bien-être était si intense que je me laissais submerger par la béatitude de l'instant présent et ferma à mon tour les yeux. Soudain, un bruissement de feuilles et de branches cassées nous fit bondir. Un sanglier massif venait de surgir devant nous, disparaissant aussi vite qu'il était apparu. Après un court instant de stupeur, un rire nerveux s'échappa de nos lèvres.

Li cessa brusquement de rire et dirigea son regard vers les cimes des arbres.

— Regarde là-haut, dans les branches !

Levant les yeux, je découvris une créature majestueuse, parée d'un pelage dense, beige et roux, qui chatoyait sous les caresses du soleil. Elle avait des yeux perçants et savourait avec délicatesse un lichen blanchâtre. Captivés par sa présence, nous le fixâmes avec une admiration mêlée d'émerveillement.

Attirés par notre présence insolite, d'autres singes se joignirent à la parade, descendant des branches avec une agilité et une grâce fascinante. C'est à cet instant précis qu'une mélodie vint caresser nos oreilles. D'un mouvement instinctif, nous nous redressâmes.

Troublés, nous restâmes immobiles, tentant de déchiffrer l'essence de ces notes inattendues. Seuls le murmure du vent dans les frondaisons, le chant des oiseaux et le chuchotement de la faune sauvage jouaient à présent leurs concertos.

Un fou rire s'empara de nous, balayant d'un coup cette idée folle. Sans aucun doute, notre imagination nous avait joué un tour. Comment aurions-nous pu écouter des notes de musique en ce lieu isolé ? Un soupir s'échappa de mes lèvres tandis que je relâchais la tension de mes muscles. Je respirais profondément, prenant mon temps pour inspirer et expirer.

Avec un sourire en coin, Li s'exclama :

— C'est le soufre qui nous rend fous. Comment ai-je pu croire qu'un montagnard puisse jouer du violon ? Je suis vraiment stupide. C'était bien des notes de violon, non ?

— Cela y ressemblait, murmurai-je, les yeux fermés. Mais j'aurais dit, plutôt, un violoncelle...

C'est dans ce cadre intime que je me confiai à Li. Je lui avouai que je savais jouer du violon et que mes parents étaient des professeurs de musique. Quant à Li, il me révéla, le regard vide, qu'il avait été un garde rouge et que toutes les souffrances qu'il avait infligées aux autres le rongeaient à présent de l'intérieur. D'ailleurs, il s'était lui-même porté volontaire pour être rééduqué, croyant qu'en le faisant, il pourrait laver tout le mal qu'il avait engendré.

Sortis du cœur de la montagne, nous entendîmes de nouveau les notes du violoncelle. Elles étaient bien réelles… Ébahis, nous émergeâmes rapidement de l'eau, nous nous habillâmes en hâte avant de nous précipiter vers la musique, qui devenait de plus en plus distincte à chaque pas.

Comment un tel instrument avait-il pu se retrouver ici ? L'endroit était tellement sauvage. Lorsque la mélodie se tut, notre enthousiasme se transforma en désespoir. Le temps d'un souffle retrouvé, mon regard se posa sur le panorama grandiose qui s'étendait devant moi. La nature semblait être une muraille infranchissable. Et c'est alors que le violoncelle se fit à nouveau entendre.

Cette fois, sa mélodie était plus claire, plus proche. Nous reprîmes notre chemin, à la fois heureux et curieux de découvrir la source de ce mystère.

Le bruit, provoqué par le frottement de l'archet sur les cordes de l'instrument, glissait avec le vent entre la végétation, et imprégnait l'air de liberté.

Irrésistiblement attirés, tels des marins sous le charme des sirènes, nous nous frayions un chemin à travers les ronces, guidés par la mélodie envoûtante du violoncelle. Rien ni personne n'aurait pu nous faire dévier de notre route.

Et puis, face à nous, se dévoila une vision inouïe… Derrière un immense buisson, les yeux écarquillés, nous restâmes bouche bée.

En contrebas, une grotte recouverte de verdure formait un préau naturel. Les aspérités sur les parois de la grotte laissaient apparaître des formes étranges. La grotte ressemblait à la bouche d'un monstre géant, d'où sa langue aurait été recouverte d'un épais tapis de mousse. Des feuilles et des branches pendaient au-dessus de l'entrée.

Suspendus dans le temps, seuls au monde, enveloppés par la magie de cet endroit extraordinaire, nous ne ressentions aucun autre besoin que celui d'observer cette fille.

Elle se tenait au centre de la gueule du monstre. Vêtue d'habits de paysan, assis sur un tabouret de fortune, elle avait de longs cheveux noirs. De là où nous étions, nous ne pouvions guère distinguer son visage. Cependant, ce qu'elle tenait avec élégance était évident. Avec son gros ventre, ses courbes gracieuses, et son enveloppe couleur châtaigne, il ne pouvait s'agir que d'un violoncelle.

— Ce n'est pas possible… bredouillais-je.

— Qui est-ce ?

— Comment veux-tu que je le sache ?

— Elle joue plutôt bien.

— Oui, elle est douée.

En disant ces mots, des larmes nous brouillèrent la vue. Dans ce contexte d'oppression politique, où le venin du communisme rongeait les âmes jusqu'à les rendre, parfois complètement fou, cet instant de grâce ne pouvait qu'être insolite. Brusquement, une pluie battante s'abattit.

Indifférents aux gouttes qui martelaient nos corps, nous restâmes là, immobiles, les sens en alerte, absorbés par ce spectacle inouï.

Mes pensées se mirent à vagabonder dans le temps et l'espace, se perdant dans l'immensité de cet endroit. Libre parmi les nuages aux formes singulières, au-dessus des pics des arbres noueux, je m'engouffrais dans la vallée profonde et luxuriante, volant au-dessus du lac bordé par la fumée des sources chaudes.

En un instant, Li, s'étant approché trop près du bord, glissa.

— Li Shui ! criai-je, paniqué.

Me penchant en avant, je scrutai le vide. Seules la végétation et la boue recouvraient la pente abrupte. Je m'avançai davantage, mais à mon tour, je perdis pied et basculai. Désespéré, j'essayai de m'agripper aux racines et aux roches glissantes, mais mon corps trop lourd ne parvint pas à freiner ma descente.

Lorsque je finis par m'arrêter, la douleur m'envahit au niveau du dos et de l'épaule droite. Les égratignures sur mes mains et mes avant-bras témoignaient de la violence de la chute. À travers le rideau de pluie, je vis Li Shui, qui se tenait la cheville en grimaçant.

— Tu vas bien ? criai-je

— Je me suis foulé la cheville, je crois.

Il eut un sourire sarcastique, en essayant de poser son pied au sol. Je voyais bien que cette situation le gênait ; il n'aimait pas qu'on le voie dans une position de faiblesse.

— Je ne vais pas pouvoir marcher jusqu'au village, reprit-il.

— Ne n'inquiète pas, je suis là. Je vais… essayer de te porter sur mon dos.

Il appuya sa main droite contre un rocher :

— Va voir… Va voir la fille ! M'ordonna-t-il en m'indiquant de la main la direction à prendre.

J'hésitai un instant, ne voulant pas le laisser seul, mais une force irrésistible me poussait à y aller malgré mes réticences. Alors, je m'élançai.

Me frayant un chemin à travers les herbes hautes et les buissons, j'empruntai quelques marches en pierre naturelle pour accéder à la grotte. Mes pieds s'enfoncèrent dans la mousse glissante et humide.

La fille avait disparu, et seul l'objet de son crime était là, inspirant dans ce décor naturel une anomalie singulière. Lorsque mes doigts frôlèrent l'instrument, une voix irritée raisonna derrière moi :

— Personne n'a le droit de toucher Nuit d'Hazard ! Il n'y a que moi !

Surpris, je fis demi-tour. La fille que nous avions aperçue se tenait là. Sa peau, d'une blancheur laiteuse, contrastait avec ses traits fins et délicats. Une longue chevelure, attachée en une tresse souple, retombait sur ses épaules. Malgré une allure farouche, ses yeux pétillants révélaient une douceur bienveillante.

— Puis-je vous demander, qui vous êtes ? reprit-elle d'une voix tendue.

Son vocabulaire était bien plus riche et cultivé que les habitants de la région. Était-elle une rééduquée ?

Je ne pouvais détacher mes yeux d'elle. Sa beauté, à la fois brute et raffinée, exerçait sur moi une fascination étrange.

— Je vous ai posé une question, je crois ?

— Nous sommes les rééduqués du village des Hirondelles ! intervint Li, qui, malgré la douleur, avait réussi à me rejoindre. Je m'appelle Li Shui, et mon ami là, planté devant toi comme un idiot, c'est Yáo Jun.

— Vous êtes loin de chez vous. Votre village est presque à trois heures de marches. Vous vous êtes perdue ?

Un moment de silence s'installa.

— Non, nous ne sommes pas perdus. Il est à toi le violoncelle ? lui demandais-je.

— Il est à mon père.

— Il est vraiment beau. Et la sonate de Bach que tu as interprété était magnifique, dit Li Shui d'un ton mielleux.

Elle passa devant moi, souleva d'un geste assuré son violoncelle massif et le glissa délicatement dans son étui.

— À présent, il faut que je file, sinon ma tante va finir par s'inquiéter. Vous voyez cette petite plante étrange d'où émergent des petites fleurs violettes aux pétales en forme d'œil ? Elle est traditionnellement utilisée comme antidouleur. Vous pouvez la broyer et l'appliquer sur votre cheville.

Tandis qu'elle s'éloignait, je lui demandai son nom. Elle s'arrêta, se retourna et me dit d'un ton léger et moqueur :

— Je suis la fille au violoncelle !

Li l'interpella de nouveau :

— Quand pourrait-on se revoir ?

— Jamais !

Mes pensées tourbillonnaient. Avec une pointe de déception, sa silhouette s'enfonça dans la végétation et disparut. Quand Li posa ses bras sur mes épaules, je ressentis aussitôt la pression de son poids. Il ne nous restait plus qu'à rentrer.

Nous restâmes silencieux une bonne vingtaine de minutes, chacun plongé dans ses pensées. Tout d'un coup, un mouvement sur le sol attira mon attention. Pris de panique, je lâchai Li Shui brusquement.

— Aïe ! Tu peux faire attention, maugréa-t-il en se palpant le postérieur.

Ondulant lentement à travers les herbes, le serpent aux écailles luisantes, aux tâches couleur-tabac et olivâtre faisait presque un mètre de longueur.

— Yáo, tue-le ! Tue-le avant qu'il s'enfuie !

— Comment ? dis-je, la voix tremblante.

— Là, prends cette pierre, fais vite ! Il s'en va !

D'un geste vif, j'ai saisi la lourde pierre et me suis précipité vers le reptile. Je réussis à le tuer du premier coup, en lui écrasant la tête. Son corps ondula quelques secondes, puis s'arrêta net. C'était la première fois que je tuais un serpent.

— Génial ! Cela fera un délicieux repas.

Déconcerté, par ce qu'il venait de dire, je me mis à le dévisager.

— Quoi, tu n'as jamais mangé de serpent ? me dit-il d'un air joyeux. Avec un peu de sauce pimentée, ça va être délicieux.

Avec une certaine appréhension, je ramassai le reptile froid et je le glissai dans mon sac. Il pleuvait toujours et je n'avais qu'une idée en tête : rentrer me mettre au sec. Li se mit à chanter. Il chantait faux, mais le timbre de sa voix était joyeux. Il s'interrompit et me posa une question :

— Tu penses que nous allons la revoir ?

— Je n'en suis pas certain. Elle était si belle et douée avec son violoncelle. Elle a dû avoir peur de nous. Tu te rencontres, Li Shui ? Du violoncelle, ici dans les montagnes jaunes !

— Oui, elle était incroyable. J'ai vraiment envie de la revoir...

Il leva les yeux au ciel, ferma les paupières et se mit à faire une sorte de prière. Trempés jusqu'aux os, à notre retour au village, nos ventres gargouillaient. Je n'étais pas ravi de n'avoir qu'un serpent à mettre sous la dent, pourtant c'était mieux que rien. Le reptile me dégoûtait.

Une fois à l'intérieur, j'ai enlevé ma chemise trempée et l'ai essorée du mieux que je pouvais avant de l'étendre sur le dossier d'une chaise. J'ai attrapé le bout de chiffon qui me servait de serviette et j'ai essuyé ma tête.

Je m'empressai d'allumer un feu dont les premières flammes crépitantes luttèrent contre l'humidité ambiante, tandis que Li, les mains engourdies par l'humidité, s'obstinait de préparer le serpent.

Il commença par lui couper la tête, lui arracher la peau et lui retira ses organes. Il coupa le reptile en pièce avec son couteau tranchant, et lava les morceaux avant de les mettre dans notre marmite cabossée. Une fois la viande bouillie, nous dégustâmes notre repas.

Au départ, je ressentais une profonde répulsion à l'idée de manger du serpent. Je m'attendais à un goût fort, voire repoussant, et pourtant, j'ai découvert étonnamment une saveur douce et familière, qui rappelait celle du poulet.

Rassasié, je m'étais assis sur le perron. La pluie venait de cesser et un arc-en-ciel illuminait déjà l'horizon. Plus tard, sous l'effet de la lune, la brume se dissipa entre les escarpements sombres. Il était temps que je rentre me reposer. Cette nuit-là, la fille au violoncelle avait hanté mes pensées.

Chapitre 3

Charmante invitée

Les rayons mordorés qui transperçaient les nuées s'étaient arrêtés aux pieds de notre demeure, créant une sensation étourdissante de beauté et de chaleur douce. Cela faisait un moment que Li Shui était debout. Il s'était mis à contempler, depuis le perron, l'immensité de la vallée. Même le bain de coton blanc qui saupoudrait le sommet des monts, dans une chorégraphie lente et majestueuse, ne parvenait pas à alléger cette ambiance pesante. On aurait dit qu'un fardeau invisible courbait ses épaules, tandis que la lumière dorée embrassait le paysage, indifférente à son tourment.

— Notre piège nous attend. Allons voir ce qu'il contient, dit-il d'une voix grave et réfléchie.
— Pourquoi es-tu si pressé ?
— Mais enfin, quel crétin ! On a posé ce piège il y a des jours. Allons-y, bon sang ! La viande pourrait se gâter, allez !
— Dis plutôt que tu veux aller voir la fille au violoncelle.
— Oui pourquoi ? Tu t'en fiches de la revoir, c'est ça ?

Un petit silence passa :

— Elle est dans toutes mes pensées, murmurais-je.

— Très bien, allons-y ! dit Li d'un ton résolu.

Nos jours de repos avaient un goût de bonheur amer, car ils filaient à une vitesse folle.

Nous avons dégringolé la colline, nos respirations lourdes formant de la vapeur autour de nous. Malgré le soleil, qui brillait, le froid de la nuit persistait encore.

Au terme d'une marche harassante qui nous laissa haletants et couverts de sueur, nous arrivâmes enfin au pied de notre piège. Une vague de déception nous envahit lorsque nous constatâmes qu'aucune bête ne s'était prise dedans.

Nous prîmes alors la décision de nous diriger vers la grotte, dans l'espoir d'y trouver la fille au violoncelle. Telle une brise légère caressant les feuilles des arbres, nous n'avions pas eu besoin de vaincre les obstacles naturels pour entendre les vibrations du violoncelle.

Les notes cristallines de l'instrument s'élevaient en spirales mélodieuses à travers la végétation détrempée. Nous n'avions qu'une seule envie : la retrouver.

Les yeux rivés sur la scène qu'offrait la grotte, nous l'observâmes avec la plus grande attention. Elle était d'une beauté à couper le souffle, encore plus rayonnante que la dernière fois. Ses doigts fins et agiles dansaient sur les cordes avec une précision chirurgicale, tandis que le mouvement de son archet était fluide et gracieux. Son visage trahissait une concentration extrême.

Sans que nous en ayons conscience, Yong s'était glissé derrière nous et nous surveillait à une dizaine de mètres. Il nous avait suivis depuis le village. Captant le moindre de nos mouvements, ses sens étaient en éveil.

De là où il se trouvait, il ne voyait ni l'intérieur de la grotte ni la fille, mais le son du violoncelle le troublait.

Elle s'arrêta un instant pour consulter son cahier de partitions, puis reprit. Dès qu'elle joua le premier son, des gouttes de pluie commencèrent à tomber. Peut-être cette coïncidence annonçait-elle un événement plus sombre à venir ?

Nous restâmes là émerveillés par elle, *lui* troublé par les notes de musique qu'il n'arrivait pas à définir. La pièce qu'elle avait choisie n'était pas une sonate, mais le premier mouvement de la première des six suites pour violoncelle composées par le compositeur allemand Jean-Sébastien Bach. Ce n'était pas une pièce facile à jouer.

Intrigué, Yong s'approcha lentement. Et c'est là qu'il la vit. Accroupi, les yeux écarquillés, il fut frappé par sa beauté. Sa peau d'une blancheur immaculée et ses gestes gracieux s'harmonisaient parfaitement avec l'objet qu'elle faisait chanter.

Autour de lui, le temps s'était arrêté. Dans tout le mont Huang, il n'avait vu une fille aussi éblouissante. Les montagnes jaunes n'offraient que des filles à la peau marquée par les rayons du soleil, aux os saillants, aux épaules carrées et aux visages ronds et bruts, forgés par la vie dure qui les entourait.

Tel un soldat se rendant à l'ennemi, fragile et épuisé par une lutte incessante, Li décida de sortir de sa cachette pour l'approcher. Yong, furieux, frappa le tronc d'un arbre de la paume de sa main.

Observant la scène avec attention, il se demanda ce que Li Shui voulait d'elle. C'est à cet instant qu'une idée germa dans son esprit étriqué. Cette fille, il la désirait ardemment, au point d'envisager de se débarrasser de nous pour l'obtenir à tout prix.

Le bruit qu'avaient fait les cordes en s'arrêtant net avait été un supplice :

— Encore toi ! s'exclama-t-elle d'un ton ennuyé.

Li, qui souriait, prononça les premiers mots qui lui vinrent à l'esprit, espérant que cela aurait suffi à la calmer.

— J'aime t'entendre jouer.

Le visage de la fille s'assombrit :

— Et moi, je n'aime pas qu'on vienne m'importuner !

Je m'approchai à mon tour, quand elle me vit, elle grimaça :

— Excusez mon ami, dis-je, il n'est guère accoutumé aux préludes de politesse.

— Vous m'espionnez depuis combien de temps au juste ?

— Comment est-ce possible que tu parles aussi bien ? repris-je. Tu es un mystère pour nous. Les filles des montagnes ne savent pas articuler un mot sans faire une faute de prononciation.

— Elles sont idiotes, affirma Li en s'approchant davantage.

Le ton de la fille devint morne :

— Oh, elles sont loin d'être idiotes. Et puis, en ce qui concerne mon langage et ma façon de jouer, c'est grâce à mon père. Il était instituteur et un très bon violoncelliste. C'est lui qui m'a tout appris.

Elle s'apprêtait à ranger son violoncelle lorsque j'intervins :

— Je sais jouer du violon !

Elle leva les yeux, regarda les nuages gris, puis les reposa sur nous :

— Vous savez, vous pouvez vous mettre à l'abri ; cette grotte ne m'appartient pas.

Nous nous exécutâmes. Nous étions bien mieux au sec. Li Shui retira sa chemise trempée, révélant son torse sculpté. Il savait qu'en faisant cela, la fille allait scruter son corps. D'une certaine manière, il souhaitait qu'elle me perçoive autrement.

Après avoir essoré sa chemise et l'avoir posée sur une roche, il observa attentivement les alentours. Décidant d'allumer un feu, il rassembla des brindilles sur le sol de la grotte, puis saisit deux pierres qu'il frotta l'une contre l'autre.

On aurait dit qu'il avait toujours eu l'habitude de faire cela. Des étincelles jaillirent, se dispersant sur les brindilles et les herbes sèches. Les flammes avaient mis du temps à surgir, puis elles commencèrent à éclairer nos visages.

Le torse de Li brillait sous les lueurs ocre du feu. C'est à cet instant qu'une tension à la fois palpable et amicale s'installa entre nous.

Chacun cherchait à impressionner la fille et, il faut bien l'avouer, il avait une longueur d'avance. Lorsqu'il passa sa main dans ses cheveux mouillés et que ses abdos sculptés se contractèrent, elle détourna les yeux, embarrassée. En fait, je n'avais aucune chance.

Yong était resté tapi, observant la scène avec une attention fiévreuse. La fille l'hypnotisait. Il n'aurait jamais imaginé être témoin d'un tel spectacle.

Lorsque la pluie cessa brusquement, un rayon de soleil perça les nuages blafards. Le visage marqué par la haine, il se redressa nerveusement, baissa son pantalon et attrapa son sexe.

Celui-ci était déjà dur et n'attendait qu'une réaction de sa part pour faire évacuer son précieux lait. Enfin soulagé, il remit son pantalon, attendit un instant, puis partit.

Sans un mot, la fille se remit à jouer. Le son de cet instrument me procurait un profond réconfort. Je pense que, d'une certaine manière, elle sentait que nous aimions la regarder, que cela lui faisait plaisir d'avoir un public.

Aux abords de la grotte, les notes voguaient avec une clarté cristalline, se mêlant au crépitement des flammes qui dévoraient le bois. Assis, nous l'avions écoutée jusqu'à ce que les dernières lueurs de l'après-midi s'effacent.

Lentement, l'obscurité avait étouffé notre enthousiasme. En arrivant au village, nous étions imprégnés d'une joie insouciante, d'autant plus vive que les habitants se préparaient à célébrer l'arrivée de la nouvelle année.

Notre chemin, éclairé par la lueur vacillante des lanternes ornées de délicats motifs dorés, était bordé de lumières qui dansaient gracieusement au gré du vent, suspendues entre les maisons par des fils invisibles.

Un bruit sourd interrompit nos pensées. Nous nous retournâmes et aperçûmes Yong, s'avançant vers nous avec une détermination glaciale. Avant que Li Shui ne puisse réagir, Yong le projeta au sol.

Avec une détermination farouche, Li se releva et le toisa, tout en serrant les poings. Que se passait-il ? Pourquoi Yong voulait-il en découdre avec lui ?

Il savait qu'il ne pouvait se défendre, non par lâcheté, mais parce qu'il mesurait les conséquences de ses actes. Les représailles seraient trop lourdes à supporter. Cette situation, pourtant, nous déstabilisait. Qu'est-ce que Li Shui avait bien pu faire pour enflammer une telle colère chez cet idiot ?

Yong, les yeux brûlants de colère, frappa à nouveau. Li Shui s'effondra, ses mains raclant les pavés froids, humides et rugueux. Malgré la douleur et l'humiliation, il se redressa et le défia à nouveau.

— Tu veux mourir, c'est ça ? Reste au sol ! hurla Yong.

De mon côté, pétrifié, je ne pouvais qu'assister impuissant à cette brutalité. Chaque coup de Yong était suivi par l'endurance inflexible de mon ami. Quelques villageois, attirés par le tumulte, se rassemblèrent. Parmi eux, le vieux Cūn zhǎng se fraya un chemin. En voyant la scène, il s'interposa, levant une main impérieuse pour arrêter son fils.

— Assez ! Qu'a-t-il fait de mal ?

Yong, surpris et déconcerté par la foule, baissa la tête. Il ne comprenait plus rien à ce qui lui arrivait, conscient de ses actes, mais incapable d'en saisir la portée. Haletant, mais debout, Li était en piteux état. Il saignait de la bouche, du nez et de l'arcade gauche. Il regarda un instant, le vieil homme avec une profonde gratitude.

— Vous... Vous ne comprenez rien ! rugit Yong, agitant frénétiquement les bras, comme s'il cherchait à repousser une nuée d'insectes invisibles. Li Shui, ce... ce lâche ! Il croit pouvoir me défier, moi ?

Son rire rauque résonna dans la nuit, un cri de douleur plus que de joie. Son visage se contorsionna, prenant les traits d'un masque où se confondaient la tristesse et le rire.

— Il ne vaut rien ! Je me donne corps et âme pour ce village, et personne ne le voit ! Personne ne comprend !

Il passa une main tremblante dans ses cheveux gras, celui d'un homme brisé, et surtout ivre.

— Cette fille... la fille à la musique... elle est à moi.

Les villageois, silencieux, observaient Yong avec une attention lourde de pitié et de désapprobation. Le père de Yong, le visage marqué par la tristesse, la fatigue et surtout la honte, posa une main sur l'épaule de son fils, espérant le calmer. La scène était gênante.

— Allez, mon fils, rentrons… Nous parlerons de tout cela demain, quand tu seras plus clair. La voix du vieil homme était douce et ferme.

Se redressant à grand-peine, secoué par des tremblements incontrôlables, il vomit son mauvais alcool.

Ses yeux, remplis de larmes confuses, reflétaient l'horreur de son geste. La tête basse, il acquiesça faiblement. Son père le guida, ses pas lourds et hésitants, éclairés par les lanternes vacillantes.

J'aidais mon ami à ne pas tomber et à se redresser, puis nous rejoignîmes la maison. Le visage gonflé, souillé par le sang coagulé, il s'allongea sur son lit, en se tenant les côtes. Il s'endormit peu après, le ventre vide. En m'approchant, je constatai qu'il serrait son couteau dans sa main droite.

J'allais sur le perron m'assoir. Des nuages noirs, lourds et menaçants, défilaient au-dessus des cimes, telles les sombres pensées qui avaient envahi mon esprit. Les mots : « La fille à la musique », qu'avait prononcé Yong, m'avait déconcerté. Connaissait-il la fille au violoncelle ?

Échos de joie.

L'épaisse fumée blanchâtre s'élevait au milieu de la place et une odeur de brûlé parfumait l'air de cette matinée. Nous étions le 17 février et l'atmosphère au village était en fête. Les plus chanceux, je veux dire les plus riches, faisaient exploser des pétards devant leurs portes pour éloigner les mauvais esprits et fêter l'arrivée du Coq de terre.

La coutume voulait qu'on s'efforce de repartir sur un bon pied après s'être débarrassé des mauvaises influences de l'année passée. « *Chun Jie* », le Nouvel An, avait marqué le début des festivités qui se déroulaient sur quinze jours, pour terminer avec la fête des lanternes.

Notre village invitait toujours notre plus proche voisin à se joindre à notre festin. Il s'agissait du village Han. Les montagnards n'avaient que rarement le temps de s'amuser, alors lorsqu'ils en avaient l'occasion, ils en profitaient pour danser et se saouler jusqu'à l'aube.

J'aimais respirer l'odeur du bois brûlé, qui, portée par le vent, ramenait d'autres senteurs. Un ballet incandescent se jouait dans le feu creusé à même le sol, où le bois chantait sa symphonie de craquements et de crépitements.

Au cœur de l'épaisse fumée, des braises ardentes, telles des touches d'un tableau abstrait, offraient un spectacle de couleurs corail et ocre.

Ning, le vieux buffle d'eau, avait été le premier à participer à la fête et avait été cuit à la broche. C'était la première fois que je voyais cela et c'était plutôt déroutant. Le parti communiste avait interdit de tuer les buffles d'eaux dans les villages. Un déplacement en ville était nécessaire pour demander une autorisation d'abattage et justifier notre demande. Notre village s'en passa.

Le vieux chef savait très bien que personne n'oserait venir jusqu'ici vérifier. Intrigué par la préparation du buffle, je restais à proximité, observant les femmes l'enduire d'une marinade parfumée à base de sauce de soja, d'ail et de gingembre. Deux villageois apparurent, portant un imposant coq de terre cuite finement sculpté, qu'ils déposèrent à quelques mètres de nous.

Immédiatement, des fleurs et des offrandes de nourriture furent disposées autour de cette œuvre, créant une atmosphère empreinte de solennité.

Soudain, une agitation se manifesta à l'entrée du village. Un groupe de jeunes filles arriva en chantant, leur voix claire et joyeuse résonnant dans les rues du village. Pour cette occasion spéciale, les jeunes filles du village Han avaient revêtu leur uniforme officiel et arboraient fièrement la casquette du Parti communiste, un brassard rouge ornant leur bras.

Habituées aux durs labeurs des champs, elles portaient sur leurs visages les marques d'une vie laborieuse.

Le Petit Guāng, qui mâchait une racine de réglisse sauvage, s'était assis à côté de moi. Tout d'un coup, une fille du groupe attira mon attention. C'était la fille au violoncelle. Les filles des Hirondelles, jalouses, la regardaient avec une méfiance sourde.

Le rythme des gros tambours, grondant dans l'air, vibra sous mes pieds. La fille au violoncelle s'approcha, son sourire doux éclairant son visage. Je détournai les yeux, gêné, tentant de dissimuler mes émotions.

Un instant s'écoula.

Alors que les filles s'apprêtaient à livrer leurs spectacles, Li qui avait une cigarette à la bouche, vint me rejoindre et s'installa près de moi. Il semblait remis et en pleine forme.

— Alors, elles sont jolies les…

Il se tut un instant et reprit :

— Regarde Yáo Jun ! Elle est là.

Je ne voulais pas lui répondre. Je me figeai, incapable de détourner le regard. Les premières notes de « Chantons Mao Zedong » résonnèrent, ravivant des souvenirs enfouis. Mes yeux se posèrent sur la violoncelliste, et je fus soudainement hypnotisé par son jeu. À sa manière, elle semblait chercher à provoquer une réaction chez nous.

Elle fit un clin d'œil dans notre direction. Mais je ne me faisais pas d'idées : ce message était destiné à Li Shui. À cet instant, une vague de déception m'envahit. En réalisant que je n'avais pas suscité plus d'intérêt, je me levai pour rejoindre le buffle, qui dégoulinait de sauce. Au moins, lui, il n'était pas prêt à rendre un sourire à la Li Shui.

Un frisson parcourut le corps de Yong lorsqu'il l'aperçut. Son regard s'était figé sur sa silhouette gracieuse qui se mouvait en parfaite harmonie avec les autres danseuses. Des images impures lui traversèrent l'esprit, attisant davantage sa fascination, pour elle. Sa respiration s'accéléra, ses mains se crispèrent et son corps, pris d'une nervosité incontrôlable, se mit à trembler. Ses pensées se mirent à se bousculer vers un abîme de fantasmes, pervers.

À la fin du spectacle, tout le monde applaudit avec enthousiasme, puis les filles se dispersèrent. Li se leva pour aller la rejoindre. J'admirais son audace. Si seulement ma timidité ne m'avait pas paralysé.

Les amis de la jeune musicienne se pressèrent autour d'elle, formant un essaim animé. Mon attention fut captée par l'une d'elles, qui tenait un briquet Zippo. Elle semblait bien connaître et apprécier la violoncelliste. Ce Zippo… éveillait en moi un vague souvenir.

Nous ne le savions pas encore, mais à cet instant, nous allions vivre une expérience extraordinaire. Quand j'y repense aujourd'hui, je me dis que c'était tout simplement magique, surtout dans les circonstances de l'époque.

D'un pas lourd et déterminé, le Cūn zhǎng se fraya un chemin à travers la foule agitée. Malade et reclus chez lui la plupart du temps, il était à présent possédé par une force mystérieuse, et voulait nous présenter un spectacle. Créant une atmosphère de suspense palpable, il demanda avec fermeté aux gens de se calmer et de faire silence. Les gens s'écartèrent spontanément, lui laissant un large espace.

Un frisson parcourut la foule. Des murmures, prononcés à voix basse, se mêlaient à l'atmosphère, chargés d'une signification obscure. « Il va le faire... Il va les faire venir… »

Le vieux chef, tel un oracle, se pencha en avant, puis tout d'un coup, en résonnant à travers les maisons avoisinantes, un coup puissant de tambour retentit. Rapidement, le Cūn zhǎng leva les bras, paumes tournées vers le ciel. À l'expression de son visage, on aurait dit qu'il portait sur ses épaules le poids de tous les cieux.

Des voix se remirent à murmurer :

— Ils vont arriver, vous allez voir, c'est incroyable. Seul le vieux Wu connaît ce tour de magie !

Tandis qu'on patientait en se posant des questions, la cuisson à la broche du vieux Ning embaumait l'air de son parfum délicieux. Là, dans le public, une jeune fille se mit à pointer quelque chose dans le ciel. Levant la tête, j'aperçus une nuée noire qui ondulait. Alors qu'elle se rapprochait, nous commencions à comprendre qu'il s'agissait d'un immense nuage d'hirondelles.

La foule troublée essaya de se contenir en silence. Ce que nous vîmes à cet instant était tout simplement incroyable. Tel un marionnettiste, le vieux chef commença à balayer l'espace de ses bras. Comme un essaim d'abeilles, les oiseaux fondirent sur nous avant de remonter brusquement. Tout le monde se mit à applaudir de bon cœur. Le plus extraordinaire, c'est quand les oiseaux formèrent le chiffre « 8 ».

Dans la culture chinoise, ce nombre représentait la chance. Ils prirent d'autres formes, se transformant en cercle, puis en vague, avant que le Cūn zhǎng, épuisé, ne frappe des mains et ne disperse les hirondelles.

La foule l'applaudit chaleureusement. Jamais je n'aurais cru assister à un tel spectacle.

Le Cūn zhǎng leva les mains pour demander à nouveau le silence, puis prit la parole :

> — Mes chers camarades et amis du village Han. Notre village a été béni par les dieux ancestraux. Les hirondelles joyeuses nous font le privilège de revenir chaque année. Veuillez les accueillir en vos frères et sœurs, en vos parents et amis, en la réincarnation de nos chers disparus... À présent, mangeons et buvons !

Tournant le bouton de son poste radio pour capter les ondes, Yong réussit à trouver une chanson communiste. Fier et orgueilleux, les deux pouces enfoncés dans sa large ceinture, il se tenait à côté de son appareil, presque sur la pointe des pieds, pour se donner de l'importance.

Illico, comme des mouches attirées par un morceau de viande avariée, des bambins crasseux vinrent le tourmenter. Curieux et excités, les enfants se pressèrent autour de lui. Pour eux, cette boîte était tout simplement magique.

Heureux, les gens se mirent à danser et à boire, de l'alcool de riz et du thé. C'était un jour de fête, et dans les montagnes jaunes où la vie était dure, il fallait apprécier tout particulièrement ces moments-là.

Li fixait Yong d'un regard noir. Il portait encore sur son visage les stigmates des coups que cet imbécile lui avait portés. L'idiot en question fredonnait gaiement. Il avait déjà tout oublié et souriait.

Je parcourus la place du regard et m'arrêtai sur une fille assise contre un muret à quelques mètres du feu. Son visage m'était familier ; c'était la fille que j'avais vue tenir un Zippo.

À mon approche, elle rabattit les manches de sa veste pour dissimuler ses poignets. Elle leva les yeux et me fixa. Son expression était impénétrable, presque vide ; seules les lueurs orangées du feu dans ses pupilles trahissaient une présence vivante.

C'est à cet instant que je la reconnus. Oui, c'était bien elle, la fille au Zippo du minibus, celle qui m'avait chuchoté son nom… euh… Yang… Yang Lojin.

Elle était toujours aussi mince, mais portait à présent les cheveux longs. Je pouvais ressentir toute la fragilité et la douleur qui émanaient de son être, mais aussi son côté sombre.

Elle hésita un instant, essuya ses yeux du revers de sa main tachée et renifla avant de prendre la parole d'une voix douce :

— Je te reconnais, tu étais avec moi dans le minibus, murmura-t-elle.

— Je m'appelle Yáo Jun.

— Yang Lojin, enfin… avant.

Elle écarta l'une des mèches de ses cheveux en désordre. Là, j'entrevis les marques profondes de frottement qui cerclaient son poignet gauche. Sûrement fait avec une cordelette, les traces sur sa peau étaient rouges et enflées. Et ce léger hématome d'un bleu violacé presque noir, près de son cou ; me figea sur place.

Je m'assis près d'elle. Rapidement, elle se décala. Elle me paraissait anxieuse. Pour fuir cet instant, elle se concentra sur les flammes du feu.

Les doigts tremblants, elle fouilla dans la poche droite de sa veste et sortit son vieux briquet Zippo. Pour apaiser son angoisse, elle ouvrait et refermait inlassablement le capuchon.

— Tu sais Yáo Jun… Aujourd'hui, j'aimerais être l'une de ces braises, m'envoler et disparaître.

Des larmes coulaient sur ses joues, hâlées par le travail des champs. Croyant sans doute que j'avais été un garde rouge, elle se confia, libérant ainsi ce qu'elle ressentait :

— Avec mon groupe, reprit-elle doucement, j'ai tué et torturé des gens. Un jour, nous avons suspendu, dans le grand parc Chun-Io, un couple de professeurs des écoles. Je les connaissais depuis la primaire. Nous les avons découpés et avons distribué leur chair autour de nous. Nous étions...

Elle s'arrêta un instant, avant qu'un rire sarcastique n'écarte ses lèvres :

— J'étais un monstre…

Elle passa doucement ses doigts sur la marque de ligature à son poignet, puis elle prit une profonde inspiration et reprit d'une voix tremblante :

— C'est pour cela que je paie à présent.

Sur l'instant, la compassion que j'avais éprouvée pour elle s'évanouit lorsque j'appris les atrocités qu'elle avait commises. J'avais oublié que la plupart des jeunes partis pour se faire rééduquer étaient des gardes rouges, et qu'ils avaient du sang sur les mains. Certains avaient été de véritables tyrans.

Malgré cette vérité accablante, une part de moi refusait de la condamner entièrement. L'image d'elle, brisée par un système cruel et impitoyable, me hantait. En elle, je voyais un reflet de ma propre douleur, de mon propre sentiment d'impuissance face à l'horreur qui nous entourait. Depuis son arrivée, elle vivait un véritable calvaire.

Plusieurs fois violée et battue, elle avait tenté à maintes reprises de s'enfuir et même de se suicider, parce qu'elle ne voyait plus d'issues. Je ne pouvais m'empêcher de l'écouter, captivé par son récit déchirant.

Le Parti communiste ne l'avouerait jamais, mais dans de nombreux villages, bien des jeunes filles rééduquées ne revirent jamais leurs foyers. Les raisons étaient multiples : suicide, disparition, mariage forcé, grossesse.

À ce stade, je savais que je ne pouvais rien pour elle. Que pouvais-je faire ? J'étais tout aussi prisonnier qu'elle. Puis, l'évidence de sa nature et de ses actes passés me ramena à la raison. Peut-être, après tout, qu'elle le méritait ? Les souvenirs de mes parents en larmes, marqués par la brutalité des gardes rouges, étaient encore dans mon cœur, telle une lame incandescente, douloureusement et vivante.

La réalité de la situation s'imposa à moi avec une clarté déconcertante. Je ne pouvais plus rester, à côté d'elle.

Je lui jetai un dernier regard. Sans un mot de plus, je me redressais et m'éloignai.

Une villageoise me tendit une paire de baguettes et un bol de bouillon fumant, débordant de légumes frais et de morceaux de viande. Dès que mes lèvres touchèrent le liquide chaud, une explosion de saveurs m'envahit.

À côté de la fille au violoncelle, Li Shui éclata de rire en secouant ses larges épaules. Dès qu'il m'aperçut, il se figea sur place. Ses yeux s'écarquillèrent, et sa bouche forma un O parfait, dévoilant une rangée de dents d'un blanc nacré. La joie qui éclairait son visage un instant plus tôt s'était évaporée, laissant place à un masque de consternation. Je compris aussitôt que ma présence n'était pas souhaitée.

— Désolé, mon ami, pensai-je en lui adressant un sourire en coin, mais elle n'est pas encore à toi.

— J'aimerais apprendre à jouer du violoncelle, s'exclama Li Shui, en me fixant droit dans les yeux.

— Hypocrite, pensai-je en silence.

Je laissai échapper un sourire moqueur. Il n'avait rien trouvé de mieux pour attirer l'attention sur lui. Avec ses gros doigts et ses coudes carrés, il n'aurait jamais pu apprendre à jouer du violoncelle.

— Quant à moi, j'adorerais avoir un violon. Cela fait tellement longtemps que je n'ai pas joué, et ça me manque terriblement, de ne pas interpréter du Jean-Sébastien Bach, dis-je, histoire de me donner de l'importance.

— Je crois savoir où trouver d'autres instruments, déclara-t-elle.

Nous la dévisageâmes, intrigués. Ce qu'elle venait d'affirmer semblait être une plaisanterie. Trouver des instruments de musique classique ici ? Nous savions qu'il n'y avait même pas un atelier de violon dans toute la région de l'Anhui. Pourquoi nous donnait-elle de faux espoirs ?

— Selon les rumeurs, un avion japonais transportant un orchestre se serait écrasé près de la montagne du Tigre, reprit-elle. Les hauts gradés japonais basés dans la préfecture de Hefei aimaient, paraît-il, écouter de la musique classique. Et qui dit orchestre, dit instruments, n'est-ce pas ?

— Où se trouve la montagne du Tigre ? demandai-je, intriguée.

— Elle est à quatre heures de marche vers le sud.

— Mais comment trouver l'avion ? demanda Li Shui.

— Je connais une personne qui dit l'avoir vu. C'est un vieil ermite du nom de Huan Yue.

— Et où se trouve l'ermite ? questionna Li Shui visiblement très enthousiaste.

— Il vit sur la falaise des « Pins courbés », mais je vous préviens… disons qu'il n'a pas toute sa tête !

Elle happa des champignons et de la viande, les mâchouilla et prit de nouveau la parole :

— Le plus difficile sera de le convaincre… Il déteste cet endroit. Il ne s'aventure jamais au-delà de la grotte, et ce, uniquement de temps en temps, pour m'écouter jouer et me rapporter du poisson frais.

— À quel moment pourrions-nous y aller ? demandai-je.

— Quand les récoltes seront terminées. Nous aurons alors tout notre temps… répondit Li, d'une voix joyeuse.

— Maintenant que nous sommes amis, pourrais-je connaître ton nom ? Mon sourire trahissait mon impatience.

— Qui a dit que nous étions amis ? Un sourire énigmatique illuminait son visage.

— Bon, très bien. Je m'appelle Weng Qingyu.

— Qingyu... quel prénom magnifique ! s'exclama Li, les yeux brillants d'admiration.

Elle nous offrit un sourire éclatant, puis disparut au milieu de ses amies, impatientes de connaître les détails de notre conversation.

Plus tard, alors que la nuit commençait à envahir le ciel, nous nous installâmes aux premières loges pour assister à une représentation. Sur une petite scène de moins de trois mètres carrés, cinq vieux acteurs assis et accompagnés de 17 musiciens commencèrent une pièce classique de théâtre d'ombres.

Intrigué par leurs instruments de musique, je m'approchai pour observer ce qu'ils tenaient. Deux d'entre eux portaient des flûtes en os, d'autres avaient des cithares à sept cordes, des cloches de *Bianzhong*, des flûtes de bambou, ainsi que des *Bangu*, ces petits tambours aigus souvent utilisés dans ce genre de spectacle.

Éclairés par une lampe, les marionnettistes manipulaient des personnages à l'aide de tiges de bambou. Je reconnus un dragon, une princesse, des guerriers à cheval, un joueur de flûte, un chien, des oiseaux.

Les instruments à percussion qu'ils utilisaient donnaient un ton particulier à la scène. J'avais beaucoup apprécié le spectacle. Cela m'avait donné, pour un court instant, le sentiment d'être libre. Nous applaudîmes de bon cœur avec la foule, quand tout un coup, un enfant fit tomber la radio.

Une voix despotique de femme se fit aussitôt entendre : « *Certains représentants de la bourgeoisie se sont insinués dans notre parti, dans notre gouvernement, notre armée et nos départements culturels. C'est un groupe de révisionnistes contre-révolutionnaires qui attendent le bon moment pour s'emparer du pouvoir !* » cracha la voix éraillée, avant que le Cūn zhǎng éteigne la radio.

Les gens, surpris et figés sur place, reprirent lentement leurs activités. Le village, plongé dans l'obscurité pour la représentation, s'anima à nouveau lorsque les flambeaux furent allumés, projetant des ombres dansantes et créant une atmosphère à la fois amicale et festive.

Les flammes apportaient une lueur dorée, transformant chaque visage en une toile vivante d'émotions partagées.

Yong, énervé, alla s'asseoir à une table et commença à boire du mauvais alcool de riz. Une heure plus tard, le regard vitreux et titubant, il se présenta devant nous. Complètement ivres, ses paroles étaient incompréhensibles.

Il scruta Qingyu d'un air hagard, presque animal, puis s'avança vers elle. D'un geste lourd, il passa ses doigts dans sa chevelure et se mit à en renifler les mèches. Avec ses mains calleuses, il lui caressa les joues, son haleine chargée d'alcool flottant parmi nous.

Impuissant, les poings serrés, je ne pouvais qu'assister à la scène. L'attitude de ce type me répugnait au plus haut point. Quant à Li, il était prêt à lui sauter dessus. Se faire frapper était une chose, mais toucher à la fille au violoncelle en était une autre.

Il s'approcha encore plus d'elle, l'enserrant contre son ventre. Son insistance, sa vulgarité étaient insupportables. Une grimace de dégoût traversait les traits de Qingyu. Elle tendait les mains, essayant de ne pas le toucher.

À l'intérieur de nous, une colère sourde grondait. Là, des crachotements stridents jaillirent du poste radio, le faisant sursauter. Son visage se contorsionna en un masque de colère et, tandis qu'il cherchait le ou les coupables, qui l'avaient rallumé, il se pencha en avant et vomit.

Profitant de la confusion, nous prîmes nos jambes à notre cou et nous réfugiâmes derrière le mur d'une maison, offrant une vue sur la partie sud des monts Huang. Nous nous installâmes ensuite sur une grosse pierre plate, qui servait de banc à quiconque cherchait un peu d'intimité.

Il n'y avait pas de flambeaux pour nous éclairer. Au-dessus de nous, la voûte céleste scintillait de milliers d'étoiles, tandis que la lune, timide, se cachait derrière des nuages sombres.

Nous étions encore perturbés par ce qui venait de se passer.

Surtout Qingyu, dont le silence en disait long. Elle s'était assise au milieu de nous. Je pouvais sentir l'odeur d'abricot qui émanait de ses cheveux et celle du feu de bois imprégnant ses vêtements.

Li alluma une cigarette, puis, captivé par le ciel parsemé de diamants, laissa doucement échapper la fumée par son nez, formant un ballet éphémère.

Aussi agile qu'un serpent, elle attrapa la cigarette des lèvres de Li Shui et en tira une bouffée. Nous la dévisageâmes, surpris. Elle garda un instant la fumée dans ses poumons, puis la recracha avec dégoût. Une grimace déforma son visage et elle se mit à tousser.

Il y avait eu dans son geste une sorte de fuite, comme si elle cherchait à noyer dans la fumée les pensées qui la hantaient. Nous ne pûmes nous empêcher de rire. Puis, elle se mit à scruter chaque étoile lointaine qui brillait.

Tout à coup, une étoile filante traversa le firmament, sa traînée étincelante marquant un sillage argenté dans l'obscurité. Elle se redressa et pointa l'étoile du doigt.

— Regardez là-haut ! C'est tellement beau !

Elle ferma les yeux et fit un vœu, espérant que cette étoile filante lui apporterait chance et bonheur. Puis, sans prévenir, elle décida de partir avec les filles du village Han, nous laissant là désemparés et incrédules.

Alors qu'elle s'éloignait, une profonde tristesse m'envahit. J'aurais souhaité qu'elle reste un peu plus longtemps avec nous.

Cependant, nous savions que, dans les montagnes, la nuit pouvait être dangereuse. Il était donc préférable qu'elle fasse une partie du chemin avec les habitants du village Han.

L'air frais de la montagne enveloppait nos visages, apportant avec lui les murmures apaisants de la nature. Sentant la fatigue nous gagner, nous comprîmes qu'il était temps d'aller nous coucher.

Le soir suivant, des coups insistants résonnèrent à notre porte. Quand j'ouvris, j'eus la surprise de voir Yong. Il tenait une lampe dans une main et mon roman dans l'autre. Ses yeux brillaient d'une lueur malicieuse.

Il avait toujours eu ce don pour manipuler les situations à son avantage, et cette fois-ci, je n'étais pas sûr de ce qu'il avait en tête. En un instant, mes yeux s'emplirent de larmes et, contre toute attente... :

— Je veux que tu nous racontes l'histoire de ce camarade pauvre qui a volé ce pain à ce bourgeois contre-révolutionnaire pour nourrir sa famille !

— Oui, euh… très bien chef, dis-je d'une voix tremblante.

— Demain soir alors !

— Très bien, demain soir chef !

Li Shui se tenait derrière moi, observant par-dessus mon épaule. Cela faisait si longtemps qu'il n'avait pas eu entre les mains de vraies lectures. Yong me tendit mon livre, que je saisis d'une main fébrile. Sans un mot de plus, il s'éloigna et disparut entre les maisons, nous laissant seuls avec nos pensées.

À cet instant, Li s'empara du roman et s'installa près du foyer pour le lire. Illuminé par la lueur séductrice des flammes, son visage reflétait un bonheur sincère. Quant à moi, je regardais de nouveau le coin de rue où Yong avait disparu. Cette brusque générosité ne lui ressemblait pas. J'avais du mal à croire qu'il n'y avait pas une intention cachée derrière ce geste.

Gagner les cœurs et les âmes.

Enveloppée d'une douce pénombre, la place n'était éclairée que par la lumière chaude des flammes des dizaines de bûches qui crépitaient en son centre. Le soir de la lecture était enfin arrivé, et j'y avais pensé une grande partie de la journée. Comment allais-je faire ? La nervosité m'envahissait, et une inquiétude paralysait mes pensées.

Un murmure d'excitation bruissait parmi la foule, qui s'était formée en cercle autour du feu. Ils étaient tous là, rassemblés : jeunes et vieux, hommes et femmes, enfants perchés sur les épaules de leurs parents, les yeux grands ouverts, impatients de découvrir mon histoire.

Je me plaçai devant les flammes, dont l'étreinte bienveillante contrastait avec la fraîcheur de la nuit. Des insectes dansaient autour du feu, leurs mouvements légers ajoutant une touche d'étrangeté à l'instant.

Un silence pesant s'abattit sur la foule. Yong, de ses yeux noirs, me fixait intensément. Je savais qu'il ne fallait pas qu'il perde la face. Cette notion de « ne pas perdre la face » est quelque chose que j'ai toujours profondément ressenti dans ma culture, et encore plus à cette époque. La face, pour nous, ce n'est pas juste une question de façade ; c'est l'honneur, le respect social et notre dignité personnelle. Cela touche à des principes qui sont au cœur de notre manière de vivre : la hiérarchie, l'harmonie dans nos relations, et l'importance que l'on accorde aux liens entre les individus. Ces valeurs sont profondément ancrées en nous.

Quand Yong a organisé cette soirée, je savais que tout devait absolument bien se passer. Sinon, j'allais en payer le prix.

Le moment n'était pas dépourvu d'originalité… J'allais raconter l'œuvre de Victor Hugo, *Les Misérables*, à des paysans communistes et pauvres, au beau milieu de ce village perdu des montagnes jaunes. Il y avait de quoi rire, non ?

Je feuilletai le livre et commençai le premier chapitre. Les mots, d'abord hésitants, s'échappaient de ma bouche, à peine audible :

— Je… Je... vais donc vous raconter…
— Plus fort ! cria une voix d'homme.
— Oui, plus fort ! répéta celle d'une femme.

À cet instant, je jetai un regard vers Yong, et une peur glacée m'envahit. Son regard m'empoigna, me figeant sur place. Les mots étaient là, mais aucun son ne sortait de ma bouche. Voyant que j'étais bloqué, Li s'approcha et saisit le roman :

— Celle de Jean Valjean, de Fantine, de Cosette, de Marius, et aussi… des méchants Thénardier ! dit-il d'une voix haute.

Je regardai le texte et, avec plus d'assurance, je me mis à lire :

— L'action se déroule en France au cours du premier tiers du XIXe siècle, entre la bataille de Waterloo… (Le petit Guāng me coupa la parole.)
— La France ! C'est où ça ?
— C'est une région de Chine, pauvre idiot, s'exclama un paysan aux cheveux longs.
— Oui, plus à l'ouest je crois, s'est écriée à son tour une femme.

J'ai souri, car je savais qu'à ce rythme, la nuit allait être longue.

L'aube avait été cruelle avec moi, et j'avais eu du mal à me lever pour aller aux champs. En arrivant, les paysans m'accueillirent avec un air complètement transformé. Je n'étais plus le rééduqué ; j'étais devenu, le conteur d'histoires.

« Jean Valjean, Cosette », répétèrent-ils maladroitement avec de larges sourires. Ces personnages étaient devenus leurs nouveaux héros.

La dernière récolte touchait à sa fin, et nous étions impatients de partir à la recherche de l'avion japonais, dans l'espoir d'y découvrir des instruments de musique. Nous avions d'abord convenu de nous rendre à la falaise aux Pins courbés avec Qingyu, afin de rencontrer son vieil ami, l'ermite, pour qu'il nous montre l'endroit exact du crash.

Je savais que, pour Li, le plus important était de revoir Qingyu, quitte à ce que notre longue marche à la recherche des instruments perdus ne soit que foutaise. C'était à ce moment-là que je réalisai qu'il était réellement tombé amoureux d'elle. D'ailleurs, qui n'aurait pas succombé à son charme ?

Elle était bien plus qu'une simple beauté : elle était une énigme à déchiffrer, une muse capable de captiver toute mon attention. Lorsqu'elle prenait son violoncelle, l'instrument semblait se fondre entre ses doigts pour devenir une extension de son âme.

C'était une sensation bouleversante ; mes sentiments pour elle se mêlaient à sa musique et à sa beauté incroyable. Je ne sais pas vraiment si c'était de l'amour quand j'y repense, plutôt un besoin d'être près d'elle. Elle était devenue comme ces drogues qui vous stimulent et vous montrent le paradis, avant que tout ne redescende.

La seule chose dont j'étais certain, c'est qu'elle me faisait du bien et que j'avais besoin d'elle à cet instant. Peut-être que si le destin ne m'avait pas lié en quelque sorte à elle, je ne serais jamais arrivé là où j'en suis aujourd'hui, à vous raconter un morceau de ma vie, qui est encore lourd à porter et dont j'en porte encore les cicatrices.

Chapitre 4
Harmonie silencieuse

À l'aube, un délicat brouillard enveloppait notre toit. Assis sur le seuil de ma porte, j'observais silencieusement les alentours, fasciné par la beauté de ce spectacle naturel qui se dissipait lentement, sous les brumes blanches caressées par les rayons dorés du soleil. Je m'étais mis à penser, à tout et à rien, à combien de temps j'allais rester dans ces montagnes, peut-être une éternité…

Étrangement, le silence ici devenait parfois oppressant. La musique classique apprise durant mon enfance faisait ressurgir en moi une rébellion intérieure. C'était un rugissement venu des profondeurs de mon être, m'exhortant à ne pas oublier la civilisation et le bruit qui l'accompagnait.

L'idée de trouver des instruments sur la montagne du Tigre me plaisait, même si, au fond de moi, je savais que tout cela n'était que légende et rumeur. Alors, pourquoi y aller ? Par goût du défi, peut-être. Pour moi, à cette époque, frôler l'interdit était un devoir. Posséder un instrument aurait fait de moi un rebelle, un contre-révolutionnaire, un homme libre…

À travers cette brume qui s'effilochait au loin, je me laissais emporter par mes souvenirs. Je revoyais mon père jouant du piano.

Les notes s'envolaient et dévalaient en cascade par la fenêtre du salon, tandis que les passants tendaient l'oreille, attirés par la douce mélodie.

Avec le temps, ils avaient appris à écouter et à apprécier ; pourtant, aucun d'eux n'était venu nous demander le moindre renseignement sur les interprétations, probablement par peur.

Mon père avait appris, depuis sa tendre enfance, à respecter chaque note et à maintenir cette harmonie capable de plonger tout le monde dans un certain bien-être, de paix et de tranquillité. Jouer du piano avait été aussi vital pour lui que de respirer.

Hangzhou était une ville agréable avant que le cancer rouge n'envahisse nos rues et ne sonde les aspirations humaines les plus profondes, plongeant tout dans un chaos indescriptible. Du jour au lendemain, les gens ne pouvaient plus penser par eux-mêmes ni respirer sans s'exposer à la moindre critique.

Un an avant mon départ, jugé telle une menace par le Parti, mon père avait subi les conséquences du régime. Les gardes rouges étaient entrés chez nous par la force et avaient tout saccagé. En tant qu'enfant du peuple, je m'étais muré dans un silence de honte et de lâcheté pendant qu'ils insultaient mes parents.

Ils avaient injustement reproché à mon père d'être un « radicalisé à la botte des étrangers capitalistes ». Les larmes qui coulaient sur ses joues n'étaient pas seulement dues aux coups ou aux humiliations ; elles provenaient également du fait qu'ils avaient jeté son piano par la fenêtre.

Nous habitions au troisième étage. Je me rappelle distinctement du vacarme terrifiant qu'il provoqua en touchant le sol. Le fracas, l'écho des notes mêlées en un gémissement prolongé, tout cela reste gravé dans ma mémoire.

Le piano, le ventre éclaté et les pieds arrachés, était resté trois semaines dans la rue. Les gardes rouges avaient fait en sorte de le placer correctement sur le trottoir, là où tous les regards pouvaient le contempler. Chaque matin, en passant devant, mes yeux se remplissaient de larmes.

Un jour vint où un groupe de jeunes décida d'offrir un funeste sort à ce qui subsistait de cet objet. Ils choisirent de le consumer, le soumettant ainsi aux flammes implacables.

Tel un souffle de vie s'échappant d'un corps meurtri, plus aucune mélodie ne sortit de notre demeure depuis ce jour. Les notes du piano, les accords du violon, tout avait été englouti dans l'atmosphère, aspiré par la terreur et la résignation. Notre quartier, désormais assoupi, s'était engouffré dans un silence glacial, imposé par les gardes rouges qui régnaient en maîtres.

Malheureusement, plus tard, ils vinrent chercher mon père sous le seul prétexte qu'il était à la solde des capitalistes étrangers. Qualifié « d'antirévolutionnaire », il fut envoyé de force dans un camp de travail. Ma mère le suivit deux semaines plus tard. Avant de partir, elle cacha son violon dans un endroit secret, tandis que moi, je dissimulai mon exemplaire des *Misérables*. Li me sortit de ma torpeur :

— Qu'est-ce que tu fais ?

D'un revers de main, j'essuyai mes larmes :

— Rien, je regarde l'horizon. Je pense à ma vie d'avant.

— Et bas moi, j'ai envie de pisser…

Il s'approcha du ravin et commença à uriner dans le vide :

— Un jour ou l'autre Yáo Jun, nous allons retourner chez nous et reprendre une vie normale. Rien ne dure éternellement, crois-moi.

Les récoltes étant achevées et notre jour de repos enfin arrivé, nous décidâmes de nous rendre ce jour-là à la falaise des Pins courbés, un endroit dangereux et difficile d'accès, afin d'y trouver le vieil ermite.

Qingyu nous avait rejoints et nous avait servi de guide. Après une heure de marche, le chemin se compliqua. Les cailloux glissaient sous nos pieds et le terrain devenait escarpé. Qingyu, en tête, ralentit soudainement, jetant un regard averti sur le sentier.

— Faites attention où vous mettez les pieds, dit-elle d'une voix grave. J'ai toujours rêvé de venir ici, mais je ne pensais pas que ce serait aussi exigeant.

On aurait dit un vrai petit caporal.

Après de longues heures d'efforts inlassables, nous parvînmes enfin à notre destination. Elle se trouvait dans une forêt de pierre, au sommet d'une falaise de granit. Ses pics, qui fendaient le ciel, étaient tout simplement incroyables. Les racines noueuses et les branches fragiles étaient notre seul soutien alors que nous gravissions la roche, un pas à la fois. Le vertige impitoyable nous enveloppait, et nous ne pouvions pas nous arrêter. Chaque pas était un défi ; cependant, nous étions déterminés à atteindre le sommet.

Avec du recul, je réalise que notre insouciance aurait pu nous coûter la vie. Nous nous retrouvâmes sur un plateau recouvert de végétation et de roches bleutées, qui jaillissaient de la terre. Cela me donna l'image d'être dans la bouche d'un géant des forêts, où les roches étaient ses dents. C'est là que notre attention fut attirée par l'apparition lointaine d'une cabane minuscule, un abri solitaire au milieu de ce décor.

L'ermite que nous cherchions vivait en quasi-autarcie, coupé du monde et de la civilisation. Il passait ses journées à couper du bois pour se chauffer et cultivait ses propres légumes le long d'une rivière voisine, où il aimait pêcher pour se nourrir.

Alors que nous approchions de sa cabane, je le vis s'affairer autour d'un feu encerclé de pierres. Une grande marmite y était posée, crachant une vapeur blafarde.

Qingyu s'arrêta un instant, saisit une poignée de terre asséchée et la projeta sur ses cheveux, les recouvrant d'une couche ocre. Puis, d'un geste rapide, elle frotta ses mains l'une contre l'autre, puis continua en direction de l'homme.

Nous restions là, figés, échangeant des regards perplexes. Les coutumes des habitants des montagnes nous semblaient de plus en plus énigmatiques.

En dépit de nos attentes, il ne ressemblait pas à un sage ; il paraissait plutôt être un pauvre ivrogne, avait murmuré Li Shui à mon oreille. À sa hauteur, j'observai l'homme des pieds à la tête. Dégarni et souffreteux, il n'était qu'un véritable fatras d'os anguleux et d'articulations énormes, enfermé dans un sac de peau fanée. Levant la tête dans notre direction, il s'adressa à Qingyu :

— Qui sont tes amis ?

— Ils viennent à la montagne de la Lune, ils… commença Qingyu avant d'être interrompu par le vieil homme.

— Vous êtes les rééduqués du village des hirondelles ? Les conteurs d'histoires ?

— Oui, monsieur, comment le savez-vous ? demanda Li, intrigué.

— Vivre seul ne veut pas dire être séparé du monde, répliqua-t-il. Il m'arrive de rencontrer des gens près de la rivière, mais même sans ça, je l'aurais deviné.

Li Shui eut un sourire moqueur :

— Ah bon, et comment ?

Il nous observa des pieds à la tête :

— D'abord, votre accent. Vous avez cette façon désagréable de tourner votre langue contre votre palais lorsque vous parlez, pour faire croire que vous êtes plus noble ou plus cultivé que nous. Et puis vos chaussures de ville, encore plus inutiles que votre accent, qui ne servent à rien dans ces montagnes sauvages. Mais bon, je présume que vous le savez déjà ?

Il baissa doucement la tête, la dirigeant vers le liquide bouillant avec une expression ennuyée. Il remuait péniblement une vieille veste et un pantalon à l'aide d'un bâton dans l'eau frémissante de sa marmite, enveloppée d'une épaisse vapeur. En nous approchant, nous pouvions apercevoir toutes les saletés qui remontaient à la surface dans une multitude de bulles. L'odeur fétide de près était difficile à supporter.

— Pourquoi faites-vous cela ? lui demandais-je incrédule.

Les pupilles noires de l'ermite se plissèrent et il fit un sourire étrange, révélant ses dents pourries et jaunies par le tabac :

— C'est pour tuer les poux, pardi ! Observez comme ils flottent à la surface, ils sont énormes ! Je n'ai pas trouvé mieux pour me débarrasser de ces sales bêtes. Tous les soirs, ils se nourrir de ma vieille carcasse. Regardez mes bras ! Je me gratte jusqu'au sang !

Nous l'observâmes.

— Pourquoi êtes-vous venu me voir ?

— Nous sommes à la recherche de l'avion des Japonais, celui qui s'est écrasé sur la montagne du Tigre, déclara Qingyu.

Huang Yue renifla péniblement, sourit, puis cracha une énorme glaire ambrée avant d'appuyer sur l'une de ses narines pour se moucher. On aurait dit qu'il évacuait le blanc d'un œuf cru de son corps :

— Impossible !
— Pourquoi ? demanda Li.
— Trop dangereux ! Il faut être stupide ou complètement fou pour vouloir s'y rendre. Cette montagne est maudite. Il ne faut pas déranger les esprits.

Nous restâmes silencieux, interloqués par ce que l'ermite venait de nous dire. Il se mit à contempler l'horizon à travers la végétation, là où les montagnes enveloppées de nuages blancs cotonneux semblaient s'entrechoquer.

— Je vous aime bien, vous, les gamins de la ville. Le monde que vous imaginez est si simple à vos yeux, alors qu'il y a tellement plus à découvrir...
— Vous vous trompez, il n'y a rien de plus, déclara Li Shui, contrarié et déçu qu'il ne puisse pas nous montrer le chemin. Le monde est dur, cruel et rempli d'injustice. Ce sont des blessures qui ne se referment jamais.

— Quel genre d'exemple peut être aussi convaincant que celui-ci ? demandai-je, agacé. L'homme se nourrit de l'homme, de ses faiblesses et de ses peurs. Nous sommes en enfer et le paradis n'est qu'une pure illusion. Il n'y a rien de plus, monsieur.

Le vieil homme regarda ses doigts, déformés par la dureté de sa vie, relava la tête et fixa un point invisible. L'expression de son visage en disait long sur les souffrances de sa vie passée et sur ce qu'il vivait actuellement, cette existence solitaire.

— Oui, il y a la douleur et l'horreur ; notre monde est cruel. Mais il existe aussi la lumière, l'amour et le bonheur. Il y a le mont Huang, par exemple… C'est cela que je vais vous décrire. C'est mon ami Chiang Ma Xien qui m'apprit ce poème. Écoutez bien. Les sommets du mont sont infinis. Il n'y a pas de sommets sans rochers, pas de rochers sans pins, et pas de pins sans troncs noueux qui titillent l'imagination à l'infini. D'autres montagnes séduisent par leurs formes simples et pures. Les monts Huang, eux, séduisent parce qu'ils sont en perpétuelle évolution, insaisissable. L'océan de nuages est poétique, il s'étend dans toutes les directions. La montagne est un artiste, elle prend son origine dans les nuages, et les nuages ne font qu'un avec elle. La brume épaisse crée un décor réel et irréel en même temps. C'est l'être et le néant, tantôt mille voiles, tantôt mille navires dans la mer... Les monts sont des montagnes magiques et invincibles.

Il se gratta le nez, se racla la gorge et cracha à nouveau :

— Vous voyez, les jeunes, ça, vous ne l'aviez pas remarqué, dit-il, un brin fier, en secouant ses vêtements usés. Alors, je ressemble toujours à un vieil ivrogne ? ajouta-t-il, un large sourire aux lèvres.

Nous restâmes sans voix, perdus et intrigués par sa dernière phrase. Il avait entendu notre conversation lorsque nous nous étions approchés de la cabane. Tout à coup, il lâcha son bâton et nous fixa sérieusement :

— Vous voulez voir quelque chose d'extraordinaire, les gamins de la ville ?

— Oui, quoi ? lâchai-je, aussi curieux que mes amis.

Lentement, d'un air sérieux, il s'approcha et nous tendit son vieil index noueux et calleux, orné d'un ongle noir de crasse :

— Quand je vais vous dire de tirer dessus, vous allez découvrir quelque chose d'incroyable, nous confia-t-il.

Il approcha son doigt de mon visage. J'attrapai son index et attendis son signal.

— Vas-y ! cria-t-il.

Je tirai bêtement sur son index quand, soudain, il lâcha un énorme pet, long et bruyant. Plié en deux, il éclata de rire :

— Ça marche à tous les coups, on dirait que vous avez vu un fantôme !

Les yeux de Li croisèrent brièvement les miens, puis un éclat de rire contagieux nous envahit. Il y avait longtemps que je n'avais ri de la sorte.

— Bon, pourquoi pas boire un coup ? reprit le vieil homme avec enthousiasme.

Puis, comme s'il venait subitement d'avoir une idée lumineuse, il écarquilla les yeux et disparut dans sa cabane. Il revint peu après, tout excité, brandissant un énorme pot en verre et quatre gobelets en terre cuite. Le liquide à l'intérieur du récipient nous laissa perplexes. D'une teinte pâle et étrange, il était rempli de grosses abeilles nageant dans une substance ocre. Il déposa le pot devant nous :

— Mì fēng jiu ! (alcool d'abeille) dit-il fièrement. Je le fais moi-même. Attention, il est plus fort que celui du Yunnan et plus parfumé aussi ! Ce n'est pas pour les mauviettes…

Il remplit nos gobelets avec entrain et leva le sien, en criant :

— Gān bēi !

Qingyu porta la boisson à ses lèvres et sourit.

— J'aime sa saveur, dit-elle.

L'ermite avala sa boisson d'un trait, et ses joues pâles se teintèrent aussitôt de rose. Son humeur sembla s'éclaircir instantanément.

Nous levâmes nos gobelets et, après nous être échangé un regard bref, nous répétâmes en chœur :

— Gān bēi !

Aussitôt, ma respiration se coupa. Affolé, je fixai mes amis. Quant à Li Shui, les yeux exorbités, il n'arrêtait pas d'ouvrir la bouche, tel un poisson hors de l'eau. Pendant quelques secondes, mon cerveau se mit à bouillir littéralement. Avec une grimace, Li réussi à articuler :

— Ah, non d'un chien ! Elle est forte cette gnôle !
— Je vous avais prévenus que ce n'était pas pour les mauviettes.

Il éclata de rire.

Qingyu souriait, plus habile que nous ; elle avait discrètement jeté le liquide épais dans l'herbe.

Huan Yue remplit alors nos gobelets sans que nous puissions exprimer d'objection. Il aurait été très impoli de refuser, alors nous acceptâmes.

Après avoir bu notre troisième gobelet, ma langue, mon palais et ma gorge étaient devenus insensibles. Pendant que nous terminions notre gobelet, Qingyu en profita pour redemander à Huan Yue la localisation exacte de l'appareil. Le visage du vieil ermite changea d'expression. Il devint plus terne, plus pâle et moins joyeux. Il orienta ses yeux vers la gauche, pour réfléchir :

— L'avion... oui... je me souviens maintenant... impossible !
— Pourquoi ? riais-je complètement saoul.

— Trop dangereux ! Et les Yaoguai[4] montent la garde !

— Vous ne croyez pas à de telles sornettes ? Cela n'existe pas, ce n'est…, commença Li avant d'être interrompu par Qingyu.

— Ils existent ! Et il faut respecter leurs volontés ! Nous devons nous assurer de ne pas les offenser, de ne pas déranger leurs sommeils éternels et apporter des offrandes, déclara-t-elle fermement.

Les yeux de Li Shui exprimaient clairement son scepticisme envers les fantômes et autres histoires similaires ; toutefois, les croyances dans ces montagnes étaient tenaces. Pour ma part, je n'y croyais pas vraiment. J'étais superstitieux, et il m'était impensable de prendre quelque chose à un mort sans rien donner en retour.

L'ermite, d'une voix empreinte de tristesse, souligna que la vie était bien plus complexe que ce que l'on pouvait percevoir. Selon lui, tout n'était qu'air, eau, feu, terre, vie et esprit, flottant autour de nous et imprégnant nos actions. Les Yaoguai aspiraient même parfois notre âme pour nous pousser dans la mauvaise direction. Il avait lui-même été comme moi, naïf et désorienté dans ce chaos, mais il avait tenu bon. Jeune et innocent, il était arrivé dans ces montagnes, poussé par la guerre et l'amour d'une femme, sans se

---

[4] Yāoguài 妖怪, terme chinois qui désigne des créatures surnaturelles.

douter que son destin allait basculer dans l'horreur et la solitude pour toujours.

— Assez de souvenirs tristes pour aujourd'hui, souffla-t-il.

Il se leva brusquement et tituba jusqu'à sa cabane, où nous entendîmes le bruit de vaisselle qui se renversait.

— C'est bon, je n'ai rien ! cria-t-il avant de retomber une deuxième fois.

Il était revenu avec une mandoline chinoise à quatre cordes, connue sous le nom de Liuqin, ainsi qu'une vieille feuille froissée et ambrée. Cette dernière ressemblait à une carte au trésor dessinée par un enfant.

Il me l'avait tendue ; dans mon état, je n'y voyais qu'un gribouillis. Malgré cela, ce simple morceau de papier m'avait rempli de joie. Pourtant, je ne comprenais pas pourquoi il nous l'avait donné. Était-il lunatique ? Au départ, il semblait hésiter à nous la confier, et maintenant, nous la tenions entre nos mains.

Après s'être assis, les doigts décharnés de l'homme se posèrent sur les cordes de la mandoline, qu'il tenait telle une guitare. Il émit une première note, ajusta quelques clés pour tendre les cordes, renifla puis cracha. Ensuite, il ferma les yeux pour se concentrer et entama un chant en appuyant lourdement sur les vieilles cordes : « *Je t'en prie, jeune demoiselle, permets-moi de t'aimer !* » Avec de la bave aux lèvres et un sourire fier sur le visage, il était véritablement joyeux.

La nuit était tombée rapidement. Complètement ivres et incapables de bouger, nous nous sommes allongés sur le dos près du feu. À ce moment-là, nous avions décidé de passer la nuit à la belle étoile. Le sentiment de paix et de béatitude était tangible.

Qingyu se trouvait allongée entre nous, observant avec admiration les étoiles étincelantes. Sa main douce entra en contact avec la mienne. Nous avons entrelacé nos doigts, tels deux amants perdus. Profondément troublé, je me suis donc tourné vers elle en quête de réponses.

Les reflets du feu et de la lune qui illuminaient la nuit scintillaient dans ses yeux. J'étais heureux qu'elle montre enfin de l'intérêt pour moi, ignorant qu'elle tenait aussi la main de Li.

Enveloppés dans un silence troublé par les crépitements du feu et les chuchotements de la montagne, nous savourions cet instant hors du temps, loin des dangers, de la souffrance, de la tristesse et de la peur, quand brusquement, un gros « *Prouttt* » balafra cette sérénité. Huang Yue nous souhaitait bonne nuit.

À l'arrivée de l'aube, les cendres du feu immergées par la bruine me piquaient le nez. Je me suis redressé avec difficulté, souffrant de crampes musculaires et de maux de tête. Je grelottais et j'avais faim. Ma gorge était sèche et j'avais soif.

J'ai réveillé Li Shui en le bousculant. Huang Yue ronflait toujours. Qingyu était parti depuis longtemps. Sur le chemin du retour, les démangeaisons nous assaillirent, d'abord sur les bras et les cuisses, puis sur le crâne. Nous étions fatigués et énervés. Il était déjà trop tard pour nous rendre au village, alors nous décidâmes d'aller directement aux champs.

Au sommet de la colline, j'ai pris une profonde inspiration. Les rizières en terrasses, baignées de brume, étaient d'une beauté saisissante. Tantôt ocres, tantôt émeraudes, tantôt étincelantes, tels des miroirs, à chaque saison, les rizières en terrasses révélaient une beauté différente.

Les pieds engourdis dans l'eau glacée, le corps brisé par des heures de marche, ce fut seulement lorsque nous nous sommes arrêtés que nous avons découvert, que nous étions couverts de poux. La journée avait été particulièrement difficile, et le soir, en faisant bouillir nos vêtements dans une grande marmite d'eau bouillante, nous avons compris pourquoi Qingyu s'était mis de la boue sèche dans les cheveux : cela aurait pu nous protéger des poux. Nous n'avions d'autre choix que de nous raser la tête.

Cinq jours plus tard, lors de notre jour de repos, nous en profitâmes pour aller à la recherche de l'avion des Japonais. Après avoir retrouvé Qingyu, nous commençâmes notre expédition.

Je ne croyais pas vraiment en l'existence de l'avion ; peu importe, l'essentiel était que nous étions avec elle.

Elle avait tenu sa promesse en apportant un panier rempli de fruits et de légumes de montagne pour les offrir en hommage aux esprits.

Nous avions eu du mal à déchiffrer la carte du vieil ermite, mais après quelques heures de marche et d'escalade, nous y étions enfin parvenus.

— Regardez en bas ! s'écria Li Shui.

— Vous voyez, parfois les légendes deviennent réelles, s'exclama Qingyu.

— Cela peut être tout ou rien. Je ne distingue rien d'autre qu'un petit bout de tôle blanche au milieu de toute cette végétation, dis-je, dubitatif.

— Suivez-moi ! ordonna Qingyu enthousiaste.

À bout de souffle, nous parvînmes enfin au sommet, d'où s'étendait un panorama à couper le souffle. Drapées d'une brume argentée qui ondulait autour de leurs sommets escarpés, les montagnes s'étendaient à perte de vue et semblaient se mouvoir dans une danse silencieuse.

Leurs crêtes déchiquetées, sculptées par le vent et le temps, se dressaient telles des silhouettes fantomatiques surgissant d'un océan de nuages. À mesure que le soleil déclinait, la roche granitique se teintait de nuances dorées et orangées, contrastant avec le vert profond des pins millénaires, dont les branches tordues semblaient suspendues dans le vide.

Le brouillard, insaisissable, roulait sur les pentes avant de s'effilocher au contact des falaises abruptes, révélant par instants des vallées noyées dans une lumière diaphane.

La descente, rendue encore plus éprouvante par la raideur des pentes, se mua en un véritable calvaire. Puis, devant nous, dissimulée par la végétation dense, émergea l'apparition fantomatique d'un avion pâle.

J'avais du mal à en croire mes yeux ; il était là. Pris d'assaut par la rouille et envahi par la mousse, il semblait figé dans le temps.

Tels des explorateurs intrépides, nous avons tracé notre chemin à travers les broussailles impénétrables et les herbes folles qui s'étendaient devant nous, jusqu'à ce que nous atteignions l'avion.

Qingyu posa délicatement son panier à terre, puis se mit à prier silencieusement, implorant les esprits des défunts de nous accepter en ce lieu sacré.

Son attitude empreinte de respect me toucha profondément. Incapable de résister à ma curiosité, je fus submergé par l'envie irrésistible de m'approcher et d'observer de plus près cet avion.

Avec précaution, j'ai tendu ma main et déposé ma paume sur le nez de l'appareil, laissant échapper ces mots emplis d'émotion :

— Enfin, nous te trouvons…

Les traces de la violence du crash étaient flagrantes. Une partie de l'aile gauche avait été cruellement arrachée, tandis que le cockpit avait été violemment défoncé par les branches des arbres environnants. En passant mes doigts sur la surface du fuselage, marquée de multiples trous, je compris avec une certaine appréhension qu'ils étaient le résultat de projectiles mortels. Tels des visiteurs d'un autre temps, nous pénétrâmes ses entrailles.

En ce qui me concerne, j'étais mal à l'aise. À l'intérieur, une odeur de rouille et de moisissure m'avait piqué le nez. Le cockpit et les sièges des pilotes étaient déchirés et des ressorts rouillés sortaient de toutes parts. Des plantes avaient poussé sur le sol, entre la corrosion du fuselage. Des papiers souillés, pour la plupart déchirés et écrits en japonais, jonchaient le sol.

Tout à coup, j'entendis un craquement sous mon pied droit. Instinctivement, je baissais la tête. La brindille que je croyais avoir vue s'est révélée être un os humain.

Li s'exclama, les yeux brillants, en pointant du doigt de grosses caisses en bois :

— Elles sont énormes ! Et il y en a d'autres, plus petites !

Les couvercles, fixés par des clous rouillés, résistèrent aux efforts de Qingyu.

— C'est fermé ! Comment allons-nous faire ? dit-elle.

Li, qui avait son couteau à la main, proposa d'en ouvrir une. Il déplia la lame et l'enfonça à l'intérieur de la fente du couvercle. Le bois détérioré geignit en un son fendillé, puis sous la pression, celui-ci craqua et s'éclata, dans un petit nuage de sciure de bois.

Le couvercle pourri et humide de la caisse s'ouvrit, laissant apparaître deux étuis recouverts de cuir marron, grignotés par l'humidité :

— Des étuis à violoncelles ! Yáo Jun, regarde ! s'écria Li.

— Il faut les ouvrir ! dis Qingyu impatiente.

Malgré l'état des étuis, les deux complices décidèrent de les ouvrir délicatement. Le premier étui renfermait un violoncelle dans un état pitoyable : des cordes avaient sauté, et le bois d'érable était infesté de termites. En ouvrant le second étui, ils découvrirent par miracle un violoncelle parfaitement conservé :

— C'est extraordinaire ! constata Li d'une voix forte, tel un archéologue devant la momie d'un pharaon. Ce violoncelle est d'une beauté époustouflante et semble ne pas avoir souffert !

Qingyu, émue aux larmes, ajouta :

— Oui, il est resté intact...

En les observant, si uni et complice, j'avais ressenti une pointe de jalousie. J'enviais leurs découvertes, leur amitié et surtout, leur amour en train de naître. Ce sentiment me faisait souffrir et me plongeait dans la culpabilité. Qingyu s'approcha de moi :

— Regarde dans celui-ci ! m'ordonna-t-elle en pointant une vieille malle brossée par la course des saisons.

Je levai la tête. Des gouttes de pluie s'étaient mises à crépiter sur la carlingue. Je me penchai lentement au-dessus de la malle. Le couvercle résista, grinça sous la pression, puis céda dans un craquement sec. Des lambeaux de cuir pourri se détachèrent, se déchirant en plaques fines, et quelques morceaux restèrent collés à mes doigts, gras et poisseux.

— Rien, juste des livres écrits en japonais, murmurai-je. Quelle poisse !

Les pages étaient gondolées, tachées d'humidité, certaines collées les unes aux autres. Une odeur de moisi montait, envahissant mes narines. Je me sentis triste et envahi par une soudaine envie de pleurer. N'avais-je pas droit au bonheur moi aussi ? pensai-je, un goût amer dans la bouche.

L'incapacité à partager la joie de mes amis me submergeait, m'isolant dans un tourbillon de culpabilité. Possédé par une jalousie aveugle et consumé par la colère, je saisis la malle avec une brutalité incontrôlée, mes doigts s'enfonçant dans le bois pourri, et la basculai sans ménagement. Là, dans un instant suspendu, je vis ce tissu. C'était de la soie verdâtre qui dépassait d'en dessous un tas de feuilles couleur châtain pâle.

Cela ressemblait à une housse, celle qui protégeait la plupart des étuis de violon de l'époque. J'écartai l'amas de feuilles et découvris qu'il s'agissait bien d'un étui. Ce que je trouvai à l'intérieur me laissa sans voix. En plus du violon, il y avait une vieille photo aux bords effrités, glissée entre deux partitions abîmées.

Il s'agissait d'un jeune couple de Japonais. La vue de la photo me troubla instantanément. Figés dans un autre temps, ils portaient des kimonos élégants et tenaient un violon avec une fierté discrète.

Il était évident que le jeune homme avait dû partir pour la guerre, laissant sa fiancée seule au pays.

Derrière eux, un jardin resplendissant s'étendait, parsemé d'arbres en fleurs. Je réalisais alors que l'homme avait dû se trouver dans l'avion que nous étions en train de piller. À l'arrière, de la photographie, à l'encre noire, se trouvait une date « 1938 » et quelques mots en japonais. Superstitieux, je décidai de garder la photo, avant d'y déposer les quelques pièces que j'avais en poche en échange.

À l'intérieur de l'étui se trouvait un Stradivarius parfaitement préservé. Lorsque je le retournai, mes yeux s'attardèrent sur une écriture penchée en italien, à l'encre ancienne, ornée d'une date : « 1728 ». Une vague d'excitation m'envahit, et je me mis à appeler mes amis :

— Hé, regardez ! Vous ne devinerez jamais ce que j'ai trouvé, je pense que ce violon est c'est un Stradivarius. C'est incroyable, non ?

Qingyu m'informa, un sourire complice aux lèvres :

— Tu dois lui donner un nom, c'est la coutume.

L'objet était d'une beauté saisissante, extraordinaire, cependant, l'idée de prendre quelque chose à un mort me troublait profondément. Une barrière invisible m'empêchait de prendre la bonne décision. Il ne pouvait rien m'arriver, car j'y avais déjà posé des pièces. De plus, je décidai de faire une promesse : un jour, je retournerais ce violon à ses véritables propriétaires.

— Toi aussi, tu devrais donner un nom à ton instrument, dit-elle à Li Shui.

Li Shui eut un sourire moqueur :

— Donner un nom à un objet, c'est un peu étrange, non ?

— Nous croyons que les objets ont une âme... Il faut respecter les coutumes ! dit Qingyu.

Li se dirigea vers moi. Une compréhension silencieuse s'établit entre nous.

— D'accord pour Vent d'Ouest. Hangzhou est à l'Ouest, non ? dit-il.

— C'est un nom magnifique, j'adore ! Maintenant, c'est à toi de choisir un nom pour ton violon, me dit Qingyu, en souriant.

— Pluie de Lune. La pluie pour cet instant éphémère, et la lune pour la montagne de la Lune. Je souris fièrement, conscient que ce nom portait en lui une magie particulière.

Je remis le violon à l'intérieur de son étui. En posant ma main dessus, je murmurai à voix basse :

— Je tiendrai ma promesse.

— Il est temps, nous devons partir, déclara soudain Li Shui.

— Allons-y ! J'ai hâte d'entendre notre trio, renchérit Qingyu avec enthousiasme.

Alors que nous émergions de l'épave, mon anxiété persistait, alimentant mes appréhensions et ma superstition face à chaque signe suspect croisé sur notre chemin. Les fantômes étaient peut-être là, et les ombres dansantes, ainsi que les murmures indistincts, nourrissaient mes craintes invisibles. Oui, le violon que je tenais n'était pas à moi et je l'avais bien pris à un mort.

Trempés et soulagés d'avoir atteint la grotte, nous nous réfugiâmes sous son préau naturel pour nous protéger. Li alluma un feu, puis nous commençâmes à enlever nos vêtements mouillés pour les essorer et les faire sécher.

Qingyu, malgré son éducation, était restée une fille des montagnes. Sans aucune pudeur, elle se déshabilla devant nous. Par respect, je m'étais retourné, mais mon esprit de jeune puceau avait immédiatement imaginé ses seins et ses cuisses.

Li, en revanche, n'avait pas pris la peine de se retourner. Au lieu de cela, il avait doucement posé sa main sur mon épaule, m'indiquant que je pouvais la contempler. Malgré ma gêne, je détournai lentement le regard, poussé par la curiosité de découvrir son corps.

Sans aucune complaisance pour son corps gracieux, elle portait une culotte d'homme, dépourvue de charme, qu'elle retira et essora avant de la poser sur une pierre. La lueur du feu accentuait la beauté de ses formes, projetant des ombres qui les mettaient en valeur. Elle était magnifique.

Mon regard errait sur les détails de son corps, explorant chaque contour avec une tendre fascination. Je ne pouvais m'empêcher de fixer ses seins, aussi gros et ronds que des pamplemousses, avec des tétons rose pâle.

Son regard croisa le mien par accident, et une étrange sensation s'empara de moi : une attraction irrésistible, une pulsion intérieure qui avait le pouvoir de me faire souffrir.

Avec honte, je sentis mon sexe se durcir et fuyais rapidement du regard, cherchant refuge dans les flammes qui léchaient les branches humides du feu. La situation me déconcertait.

Li Shui se pencha lentement, ses doigts effleurant la surface rugueuse d'une pierre noire qu'il saisit avec précaution. Il s'avança vers l'un des murs de la grotte, où la lumière vacillante du feu dansait sur les parois, et, d'un geste presque ritualisé, arracha quelques lichens.

D'un mouvement fluide, il se mit à graver avec peine sur la roche, des traits, dessinant le caractère Jìjìng « Harmonie » avant de tracer soigneusement Héxié, « Silencieux ». Il recula d'un pas pour observer ses caractères. Cela pouvait se traduire par « Harmonie silencieuse ». Bien que le terme fût agréable à l'oreille, je lui demandai ce qui avait motivé ce choix.

— Aujourd'hui, nous formons un groupe, une famille, et nous avons besoin d'un nom. « Harmonie silencieuse » résonne tel un écho à cette absence de liberté et à la musique que nous jouerons ici, dans ces montagnes.
— C'est une bonne idée ! J'aime ce nom.
— Tes caractères sont jolis, mais attends ! dit Qingyu en prenant la pierre que Li tenait pour corriger l'une des lignes et la rendre plus agréable à l'œil. Voilà, c'est mieux.

Avec grâce, elle se dirigea vers le fond de la grotte, puis revint en portant une pile de carnets, plus ou moins collés ensemble. Ce qu'elle tenait entre les mains n'était pas qu'un simple amas de feuilles, mais un trésor, un morceau de civilisation.

Sur les couvertures, elle avait calligraphié les noms de compositeurs étrangers. Sa calligraphie était un véritable spectacle pour les yeux. Les caractères, tracés avec une délicate précision, semblaient tout droit sortis de l'imagination d'un maître calligraphe ou d'un professeur.

L'encre noire avait laissé des marques tantôt longues, tantôt épaisses, parfois fines et parfois courtes, créant une symphonie de formes et de courbes qui épousaient parfaitement les pages des cahiers. Il était évident que son père avait été un excellent professeur.

Je saisis délicatement les cahiers de partitions et mes yeux s'attardèrent sur les noms prestigieux des compositeurs : Franz

Schubert, Georg Friedrich Haendel, Hector Berlioz, Alexandre Scriabine, Maurice Ravel et même Jean-Baptiste Lully.

C'était interdit, dangereux, mais tellement exaltant. Je levai la tête et scrutai les environs, à l'affût de tout signe de danger. Je feuilletai les cahiers avec précaution, captivé par l'entrelacement des notes, des silences et des rythmes. Riches en émotions, les sons variaient et se mêlaient pour créer une mélodie complexe.

Je fermai les yeux et me mis à fredonner la musique dans ma tête, imaginant le son des instruments.

Soudain, la pluie cessa de tomber et un silence pesant s'installa dans la grotte. Tout à coup, la voix de Li me sortit de mes pensées.

— J'aimerais bien entendre un morceau de Ravel... dit-il en feuilletant le cahier de partitions qu'il avait ouvert.

Il feuilletait les pages, tout en échangeant avec moi quelques regards furtifs. Je compris immédiatement son message. Croyait-il vraiment que je lui avais menti en disant que je savais jouer du violon ? Voulait-il m'humilier devant Qingyu ? Quoi qu'il en soit, je décidai de jouer une sonate de Ravel pour rétablir les choses entre nous.

Il plaça le cahier de partitions devant moi et, après un bref moment d'hésitation, j'entamai la pièce du compositeur français. Malgré le temps écoulé, le violon n'avait rien perdu de sa qualité sonore.

Qingyu saisit Nuit d'Hazard et se joignit à moi. Les deux instruments résonnèrent dans la grotte, donnant une sonorité particulière aux notes.

En fermant les yeux, j'aurais pu croire que nous étions dans une cathédrale. J'ouvris un bref instant les yeux pour admirer le magnifique corps de Qingyu. Ses cheveux noirs ondulaient sur ses épaules, tandis qu'entre ses cuisses, l'énorme violoncelle reposait, telle une bête sauvage désormais apprivoisée.

Fasciné par elle, je m'étais approché pour me perdre dans la partition. Les notes de Ravel étaient complexes et exigeantes, et je savais que je n'étais pas à la hauteur.

Pourtant, l'appel de la musique était trop fort pour être ignoré. Je me plongeai alors dans cette mer de sons, et une fois dans ses abysses, je retins mon souffle.

La musique est capable de susciter une multitude d'émotions en nous : tristesse, joie, surprise, peur. Autant de vagues qui me submergeaient.

Près des flammes crépitantes, nos peaux encore humides s'étaient illuminées d'une lueur chaude et dorées. Notre concerto était d'une légèreté incroyable, mêlant nos sentiments, notre amour, notre jeunesse et notre insouciance face à la vie.

Pendant cet instant précieux, rien d'autre ne comptait, pas même la peur engendrée par cette interdiction. Seul comptait ce morceau de musique classique, qui avait imprégné l'endroit avec tant de force et de douceur qu'il aurait pu, je crois, nous persuader que, pour ce court instant, le monde nous appartenait.

Dans ce tourbillon symphonique, nous nous abandonnions à la vie, tandis que nos pensées, bercées par la douce brise de cette soirée, s'envolaient tels les akènes fragiles des pissenlits.

Mes yeux ne pouvaient s'empêcher de la contempler, de la suivre dans ses mouvements gracieux, de parcourir ses lignes exquises et de me laisser ensorceler par sa présence. Elle dégageait une aura hypnotique, et la couleur du feu qui se reflétait sur son visage la rendait incroyablement belle.

Les mouvements de son corps, se balançant au rythme de la musique, ses à-coups, ses retombées, ses envolées, étaient des voix qui s'élevaient dans le ciel, un hurlement doux et pourtant si puissant qu'il pouvait tout emporter.

Lorsque nous eûmes fini, la nuit était tombée. Nous rangeâmes ensuite nos instruments et remîmes nos vêtements encore humides et tièdes. Le feu qui nous avait réchauffés s'était peu à peu éteint. Le moment était venu de partir. Une fois nos instruments en sécurité, nous prîmes la route, portant en nous toutes ces émotions désormais gravées à jamais dans nos mémoires.

Sur le chemin du retour, nous étions deux idiots, avec des étoiles plein les yeux et tellement heureux de ce qui venait de se passer, qu'un bref instant, nous oubliâmes notre condition de rééduqués.

Il était clair qu'il fallait que l'on revienne, que l'on revive cet instant, mais les événements qui allaient suivre allaient malheureusement nous proposer un autre chemin.

Chapitre 5

La cabane des Mille Plaisirs

Pendant plusieurs jours d'affilée, une pluie dense et persistante s'était abattue sur les montagnes. Assis sous le préau, je regardais les gouttes frapper le sol détrempé, formant d'innombrables ruisselets qui dévalaient les pentes.

Une atmosphère de quiétude régnait sur le village, sans le moindre aboiement ni cri d'enfant pour troubler la symphonie céleste.

Peut-être était-ce parce que, ce jour-là, nous nous préparions à célébrer le festival du Qing Ming, ou « lumière pure », un moment dédié aux défunts et au souvenir. Nous avions plusieurs jours de repos devant nous, des journées destinées au recueillement, à nettoyer les tombes et à offrir des présents pour honorer nos ancêtres.

Je levai les yeux vers le ciel. Les nuages ternes glissaient doucement, laissant par moments les rayons du soleil percer la voûte gris perle. Soudain, un cri perçant d'une vieille femme déchira le murmure régulier de la pluie. Wu, le vieux Cūn zhǎng, était en train de mourir.

Lorsque nous arrivâmes, la famille, en larmes, transportait son corps. Par crainte que le lit sur lequel il pouvait s'éteindre ne devienne hanté, ils avaient déplacé le vieux Cūn zhǎng sur un autre lit, posé à l'extérieur. Sous la pluie battante, trempés et silencieux, nous suivîmes le cortège. Seuls les sanglots et le bruit sourd des gouttes sur le sol brisaient l'atmosphère pesante de ce moment.

Le porteur de lanterne, Teng-long, ouvrait la marche, tenant haut sa lumière vacillante sous le vent. Son rôle était essentiel : il devait éclairer le chemin que l'âme du mourant emprunterait pour quitter ce monde. Nous avons descendu la montagne, le cortège glissant lentement sur le sentier, jusqu'à atteindre un ruisseau où le lit fut installé sous un simple abri de fortune.

Alors que les derniers instants du Cūn zhǎng approchaient, Yong, son fils aîné, s'avança et, d'un geste d'une lenteur déconcertante, retira l'oreiller sous la tête de son père. Ce geste, que je ne comprenais pas, m'apparut d'une dureté presque insoutenable. Le vieil homme, déjà à bout de forces et luttant pour respirer, s'éteignit peu à peu, emporté par la souffrance.

À cet instant précis, la pluie cessa brusquement. Un rayon de soleil perça les nuages et réchauffa nos visages mouillés. Ce n'est que bien plus tard qu'on m'expliqua la signification de cet acte, qui, à mes yeux, avait paru si cruel.

Le mourant devait partir « en paix ». Un mot qui, dans notre langue, s'associait à la position allongée. Il fallait que le corps soit étendu à plat, sans oreiller, car, disait-on, s'il voyait ses pieds dans ses derniers instants, cela annoncerait de terribles malheurs pour ses enfants.

De retour au village, le visage ravagé par les larmes, Yong jeta l'oreiller de son père sur le toit de la maison familiale.

Cet oreiller, sur lequel la tête du défunt avait reposé, était désormais considéré impur, chargé de la présence du mort.

Il ne pouvait plus être utilisé et finirait par pourrir avec le temps, se désagrégeant sous les intempéries.

La tradition funéraire chinoise avait longtemps favorisé l'inhumation, un rite ancré dans des siècles de respect pour les ancêtres. Cependant, avec l'avènement du communisme, Mao avait encouragé la crémation, arguant qu'elle préservait les terres cultivables et économisait les ressources en bois.

Aujourd'hui encore, le gouvernement continue de promouvoir cette pratique, si bien que la crémation est devenue majoritaire dans les zones urbaines. Pourtant, dans de nombreux villages reculés, les familles, attachées à leurs traditions, persistent discrètement à enterrer leurs morts.

À présent que le vieux sage était mort, plus rien ne pouvait arrêter Yong. Il n'y aurait plus de barrière entre sa cruauté et nous. Cette pensée nous mettait mal à l'aise, d'autant plus que nous savions qu'il était totalement fou et excentrique.

La journée fut empreinte d'une lourde tristesse. Un autel fut dressé au centre de la maison familiale, orné de portraits, de bâtons d'encens et d'offrandes. La famille et les villageois récitèrent des prières, et nous nous joignîmes à eux.

Le lendemain, à l'aube, le défunt fut discrètement enterré dans un lieu tenu secret, loin des regards indiscrets.

Cette précaution visait à préserver la sérénité de l'âme du disparu et à éviter tout conflit avec les directives imposées par les autorités.

La maison de son père, plus spacieuse et nettement plus confortable, devint aussitôt la demeure du camarade-chef Yong, tel qu'il exigeait désormais qu'on l'appelle. Cependant, il ne possédait ni le charisme ni la sagesse nécessaire pour diriger. Sa seule méthode consistait à beugler des ordres et à s'appuyer sur les anciens pour résoudre les problèmes complexes. Mais même cela semblait vain, car un sombre présage planait sur nous : les hirondelles, autrefois si fidèles à notre village, ne reviendraient plus jamais.

L'homme sage avait toujours différé l'initiation de son fils à l'arrivée des oiseaux. Or, la coutume ancestrale voulait que le Cūn zhǎng sache parler aux hirondelles. Les anciens respectaient cette coutume et avaient vu d'un mauvais œil l'arrivée de ce nouveau chef.

En début d'après-midi de ce même jour, le petit Guāng apparut, portant un panier rempli de légumes fraîchement récoltés. Je me souviens encore de la grimace qu'il faisait sous le poids du fardeau, ses petites mains agrippant les poignées avec détermination. C'était un présent de sa mère. Elle avait été touchée par l'histoire des

Misérables que nous lui avions racontée quelques jours plus tôt et souhaitait ardemment entendre la suite.

« Que devient Cosette ? » nous avait-elle demandé, quelques minutes plus tard, les yeux brillants d'une curiosité presque enfantine. Cette petite fille maigre et blafarde de huit ans, vêtue de haillons, que Victor Hugo avait dépeints avec tant de tendresse et de tragédie, l'avait profondément émue.

Pour que nous puissions raconter au reste du village la suite des *Misérables*, il nous fallait d'abord obtenir l'autorisation du nouveau Cūn zhǎng. Mais, replié sur lui-même, il n'était pas disposé à nous écouter.

Les villageois, impatients, étaient sur le point de découvrir le personnage de Fantine, cette jolie blonde au sourire éclatant. Ils apprendraient qu'elle attendait un enfant de Tholomyès, son amant, qui déjà pensait à la quitter.

À mes côtés, le petit Guāng s'assit en silence, un sourire aux lèvres et les yeux brillants d'impatience. Sans un mot, sa mère et lui me firent comprendre qu'ils attendaient la suite, prêts à se plonger à leur tour dans cet univers de misère et de rêves brisés. Alors, je partis chercher mon roman pour leur faire la lecture, conscient qu'ils s'étaient peut-être privés de nourriture, juste pour entendre l'histoire.

Quant à Li, il était parti retrouver Qingyu. Une légère jalousie m'effleurait face à cet amour naissant. Admettre cela était difficile, mais au fond de moi, j'étais convaincu que leurs destins s'étaient croisés dès le départ.

—

Li tenait le violoncelle avec une certaine maladresse. Ses doigts n'étaient pas bien positionnés sur les cordes, et son corps était légèrement incliné dans une posture inconfortable. Chacun de ses mouvements était hésitant.

— Apprendre à jouer du violoncelle est une aventure passionnante qui demande du temps, de la patience et de la détermination, dit Qingyu, derrière lui.

Qingyu plaça ses mains effleurant les siennes avec une délicatesse presque instinctive. Elle guida ses doigts, les ajustant sur les cordes avec une lente précision. Il était clair qu'elle cherchait à éviter de perturber l'équilibre fragile de l'instant.

— Tu vas y arriver, j'en suis sûr, poursuivit-elle. Les cordes du violoncelle sont nommées en fonction de leur hauteur, du plus grave au plus aigu. De haut en bas, elles sont accordées ainsi...

— Je vais faire une pause, je crois. Cela fait des heures que nous sommes dessus.

Li déposa Vent d'Ouest dans l'herbe et s'allongea sur le sol, un sourire paisible aux lèvres. Amusé par son geste, Qingyu l'imita sans hésiter.

Au-dessus d'eux, le ciel se drapait de nuages blancs aux contours changeants, pareils à des flocons de coton suspendus. Leurs regards se croisèrent, intenses et complices, avant qu'ils ne laissent libre cours à leur imagination en observant les nuages. Ceux-ci prenaient des formes différentes : un dragon majestueux, un oiseau en plein vol, ou peut-être un simple mouton endormi. Il lui prit la main.

Un brin d'herbe coincé entre les lèvres, ils se lancèrent dans des discussions animées, réinventant le monde à leur manière.

Pour Qingyu, ce serait un monde empli de fleurs et de mélodies, où nul ne connaîtrait la maladie ni la pauvreté. Pour Li Shui... un monde sans communisme, sans douleur, sans haine ni mort...

Tout d'un coup, Li prit une profonde inspiration et se redressa :

— Qingyu, tu es une étoile qui brille dans la nuit et guide mes pas. Depuis que je t'ai rencontrée, je n'arrive pas à te chasser de mes pensées. Tu es différente des autres filles, tellement spéciale à mes yeux.

Elle esquissa un sourire :

— Je ne suis pourtant qu'une simple fille du mont Huang, rien de plus.

— Ne dis pas ça, tu es unique. Une perle de nacre qu'on trouve dans les coquillages, d'une beauté rare et inestimable.

Elle ne put s'empêcher d'éclater de rire :

— Tu es doué pour les jolies phrases, Li. C'est donc comme cela que tu impressionnais les filles à Hangzhou ?

— Parfois les mots sont difficiles à trouver et je ne veux pas t'impressionner, mais juste dire la vérité que j'ai au fond du cœur. Chaque fois que je regarde le ciel, je pense à toi. Tu es comme une étoile…

« Ha ha ha ! » Le rire cristallin de Qingyu retentit, prenant Li au dépourvu.

— Tu es sérieux ? Embrasse-moi, idiot !

Les yeux de Qingyu brillaient d'une joie éclatante. Li Shui, captivé, plongea son regard dans le sien avec une intensité troublante.

— Je suis tombé amoureux de toi.

— Je sais, murmura-t-elle doucement, ses yeux fixés dans les siens. Mais dis-le-moi encore.

— De quoi ?

— Que tu es tombé amoureux de moi, gros bêta.

— Je t'aime…

Profitant de l'instant, il caressa ses cheveux avec tendresse. Autour d'eux, les feuilles des arbres frémissaient sous le vent, les oiseaux s'ébattaient joyeusement, et les fleurs exhalaient leur parfum suave.

Elle se sentait en sécurité dans ses bras. Elle ne voulait plus bouger, ne voulait plus parler, juste profiter de cette sensation de plénitude et de bonheur. Désormais, elle était convaincue que l'amour, loin d'être une illusion, était une réalité tangible et merveilleuse.

Elle se redressa et se mit debout, face à lui. Une perle de sueur glissa lentement le long de sa tempe, son visage traduisant une myriade de sentiments. Un silence profond s'installa entre eux, chargé d'émotions non dites.

Elle ferma les yeux. Empreint d'une légère hésitation, Li se leva à son tour. Ils approchèrent lentement leurs visages, leurs respirations se mêlant dans l'air chargé de chaleur. Puis, leurs lèvres s'effleurèrent, un contact à peine perceptible, doux et tremblant. Une pression plus assurée suivit, leur souffle s'entrecoupa, tandis que leurs mains trouvaient instinctivement leur chemin l'une vers l'autre.

Ils s'enlacèrent dans une étreinte brûlante et maladroite. Leurs cœurs s'emballèrent, les entraînant dans une chute vertigineuse de passion. Leur baiser s'éternisa, leurs lèvres s'unissant dans une fusion passionnée. C'était la première fois qu'elle embrassait un garçon et cette nouvelle sensation la submergea. Elle rouvrit lentement les yeux pour l'observer avant de poser son front sur son torse.

Témoignant de l'intensité de son émotion, elle laissa échapper des larmes silencieuses.

— Pourquoi pleures-tu ?
— Parce que je suis heureuse.
— Il ne faut pas pleurer.

— Est-ce donc cela, le vrai amour ?

— Le vrai amour ne se dit pas, il se vit.

Il glissa ses doigts dans ses longs cheveux, puis effleura sa joue. Elle redressa doucement la tête, son regard ancré dans le sien, jusqu'à en oublier de respirer. Elle se noyait littéralement dans ses émotions.

Là, son regard se posa sur une fleur sauvage, et elle se remémora le jour où sa tante avait voulu la marier à Liang. D'une certaine manière, elle se félicitait d'avoir refusé cet accord, car jamais elle n'aurait connu un instant comme celui-ci, où le simple effleurement d'une peau pouvait la faire frissonner.

Li Shui lui murmura à l'oreille :

— Tu es la plus belle chose qui me soit arrivée dans la vie. Te perdre serait un véritable suicide pour moi, je ne m'en remettrais pas.

Elle prit une grande respiration puis répondit, d'une voix fragile :

— Je ne peux vivre sans toi… et maintenant, ferme les yeux.

Il s'exécuta. Le temps d'un souffle, d'un murmure bousculé par le vent entre les branches des arbres, d'un geste lent et sensuel, elle ôta son chemisier, laissant entrevoir sa peau de lait. Chaque mouvement était une caresse. Elle défit son pantalon, dévoilant ainsi son corps entièrement nu. Dans un murmure, elle ordonna :

— Ouvre les yeux.

En la découvrant, il frissonna. Ses doigts effleurèrent sa peau douce, à peine plus fraîche que l'air brûlant qui les enveloppait. Le contact léger, timide, fit naître un frisson visible le long de son bras. Puis, sa main glissa lentement, suivant les courbes délicates de son corps. Elle lui offrait tout ce qu'elle était, sans aucune retenue.

Il se déshabilla à son tour. Leurs corps nus se pressèrent l'un contre l'autre. Leurs souffles, saccadés, s'accéléraient au rythme de leur désir. Du bout des doigts, il effleura la pointe de ses seins, arrachant à ses lèvres un gémissement doux. Pour elle, c'était la première fois. Nerveuse, elle abandonna son corps à sa merci.

Chaque geste, bien que maladroit, portait une sincérité désarmante. Il pouvait la toucher, la caresser, la sentir, la goûter. Enivrés par l'émotion, par cette connexion profonde qui les unissait, ils ne prêtèrent aucune attention à leur maladresse. Ils firent l'amour pour la première fois, leurs corps se mêlant dans une danse sensuelle et enivrante. Submergés par la passion, ils ne souhaitaient rien d'autre que d'être ensemble.

—

Sur les lieux des tombes et des temples ancestraux, les volutes des bâtons d'encens, s'élevaient avec une grâce éphémère. Leur parfum boisé se mêlait à celui des offrandes : des fruits soigneusement disposés, des bols de riz, des volailles rôties, des poissons frais et d'autres mets préparés avec soin, formant un tableau silencieux de respect et de mémoire.

Ce matin-là, j'étais animé par le désir de profiter pleinement de mon jour de repos, quand j'aperçus Li qui se préparait à partir.

Silencieusement, il ouvrit la porte, émettant à peine un bruit, puis la referma derrière lui avec précaution.

Intrigué, je m'habillai rapidement. Sans réfléchir, je décidai de le suivre. Il avait choisi de descendre les escaliers étroits, faits de pavés irréguliers, de l'autre côté de la montagne. Une inquiétude croissante m'envahissait en réalisant qu'il ne suivait pas le chemin habituel menant à la maison de Qingyu, et surtout, qu'il ne m'avait pas informé de son départ.

À mesure que nous avancions, un pressentiment grandissait en moi. Je faisais preuve d'une grande prudence pour éviter d'être repéré, et je sentais que lui aussi agissait de la sorte. Après un certain temps, nous parvînmes à un endroit isolé où se dressait une petite cabane composée de bambou et de tôles rouillées. Son apparition brusque était une totale nouveauté pour moi, ce qui ne fit qu'accroître ma curiosité.

Je me dissimulai habilement derrière un immense arbre, ses branches noueuses et ses feuilles denses formant un abri naturel. Les broussailles environnantes complétaient cette couverture parfaite, me permettant d'observer sans être vue. Je me demandais pourquoi il avait choisi de venir ici. Tout à coup, je marchai sur une brindille, et un petit craquement s'échappa. Il se retourna immédiatement, scrutant les alentours, avant de s'engouffrer dans la cabane.

Des perles de sueur brûlantes me coulaient le long du visage, et je me mordillais la lèvre inférieure jusqu'à en sentir le goût du sang. Les minutes me paraissaient interminables. J'essuyai mes yeux avec la manche de ma chemise, le tissu rêche frottant contre ma peau irritée.

« *Bon sang, mais que fait-il à l'intérieur ?* » Depuis ma position, je ne pouvais rien discerner, alors je pris la décision de m'approcher.

Au début, je me glissais discrètement le long du mur de la cabane, mes doigts effleurant le bois rugueux à la recherche d'une ouverture.

Je me penchais légèrement, retenant mon souffle, pour tenter d'apercevoir quelque chose à travers les interstices.

Chaque mouvement était lent, mes yeux attentifs au moindre détail dans l'ombre mouvante. Je l'aperçus enfin. Il était là, de dos, entièrement nu, sa silhouette figée dans une posture étrange. Mais ce qui attira immédiatement mon attention, c'était cette ombre juste à côté de lui. Mon cœur s'emballa lorsque les contours de cette ombre se précisèrent. Et c'est alors que je l'ai reconnue. Qingyu…

Elle aussi était nue, sa silhouette frêle se mouvant avec une grâce hésitante. Chaque pas alourdi était accompagné d'une tension palpable, une lutte intérieure entre l'anxiété de cette proximité troublante avec Li et l'élan irrépressible qui les attirait.

Telle l'œuvre grandiose d'un peintre, dessinant le mouvement d'un ange, le corps de Qingyu paraissait danser à travers les rayons argent du soleil, qui se faufilaient à travers les trous des tôles rouillées, et les interstices des murs.

De rage, je me mordis les lèvres. Mes joues rougirent, mais je me ressaisis et me calmai, désireux de voir davantage son corps se mouvoir. Ses longs cheveux ténébreux lui donnaient un aspect farouche, tandis que ses seins fermes aux tétons durs se dressaient face à lui, qui hésitait à l'effleurer, craignant sans doute de mal s'y prendre.

À cet instant, me consumant de l'intérieur, une jalousie brûlante s'empara de moi. Je leur en voulais à tous les deux, et même à ce monde qui conspirait contre moi, et bientôt, mes yeux se brouillèrent de larmes. « *Qingyu, j'ai rêvé de partager cet amour avec toi, je l'ai dessiné dans mes gestes, mon regard, mes sourires et mes paroles. Je l'ai traduit à travers les sons de mon violon* », pensais-je en suivant les gestes de Li qui caressait son corps avec tendresse.

Ondulant des hanches, elle commença à gémir de plaisir. Il lui caressa ensuite les seins et passa son pouce sur les lèvres charnues de sa bouche. Les yeux fermés, elle émit des petits plaintes entre ses lèvres pincées.

Lorsqu'il était descendu plus bas et qu'il avait touché sa fleur avec sa langue, elle avait ouvert grand les yeux et avait refoulé un petit cri. Elle lui appartenait et il en voulait toujours plus.

Il lui prit la main. Dans la semi-obscurité, ils se sont installés sur une couchette de bambou recouverte de sacs de toile remplis de feuilles d'arbres. Leurs gestes lents et voluptueux trahissaient leur excitation. Ils s'enlacèrent tendrement. Il la guida avec précaution le long de son ventre perlé de sueur, jusqu'à son sexe en érection.

Il enroula ensuite son bras droit musclé autour de sa hanche et d'un coup sec, l'attira contre lui.

Allongé sur le dos, il lui avait fait signe de s'asseoir à califourchon sur son ventre. Lorsqu'il la pénétra, un souffle mêlé d'un cri étouffé s'échappa de leurs lèvres. Maladroit et nerveux, il écarta les mèches de cheveux qui lui cachaient le visage, puis se redressa légèrement pour l'embrasser. Ses yeux s'attardèrent un instant sur ses seins, où les tétons se tendaient sous l'excitation.

Il se redressa alors, les capturant précipitamment dans sa bouche avec une avidité d'un nouveau-né en manque de lait.

Elle laissa échapper un gémissement, quand soudain, en redressant la tête, son regard croisa le mien. Pendant un instant qui sembla suspendu hors du temps, nos yeux s'accrochèrent. Ils s'attardèrent d'abord, puis devinrent complices d'une manière inexplicable.

Pourtant, un doute s'insinua en moi, une énigme qui me hantait : me voyait-elle réellement, ou étais-je juste un spectateur invisible dans ce moment qui n'était pas le mien ? Cette question brûlante troubla mon esprit.

Dans ce silence embarrassant, Qingyu, figée, ne laissait plus transparaître ses émotions. Lui, en revanche, brûlait d'une impatience qu'il ne parvenait pas à contenir. Son regard la dévorait, et, incapable de supporter plus longtemps cette distance muette, il lui posa une question, sa voix chargée d'un désir à peine voilé :

— Quoi ? Qu'est-ce qu'il y a ? Je t'ai fait mal ?

Un court instant s'écoula, puis l'expression de Qingyu changea, devenant plus envoûtante et captivante.

Pour ma part, je ressentis un certain plaisir, et d'elle, une invitation passive a observé la suite des aléas de leurs ébats. Un léger sourire effleura ses lèvres, et, sans précipitation, elle recommença à mouvoir ses hanches. Un râle de plaisir s'échappa de Li, tandis qu'elle se penchait légèrement pour lui murmurer :

— Il n'y a rien, continue.

D'un coup, mon corps s'effondra lourdement au sol. Une douleur vive à l'arrière de mon crâne. À travers mes paupières à demi closes, j'aperçus Yong, immobile, un bâton à la main. Il venait de m'asséner un coup violent, puis, en ce qui me concerne, en l'espace de quelques secondes, tout bascula dans le néant.

Il jeta un œil dans l'interstice. Les silhouettes du couple se confondaient dans l'obscurité. Un frisson de malaise le parcourut. Troublé par l'intimité de la scène, il détourna rapidement les yeux. La jalousie le rongeait. L'envie de les interrompre le tirailla un instant, mais il se maîtrisa et continua à les épier. Une chaleur soudaine le saisit au bas du ventre. D'un geste rapide, il défit sa ceinture, déboutonna son pantalon, baissa sa culotte, et saisit son sexe à demi-dur pour se masturber.

Lorsque j'ouvris les yeux, la première chose que je vis fut l'épaisse couverture d'herbes qui m'entravait la vue. L'air était saturé d'une odeur de terre humide, qui s'infiltrait profondément dans mes narines. Mon cœur battait si fort que je le sentais résonner contre l'arrière de mon crâne. Je posai une main là où la douleur était la plus intense.

Une bosse s'était formée, et au bout de mes doigts, des traces de sang, fraîches et collantes. Je décidais de me relever, malgré la douleur qui me tiraillait. En balayant les alentours du regard, je remarquai que Yong avait disparu. À l'intérieur de la cabane, Li et Qingyu n'étaient plus là non plus.

J'étais en colère contre Yong. Je ne pouvais pas raconter à Li ce qui m'était arrivé, alors je décidai de garder cela pour moi.

Je pris la décision d'aller à la grotte jouer du violon, espérant chasser la lourdeur qui m'oppressait. Une fois sur place, je m'inclinai profondément, saluant un public invisible. Puis, d'un geste assuré, je portai l'archet à mes cordes et me lançai, laissant la musique s'emparer de mon être. La musique de Niccolò Paganini s'éleva, emportant ma peine avec elle.

J'avais du mal à retenir mon souffle et mes pensées ne cessaient de se torturer entre elles. Maladroitement, je revoyais leurs corps s'entrelaçant, la caresse de leurs gestes, leurs complicités charnelles. J'en vins même à pleurer.

Quand le soleil se glissa sous sa couverture de nuit, je repris le chemin du village, le cœur lourd. En arrivant, je trouvai Li Shui allongé sur son lit, une bougie éclairant son visage. Il lisait mon livre avec une expression paisible. Il était tellement absorbé par sa lecture, qu'il n'avait même pas levé les yeux sur moi.

Mon regard dériva vers le cahier de partitions de Ravel que Qingyu lui avait offert. Il avait déjà commencé à le recopier, les premières notes traçant sur le papier des échos silencieux de mélodies interdites.

> — Il n'avait pas de gîte, pas de pain, pas de feu, pas d'amour ; mais il était joyeux parce qu'il était libre, me lança-t-il, en lisant un des paragraphes du roman. Tu te rend compte Yáo Jun, libre…

Soudain, des coups retentirent à la porte. Li posa le roman sur son lit et se leva pour ouvrir. Sur le seuil se tenait un homme d'une quarantaine d'années, maigre et de petite taille. Son crâne dégarni brillait à la lumière de nos lampes, et son visage pâle, marqué par des cernes profonds, lui donnait un air maladif. Ses yeux creusés scrutaient la pièce avec une insistance troublante. Un sourire maladroit étirait ses lèvres tandis qu'il triturait nerveusement une vieille casquette du parti communiste entre ses mains rugueuses et sales.

— Bonjour camarade, excusez-moi de vous déranger à cette heure-ci. Le camarade-chef Yong m'a demandé de vous prévenir. Je suis le camarade Twen Ch'Ang, je dirige les mineurs de la montagne noire. Demain matin, vous allez me suivre pour travailler à la place des camarades Zhen Juan et Yue Wan. Ils étaient des rééduqués du village de Tan An, près de la rivière des Trois Saules.

Li fronça les sourcils :

— Les camarades Zhen Juan et Yue Wan sont-ils partis chez eux ? demanda-t-il, incrédule.

— Non, répondit l'homme d'une voix grave, presque éteinte. La mine les a emportés...

L'homme fit une pause avant de rajouter :

— Bien, à demain !

Li resta figé sur le seuil, les yeux rivés sur l'homme qui s'éloignait, dévalant la pente douce vers le centre du village.

Cette nouvelle était difficile à accepter. Une tristesse écrasante, mêlée d'inquiétude, l'envahit alors qu'il fermait la porte.

Sur le moment... je ne pus prononcer un mot. En voyant le visage de Li décomposé, tout se bousculait dans ma tête, des pensées folles d'évasion et de défi, mais rien de tout cela n'aurait changé quoi que ce soit. J'étais obligé d'y aller, de subir. Je n'étais qu'un lâche dans un monde de folie et de soumission.

—

Yong, un sourire léger sur les lèvres, savourait sa victoire. Il se félicitait intérieurement d'avoir pris cette décision, et surtout d'avoir envoyé cet imbécile de Twen Ch'Ang annoncer la bonne nouvelle.

Il prit un verre d'alcool de riz, dont la mousse, d'un blanc laiteux, remontait à la surface, puis s'alluma une cigarette. La fumée s'éleva lentement, se mêlant à l'air de la pièce. Il se sentit heureux, car bientôt, il réaliserait ce qu'il avait prévu, depuis le moment où ils les avaient surpris dans la cabane.

Il se perdit dans ses pensées, se disant qu'il y avait de grandes chances que nous ne revenions pas. Si tout se passait comme prévu, il aurait tout le temps de se rendre là où il le souhaitait, pour voir cette fille à la peau blanche. Un petit frisson d'excitation parcourut sa colonne vertébrale, et il laissa échapper un léger rire. Il savait que le bureau du parti politique ne pourrait rien lui reprocher. Après tout, il avait tout prévu.

—

Les mines de charbon, avec leur obscurité étouffante et leurs tragédies, inspiraient une peur diffuse, mais omniprésente chez tous les rééduqués du mont Huang. Vérité ou rumeur, nous avions entendu dire que certains rééduqués avaient même fait le choix extrême de se sectionner volontairement les tendons d'Achille afin d'éviter d'y être envoyés.

Tan An, cette ombre redoutée et inévitable se dressait à une demi-journée de marche vers le nord. Après un long moment de réflexion, je me décidai enfin à sortir sur le perron. La lumière froide de la pleine lune baignait le paysage, offrant un cadre propice à mes pensées tourmentées.

À l'intérieur, Li restait étendu sur son lit. Il paraissait agacé, un nuage de fumée s'élevant lentement de la cigarette qu'il tenait entre ses doigts nerveux.

— Je ne me fais pas d'illusions Yáo Jun, c'est à cause du jour de l'an !

— De quoi tu parles ? dis-je intrigué.

— Quand Yong est venu voir Qingyu. Il veut nous faire payer ce salaud ! Il est prêt à nous envoyer à la mort pour l'avoir. J'ai vu comment il la regardait.

Je soupirai, sentant une pointe d'agacement monter en moi :

— Tu te fais des idées. Nous sommes considérés comme des « ennemis du peuple ». Notre devoir est de nous comporter de manière exemplaire et de nous plier à la rééducation qui nous est imposée. Ils nous envoient à la mine, alors nous devons aller à la mine et c'est tout. Cela n'a rien à voir avec Qingyu. Tu te prends trop la tête avec cette fille, c'est qu'une paysanne, elle n'est pas de notre monde et ne le sera jamais !

Il se redressa d'un coup :

— Comment peux-tu dire ça ? Arrête de dire n'importe quoi. Elle est intelligente, c'est notre amie ! Elle…

— Notre amie ? Laisse-moi rire... Je t'ai vu dans la cabane avec elle... C'est plus qu'une amie pour toi ! dis-je en lui coupant la parole.

Un silence lourd et électrique s'installa entre nous. Li, le visage impassible, se leva lentement de son lit et s'avança vers moi d'un pas ferme :

— Excuse-moi, mais je ne comprends pas... a-t-il dit, les poings serrés.

Je m'avançai pour lui faire face, prêt à exprimer ce qui pesait sur mon cœur :

— Oui ! Je t'ai vu faire l'amour avec elle. Là-bas, dans cette cabane ! Je ne suis pas resté longtemps, je...

Avant même que j'aie eu le temps de finir ma phrase, Li se jeta sur moi, et nous nous retrouvâmes au sol. Je n'avais aucune envie de me battre, pas avec lui, car il était le frère que je n'avais jamais eu.

Mais son visage trahissait une colère fulgurante, presque incontrôlable.

— Arrête... j'arrive plus à.... ai-je réussi à articuler, alors qu'il avait ses mains sur ma gorge.

Je ne le reconnaissais plus. On aurait dit qu'il était devenu fou, ou peut-être avait-il caché cette part sombre de lui-même depuis toujours. Un voile noir commençait à m'envahir lorsque, soudain, son étreinte se relâcha. Il se redressa, son visage figé dans une froideur glaciale, avant de me lancer d'un ton sec :

— Ne m'adresse plus jamais la parole, as-tu bien compris ?

Les yeux remplis de larmes, je passai une main tremblante sur ma gorge, cherchant à apaiser la douleur. Les émotions m'envahissaient, me submergeait, me laissait à peine respirer.

Je me redressai péniblement et allai m'asseoir sur le perron. Je ne sais pas s'il avait eu raison d'agir ainsi, mais je me trouvais, en quelque sorte, fautif. Pourquoi avais-je eu besoin de le suivre et pourquoi étais-je resté là, à les regarder ?

Quoi qu'il en soit, je restai une bonne partie de la soirée à regarder le village, le cœur lourd de tristesse et l'envie de... d'être comme l'une de ces étoiles dans le ciel, intouchable, être loin…

Chapitre 6

Respire ou meurs

Le soleil, haut dans le ciel, éclairait la montagne noire avec une intensité presque malsaine. L'air était stagnant, sans vent ni nuage, seul flottait l'odeur âcre du charbon.

L'entrée principale de la mine, cachée sous l'ombre d'un grand banian, ressemblait à la gueule béante d'un loup géant, prêt à engloutir tout être vivant. À dix mètres de là se dressait un bâtiment en ruine, envahi par les hautes herbes, qui servait de cuisine pour les mineurs.

Ma première journée avait été un véritable calvaire. Une courroie de cuir, raide et râpeuse, me mordait les épaules à chaque pas. Dans mon dos, un panier lourd et encombrant, aussi large qu'une barque, ployait sous le poids des blocs de charbon. Je titubais sous l'effort, avançant lentement dans l'obscurité suffocante des tunnels de la mine.

Il fallait sans cesse faire des allers-retours entre le fond de la mine et la sortie, traînant nos charges telles des bêtes de somme. Malgré les lampes accrochées à nos casques, l'obscurité avalait la lumière, laissant les recoins dans une pénombre oppressante. L'atmosphère était lourde, saturée de poussière qui s'insinuait partout, brûlant nos gorges et nous arrachait des quintes de toux.

La bouche toujours sèche, les lèvres fendillées, nous avancions avec des yeux rouges et irrités. « T'inquiète, on s'y fait, c'est qu'une question d'habitude », m'avait lancé un mineur au visage noirci par la suie, avec un sourire fatigué aux coins des lèvres, tout en étirant ses traits burinés.

Parfois, dans les recoins les plus sombres et étroits des galeries, une lueur argentée dansait brièvement, dessinant de grandes alvéoles mouvantes sur les parois noires et rugueuses. C'était une illusion, un jeu d'ombres et de reflets provoqué par les lampes à huile fixées sur nos fronts.

Nous avancions prudemment, conscients que les galeries pouvaient s'effondrer à tout moment. Cette expérience était terrifiante. Dans ces profondeurs, nous pouvions sentir la mort qui nous collait à la peau.

Une peur viscérale nous habitait : celle de sentir la terre se refermer sur nous. Elle s'insinuait dans nos pensées, alourdissant chaque respiration. Chaque seconde passée là-bas laissait une marque indélébile dans notre esprit et notre chair.

Quand je remontais enfin à la surface, je m'arrêtais quelques instants, savourant avec une avidité presque désespérée le chant des oiseaux et la lumière dorée du soleil. Ces sons et ces couleurs simples, que j'avais toujours pris pour acquis, me paraissaient soudain d'une beauté presque irréelle. Le soleil réchauffait ma peau froide. L'air frais, si léger en comparaison de l'atmosphère étouffante des galeries, me remplissait d'une énergie nouvelle. C'était comme évacuer du pus d'un corps sain.

Trois semaines s'étaient écoulées depuis cet incident avec Li Shui. Pourtant, chaque fois que nous nous croisions, il faisait semblant de ne pas me voir. Ce mépris feint, presque théâtral, était à la fois absurde et profondément insultant. Là-bas, dans cette confusion lourde, je me demandais désespérément ce que l'amitié avait bien pu signifier pour lui.

Pour échapper à mes pensées et à ce poids qui m'oppressait, je me réfugiais dans les méandres de la musique classique. Dans ma tête, les harmonies de Ravel et de Vivaldi se déroulaient. C'était un long fil invisible et imaginaire qui me reliait à un monde plus doux, plus lumineux. Parfois, quelques notes s'échappaient de mes lèvres, des fragments de mélodies fredonnés à mi-voix. Oh, que je regrettai mon violon en cet instant.

À un certain moment, dans les galeries, je fermai les yeux. Alors, les ténèbres m'engloutissaient, et tandis que mon esprit s'évadait, je me retrouvais ailleurs, Pluie de Lune entre les mains.

Alors, mes bras et mes doigts se mettaient à bouger. Les notes des Quatre Saisons de Vivaldi résonnaient en moi, un morceau cher à mon cœur, vibrant d'une intensité que seul mon esprit pouvait percevoir. Oui, j'étais ailleurs, corps et âme transporté loin de cette mine suffocante. Mais pour quiconque m'aurait vu ainsi, agitant les mains dans le vide, le spectacle lui aurait semblé absurde, voire troublant.

On aurait pu me croire fou. Pourtant, dans ce geste, il y avait une part de moi que seul Li Shui aurait pu saisir. Lui, qui aurait reconnu le langage de mes mains, la musique invisible que j'essayais de ramener à la vie dans ce néant.

Au début, sans même m'en rendre compte, je m'étais mis à siffler maladroitement quelques notes. Le son avait été hésitant. Mais à force de répétitions, mon sifflement avait gagné en assurance. Peu à peu, il était devenu plus fluide, presque élégant, portant avec lui une légèreté qui contrastait avec ce lieu.

Cette mélodie, fragile et éphémère, gagna rapidement toutes les galeries. À ma grande surprise, certains mineurs se mirent à reprendre mon air, mais de manière grossière. Leur version était déformée, chaotique, sans le moindre respect pour les notes. Cependant, cela me faisait plaisir.

Nos journées débutaient dès six heures du matin, et ce n'était qu'à seize heures passées que nous remontions enfin à la surface, épuisés, mais soulagés de sentir le soleil sur notre peau.

Nous avions pris l'habitude de nous asseoir dans les hautes herbes, cherchant un peu de répit tout en nous débarrassant de la poussière et de la crasse. En file indienne, nous nous dirigions vers un grand seau d'eau fraîche, posé à l'ombre d'un arbre. Chacun, à son tour, prenait la louche en bois pour apaiser sa gorge sèche.

Parfois, mon regard se perdait au loin, et je voyais Li Shui, assis un peu à l'écart. À chaque fois, l'envie de lui parler me prenait, mais j'y renonçais.

En arrivant devant les baraquements en bambou, nous nous pressions autour de trois grandes marmites où l'eau bouillonnait sous la chaleur du soleil, prête à être utilisée pour notre toilette. Certains d'entre nous avaient du savon, d'autres non.

Pour ma part, je gardais précieusement, et à vrai dire, constamment sur moi, un petit morceau carré de savon gris pâle.

C'était le « camarade Twen-Ch'Ang », le chef d'équipe, qui me l'avait donné. Ce savon avait une odeur particulière, faite à base de graisse de porc et de carbonate de potassium.

Je me souviens qu'il avait le don de me piquer la peau sous l'effet de l'eau chaude. Une fois la toilette terminée, nous avions droit à un bol de soupe chaude, composé de patates douces, de carottes et de quelques morceaux de chou blanc. Chaque soir, nous clôturions notre journée autour d'un feu devant les baraquements, où les mineurs se divertissaient en jouant aux cartes, aux dés ou au ma-jong tout en échangeant des histoires obscènes.

La nuit, nous dormions entassés dans des lits superposés alignés dans des baraquements. Les matelas, aussi fins qu'une feuille de papier, s'enfonçaient sous notre poids, laissant les planches du sommier meurtrir nos dos. L'air étouffant autour de nous était saturé des odeurs persistantes de sueur, de charbon, de pieds et de tabac froid. Parfois, cette puanteur devenait insupportable, alors j'enroulais ma chemise pour la mettre sur mon nez.

Durant cette période, mes nuits étaient hantées par des cauchemars récurrents. Dans mes rêves, un sac de tissu m'enveloppait la tête. Alors, je me réveillais en sursaut, le souffle court et le corps trempés de sueur.

Autour de moi, l'obscurité pesante du baraquement était à peine percée par la lueur blafarde de la lune qui filtrait à travers les fenêtres.

Je scrutais mes compagnons endormis, leurs silhouettes immobiles nageaient dans cette pénombre oppressante.

Une nuit, à demi éveillé, j'aperçus une silhouette se faufilant entre les couchettes. Mes yeux, encore embrumés de sommeil, suivirent l'ombre glissée sans bruit, mais sa démarche était étrange, irrégulière. Il traînait légèrement une jambe, produisant un frottement discret contre le sol de bois. Tout à coup, il dirigea son regard vers moi.

Je sentis un frisson courir le long de mon dos. D'un geste vif, il porta un doigt à ses lèvres, me demandant de me taire. Avec précaution, il s'approcha d'une couchette et s'y glissa, caressant doucement son camarade jusqu'à ce que les plaintes initiales se transforment en gémissements de plaisir.

Je ne savais pas si c'était un viol ou non, car, au fond, ils avaient semblé éprouver une sorte de… satisfaction. À cette époque, l'homosexualité était illégale et pouvait conduire à une peine de prison. Après avoir terminé, il retourna discrètement dans sa propre couchette, alluma une cigarette et prit un moment pour m'observer avant de s'endormir.

Toute la nuit, je restais sur mes gardes, redoutant qu'il ne tente de se faufiler dans ma couchette. Je n'aimais pas la tension qu'il créait, celle qu'il m'imposait, celle que je n'arrivais pas à fuir. Finalement, je commençais à comprendre que cet homme se nourrissait des plus faibles pour assouvir ses désirs, et qu'à cet instant, j'étais devenue sa proie.

À l'aube, le chef d'équipe Twen Ch'Ang nous tirait du sommeil avec des coups de sifflet stridents. Encore engourdis, nous nous levions pour avaler notre maigre petit-déjeuner : un pain de maïs dur et un bol de zhōu, une bouillie de riz claire qui glissait à peine dans nos estomacs vides. Une fois les bols vidés, nous récupérions nos outils et nous dirigions vers l'entrée de la mine.

À chaque fois que je m'enfonçais dans cet abîme sombre et étouffant, une angoisse sourde s'emparait de moi. Une boule se formait dans mon ventre, tordant mes entrailles jusqu'à me donner la nausée. Parfois, cette peur devenait si forte que je devais m'arrêter pour vomir, le goût amer me rappelant que j'étais déjà au bord de mes limites.

Un matin, alors que j'avais mal au ventre et qu'une file s'était formée pour entrer dans la mine, je sentis une main effleurer mes fesses. Surpris, je me retournai et là, je le vis : lui, l'homme qui se levait la nuit pour abuser des plus vulnérables. Il affichait un sourire carnassier.

Je reculais d'un pas dans la file, mais chaque mouvement semblait me paralyser davantage. Ses yeux brillaient d'une lueur sinistre, comme s'il se délectait de ma terreur.

Le regard fixé sur moi, il tendit une main, délibérément lente, et me caressa la joue avec ses doigts. Il s'avança encore, sa présence écrasante, m'encerclant petit à petit. Derrière lui, les mineurs poursuivaient leur chemin, indifférents, sans jeter un regard dans notre direction. Aucun ne remarquait, ni ne voulait voir, ce qui se passait. Le bruit de leurs pas engloutissait tout autour d'eux, absorbé par la routine de leur quotidien. D'un geste brusque, je lui retirai la main de mon visage.

— Pas facile… hein. J'adore quand ils ne sont pas faciles… dit-il d'un ton amusé.

Là, tout se passa vite. J'entendis un cri : « Et toi ! » Lorsqu'il pivota, un coup de poing s'abattit sur son visage, le faisant s'effondrer immédiatement au sol.

Mon regard se posa sur celui qui venait de le frapper, et un choc me traversa : c'était Li Shui. Il me fixa droit dans les yeux, ses prunelles glacées trahissaient la colère qu'il n'avait pas oubliée, celle liée à ce que j'avais fait.

Il venait de clore le débat entre l'homme et moi. Personne ne devait me faire de mal, à part peut-être lui. J'étais terriblement soulagé de ce qu'il avait fait. Depuis ce jour, je pouvais enfin me reposer et dormir paisiblement, sans me soucier d'être agressé.

Un autre jour, en début d'après-midi, je comptais les heures, impatient que la journée se termine. Je voyais la lumière du jour, douce et lointaine, se refléter contre les parois de l'entrée de la mine. Elle illuminait brièvement la poussière en suspension et guidait mes yeux vers la sortie.

Et c'est à cet instant, tel un avertissement venu d'ailleurs, qu'une sensation étrange monta en moi. Instinctivement, je lâchai la corde que je tenais et me mis à tendre l'oreille. C'était un grondement sourd et profond, qui s'était mis à résonner à travers les parois, puis, telle une onde, la roche sous mes pieds se mit à trembler.

Une peur viscérale me paralysa un instant. Puis des cris déchirants jaillirent des profondeurs, perçant le vacarme, porteur d'une panique contagieuse. Ce furent des voix à peine audibles, mais d'une clarté incroyable.

— Attention, ça s'effondre ! Sortez vite ! Sortez !

La peur au ventre, je bondis. La sortie était là, à quelques mètres à peine. Mais avant que je puisse l'atteindre, une aspiration puissante m'aspira en arrière. Une pluie de poussière et de débris s'abattit sur mes épaules, me coupant littéralement le souffle.

Enveloppé d'une obscurité totale et étouffante, j'entendis alors une voix calme murmurer à mon oreille : « Respire ou meurs... »

Je me suis mis à gratter frénétiquement la couche de poussière et de pierres qui m'oppressait. Mes gestes étaient désordonnés. La douleur m'envahissait, chaque mouvement paraissait inutile et mon corps était trop épuisé pour réagir. Après une lutte sans fin, je parvins enfin à déchirer cette enveloppe de cendres.

L'odeur âpre, saturée de poussière, entra dans mes poumons. Je toussai violemment, crachant à chaque inspiration, la bouche remplie de poussière, de cendres et de sang. La sensation de terre et de ferraille dans ma bouche était insupportable.

Il a fallu un moment pour que toute la poussière retombe et que je puisse de nouveau percevoir les vibrations humaines. Les échos des bruits et des voix dans le chaos remontaient, telle une vague.

Je réussis à bouger un bras, puis l'autre, la douleur me lançait à chaque mouvement. Avec un effort surhumain, je posai enfin mes paumes sur le sol, les doigts enfoncés dans la poussière, et je me fis violence pour me propulser vers le haut. Toute la terre et la poussière qui recouvraient mon corps dégringolèrent en cascade.

Complètement déboussolé, je réussis à m'asseoir, les jambes tremblantes, cherchant à reprendre mes esprits. C'est alors qu'un mineur s'approcha, passa ses bras sous mes épaules et m'aida à me redresser. Un râle de douleur m'échappa.

La vision floue, je levai les yeux vers lui :

— Où sont les autres ? demandai-je, la gorge serrée.

— Ils sont sortis, camarade ! Allez, sortons d'ici !

Tandis qu'il me traînait vers la sortie, je réussis à articuler de nouveau :

— Li Shui… dis-je d'une voix brisée. Il faut le trouver.

— Calme-toi, camarade, respire…

Il me ramena à l'extérieur, où la lumière du jour m'éblouit un instant. Puis, sans un mot, il disparut dans la foule de mineurs, qui étaient rassemblés là, encore sous le choc, leurs visages marqués par la terreur et l'épuisement.

Ils semblaient à peine réagir. Je me frayai un chemin parmi eux et passai une main tremblante dans mes cheveux :

— Li Shui ! criai-je. Avez-vous vu Li Shui, du village des hirondelles ? Avez-vous vu mon ami ? Quelqu'un a-t-il vu le camarade Shui ?

— Arrête de nous embêter, le fils de bourgeois ! grogna une voix dans la foule.

Un mineur aux épaules larges, d'allure antipathique et aux tempes grisonnantes, s'avança vers moi. Sa démarche était lourde et irrégulière.

— Ferme ta gueule, camarade Zhang ! Espèce d'idiot. Ne fais pas attention à lui, petit, il ne mord pas. Comment s'appelle ton ami ? me demanda le mineur.

Sans gêne, il posa sa main droite sur mon épaule gauche et en essuya la poussière. Un sourire étrange se dessina sur ses lèvres, mi-moqueur, mi-dédaigneux, et je ne savais pas si je devais y voir un signe de complicité ou une menace à peine voilée.

Troublé, je lui répondis :

> — C'est le camarade Li Shui, nous sommes-les rééduqués du village des hirondelles.
> — Bon, pour le moment nous n'avons pas encore les noms de ceux qui ne sont pas remontés. Tu ferais mieux d'aller te reposer camarade. Rince-toi le visage d'abord et bois de l'eau. Tu veux bien ?

J'acquiesçais un geste de la tête. Lorsqu'il s'éloigna, symbole de vie au milieu de la mort, j'allai m'asseoir contre le grand banian qui faisait de l'ombre à la mine.

Le cœur lourd de tristesse et les yeux remplis de larmes, je savais qu'il nous faudrait des jours, voire plus, pour dégager les gravats et atteindre les mineurs piégés sous terre. Leurs chances de survie étaient faibles et la probabilité de retrouver des survivants quasi nulle.

Une heure plus tard, le chef d'équipe s'approcha des mineurs avec une liste. Le visage marqué par l'affliction, il commença à lire les noms des disparus. Sept mineurs manquaient à l'appel, dont Li Shui.

Sa voix, d'abord faible, prit peu à peu une force vibrante, emplie d'énergie et de détermination :

— Camarade ! Nous allons travailler jour et nuit ! Vous m'entendez ? On n'a peut-être une chance de les sauver ! Nous allons former deux équipes, chacune avec une mission spécifique. Les uns se chargeront de dégager les débris, tandis que les autres chercheront des moyens d'accéder à la galerie condamnée. Je sais que nous avons tous déjà donné beaucoup, mais nous devons faire preuve de courage et de solidarité pour surmonter cette épreuve. Nous ne pouvons pas abandonner nos camarades dans leur détresse. Alors, allez camarade, au boulot !

Nous nous mirent aussitôt à l'ouvrage, galvanisé par les paroles de Twen Ch'Ang. Nous formâmes une chaîne humaine pour déplacer les blocs de pierre, travaillant sans relâche, nos corps épuisés s'activant dans la poussière et la sueur jusqu'à ce que la nuit tombe. Malgré tous nos efforts, l'entrée de la galerie restait bloquée, obstruée par une masse écrasante de gravats.

À l'aube, épuisés, les hommes prirent une pause bien méritée. Ils s'allongèrent dans les grandes herbes, pour chercher un peu de répit. Quant à moi, je ne pouvais pas me permettre de m'arrêter. Chaque instant de répit était un luxe que je ne pouvais prendre.

J'étais déterminé à tout faire pour sauver mon ami. Même si cela signifiait creuser à mains nues pour extraire chaque morceau de charbon et chaque pierre, je l'aurais fait.

Je vis le chef d'équipe s'approcher. La fatigue intense creusait ses traits, ses yeux cernés trahissaient l'épuisement physique et mental qui le rongeait.

— Arrête, petit... Arrête...

Anéanti et épuisé, je tombai à genoux. Il m'aida à me redresser et m'accompagna jusqu'au banian, là où il avait l'habitude de me voir. Alors, je me laissai glisser contre l'arbre et m'endormis. Comme suspendu dans le vide, j'eus un sommeil sans rêves.

Un bruit de pierres et de pioches me réveilla brusquement. Les mineurs étaient au travail. Nous étions déjà en début d'après-midi. Rempli de honte de m'être assoupi si longtemps, je me relevai rapidement et me joignis à eux, redoublant d'efforts pour compenser le temps perdu.

Nous travaillâmes sans relâche jusqu'au cœur de la nuit, avant de prendre une pause pour nous reposer et manger. C'était désagréable et épuisant. Quatre heures plus tard, alors que l'aube commençait à émerger, un cri parvint du fond de la galerie :

— Bon sang ! Nous avons réussi ! Apportez-moi plus de lumière !

Nous nous précipitâmes. Là, je vis que ce n'était qu'un trou, un peu plus grand qu'une pomme peut-être, une ouverture cependant assez grande pour laissez-passer de l'air. Le chef d'équipe s'avança vers l'ouverture et plongea son regard dans l'obscurité.

Les mineurs, agglutinés derrière lui, trépignaient d'impatience. Twen-Ch'Ang se crispa :

— Ah, j'y vois rien. C'est beaucoup trop sombre là-dedans, impossible de voir quoi que ce soit ! Allons, encore un dernier effort, agrandissait moi ce trou, nous y sommes presque camarade !

Nous élargîmes l'entrée jusqu'à ce qu'elle soit assez grande pour laisser passer une tête. Il se pencha en avant, scrutant l'intérieur avec attention. Lorsqu'il crut apercevoir une silhouette, il se hissa sur la pointe des pieds, et tendit l'oreille. Son souffle était court et ses yeux fixés dans les ténèbres :

— Je vois une forme, une silhouette humaine...

— Respire-t-il ? demanda un mineur, anxieux.

— Comment veux-tu que je le sache, idiot ? Il fait trop noir !
Tiens bon, mon gars ! cria-t-il. On arrive !

Ses yeux autoritaires balayèrent nos visages sales, figés sur le sol, à bout de forces. D'un ton impérieux, il nous ordonna de creuser encore, plus fort, plus vite.

Chaque coup de pioche résonnait, tandis que nos muscles endoloris suppliaient, en vain, pour un peu de répit. Alors que Twen-Ch'Ang se penchait à nouveau pour jeter un coup d'œil à l'intérieur du trou, une frayeur soudaine déforma son visage.

Pris de panique, il recula brusquement, trébuchant presque sous l'effet de la surprise. Un visage livide avait surgi de l'obscurité, et s'était engouffré dans le trou. Les yeux écarquillés et la bouche grande ouverte, il cherchai désespérément à aspirer de l'oxygène.

On aurait dit la bouche d'une carpe en train de suffoquer, chaque inspiration saccadée paraissait être une lutte pour survivre.

— D... De l'eau... De l'eau... supplia le mineur, terrifié.

Un cri de joie éclata, brisant le silence oppressant de la galerie. Enfin, notre dur labeur n'avait pas été vain. Une vague d'émotion nous traversa.

— Donnez-lui de l'eau, vite, de l'eau ! s'écria un mineur.

— C'est le camarade Fu-Hsi... Je le reconnais ! s'exclama un autre.

Nous nous précipitâmes pour agrandir le trou. Quelques instants plus tard, le mineur fut enfin extrait. Nous lui offrîmes encore de l'eau et lui nettoyâmes le visage. Une couverture sur les épaules, il fut conduit jusqu'au baraquement pour se reposer. Nous pénétrâmes ensuite dans la galerie libérée.

L'abîme sombre de chair et de sang.

Le boyau étroit s'étendait devant nous. Nous avancions à pas feutrés. Je ressentais une sensation d'étouffement, car tout pouvait s'écrouler à nouveau.

Soudain, l'éclair de lumière provenant de ma lampe, révéla le premier corps. Sans réfléchir, je me précipitai pour dégager l'homme de l'épaisse couche de poussière qui l'enveloppait. Les pupilles du mineur, vides et sans vie, m'avaient glacé l'âme. Malgré ce drame, j'étais soulagé qu'il ne s'agisse pas de mon ami.

Poursuivant notre exploration, nous découvrîmes deux autres corps, leurs silhouettes figées dans les décombres.

Le bilan s'alourdissait, et avec lui, mon angoisse. À chaque pas, j'avais l'impression que la galerie se rétrécissait et se refermait sur nous. Il ne restait plus que trois personnes à retrouver, et l'espoir s'amenuisait, remplacé par une peur sourde qui me nouait l'estomac.

Après une cinquantaine de mètres, nous tombâmes sur un boyau à nouveau obstrué. Sans perdre une seconde, nous formâmes une chaîne humaine, passant les débris de main en main dans un effort coordonné. La poussière nous étouffait, et chaque mouvement tirait sur nos muscles déjà épuisés, mais nous continuâmes, luttant sans relâche pendant près de deux heures, avant de poursuivre notre chemin dans les entrailles de la bête. C'est alors qu'un des mineurs qui m'accompagnaient s'écria, la voix tremblante d'émotion :

— Regardez là-bas !

Li Shui, couvert de poussière, gisait sur le dos, immobile. Mon cœur se serra et, sans réfléchir, je me précipitai vers lui. Je m'agenouillai et pris sa tête entre mes mains tremblantes. Son visage était pâle, ses lèvres fendillées, et ses yeux fermés. Luttant contre l'émotion qui m'étreignait, je murmurai d'une voix rauque :

— Tout va bien maintenant, Li Shui. On t'a trouvé. Je vais te sortir de là.

L'expression de son visage m'avait terrifié. Il respirait encore. Incapable de retenir mes larmes, je m'étais mis à sangloter, en le suppliant :

— Li Shui, dis-moi quelque chose, je t'en prie !

Les yeux clos, il resta immobile, et d'une voix à peine audible, il murmura :

— Qingyu...

Les images de cette scène infernale allaient hanter mes nuits à venir.

Après l'avoir ramenée jusqu'à notre baraquement et l'avoir placée sur son lit, je lui nettoyai le visage et lui donnai à boire. Bien que j'eusse été ravi de la retrouver, je constatai avec tristesse que son regard était vide.

Quoi qu'il en soit, je retournai le lendemain à la mine. Seuls les blessés pouvaient rester dans le baraquement. À l'entrée de la mine, un écriteau rappelait notre devoir envers la nation compatissante. Rédigé à l'encre rouge sur un fond blanc pâle et sali par la poussière de charbon, il disait : « Allez travailler pour le bien de la nation compatissante ! Mao est avec vous, pour toujours. »

C'est le cœur lourd que nous reprîmes notre travail dans la mine. C'était une sensation oppressante qui s'accrochait à notre peau. C'est là que je compris que nous n'étions rien. Juste des amas d'os, de sang et de chair.

Il y avait des moments où je ne pouvais plus avancer ni pousser mon panier. Alors, je me réfugiais dans un coin sombre, j'éteignais ma lampe et, accroupi, je me laissais aller à pleurer.

Chapitre 7

Agonies infernales.

Deux semaines, avant notre retour.

Tel un prédateur à l'affût, Yong avait scruté sa proie pendant des jours. L'opportunité tant attendue s'était enfin présentée, et il s'était glissé en silence à travers les buissons et les arbustes. Épuisé et couvert de sueur après la longue marche depuis le village, il l'avait observée. L'instant était venu d'assouvir ses désirs. Tel un fil tendu prêt à céder, chaque battement de son cœur avait résonné dans sa poitrine.

Au milieu de cette vaste étendue verdoyante, Qingyu se tenait seule, cherchant une sonate à interpréter. Depuis notre départ, le violoncelle était devenu son seul réconfort. Chaque après-midi, elle venait jouer avec passion, convaincue que la musique pouvait percer notre obscurité. Elle s'obstinait à croire que chaque mélodie invoquerait un peu de chance pour nous deux.

La famille de Liang avait renoncé à l'idée que Qingyu devienne sa femme. De toute façon, elle leur avait clairement dit que si le mariage avait lieu, elle s'ouvrirait les veines devant tout le monde et hanterait leur famille pour l'éternité. Superstitieux, ils s'étaient finalement convaincus qu'elle n'était pas faite pour leur fils.

Qingyu souriait. Il lui était devenu si facile de berner les gens des montagnes que cela en devenait presque ridicule.

Le prédateur savourait l'instant, il jubilait à l'idée que ses fantasmes les plus obscènes allaient bientôt se réaliser. Il allait pouvoir sentir sa peau, la respirer, la goûter et s'emparer de son corps à la peau de porcelaine. Elle allait devenir sa chose...

Rien qu'en pensant à elle, un désir ardent et incontrôlable bouillonnait en lui. Cependant, une branche brisée le sortit de ses rêveries malsaines. À quelques mètres, un vieillard émacié, la tête lisse, telle une pierre usée par le temps, avançait lentement. Dans ses mains noueuses, il tenait deux poissons encore luisants, suspendus à une ficelle, et se dirigeait vers la grotte. Épuisé, il s'arrêtait régulièrement pour reprendre son souffle et se gratter les bras ou les cuisses.

Du désir charnel à la folie

Submergé par un flot de pensées chaotiques, son visage se durcit, et ses traits crispés se transformèrent en un masque de colère sourde. Une vague d'angoisse mêlée de rage l'envahit à l'idée que ce vieillard puisse compromettre ses plans. Sans hésiter, il pivota sur ses talons, ses mouvements devenant plus rapides et plus précis, et se lança en direction de l'homme, déterminé à l'intercepter avant qu'il ne franchisse l'entrée de la grotte.

Alors que le vieil homme allait signaler sa présence, Yong surgit derrière lui. Dans un geste brutal, il abattit une grosse pierre sur l'arrière de son crâne. Le vieillard s'effondra, inerte. Une traînée de sang sombre s'échappa de la plaie béante et s'imprégna dans les herbes et la terre humide. Yong s'essuya le sang chaud qui maculait son visage avec sa manche.

L'odeur du sang lui monta au nez, tandis qu'un goût de fer, amer et écœurant, persistait sur ses lèvres gercées. Terrifié à l'idée d'avoir fait trop de bruit, il releva brusquement la tête et jeta un regard furtif vers Qingyu, guettant le moindre signe qu'elle ait pu entendre ou voir quelque chose.

Il fixa Huan Yue et, d'un geste brusque, le poussa du bout du pied, d'abord une fois, puis une deuxième, pour s'assurer qu'il ne bougeait plus. Il était mort. Sans perdre un instant, il saisit les deux poissons avec un sourire mauvais, cracha sur le corps et se dirigea à nouveau vers Qingyu. La ficelle s'étant rompue, Yong n'eut d'autre choix que de prendre les poissons à pleines mains.

Elle posa son violoncelle contre son épaule, inspira profondément, puis ferma les yeux. Ses doigts touchèrent les cordes avec une assurance instinctive, et les premières notes s'élevèrent, résonnant contre les parois de la grotte. La mélodie enveloppa l'espace, étouffant le bruissement des feuilles et les échos du monde extérieur.

Il s'approcha lentement derrière elle, prenant soin de ne faire aucun bruit. Sans qu'elle le remarque, il effleura ses longs cheveux du bout des doigts. C'était presque devenu un jeu, un prélude de douceur avant que les cicatrices ne s'ouvrent. Il approcha même son visage, juste derrière sa tête, et respira le parfum qui se dégageait de ses cheveux. Tout en fermant les yeux, il se délectait de son plat à venir. Bercée par la musique, elle ne ressentit pas sa présence.

Tout à coup, ses pupilles se dilatèrent, capturant la lumière de la grotte avec une intensité soudaine. En un instant, une terreur indicible l'avait submergé.

Une main d'homme, puant le poisson, s'était plaquée contre sa bouche, étouffant le cri qui avait failli jaillir de ses lèvres. Paniquée, elle avait perdu prise sur Nuit d'Hazard qui, dans un bruit sourd, était tombé au sol en faisant un bruit de corde.

Dès que l'homme la retourna, elle sut immédiatement qui il était. Son visage, déjà marqué par les années, était maintenant défiguré par une expression grotesque. Ses traits, tordus par une sorte de folie, avaient fait disparaître toute son humanité dans l'ombre de ses pupilles noires. De plus, il était couvert de sang, ce qui amplifiait encore son apparence sinistre.

Les hurlements déchirants de Qingyu et ses gestes désespérés ne firent aucune différence. Yong, un sourire froid et satisfait figé sur le visage, restait indifférent à sa souffrance.

À ce moment précis, la sensation de bien-être qui l'avait envahi à mesure qu'elle résistait avait fait durcir son bâton de jade. Il avait ensuite glissé sa main sous son chemisier et avait attrapé fermement l'un de ses seins. Elle le griffa profondément au visage. Il poussa un cri de douleur, avant qu'une colère sourde ne l'envahisse. Dans un élan de rage, il la frappa d'un revers de main si violemment qu'un filet écarlate s'échappa des lèvres de Qingyu.

Étourdie, son corps était devenu tout cotonneux, figé face à lui. Sous l'excitation, il avait déchiré son chemisier pour découvrir ses seins blancs aux tétons rosâtres qu'il considérait comme des friandises ; il avait commencé par embrasser son ventre, parcourant chaque centimètre de sa peau avec ses lèvres et sa langue, puis était remonté sur son visage. Un frisson de dégoût traversa Qingyu. Elle retrouva soudain ses esprits. Alors, une vague de rage incontrôlable l'envahit. Elle lui tira les cheveux avec une telle force qu'elle en arracha une poignée. Mais cela ne fit qu'attiser sa colère.

— Je fais ce que je veux. Je fais ce que je veux, tu m'entends ? cracha-t-il, la bave aux lèvres, les yeux brillants de fureur.

D'un coup de poing, il la déstabilisa. Profitant de son incapacité, il se pencha et commença à la déshabiller avec une hâte fébrile. Il se releva, défit la boucle de sa ceinture, baissa son pantalon qui s'affala lourdement sur ses chevilles aux gros os. Révélant ses jambes sales et égratignées, il s'accroupit et se pencha de nouveau sur elle. À l'aide de ses genoux, il lui écarta les cuisses et sans la moindre hésitation, il la pénétra violemment.

Sous l'effet de la douleur, un cri déchirant s'échappa de la gorge de Qingyu. Et, prise de colère, elle réussit à agripper le collier de Yong et à le lui arracher. Les perles, telles des larmes égarées, se répandirent dans un écho de vengeance dans l'air tourmenté. Furieux, il lui asséna une gifle si violente qu'elle vacilla de nouveau, le nez ensanglanté.

Épuisée par sa résistance inutile et les yeux en larmes, elle se mit à fixer le plafond de la grotte, résignée. La seule solution qu'elle avait trouvée était de se détacher de la réalité, de s'évader, d'abandonner son corps, mais sa souffrance ne lui offrait aucune échappatoire.

Yong laissa échapper un long râle de satisfaction et se dégagea d'elle, à contrecœur. Il s'allongea sur le dos, haletant, les yeux mi-clos, fixant le plafond le pierre. Les fissures, les trous et les reliefs qui parcouraient l'espace au-dessus de lui semblaient se tordre et se mêler dans une étrange danse.

Un sourire s'étira sur ses lèvres, tandis qu'il glissait sa main sur le front de Qingyu. Étendue à côté de lui, le visage pâle, immobile, ne clignant plus des yeux, elle ressemblait à une poupée désarticulée, ses membres fragiles reposant sans vie.

Quand Yong s'en aperçut, il se redressa et la secoua. Dans un mouvement lent, ses paupières se fermèrent, puis se rouvrirent. Elle était toujours en vie.

Sachant cela, il se leva, remonta négligemment son pantalon et sa culotte et avec un nouveau sourire, il se pencha au-dessus d'elle. Il effleura doucement ses cheveux ébouriffés, caressa sa joue avec une infinie douceur et lui souffla :

> — Il ne s'est rien passé, tu m'entends ? Si tu en parles, tes amis auront de sérieux ennuis. Tu comprends ? Ne dis rien à personne, sinon je les dénonce au bureau de la sécurité publique, j'ai des amis là-bas ! Ils auront à répondre de leur musique capitaliste et réactionnaire. Tout comme toi !

Il s'éloigna. Autour d'elle, le son de la nature, volé par la violence, sa souffrance et la douleur, refit surface. Sa respiration, entrecoupée de toux, était tout ce qui la rattachait encore à la vie. Un oiseau se posa au sol.

Elle le fixa. Une perle de larme glissa le long de sa pommette et tacha le sol sec. Il était si près, tellement près de son visage, qu'elle aurait pu le toucher du bout des doigts, si, à ce moment-là, elle avait eu la force de le faire.

Le temps passa, puis elle essaya de se redresser. Elle s'assit lentement, ses mains cherchant à remettre sa chemise en place, mais ses gestes lui échappaient.

Avant qu'elle n'ait eu le temps de se reprendre, une vague de nausée la submergea. Elle se plia en deux, ses sanglots se mêlant aux vomissements, sa poitrine se soulevant dans des convulsions incontrôlables.

Tout son corps n'était que douleur. Elle parvint à se relever, vacillant légèrement sur ses jambes. Ses doigts effleurèrent le filet de sang tiède qui glissait le long de ses cuisses, formant de petites gouttes aux creux de ses chevilles. Une seule pensée s'imposa à son esprit obscurci : rentrer chez elle, coûte que coûte.

De son côté, Yong se rendit compte qu'il avait oublié de ramasser les perles de son collier, éparpillées au sol après qu'elles lui aient été arrachées. Il fit demi-tour. Lorsqu'il arriva, la fille avait disparu.

— Dommage, murmura-t-il en effleurant son entrejambe.

En scrutant le sol, il ramassa quelques perles éparpillées qu'il glissa dans sa poche. Ses yeux se posèrent sur l'étrange objet à cordes, en bois sombre, laissé par la fille. Intrigué, il le saisit et le fit tourner entre ses mains, cherchant à comprendre comment il produisait ce son fascinant.

Il le secoua, le frappa doucement, tenta de pincer les cordes. Puis, pris d'une curiosité maladroite, il le frotta contre une pierre, espérant percer son mystère. Cela commençait à l'agacer, à l'énerver. Pourquoi ce fichu objet refusait-il de produire de la musique ?

Il brisa d'abord l'archet d'un coup sec contre son genou, avant d'abattre le violoncelle contre le sol avec une rage sourde. Le fracas résonna dans l'air. Ensuite, il alluma un feu, rassembla les morceaux éparpillés et les jeta un à un dans les flammes. Le bois du violoncelle crépita. Assis devant le brasier, il resta immobile, les yeux fixés sur les flammes qui consumaient lentement le résultat de son absurdité.

—

Ville d'Hangzhou, 2 ans plus tôt.

Ce jour-là, une foule houleuse et fébrile s'était amassée sur la place, grondant d'impatience. La plupart étaient de jeunes lycéens, rejoints par des collégiens fraîchement arrachés à leur routine quotidienne. Ils hurlaient, scandaient des slogans en levant haut leur bras droit, le poing fermé, tandis qu'ils tenaient de l'autre main le petit livre rouge de Mao, répétant sans cesse : « Pas de fondation sans destruction ! »

Absorbé par la ferveur idéologique communiste, le mouvement des gardes rouges s'abattait sur la jeunesse avec une telle force qu'ils en venaient à renier leurs propres parents. En tête du cortège, Li Shui avançait, le regard fixe, porté par cette marée enragée.

Plongé dans un vide sans fin depuis l'accident à la mine, ses souvenirs le hantaient. Il revoyait, avec une clarté insupportable, sa participation à l'arrestation des enseignants de l'université et des responsables de l'hôpital.

Avec ses camarades, il les avait alignés de force, les forçant à s'agenouiller côte à côte. Sous leurs regards chargés d'humiliation et de désespoir, ils avaient dû réciter leurs autocritiques, les voix brisées par la souffrance, la peur et la honte.

À quelques mètres de là, une dizaine de femmes se tenaient, exposées à la foule enragée. Leurs visages blêmes, leurs cheveux à moitié rasés de façon grotesque et ensanglantés, elles pleuraient silencieusement, tremblant sous le poids de la violence qui les accablait. Dans un accès de cruauté, certaines étudiantes versaient de la saumure sur leurs têtes, accentuant encore l'humiliation et la souffrance de la scène.

Sur les murs de la ville, en particulier à l'entrée de la grande université, des slogans barbouillaient le béton : « Défendez le Comité central du Parti avec du sang et de la vie ! Défendez le Président Mao avec du sang et de la vie ! Défendez le Parti communiste avec du sang et de la vie ! ».

Là-bas, ils avaient dévasté les salles de classe et le réfectoire. Lorsque la bibliothèque, remplie de livres, fut atteinte, ils brisèrent la porte et commencèrent à jeter les livres par la fenêtre. En bas, un groupe de personnes s'étaient élancées pour les ramasser, et les jeter dans un feu qu'ils avaient eux-mêmes allumé.

En observant les suppliciés agenouillés, Li Shui se remémorait encore les actes qu'il avait accomplis avec ses camarades, deux heures plus tôt. Ensemble, ils avaient saccagé une église chrétienne, brisant les vitraux, les bancs, et les crucifix. Ils avaient ensuite peint des slogans en l'honneur de Mao sur les murs.

Ils avaient même voulu forcer le prêtre présent à détruire la statue de la Vierge avec un marteau. Face à cette violence, le prêtre, les yeux baissés, priait Dieu pour qu'il le délivre du mal, criant d'une voix brisée :

— Vous pouvez me décapiter, me torturer et me jeter dans les puits de l'enfer éternel, mais vous ne pourrez jamais m'ôter la foi !

À cela Li Shui lui avait répondu d'un sourire glacé :

— Prêtre, tu te trompes. Ce n'est pas la foi en Dieu que je vais te retirer, mais la foi en l'homme... Mettez-vous à genoux ! hurla-t-il.

Ses camarades, qui avaient visiblement attendu ce moment, se précipitèrent, jetant le prêtre au sol avec une violence inouïe. Li Shui s'était approché de lui, avec une lueur sadique dans les yeux :

— C'est tu ce qui arrive à ceux qui défient l'autorité de la Révolution ? » demanda-t-il doucement à l'oreille du prêtre, tout en caressant la lame de son couteau. Ils ne meurent pas rapidement. Ils vivent pour regretter chaque instant de leur insolence.

D'un geste brutal, il enfonça la lame au dos de la main du prêtre, la clouant au sol. Le cri de douleur du prêtre résonna entre les murs.

— Ton dieu ne peut rien pour toi ici, continua Li Shui en bougeant la lame dans la plaie. Ici, c'est Mao et la Révolution qui décident de ton sort. Nous allons voir combien de temps ta foi tiendra face à la véritable souffrance. Chaque cri, chaque larme que tu verseras ne fera que renforcer ma détermination à te briser.

Tourments abyssaux.

Là, une coupelle tomba sur le sol, brisant le silence sacré de l'église avec un fracas métallique. Li Shui se retourna brusquement, les yeux plissés de colère. Un des gardes rouges, nerveux, avait fait tomber une bougie. La flamme vacilla un instant avant de lécher la nappe de l'autel, imprégnée de cire et d'encens.

En une seconde, le tissu s'enflamma. Les flammes s'étendirent rapidement, transformant l'autel en un brasier furieux.

Li Shui se redressa lentement, un sourire cruel étirant ses lèvres tandis qu'il contemplait les flammes dévorantes. D'un signe de tête, il ordonna à ses camarades de sortir.

Les gardes rouges obéirent sans un mot. Li Shui resta immobile, savourant la destruction qu'il avait orchestrée. Les ombres des flammes projetaient des silhouettes grotesques sur les murs ornés de fresques religieuses. Les saints et les anges, autrefois symboles de paix et de rédemption, se tordaient sous l'assaut implacable du feu.

Soudain, la manche du prêtre s'embrasa. Il tenta désespérément de l'éteindre, cependant, les flammes se propagèrent rapidement, engloutissant bientôt toute sa chasuble. Elles l'enveloppèrent dans une étreinte mortelle.

Ses cris déchirants résonnèrent à travers l'église, se mêlant aux crépitements de l'incendie.

À l'extérieur, ils jetèrent un dernier regard vers l'édifice embrasé. Les hurlements du prêtre, poignants et désespérés, s'étaient tus. À travers les vitraux éclatés, les flammes projetaient une lueur sinistre sur leurs visages.

Grande place de Hangzhou.

Les derniers rayons du soleil s'effaçaient à l'horizon, baignant la scène d'une lumière rougeâtre, lorsque la foule enragée fit irruption sur la place.

Ils s'étaient rassemblés, encerclant un groupe de suppliciés agenouillés, leurs visages déformés par la terreur et la douleur. Douze gardes rouges, excités et déchaînés, évoluaient autour d'eux, brandissant leurs bâtons et hurlant des slogans révolutionnaires. L'un des suppliciés, prisonnier de cette foule inquisitrice, leva la tête et osa demander :

— Pourquoi faites-vous cela ? Pourquoi cette haine aveugle ? demanda-t-il d'une voix tremblante.

Les murmures de la foule s'éteignirent soudain, plongeant la scène dans un silence oppressant. Les gardes rouges s'arrêtèrent, leurs regards emplis d'une férocité inhumaine. Li Shui s'avança lentement :

— Pourquoi ? Parce que vous représentez les vestiges d'un passé que nous devons éradiquer, répondit-il d'une voix glaciale. Votre éducation, votre médecine, tout cela est un poison qui corrompt l'esprit des hommes et les détourne de la Révolution.

Il se pencha vers l'enseignant, ses yeux brillants d'une lueur impitoyable et reprit :

— Regardez autour de vous ! Tout cela n'est que le début de la purification. Nous détruisons les anciennes croyances pour faire place à une nouvelle ère.

L'enseignant, malgré la douleur, soutint son regard :

— Vous ne pourrez jamais tuer l'esprit de connaissance. Il renaît toujours des cendres.

Li Shui éclata de rire, un rire cruel, dénué de joie et rempli de mépris :

— Alors, brûle avec elle !

D'un geste brusque, il fit signe à un de ses camarades. L'un des gardes rouges souleva un bidon d'essence et en aspergea l'enseignant. Puis, d'un mouvement précis, il alluma une allumette et la lança sur lui. Le liquide s'enflamma instantanément, engloutissant d'abord sa tête, ses épaules et son torse, puis son corps dans un tourbillon ardent.

Les cris de douleur, déchirant le brouhaha alentour, n'avaient duré que quelques instants. La lumière des flammes dansa sur les visages déformés des jeunes, révélant leur haine exacerbée. Les ombres projetées par le feu formèrent des silhouettes grotesques sur les murs des bâtiments alentour, tandis que l'odeur âcre de la chair brûlée avait envahie l'air.

Li Shui avait observé avec satisfaction la scène macabre. Pour lui, c'était une autre victoire sur les vestiges du passé qu'il s'acharnait à détruire. Un autre homme, agenouillé, inclina légèrement la tête et demanda à ses camarades, la voix hésitante :

— Comment peut-on en arriver à torturer des gens ? Sa voix mêlait consternation et incompréhension, son regard rivé sur l'enseignant dévoré par les flammes.

Autour d'eux, la foule enragée lançait des encouragements obscènes, noyant toute trace de pitié ou d'humanité.

L'homme à ses côtés, un professeur d'université au crâne enveloppé d'un bandage maculé, se pencha légèrement vers lui et murmura :

— En donnant le pouvoir de vie et de mort, l'anarchie et le chaos deviennent les chevaux de toutes révolutions.

Un autre homme, en blouse blanche, le visage tuméfié, l'oreille déchirée et ensanglantée, peina à articuler :

— Je connaissais la plupart de ces jeunes. Ils étaient d'excellents élèves, pleins de bonté, des étudiants brillants pour la plupart. Maintenant, je ne les reconnais plus. Sa voix, lourde de tristesse et d'incompréhension, trahissait son désarroi.

Une femme, le crâne à moitié rasé, les larmes coulant sur ses joues sales et creusées, ajouta d'une voix émotive :

— Je ne comprends pas, pourquoi tant de haine ? J'ai croisé ma propre fille, elle m'a regardé. Ses yeux étaient vides. Elle riait, elle riait de voir sa mère souffrir, de savoir qu'on me faisait du mal…

Peinant à maintenir son équilibre sur ses genoux, un homme vêtu d'une blouse de médecin maculée de sang, le visage lacéré et la bouche enflée, intervint brusquement :

— Arrêtez de parler... Vous voyez bien que le communisme les endoctrine ! C'est un poison que la Chine devra ingérer jusqu'à la dernière goutte.

Un jeune homme, les yeux brillants d'excitation, s'approcha des torturés en hurlant :

— Fermez vos gueules ! Fang, tu peux leur accrocher leurs pancartes autour du cou !

Face à ce théâtre insupportable, l'homme au visage boursouflé, à l'oreille déchirée, demanda d'une voix hésitante :

— Pourquoi faites-vous cela ? Pourquoi tant de haine ?

Li Shui poussa son camarade de côté pour répondre à sa place, posant son bâton sur l'épaule du supplicié. Il s'adressa alors à la foule :

— À bas les religions étrangères ! À bas les croyances étrangères ! À bas les professeurs à la solde du monde occidental et capitaliste ! Sous les applaudissements nourris, il sourit.

La foule devint alors une bête à mille têtes – poings serrés, gorges déchirées par des cris inhumains. Ils arrachaient les cheveux des suppliciés, leurs ongles labourant la peau, tandis que des bottes écrasaient doigts et côtes avec un craquement sec.

— Vous êtes des monstres à la solde d'un dictateur fou ! se mit à crier l'homme à la blouse blanche.

Li Shui détourna brusquement son regard et s'approcha du médecin. Lorsqu'il arriva devant lui, il s'arrêta net.

Un frisson traversa son corps, et lentement, il leva les yeux vers ses camarades. Son visage s'était transformé, comme figé par la stupeur. Une nouvelle expression envahit ses traits, celle d'un éclair de compréhension. L'homme qu'il regardait n'était autre que son propre père.

Depuis le début, aveuglé par sa propre haine, il ne l'avait pas reconnu. Comment avait-il pu ne pas le voir ? Un malaise profond s'empara de lui.

— Fais-le taire, frappe-le ! Frappe-le ! s'écriaient ses camarades.

Son père leva les yeux vers lui, et d'un simple hochement de tête, Li Shui comprit qu'il avait la permission d'agir. Les yeux remplis de larmes, il s'approcha et lui murmura :

— Je suis désolé, papa… Désolé…

Là, il entra dans une bulle où le temps, le bruit et le monde autour ne furent plus que brouillard, un écho lointain, des cris étouffés dans l'eau. Lorsque la bulle éclata et que la vague de vociférations et d'injures l'immergea de nouveau, il se sentit asphyxié par le dégoût. Lâchant son bâton, il se dit, le cœur serré :

— Qu'est-ce que j'ai fait ?

Ses mains commencèrent à trembler. Le sang, qui suintait du cuir chevelu de son père, se répandait lentement sur le bitume.

Les coups avaient été si violents que le sang éclaboussé avait formé une tache irrégulière, une toile macabre sur le sol.

Le bruit, cette agitation incessante, commença à écraser Li Shui. Il devait partir, s'échapper de cette foule enragée. Se frayant un chemin à travers la masse, il s'éloigna. Lorsque les hurlements de la foule ne furent plus que des murmures lointains, il s'assit contre un mur, posa ses mains sur son visage et laissa ses larmes couler.

—

Le premier mois après notre retour, je me réveillais presque chaque nuit, la peau trempée de sueur glacée. Les villageois étaient devenus distants, fuyant mon regard dès qu'ils me croisaient. Cette méfiance avait commencé dès que Li Shui avait commencé à faire ses crises incontrôlables. Elles surgissaient, surtout la nuit.

Lorsqu'elles éclataient, des mots incompréhensibles s'échappaient de sa bouche et glaçaient l'air, provoquant une frayeur palpable chez ceux qui les entendaient.

Dans la lueur de la lampe, le corps nu, humide et musclé de Li brillait. Avec soin, je lavai son corps à l'aide d'une grosse éponge trempée dans l'eau chaude.

Le médecin âgé qui avait fait son apparition dans le village, quelques jours après notre retour de la mine, accompagné d'un jeune éphèbe au crâne rasé, était parvenu à la conclusion qu'il était en état de choc et que seul le repos pourrait le guérir.

Chaque soir, je m'assurais de lui prodiguer les soins nécessaires et de lui préparer un repas nourrissant.

Ensuite, je le déposais délicatement sur son lit et lui récitais à voix haute des extraits des *Misérables*.

Pendant cette période, Yong restait silencieux, observant sans intervenir. Les jours défilaient, et les crises de Li devenaient de plus en plus violentes. Le mal qui le consumait dévorait son corps, le faisant trembler, son visage marqué par la fatigue et les larmes. Pour soulager son agonie, je posais doucement un linge humide sur son front, puis je le réveillais avec douceur, espérant lui offrir un moment de répit pour qu'il puisse se rendormir paisiblement.

Chaque matin, il me coûtait de le quitter, sachant qu'il resterait seul toute la journée. Personne ne venait le voir, personne ne s'arrêtait pour lui offrir un peu de réconfort, de compagnie, ou même simplement un peu de chaleur humaine.

Il était là, enfermé dans son silence, livré à lui-même. Pourquoi ne le laissais-je pas ? Pourquoi n'arrivais-je pas à partir, à le laisser derrière, à poursuivre ma vie sans ce fardeau constant ?

Je repensais à toutes ces fois où Li Shui avait été là pour moi, toujours prêt à me soutenir.

Lorsque nous étions arrivés ici, perdus et déracinés, il avait été mon ancre, mon seul repère. Je me souviens de ce jour où l'on m'avait forcé à lire en public. Je m'étais retrouvé là, sans voix, les mots coincés dans ma gorge, incapable de prononcer quoi que ce soit. Et c'était lui qui, silencieusement, m'avait encouragé, me permettant ainsi de me lever et d'affronter ce moment. Ce n'était pas tout. Il y avait eu aussi ce mineur qui m'avait touché, et Li Shui qui, d'un coup de poing fulgurant, l'avait envoyé à terre. Il m'avait protégé, encore et encore, sans hésitation.

Je lui devais tout, alors comment aurais-je pu l'abandonner maintenant, dans cet état ? Chaque fois que je revenais, je le retrouvais là, entouré de mouches, tel un cadavre vivant, en sursis. C'était insupportable de le voir ainsi, mais je ne pouvais pas le laisser derrière moi. Pas après tout ce qu'il avait fait pour moi. C'était mon ami.

Un soir, en me hâtant de rentrer, j'aperçus Yong qui montait la garde devant notre maison. Une vague d'anxiété me submergea aussitôt. Que voulait-il ?

Son regard glacé et la petite amulette noire qu'il manipulait nerveusement trahissaient son agitation. Je m'approchai, et il me dit d'un ton grave et déterminé :

— Tu ne peux pas entrer !

Que se passait-il encore ? Je restai silencieux un moment, puis, contrarié, je répondis :

— Chef… je ne comprends pas.

Il semblait nerveux, scrutant les recoins sombres du village. Avant qu'il ne puisse répondre, une vieille femme, dont je n'avais pas encore vu le visage, nous interrompit. Elle était apparue derrière moi, telle une ombre glissant dans le vent :

— Nous sommes venus de loin pour lui. Ne nous dérangez pas, sinon votre ami risque de finir comme un nuage de vapeur moite suspendu dans les ténèbres.

Cette femme dégageait une aura qui me glaça le sang. Dans son regard noir, il y avait quelque chose d'indescriptible, quelque chose que je n'oublierais jamais. Pourtant, malgré la peur, je parvins à articuler :

— Qui êtes-vous ? Que voulez-vous faire à mon ami ?

Elle fit une grimace et parut contrariée que je ne sache pas qui elle était. Son regard noir se posa sur moi, et là, je sentis une chose, comme la présence d'une gigantesque main, me presser le corps.

> — Nous sommes le passé et le présent, la lumière au milieu du chaos originel... Les chasseuses de démons, les gardiennes du mont des morts... Nous sommes venues pour extirper les *Yaoguai* qui rongent votre ami de l'intérieur. Il est grand temps que les créatures qui l'habitent retournent dans le ventre des abîmes. Maintenant, laissez-nous travailler !

L'utilisation du « nous » plutôt que du « je » dans ce contexte formel renforçait son autorité, lui conférant une dimension à la fois impérieuse et puissante. Elle était une actrice exceptionnelle. Pourtant, face aux paroles qu'elle venait de prononcer, je restai sans voix.

Ce qui m'étonnait encore plus, c'était que le chef ait permis une telle chose. Tout ce qui touchait au chamanisme et à la magie était sévèrement réprimé par le régime communiste et risquait d'entraîner l'emprisonnement.

En fin de compte, Yong avait fait appel à eux à cause des plaintes des villageois concernant les hurlements de Li et la présence des *Yaoguai*, ces démons qu'ils croyaient habiter son corps. Face à cette impasse, le chef n'avait trouvé d'autre solution que de faire appel à ces augures, dans l'espoir d'éliminer le « Mal » qui le tourmentait.

Bien plus tard, j'appris aussi que Yong nous avait envoyés à la mine sans l'autorisation du bureau politique, ce qui aurait pu lui valoir de sérieux ennuis.

Bouillant d'impatience, je m'éclipsai discrètement pour observer et écouter les charlatans à l'œuvre. Je me plaçai silencieusement derrière la fenêtre, et ce que j'aperçus à travers elle s'imprima profondément dans ma mémoire.

La vieille femme à la voix grave était entourée de trois autres personnes, toutes vêtues de noir. La pièce était saturée d'un épais nuage d'encens, et des bougies étaient disposées en cercle sur le sol. Au centre, Li se tenait tremblant, les yeux clos, tenant dans sa bouche une patte de coq trempée de sang.

Les augures murmuraient des paroles incompréhensibles tandis que l'homme agenouillé tranchait la tête d'un autre coq, recueillant son sang dans un bol de bois. Le vieil homme se tourna brusquement vers moi. Ses yeux laiteux, cachés derrière l'expression de son visage pâle, presque cadavérique, me glacèrent. Tout à coup, la voix de Yong me fit sursauter :

— Sors de la, petit con ! Je vais te casser les dents ! Je ne veux pas que ça échoue à cause de toi ! J'ai sorti trop d'argent de ma poche.

Il m'attrapa par le col de ma chemise, me traîna brutalement derrière la maison et me parqua sous son œil vigilant.

Son regard glacé me transperçait, et son visage, marqué par une détermination implacable, annonçait que le moindre faux pas de ma part suffirait à déclencher sa colère.

Cette nuit-là, je me contentai d'attendre que la cérémonie prenne fin. Sous la lueur de la pleine lune, je décidai d'allumer un feu et de faire griller des patates douces dans les braises.

Après avoir dégusté mon modeste repas, je m'allongeai près du feu et m'endormis sur le sol dur. Pendant la nuit, le feu s'éteignit, et, sans surprise, le froid me réveilla.

Yong, toujours debout devant notre porte, la tête baissée, semblait littéralement s'être endormi. J'ai rallumé le feu et, alors que je me recouchais, la pluie commença à tomber. Épuisé, je me relevai et allai me réfugier sous le petit préau à côté de lui. C'est à ce moment-là qu'une chose étrange attira mon regard : il ne portait plus son collier de perles.

Tout à coup, un cri de femme à l'intérieur nous fit sursauter. Le chef, reprenant ses esprits, alluma une cigarette. Crachant la fumée vers le ciel avec lassitude, son visage peinait à dissimuler une grimace. Voir qu'il était contrarié m'avait donné une étrange satisfaction.

Finalement, au lever du jour, épuisés et silencieux, les augures sortirent et se fondirent lentement dans la brume, engloutis par le timide chant des oiseaux.

— Ce n'est pas trop tôt, murmura Yong en bâillant, étirant son corps endormi avant de rentrer chez lui, tout en traînant les pieds.

J'avais hésité à entrer. L'odeur âpre des bougies et de l'encens imprégnait la pièce, marquant les murs de la maison d'une lourde empreinte. Li gisait sur son lit, les lèvres noircies, les yeux clos, le visage d'une pâleur inquiétante.

Il était immobile, figé dans un sommeil profond. Je m'approchai et posai mes doigts sur sa carotide pour vérifier s'il respirait encore. Il n'était pas mort. La fatigue m'envahit, et juste au moment où je m'apprêtais à fermer les yeux, un sifflement perça le silence : c'était Yong avec son maudit sifflet.

En sortant, je vis les montagnes à l'horizon, enveloppées d'ombres grises et couronnées de nuages blanc immaculé. Une impression étrange me saisit, celle qu'une immense vague allait bientôt se déchaîner sur nous. Convaincu que je retrouverais mon ami souriant et plein de vie à mon retour, j'étais parti confiant aux champs.

Quand la soirée arriva, complètement trempé jusqu'aux os, je m'étais mis à courir jusqu'au village, persuadé que Li Shui était réveillé. Quelle ne fut pas ma désillusion, lorsque je le trouvai dans le même état.

Je plaçai aussitôt des récipients sous les fuites du toit pour recueillir l'eau de pluie qui s'infiltrait. Après m'être séché la tête avec une serviette, je me mis à préparer le repas.

J'avais pris soin de choisir des ingrédients frais et de les couper soigneusement. Je voulais que la soupe soit nourrissante. Il en avait besoin pour se rétablir. Tout d'un coup, quelque chose me frappa. C'était ce silence auquel je n'étais plus habitué.

Li ne grognait plus, ne criait plus pendant son sommeil. Le lendemain, profitant de mon jour de congé, je décidais de me rendre à la grotte, espérant y retrouver Qingyu. Il était essentiel que je lui parle de ce qui nous était arrivé.

Bien que le soleil perçait à travers la végétation, le temps restait humide. En m'approchant de la grotte, seuls les bruits lointains des animaux sauvages brisaient le silence.

Déçu de ne pas trouver Qingyu, je m'assis sur l'une des marches en pierre naturelle qui menait à la scène, prenant un moment pour observer la nature environnante. C'est alors que mon regard se posa sur les cendres d'un feu.

Ce qui était étrange, c'était l'endroit où le feu avait été fait. Nous ne faisions jamais de feu à cet endroit, alors intrigué, je m'approchai.

À l'aide d'une grosse brindille, je touchai les cendres et me rendis compte qu'elles étaient là depuis longtemps. Soudain, le bout de mon bâton heurta un objet dur.

Ce morceau de bois ressemblait à la coquille d'un gros escargot. Il ne faisait aucun doute qu'il s'agissait d'une volute, la partie supérieure d'un violoncelle.

En grattant un peu plus dans les cendres, je découvris également une cheville et un morceau du cordier. Sous la pression de mon pied, un bloc de cendre se détacha et s'effrita, libérant une fine poussière qui s'éleva lentement.

Immédiatement, j'inspectai le fond de la grotte et repérai Vent d'Ouest et Pluie de Lune. Des questions se bousculaient dans ma tête : pourquoi avait-elle brûlé, Nuit d'Hazard ?

Chapitre 8

Du sang sur la lame

L'image de Nuit d'Hazard en flammes, je m'apprêtais à quitter la grotte pour me rendre au village lorsque le son d'une flûte retentit.

Intrigué, je descendis de la scène et me cachai derrière un buisson. C'est alors qu'un groupe de personnages étranges surgit en file indienne. Le premier, une flûte de bambou en bouche, se déhanchait avec une grâce hypnotique. Le deuxième, imposant, le visage peint en blanc et coiffé d'un haut-de-forme noir, portait des gants crayeux. Le troisième, le doyen du groupe, arborait une grande sacoche en bandoulière. La dernière personne était une jeune fille vêtue d'un habit bleu foncé moulant, sa présence mystérieuse captivait mon attention.

Qui pouvaient bien être ces individus ? Le groupe dégageait une allure charismatique et avançait à travers les hautes herbes avec une telle assurance qu'on aurait dit qu'ils étaient les maîtres du monde. L'homme au haut-de-forme s'arrêta net devant la grotte :

— Nous allons passer la nuit ici, nous serons en sécurité ! déclara-t-il.

Une brindille craqua sous ma chaussure, et le groupe, soudain alarmé, s'éclipsa aussitôt dans la végétation.

Pas question de les laisser filer. Rencontrer des gens différents des paysans du village était si rare pour moi.

Pris par l'urgence, je criai, les suppliant de ne pas s'en aller. Alors, une idée me vint soudain. Je courus récupérer Pluie de Lune et, sans perdre une seconde, commençai à jouer. J'avais choisi la Sonate pour violon solo n°2 en *la* mineur de Béla Bartók, pensants que cette mélodie pourrait les convaincre de revenir.

Il ne fallut pas longtemps pour que je remarque des frémissements dans les buissons. Peu à peu, l'homme au haut-de-forme sortit du feuillage et s'avança jusqu'à moi. J'arrêtai de jouer, et le fixai. À cet instant, je me grattai le bout du nez, et, à ma surprise, l'homme reproduisit exactement le même geste. Intrigué, je levai un bras, il m'imita aussitôt avec une précision troublante. Un sourire amusé se dessina sur mon visage, et alors que je m'apprêtais à tenter un autre mouvement, le son de la flûte retentit.

Je me tournai instinctivement, et c'est alors que la jeune fille du groupe fit son apparition. Un sourire malicieux aux lèvres, elle s'avança tout en se contorsionnant avec une grâce surprenante. Derrière elle, le reste du groupe lui emboîta le pas avant de s'arrêter pour me saluer, chacun avec une gestuelle étrange, mais coordonnée.

L'homme au haut-de-forme, toujours en tête, fit un pas de plus, son regard fixé sur le violon que je tenais encore en main.

— Nous sommes la troupe de la Luciole dorée, pour vous servir.

Il se courba pour me saluer.

J'hésitai un instant avant de lui donner mon nom. Après tout, je savais que Mao avait créé des gardes rouges spéciaux pour traquer les réactionnaires. Ils se faisaient passer pour des artistes ou des professeurs avant de les dénoncer au bureau politique, avec leur nom et leur adresse.

> — Yao… Je m'appelle Yáo Jun, dis-je, pas très rassuré.
>
> — Sonate pour violon solo n°2 en *la* mineur, de Béla Bartók, quelle originalité. Il y a très longtemps que je n'ai entendu jouer du violon… reprit-il.

Il s'approcha davantage :

> — Shen Yan, je suis leur chef, si je puis dire.

D'un geste ample, il me désigna chacun de ses compagnons de route :

> — Lui, c'est Chen, il fait des tours de magie avec des cartes. Le joueur de flûte s'appelle Bao Liu, et notre contorsionniste de talent s'appelle Wenxing Lu…

Je baissai la tête pour les saluer.

> — Peux-tu nous rejouer un air ? me demanda Bao Liu, soudainement. Cela fait longtemps que nous n'avons pas entendu un morceau de musique classique.
>
> — Certainement, euh… je vais vous interpréter du Paganini, la Sonate pour violon seul MS 83.

Alors que la sonate du compositeur italien s'élevait dans les cieux de notre belle Chine, je m'évaporais entre les notes. Je n'étais plus seulement Yáo Jun, le jeune rééduqué des Hirondelles ; j'étais devenu l'instrument et ressentais toutes les vibrations, me perdant même, dans chaque nuance, chaque trille. Lorsque je m'arrêtais de jouer, ils applaudir.

> — Vous êtes un artiste exceptionnel. Votre sonate était magnifique. Dans une vie antérieure, j'étais moi-même violoniste, mais le destin en a décidé autrement. Mes doigts n'ont plus la même agilité qu'autrefois. M'indiqua Shen Yan en me montrant ses gants blancs.

Il fouilla dans la poche de sa veste, en sortit une feuille de papier qu'il déchira en deux, puis écrivit quelques mots d'une main rapide avant de me tendre l'un des morceaux.

> — Voilà l'adresse de ma tante à Hong Kong. Elle est professeur de violon, dit-il d'une voix grave. Vous pourriez nous y rejoindre.
>
> — Si un jour je vais à Hong Kong, je vous rendrai visite, promis.

Je jetai un rapide coup d'œil au morceau de papier. L'adresse inscrite dessus attira immédiatement mon attention, surtout en voyant le nom étrange du quartier : « La cité des ténèbres ». Quel genre de lieu était-ce ?

Je repliai soigneusement le bout de papier et le glissai dans ma poche. Cependant, je ne pus m'empêcher de ressentir une profonde tristesse pour eux. Leurs projets de partir pour Hong Kong étaient à la fois fous et dangereux.

En Chine, les artistes n'avaient plus leur place. La troupe de la Luciole dorée avait préféré tenter l'impossible plutôt que de renoncer à leur art. Cette situation m'avait rappelé l'histoire tragique de Lao She, président de l'association des artistes de Pékin. Arrêté par les gardes rouges et emmenés au temple de Confucius où ils avaient brûlé des costumes de l'Opéra de Pékin, sous les yeux de milliers de personnes, Lao She avait compris ce jour-là que c'était la fin. Le lendemain, des promeneurs repêchaient son corps dans le « lac de la paix », aujourd'hui disparu.

On retrouva ses vêtements soigneusement pliés sur la berge et posés dessus, sa canne et ses lunettes.

La troupe de la Luciole dorée avait allumé un feu sur les cendres de Nuit d'Hazard, puis ils s'étaient installés pour la nuit. Bao Liu commença à jouer de la flûte, tandis que la jeune fille, Wenxing Lu, se mit à se contorsionner au rythme de la mélodie.

Il y avait dans leurs gestes une harmonie silencieuse, un écho d'un temps révolu, où l'art et l'âme ne faisaient qu'un. Les notes de la flûte s'élevaient, légères et fragiles, tels des souvenirs effleurant l'instant, avant de s'évanouir emporté par les braises.

En levant les yeux au ciel, j'avais compris qu'il était temps que je rentre au village. Après leur avoir adressé un salut chaleureux et leur avoir souhaité bonne chance, je pris la route, emportant avec moi Pluie de Lune et Vent d'Ouest.

Aussi bienveillants qu'ils puissent paraître, je ne pouvais pas me permettre de prendre le moindre risque en confiant nos instruments à des inconnus. Après tout, je les connaissais à peine.

J'avais pris le temps de trouver un endroit sûr, à l'écart des regards, afin de dissimuler les instruments. Une fois cette tâche accomplie, je repris la route pour la montagne de la Lune.

À mon arrivée, la nuit était tombée, et mon ventre criait famine. Li, toujours allongé sur son lit, fixait le plafond sans aucune expression particulière. Je ne pouvais m'empêcher de repenser à cette joyeuse troupe.

Après avoir pris soin de nourrir Li, je m'étais assis sur le perron pour manger ma soupe, laissant mes pensées vagabonder vers la troupe de la Luciole dorée. Allaient-ils réussir ?

Allongé sur mon lit, j'observai Li Shui. Il était évident qu'il pourrait être condamné à vivre ainsi jusqu'à la fin, et cette pensée me faisait mal. Je me tournai alors de l'autre côté et fermai les yeux.

Quelques semaines plus tard, en septembre, le vent et la pluie m'avaient réveillé. En ouvrant les yeux, j'avais aperçu une silhouette immobile qui me fixait dans l'obscurité. Juste avant que je n'atteigne la lampe, une voix familière s'était adressée à moi :

— Tu n'as pas vu mes cigarettes ?

Cette voix familière, mais frêle, me fit me redresser d'un seul geste. J'allumai ma lampe, révélant Li Shui, debout à côté de mon lit. Mes pupilles se dilatèrent, et mon souffle se suspendit.

En un instant, je bondis vers lui et l'étreignis, fou de joie de le voir enfin sur pieds.

— Sur ta table de chevet, idiot ! lui répondis-je.

Il me regarda, interloqué. À ses yeux, ma réaction devait sembler étrange. À travers les volutes de fumée de sa cigarette, il se dirigea ensuite vers la porte d'entrée.

Malgré la pluie froide et le vent, il s'assit devant la maison, fixant les nuages sombres qui masquaient le ciel et une partie de la lune. Il inspira goulûment la fumée, avant de la recracher doucement. Il s'était mis à savourer la sensualité de son goût, tel l'aurait fait quiconque aurait été privé trop longtemps d'une dépendance.

Je m'assis près de lui et posai mon bras sur ses épaules. Nous restâmes là, une bonne partie de la nuit, à scruter le village endormi.

J'avais profité de l'occasion pour tout lui raconter : l'écroulement de la mine, la scène de sa toilette, les augures, Nuit d'Hazard parmi les cendres, la troupe de la Luciole dorée, et l'adresse à Hong Kong. En guise de réponse, il m'avait simplement scruté pendant quelques instants, puis avait détourné son regard vers l'obscurité environnante.

J'eus l'impression qu'il voulait me parler, mais quelque chose en lui demeurait clos. Peut-être était-il encore en proie à ses propres démons.

À l'aube, Yong nous tira de notre sommeil avec des sifflements insistants et exaspérants. Les habitants du village furent surpris de voir Li Shui debout. Tout au long de la journée, le destin de Nuit d'Hazard et de Qingyu occupa une grande partie de ses pensées.

Deux jours plus tard, nous entreprîmes de retrouver Qingyu. Cependant, avant cela, nous fîmes un court détour par la grotte. Il observa les morceaux de l'instrument calciné, puis je lui montrai où j'avais caché Pluie de Lune et Vent d'Ouest.

Dominant la colline, l'ancienne demeure de l'instituteur se dressait, enveloppée de majestueux abricotiers d'argent. Li frappa trois fois à la porte, en vain. Nous décidâmes alors de faire le tour de la maison, et c'est à ce moment-là qu'il remarqua Qingyu, qui se tenait derrière l'une des fenêtres.

— Qingyu ! dit-il d'un timbre doux et inquiet en même temps.

Sans attendre ni demander la moindre permission, il franchit l'entrée. À l'intérieur, il monta les escaliers jusqu'au dernier étage. Il y avait une douce odeur de soupe qui s'échappait de la cuisine. M'asseyant sur une chaise pour patienter, je ressentis une légère gêne d'avoir pénétré dans cette demeure sans autorisation.

Les murs nus de la salle à manger étaient d'une simplicité austère, et le sol, en terre battue, renforçait cette impression de rudesse.

Intrigué par un bruit au-dehors, je me levai et écartai légèrement les rideaux de lin rose pâle pour jeter un coup d'œil. Après un bref instant d'observation, je me résolus finalement à monter à l'étage.

L'une des portes entrouvertes attira mon attention. Mon regard fut aussitôt capté par un bureau parfaitement ordonné, surmonté d'une lampe, ainsi qu'une étagère remplie de livres d'étude soigneusement alignés. Au centre de la pièce, un lit confortable trônait. Ce furent les livres qui retinrent particulièrement mon attention, car Qingyu ne m'avait jamais parlé de cette collection.

Je scrutai les couvertures des ouvrages et réalisai qu'il n'y avait aucune littérature étrangère parmi eux. Cette chambre devait appartenir à son père. Je sortis et allai rejoindre mes amis, à l'autre bout du couloir.

À peine eus-je franchi le seuil de la pièce que je vis Qingyu, assise sur son lit, le dos contre le mur. Un air de tristesse marquait ses traits, et ses yeux étaient rougis par les larmes. Ses cheveux, habituellement bien coiffés, tombaient en désordre autour de son visage.

Li Shui tentait de lui parler ; elle demeurait cependant silencieuse, se repliant à chaque fois qu'il posait une main sur elle.

L'ambiance dans la pièce était lourde et oppressante. Les murs, dépouillés et simples, absorbaient cette tristesse. Hésitant à troubler l'instant, je m'avançai doucement. Je remarquai les cernes sous ses yeux. Ses mains tremblaient légèrement, agrippant le bord de la couverture dans l'espoir d'y puiser une force qui lui échappait.

Li Shui, désespéré, murmura quelques mots que je n'entendis pas. Il essayait de la consoler ; chaque tentative paraissait vaine.

Cela la faisait se refermer un peu plus sur elle-même. Une profonde pitié nous envahit, car nous ne savions pas comment l'aider.

C'est alors que Li remarqua qu'elle tripotait quelque chose dans le creux de sa main. Lorsqu'il tenta de la toucher à nouveau, elle poussa un cri strident et recula si violemment que l'arrière de sa tête percuta le mur derrière elle.

Soudain, une voix de femme s'éleva dans notre dos :

> — La nuit, elle pleure et hurle. Alors, je lui donne de la racine de pivoine blanche et du jujube. Je n'arrive pas à comprendre ce qui s'est passé, nous confia-t-elle, la voix anxieuse.

Il s'agissait de sa tante. C'était la première fois qu'elle nous voyait, et son regard nous scrutait avec une telle intensité que nous en restâmes muets. Elle semblait tout de même surprise et déstabilisée de voir deux inconnus chez elle. Son expression se fit plus douce en comprenant que nous étions les amis de Qingyu. Sans un mot de plus, elle s'éloigna en larmes.

Qingyu, de son côté, continuait de tripoter l'objet dans le creux de sa main. Intrigués, nous lui demandâmes doucement de nous présenter ce qu'elle tenait, mais en vain. Qui n'aurait pas eu envie de la prendre dans ses bras pour la réconforter ?

Basculement dans le vide.

Tout à coup, elle ouvrit la paume de sa main, laissant tomber l'objet, avant de se couvrir la tête avec sa couverture. C'était une grosse perle noire qui rebondit et roula sur le sol. Nos yeux la suivirent jusqu'à ce qu'elle s'arrête contre la plinthe du mur. En un instant, je reconnus l'objet. C'était l'une des perles du collier de Yong…

Mon cœur se crispa tandis que j'avançais pour la regarder de plus près. Qingyu retira lentement la couverture de sa tête et nous fit cette révélation d'une voix à peine audible :

— Yong m'a violé.

Nous restâmes figés, frappés par le poids de ses paroles. Entre sanglots et tremblements, Qingyu commença à raconter ce qui s'était passé pendant notre absence. Une vague de tristesse, mêlée de dégoût et de colère, nous submergea.

Ce qu'elle venait de dire était difficile à encaisser.

— Comment ce porc a-t-il osé faire ça ? Je vais le tuer ! s'écria Li Shui.

Nous restâmes auprès de Qingyu jusqu'à la fin de l'après-midi, essayant de la réconforter du mieux que nous pouvions, bien que ce ne fût pas facile.

Au coucher du soleil, en rentrant, notre résolution de nous venger n'en fut que renforcée.

En arrivant à l'entrée de notre demeure, nous fûmes surpris de voir le jeune Guāng qui nous attendait.

— Nǐ hǎo, grand frère.
— Salut petit frère… Ce soir, je suis trop fatigué pour une histoire, dis-je.

Son visage se ferma, me rappelant que j'avais promis de lui raconter la suite d'un chapitre. Puis, d'une voix empreinte de tristesse, il ajouta :

— Presque tous les soirs, vous jouez à cache-cache avec le chef du village, non ? Pourquoi vous ne voulez jamais jouer avec moi ?

Nous l'observâmes, intrigués :

— Combien de fois tu l'as vu jouer avec nous ? demanda Li.
— Plein de fois ! Il se cache toujours derrière votre fenêtre, et vous ne le trouvez pas, répondit-il en souriant.

Je souris, essayant de rester calme, puis je lui répondis :

— Très bien, demain soir je te raconterais un chapitre, mais pas ce soir.

Il s'avança vers moi et me tendit son petit doigt :

— Promis ?
— Promis.

Nous avons entrelacé nos petits doigts, en posant nos pouces l'un contre l'autre, et nous avons scellé notre accord. Une fois qu'il fut parti, je m'arrêtai devant la table pour assimiler ce qu'il venait de dire. Li était assis sur son lit, les poings serrés. Une expression de colère se lisait dans ses traits.

Avec une pointe d'inquiétude, je me demandai ce que Yong savait désormais sur nous. Li se redressa brusquement, ses yeux froids fixés sur la porte. D'un geste décidé, il saisit son couteau, puis se dirigea vers la sortie.

— Je vais le tuer et après je ficherais le camp de cet endroit !
Il est temps que nous en finissions avec lui !

Je le rattrapai et bloquai la porte avec mon pied. Furieux, il me fixa intensément :

— Ouvre cette saloperie de porte Yáo Jun ! Je vais tuer ce salopard !
— Arrête ! Ce n'est pas comme cela qu'il faut agir.
— Quoi ? Comment ça ? Laisse-moi passer !

Il tenta de forcer la porte. La rage l'envahissait. Sans réfléchir, je saisis son visage entre mes mains, tentant de capter son regard, pour le ramener à la raison.

— Arrête, arrête, je te dis ! Je sais ce que tu ressens, Li Shui !
Moi aussi, j'aime Qingyu, lui avouai-je. La vengeance est un plat qui se mange froid ! Tu vas l'assassiner, et après ? Tu sais ce que le bureau politique fait aux assassins,

non ?... Il faut réfléchir autrement. C'est vraiment ce que tu veux ? Tu as pensé à Qingyu ? On va trouver une solution, je te le jure ! Ce salopard va payer ! On va le faire payer, mais pas maintenant, pas sans plan. Il faut réfléchir et ne pas se précipiter...

Finalement, il lâcha son couteau et éclata en sanglots dans mes bras. J'étais aussi détruit que lui.

On s'assit sur mon lit, et il sortit une cigarette d'un paquet écrasé. Je pris les allumettes sur la table et allumai la cigarette tordue qu'il tenait entre ses lèvres sèches.

— Je ne mérite vraiment pas un ami comme toi. J'ai été stupide de t'avoir frappé l'autre jour.
— Je n'ai rien senti, laisse tomber, répondis-je en souriant.
— Ce salopard de Yong... Je vais l'étrangler, le brûler vif.
— On va se venger. Il va le regretter, dis-je, mais on ne peut pas le tuer.

Il y eut un silence lourd.

— Pourquoi ? Pourquoi on ne peut pas le tuer ?
— Je n'en sais rien du tout… Parce que nous ne sommes pas des tueurs, voilà pourquoi !
— Il ne s'agit pas de meurtre, juste de justice !
— On parle de la vie d'un homme, là ! Tu en as conscience ?

Il soupira profondément, comme si ces mots étaient trop lourds à porter.

— C'est facile de tuer un homme, crois-moi, lâcha-t-il d'une voix presque vide. Et puis, lui, c'est un animal. Il ne mérite même pas de vivre.

Après avoir réfléchi longuement, je compris que ce porc dépravé avait franchi la ligne. Il devait payer, et cher.

— Je suis d'accord ! ai-je déclaré à voix haute. Nous allons nous débarrasser de...

Là, une sensation étrange me glaça. Je tournai la tête vers la fenêtre. Et si Yong était déjà là, à nous écouter ? Je me redressai lentement et, sur la pointe des pieds, me dirigeai vers la fenêtre. Je me penchai d'un coup et constatai qu'il n'y était pas. Cela nous fit réaliser qu'il fallait maintenant parler à voix basse.

— D'abord, nous devons faire un pacte de sang, repris-je.

— Un pacte de sang ? souffla-t-il incrédule.

J'étais sérieux, et l'expression de mon visage trahissait cette vérité.

— Il faut que tu arrêtes de lire Victor Hugo, plaisanta-t-il, prêt à éclater d'un rire nerveux.

— En réalité, ce serait plutôt le style d'Alexandre Dumas. Peu importe, prend ton couteau, je suis sérieux.

Avec une lueur complice dans les yeux, il saisit son couteau et souffla doucement sur la lame. S'approchant de moi d'un pas ferme, je pris la parole d'une voix mêlant amitié et détermination :

— Répète après moi, Li. Quoi qu'il arrive, peu importe ce que nous ferons pour venger Qingyu, tout cela restera à jamais notre secret, entre nous. Je le jure sur notre amitié et mon sang !

Son regard sincère et profond se fixa dans le mien. Puis, dans un élan solennel, il prononça les mots, donnant à notre pacte une valeur sacrée. Une légère brûlure me traversa lorsque la lame émoussée pénétra ma chair, juste sous l'index gauche.

Je cédai le couteau à Li, lui tendant mon doigt blessé d'où le sang perlait lentement. D'un geste ferme, sans la moindre hésitation, il fit glisser la lame sur son doigt. Une goutte de sang se forma, marquant son engagement tout aussi profond.

Dans un geste solennel, nos doigts ensanglantés se rapprochèrent, se touchèrent, unissant nos vœux dans une communion silencieuse. Le pacte était scellé, et notre destin désormais lié.

Quelques jours s'étaient écoulés depuis notre pacte de sang. Le moment était venu de mettre en place notre piège. Nous avions deux avantages importants : premièrement, nous avions découvert que Yong nous épiait en secret, deuxièmement, nous espérions que sa cupidité se retournerait en notre faveur. Alors, nous disposâmes des brindilles de bois sec juste en dessous de la fenêtre, prêt à se briser au moindre contact. Cela nous donnerait le signal.

Deux jours plus tard, le moment arriva enfin. La nuit avait plongé le village dans une sérénité presque inquiétante, offrant un décor parfait, pour ce que nous voulions faire. L'attente nous rendait nerveux, chaque seconde était interminable.

Puis, le signal retentit : le craquement sec de brindilles brisées résonna dans l'obscurité. Il était là. Je compris que parler ne serait pas simple, mais j'avais répété mon texte des dizaines de fois dans ma tête pour qu'il sonne aussi naturel que possible. De toute façon, même sans ça, j'étais certain qu'il tomberait quand même dans notre piège.

> — Demain, je vais aller vérifier si le trésor du Comte de Monte-Cristo est toujours là. (Li Shui esquissa un sourire.)

Yong, dissimulé sous notre fenêtre, écarquilla les yeux. Je savais que parler d'un trésor éveillerait sa curiosité et le tiendrait encore plus en haleine.

> — Une fois rentrés à la maison, on pourra tout dépenser. On va devenir riches ! ajoutai-je avec enthousiasme.

Ses pensées se mirent alors à s'agiter. L'idée que nous ayons découvert un trésor sans rien dire l'avait rendu fou. Déterminé à nous devancer et à s'emparer de ce que nous avions trouvé, il s'éclipsa.

Cette nuit-là, le sommeil m'avait fui. J'étais anxieux et les mouvements que je faisais avec mon genou, sous la lueur discrète de la lune, trahissaient ma nervosité.

— Calme-toi, Yáo Jun… Tout va bien se passer. Je ferai vite ! Avant ça, nous devons trouver un endroit éloigné du village.

— Vers notre piège à sanglier, c'est assez loin, non ?

— Parfait.

Tuer un homme était une décision terrible, un poids difficile à porter. Et si je n'avais pas le courage d'aller jusqu'au bout ? Cette idée me rongeait, et envahissait mon esprit. Finalement, quelques heures avant l'aube, le sommeil finit par m'emporter.

Lorsque je me réveillai, je remarquai que Li avait disparu, emportant avec lui la hache qu'on utilisait pour couper du bois. Derrière un petit mur, Yong m'attendait, prêt à guetter ma sortie.

Alors que l'obscurité de la nuit cédait peu à peu devant la lueur naissante, les ombres profondes s'évanouissaient, laissant les contours des objets se révéler avec une clarté nouvelle.

Le chant des oiseaux, dans la fraîcheur de la matinée, tissait une toile à la fois belle et lugubre. Yong n'avait aucune idée qu'il tombait dans un guet-apens, et moi, je ne savais pas encore que les événements de cette journée me marqueraient pour le reste de ma vie.

Durant tout le trajet, j'essayai de garder mon calme. Le chemin serpentait à travers la forêt, et les rayons du soleil timide perçaient à travers les branches. Mes mains étaient moites, et je frissonnais. Chaque pas était plus lourd que le précédent. Puis, je vis derrière la végétation, le morceau de tissu accroché au tronc de l'arbre, indiquant l'endroit du piège. Tout à coup, j'entendis le craquement d'une branche. Pris de panique, je fis rapidement demi-tour.

— Où est le trésor !

Yong, grimaçant, tenait un couteau à la main. Je le voyais maintenant pour ce qu'il était vraiment : il n'était pas simplement méchant, c'était un véritable monstre.

— Parle ou je t'écorche vif ! J'ai besoin de ce trésor... Où est-il ?!

Paralysant chaque muscle de mon corps, une terreur indescriptible m'envahit.

— Je commence à perdre patience. Parle ! continua-t-il, le regard rempli de rage.

Je tournais les yeux dans tous les sens, cherchant Li du regard. Allait-il intervenir ? Les larmes coulaient sur mes joues pendant que, caché derrière un buisson, Li regardait la scène.

— Je vais t'éventrer, petit idiot ! cria-t-il.

Tout d'un coup, Li Shui surgit de sa cachette en hurlant, brandissant la hache au-dessus de sa tête. La surprise se lut sur le visage de Yong, qui s'était tourné pour lui faire face.

D'un geste réflexe, il leva le bras pour parer l'attaque, le métal heurtant la lame de son couteau. Avec une précision brutale, il enfonça la pointe de sa lame dans l'épaule de Li, qui laissa échapper un cri déchirant. La hache tomba lourdement à terre.

Moi, complètement tétanisé, je restai figé, les observant, impuissant et lâche. Yong n'était plus que fureur et haine.

— Je vais vous tuer ! Approchez ! Allez ! Venez un peu ici ! lança-t-il en faisant vaciller la lame de son couteau dans le vide.

— Enfuis-toi Yáo Jun ! Cours et ne te retourne pas ! dit Li d'une voix forte. Et dis à Qingyu que je l'aimerai éternellement !

La main posée sur son épaule, il tentait de stopper le sang qui s'échappait de sa blessure. Son visage marqué par la douleur le faisait grimacer. Yong recula d'un pas, puis éclata de rire, un rire fou, et inhumain.

— Yáo Jun ! Tu ne pourras pas aller très loin ! Je vais te retrouver et je vais te tuer ! Après, j'irai voir votre amie, elle a la peau tellement douce…

L'atmosphère se glaça soudain, un froid mordant m'envahit, et la peur me saisit, me faisant frissonner jusque dans mes os.

Yong s'était penché sur Li, le tenant fermement par les cheveux. Il avait laissé tomber son couteau pour saisir la hache. La peur me paralysait, mais soudain, je la chassai d'un coup.

Poussé par un désespoir sans limite, presque suicidaire, je surmontai mon appréhension et me précipitai vers Yong. L'impact fut brutal, totalement involontaire de ma part.

Yong fut projeté en arrière avec une violence inouïe. En une fraction de seconde, tout bascula. Dans un fracas de feuilles écrasées et de branches brisées, il s'enfonça dans le sol en criant.

Je me penchai, essoufflé, et vis Yong étendu dans une posture grotesque, son corps empalé sur les piques du piège. Ses membres tressaillaient encore par à-coups, tandis qu'un gargouillement étouffé s'échappait de sa gorge. Ses yeux, écarquillés, fixaient un point vide, et un filet de sang glissait le long de son menton.

Je m'écroulai au sol, les yeux en larmes. J'avais tué un homme. L'estomac noué, je me mis à vomir. Je baissai les yeux sur mes mains. Elles étaient couvertes de boue, un mélange poisseux collé sous mes ongles. Mes doigts se refermèrent par réflexe. Je ne ressentais plus rien, juste un vide glacé au creux de ma poitrine.

Li Shui se redressa difficilement, puis se pencha pour cracher dans le trou.

— Crève, salopard !

D'un pas chancelant, il s'approcha.

— Ça va-toi ?
— Frère de sang, lui dis-je.
— Frère de sang.
— Et maintenant ?
— Rien, on rebouche le trou et on oublie tout ça, conclut-il d'un ton ferme.

Le sol était dur et mon esprit vidé de toute émotion. Lorsque le corps fut entièrement recouvert de terre, nous ajoutâmes des feuilles et des branches mortes par-dessus.

De retour au village, je m'occupai de la blessure de Li. Mes mains étaient encore agitées, mais je pris mon temps, pour appliquer le bandage avec soin. J'essayais de chasser ces pensées, mais la culpabilité me rongeait. C'était devenu une évidence : ma vie, à partir de cet instant, ne serait plus jamais la même.

Je sentais que j'étais en train de changer. Il y avait quelque chose de dur et de sombre qui résonnait dans mon esprit. Était-ce la culpabilité qui me faisait dérailler ? Tout devint compliqué.

J'avais sans cesse l'impression, lorsque les gens me regardaient, qu'ils savaient ce que j'avais fait, ou qu'ils se doutaient de quelque chose. Plus que d'habitude, je restais silencieux, et parfois, je m'isolais. Je recherchais la solitude, et dans ces instants, le moindre bruit me faisait sursauter.

Chapitre 9
Querelle entre ciel et terre

Rompant avec leur routine matinale, les habitants du village des Hirondelles se réveillaient désormais aux premiers rayons du soleil. L'absence de Yong alimentait les rumeurs.

Son départ énigmatique plongeait le village dans l'incertitude. La situation était d'autant plus inquiétante que nous connaissions les faits.

Le jour tant attendu étant enfin arrivé, une fébrilité étrange nous saisit. Nos esprits étaient obsédés par une seule idée : rejoindre Qingyu chez elle et lui offrir une surprise qui resterait gravée dans sa mémoire.

Nous devions d'abord aller à la grotte pour récupérer nos instruments. Arrivés devant la demeure de Qingyu, nous nous installâmes avec solennité, prêt à dévoiler notre surprise musicale. Nous étions nerveux.

Ayant des bases communes avec le violon, j'avais initié Li au violoncelle. Jour après jour, il avait progressé à pas de géant, jusqu'à pouvoir interpréter de courtes sonates. Nous décidâmes de jouer une pièce de Bach pour Qingyu.

À l'étage, en nous entendant, elle entrouvrit les rideaux. Sa tante, les yeux humides, était sortie discrètement de la maison.

Cela faisait des années qu'elle n'avait pas entendu de musique classique. Elle avait compris notre geste.

À la fin de notre interprétation, elle applaudit avec enthousiasme, puis nous invita à la rejoindre pour prendre le thé. Nous nous installâmes dans le salon, où l'arôme apaisant de l'infusion imprégnait la pièce. Dans un élan de confiance, elle nous révéla que la mélodie avait réveillé en elle les souvenirs de son frère, à l'époque où il jouait encore du violoncelle.

— Mon frère adorait jouer et écouter cette sonate de Bach. C'était lui qui avait initié Qingyu au violon. Quand il l'écoutait, il disait souvent : « L'art de la musique ouvre l'esprit. C'est l'opium des divinités lorsqu'elles chevauchent les nuages. » C'est beau, n'est-ce pas ? me demanda-t-elle avec douceur.

Li, impatient, se leva brusquement et monta à l'étage. Tandis que ses pas faisaient craquer les marches en bois, la tante en profita pour sortir un vieil album de famille qu'elle posa délicatement sur ses genoux. Ses doigts fins feuilletaient les pages jaunies, révélant des photographies en noir et blanc.

Une image en particulier retint mon attention : le père de Qingyu, assis sous le préau d'une grotte, tenant un violoncelle. Cela devait être Nuit d'Hazard. Mon cœur se serra lorsque je reconnus l'endroit. Elle m'expliqua que la grotte où nous jouions portait le joli nom de « Wing-Lo ».

D'un geste, elle referma l'album photos dans un claquement sec, puis planta son regard dans le mien, ses yeux empreints d'une gravité qui me fit peur :

— Vous savez pourquoi ma nièce se trouve dans cet état ? Cela fait déjà plusieurs semaines qu'elle refuse de manger et que ses pleurs résonnent à travers les murs de notre maison.

Je bus une gorgée de thé, espérant dissimuler mon malaise, mais la chaleur ne fit qu'accentuer mon inconfort. La situation devenait oppressante, d'autant plus que j'avais promis de garder le secret. Pourtant, mon corps me trahissait : mes yeux évitaient son regard, mes doigts pianotaient nerveusement sur mon cou, des gestes involontaires qui en révélaient bien trop.

Juste au moment où j'allais ouvrir la bouche, les marches de l'escalier se mirent à grincer. Li Shui et Qingyu apparurent. Ils descendirent, et je vis le cahier de partition qu'elle tenait.

Le visage fermé, Qingyu esquissa un petit sourire de politesse. Un sentiment de soulagement m'envahit ; j'étais heureux d'avoir échappé à cette situation délicate et de voir qu'elle allait mieux, apparemment.

— Ma tante, vous ferait-il plaisir d'entendre une sonate de Maurice Ravel ?

Sa voix était douce et apaisée, comme soulagée du poids qui l'avait rongée pendant des semaines. Li m'offrit un large sourire, me signifiant que Ravel m'accueillait chaleureusement.

En effet, cette sonate était conçue pour être jouée en duo, un violoncelle et un violon. Je lui rendis son sourire, puis attrapai délicatement Pluie de Lune.

La tante installa un vieux pupitre en bois devant les chaises et y déposa le cahier de partitions, afin que je puisse lire les notes. Je me concentrai, parcourant la portée, puis mes yeux se posèrent sur Qingyu.

Quand nos regards se croisèrent, je compris qu'elle savait pour Yong, et que c'était sa façon à elle de me remercier.

Les notes légères envahirent peu à peu la pièce. Cette sonate de Maurice Ravel était particulière. Ayant traversé son époque dans la douleur et suscité de vives controverses, elle avait alimenté la rumeur selon laquelle il était devenu complètement fou. Puis, les gens la trouvèrent originale, extravagante, insolite, une œuvre décharnée et confuse, qui dérogeait aux critères et aux genres établis. Maurice Ravel s'en était félicité.

À un moment, Qingyu fondit en larmes. Cela devait être encore très difficile pour elle.

Au cours de notre trajet de retour, Li me révéla leur décision de partir pour Hong Kong. Cependant, la somme d'argent qu'il avait rassemblée grâce à notre travail épuisant dans les champs était dérisoire. Même si je leur avais donné toutes mes économies, ils n'auraient pas eu assez pour s'y installer.

— Je trouverais bien, m'avait-il confié, vaguement comme-ci, une idée lui trottait déjà en tête.

Le lendemain, en fin d'après-midi, alors que nous remontions des paniers vides d'excréments, le vent, jusque-là modéré, s'intensifia brusquement. Nos visages se tournèrent instinctivement vers le ciel, désormais voilé de gris, tandis que d'épaisses nuées noires commençaient à l'envahir.

Nous nous hâtâmes de rentrer pour placer les récipients, afin de recueillir l'eau de pluie qui s'infiltrait déjà. Une demi-heure plus tard, le vent se mit à frapper les façades des maisons avec une telle intensité qu'il en faisait vibrer les murs.

La maison commença à craquer de tous côtés, produisant une cacophonie inquiétante. Li Shui était assis sur son lit, une cigarette à la bouche, totalement indifférent à ce qui se passait autour de lui. Son attitude désinvolte face à la tragédie imminente me mettait profondément mal à l'aise. Les planches vibrèrent, se tordirent, puis finirent par s'envoler. Au cœur de la tempête, pris de panique, je m'écriai :

— Elle va finir par lâcher ! Les planches et des bouts de tôles commencent à s'envoler !

— Reste calme, Yáo Jun. Nous ne mourrons pas ce soir… Ce n'est pas notre destin. (Il cracha une fumée bleutée vers le plafond.) Et puis, il faut bien mourir un jour, tu ne crois pas ?

Je m'assis sur mon lit, les yeux rivés à travers la fenêtre sur les arbres qui ployaient sous la force du vent. Soudain, Li se pencha et tira une corde qu'elle avait dissimulée sous son lit.

— Tu fais quoi avec cette corde ?

— Je vais aller forcer la porte de Yong et voler ses économies. Il doit bien avoir des économies de cachées, non ?

— Mais tu es fou ! Regarde dehors ! Tu vas t'envoler avant d'y arriver. (Du doigt, je lui fis regarder les éléments déchaînés par la fenêtre.) Arrête, ce n'est pas une bonne idée !

— C'est notre seule chance d'avoir de l'argent pour Hong Kong. Je veux que Qingyu est une belle vie, tu comprends ?

— Le vent déracine les arbres, c'est le chaos dehors !

— Justement ! Plus ça sera le chaos, plus j'aurais des chances d'y arriver ! Il nous faut cet argent. Nous n'avons pas le choix ! Et puis, tu ne penses pas que cela tombe plutôt bien ? Moi, je dis que c'est le destin qui me sourit.

Un sentiment de peur plus intense m'envahit.

— Tu ne vas pas revenir, Li Shui !

Il me fixa un instant, puis esquissa un sourire.

— Ne t'inquiète pas pour moi, tout ira bien. Il ajouta ces mots d'un ton presque désinvolte, avant de claquer la porte.

Toute la nuit, je restai éveillé, attendant que la tempête se calme. Li n'était pas revenu, et je craignais le pire. À l'aube, je partis à sa recherche et découvris l'ampleur des dégâts. Par chance, ou peut-être par miracle, notre demeure avait été épargnée.

Certaines habitations étaient éventrées, frappées par la tempête avec une violence telle qu'on aurait dit qu'elles avaient été touchées par des obus. Des toits s'étaient envolés, et la terre sous nos pieds n'était plus qu'un marécage de boue. Devant moi, un véritable mikado d'arbres enchevêtrés barrait le chemin vers le reste du village. Des planches, des morceaux de bambou, de tôle, des branches et divers objets jonchaient le sol.

Les villageois, abasourdis, errant telles des âmes perdues dans le chaos, ramassaient ce qu'ils pouvaient.

Je me rendis jusqu'à l'habitation de Yong. Surpris, je m'arrêtai net. Ce qui avait été une maison n'était plus qu'un amas de planches disparates, envahi par des branches d'arbres et de la boue. Je me précipitai pour jeter un coup d'œil dans les débris. Il n'y avait personne.

Après plusieurs heures de fouilles à travers le village, Li demeurait introuvable. Il m'était impossible d'accepter la perte de mon ami, cependant, je devais me faire à l'idée : il avait été emporté par la tempête.

Les larmes aux yeux, accablé, je m'apprêtais à me résigner lorsque, soudain, je le vis. Assis devant notre maison, une cigarette à la bouche, Li me fit signe. Je me précipitai vers lui.

— Espèce d'idiot ! Je croyais que tu étais mort ! Cela fait des heures que je te cherche !

Du sang coulait de son front, et il était couvert d'égratignures. Pourtant, il arborait un air étrange de satisfaction. Nous nous jetâmes dans les bras l'un de l'autre, soulagés d'avoir survécu.

Jetant un regard furtif autour de nous pour vérifier que nous étions seuls, il me chuchota :

— J'ai trouvé sa cachette : une boîte remplie de billets. J'ai quitté les lieux avant que tout ne s'effondre, m'attachant à ce tronc d'un arbre là, avec ma corde. J'ai bien cru que je n'en sortirais pas vivant.

Une femme se mit à crier. Nous nous précipitâmes, rejoints par d'autres villageois, devant une maison fendue en deux par un énorme tronc d'arbre. Des hommes grimpèrent sur les débris et commencèrent à extraire des corps : deux hommes et une femme.

L'un des hommes était le mari de Madame Chuang-Mu. Je pense qu'elle n'allait pas le pleurer et, à vrai dire, j'étais plutôt satisfait qu'il soit mort, car cette ordure la battait depuis des années. Marquée par la douleur et la perte, cette journée avait été éprouvante.

Li avait rassemblé des mégots qu'il enveloppait dans du papier journal. Avec une précision méticuleuse, il extrayait le tabac des filtres pour rouler ses cigarettes. Les journaux étaient une denrée rare dans la montagne de la Lune.

Nous prenions toujours plaisir à lire autre chose que Les Misérables quand l'occasion se présentait, mais Li refusait que j'y touche tant qu'il n'aurait pas terminé de rassembler assez de tabac.

Je lui avais expliqué à plusieurs reprises que nous avions désormais de l'argent, mais malgré mes insistances, il avait catégoriquement refusé d'acheter une seule cigarette.

En attendant, j'avais préparé une soupe de poisson aux champignons et à la patate douce. La patate douce avait été récupérée parmi les débris et je l'avais soigneusement conservée.

— Allez, montre-moi... S'il te plaît, montre-moi ! m'exclamai-je, impatient de parcourir les fragments d'articles qu'il lui restait.

Une fois les résidus de tabac retirés, d'un geste vif, je m'emparai des morceaux de papier et me penchai vers la lampe. À cette époque, où toute information était censurée par le régime, chaque article, chaque symbole porteur d'une idée, qu'il fût propagande ou non, devenait pour un intellectuel une véritable pépite d'or. Sous la lumière des lampes, les pages vacillaient, et prenaient des teintes mordorées.

Il s'agissait du « Quotidien du Peuple », l'organe de presse officiel du Comité central du Parti communiste chinois. Un article traitait du conflit frontalier sino-soviétique et des incidents armés qui s'y étaient déroulés. Bien sûr, ils ne mentionnaient pas le nombre de pertes subies et se targuaient d'être victorieux.

Cela faisait plusieurs jours que nous n'avions pas vu Qingyu. Lorsque notre jour de repos arriva, nous décidâmes de partir à sa rencontre. En chemin, nous remarquâmes de nombreux arbres déracinés et croisâmes un paysan du village Han.

Li, toujours entreprenant, lui donna une paire de lacets en échange de cigarettes. Il avait vraiment l'âme d'un négociant. Ce jour-là, les rayons du soleil étaient agréablement réconfortants.

En traversant les herbes humides, Li cueillit quelques fleurs sauvages, qu'il comptait offrir à Qingyu. Au loin, nous aperçûmes sa maison. Là, Li s'arrêta brusquement et les fleurs qu'il tenait glissèrent de sa main.

— Qui est-ce ? murmura-t-il, visiblement apeuré.

Un homme étrange, d'environ cinquante ans, était assis sur un tabouret de bambou devant la maison.

Il portait un pantalon noir et une veste bleu marine à col mao, fumant lentement une longue pipe, le regard perdu dans le vague.

Qingyu apparut et lui apporta une tasse de thé. Intrigués, nous nous dépêchâmes de les rejoindre. À quelques mètres de là, elle nous aperçut et se mit à courir vers nous, son visage illuminé par la joie.

— Mon père est revenu ! s'exclama-t-elle joyeusement. Il est arrivé il y a deux jours. Venez, je vais vous le présenter !

Li était livide. En une fraction de seconde, il avait compris. Il lui prit la main et l'entraîna dans les broussailles. Je restai un instant là, incapable de distinguer leurs paroles. Lorsqu'il émergea des buissons, le visage fermé, je compris qu'ils s'étaient disputés.

— Allons-y, il n'y avait plus rien à faire ici ! me lança-t-il nerveusement.

Mal à l'aise, je me retournai et fis un geste de la main à Qingyu, en vain. Au bout d'un moment, nous nous arrêtâmes, surpris par ce que nous entendions.

Assise à côté de son père, tenant Vent d'Ouest entre ses mains, Qingyu avait commencé à jouer une sonate de Claude Debussy, « La fille aux cheveux de lin ».

À mesure que la musique résonnait, une vague de vibrations traversa mon corps. Chaque pore de ma peau frémissait en harmonie avec la sonate, tissant autour de moi un cocon diaphane.

Durant le chemin du retour, Li resta silencieux. En réalité, il n'y avait rien à dire. Au-delà des mots, j'avais compris cet après-midi-là que Qingyu ne désirait plus partir pour Hong Kong avec lui.

Une fois arrivés au village, Li se laissa tomber sur son lit, cherchant fébrilement une cigarette dans la poche de sa vieille veste de lin. Son visage exprimait le désarroi. Malgré mes doutes sur le moment choisi, j'avais décidé de fêter son anniversaire.

Aujourd'hui, il fêtait ses 17 ans. Après avoir planté et allumé une petite bougie dans une patate douce, je commençai à chanter : « Joyeux anniversaire, joyeux anniversaire ! »

Il resta un long moment à fumer, m'ignorant complètement, puis soudain, il me dit :

— Demain, je quitte cet endroit pour toujours. Je vais à Hong Kong. Tu viens avec moi ou pas ?

Surpris, je laissai tomber la patate sur le sol.

— Euh... Hong Kong, c'est vraiment loin, dis-je d'un ton peu rassuré. De plus, il est possible qu'ils nous libèrent et que nous puissions rentrer chez nous.

Il resta muet, la fumée de sa cigarette s'élevant lentement dans les airs. Ses yeux étaient fixés sur le plafond. Finalement, il soupira et répondit d'une voix calme :

— Peut-être as-tu raison, mais nous ne pouvons pas rester dans cette incertitude éternellement. Nous devons affronter notre destin et prendre une décision. Moi, j'ai déjà pris la mienne. Demain matin, avec ou sans toi, je quitte cet endroit.

Tandis que les murmures de la nuit se mêlaient à la lueur pâle de la lune, Li se laissait submerger par les larmes. Je savais qu'il allait partir, et cela me mettait mal à l'aise.

Je devais prendre une décision cruciale, et je voulais être certain de faire le bon choix. Devais-je partir avec lui, ou rester seul ? Je savais qu'en restant aux Hirondelles, les villageois m'auraient sûrement demandé des comptes ou m'auraient rendu responsable de sa fuite.

Deux heures avant le lever du soleil, Li se leva et commença à rassembler ses affaires. Une fois son baluchon prêt, il s'approcha de mon lit et glissa une enveloppe sous mon oreiller. Allongé sur le dos, les yeux fermés, je restai attentif à ses mouvements.

Il faisait tout pour ne pas faire de bruit, cependant, lorsqu'il ouvrit la porte, un léger grincement se fit entendre. Puis, dans un souffle, la porte se referma doucement, et le silence retomba.

À cet instant, un malaise m'envahit. J'étais désormais seul face à cette vie que je n'avais pas désirée. Il fallait être fou pour entreprendre un voyage aussi lointain. Une combinaison de tristesse et de peur s'étaient insinuée en moi. Tout abandonner à nouveau… et Qingyu, que deviendrait-telle. Je ne savais plus quoi faire. Devais-je le rattraper ou le laisser partir ? Je serrai les poings et fis une grimace.

— Quelle tête de mule, celui-là… murmurais-je, contrarié par ce que j'étais sur le point de faire.

Finalement, je me redressai précipitamment et attrapai ma valise. Après m'être habillé et avoir enfilé mes chaussures, je saisis l'enveloppe et me précipitai dehors, bien décidé à le rejoindre. Alors que je dévalais la montagne, essoufflé, un sourire incongru se dessina sur mes lèvres, avant de se briser en sanglots incontrôlables. Aucun autre moment n'avait éveillé en moi un tel mélange de terreur et d'exaltation.

Tout était si nouveau, si intense. Je ne mis pas longtemps à le rattraper, car, à mon sens, il avait traîné les pieds. Lorsqu'il entendit mes pas, il se retourna et m'adressa un léger sourire. Il posa une main sur mon épaule :

— Tout va bien se passer, tu verras, me dit-il d'une voix rassurante.

Les érables palmés et les mûriers blancs, dont les feuilles scintillaient sous les faibles rayons du soleil, donnaient l'impression de nous soutenir dans notre fuite. Bien que l'avenir fût incertain, une chose était sûre : nous étions désormais maîtres de notre propre destinée.

Alors que l'aube se levait, répandant une fraîcheur mordante, nous descendîmes prudemment dans un brouillard léger. Bien que le froid nous transperçait jusqu'aux os, notre détermination demeurait inébranlable.

Notre premier objectif était clair : rejoindre la grotte Wing-Lo pour récupérer Pluie de Lune et nous diriger vers le sud. Nous avions minutieusement tracé notre itinéraire, avec *Canton* comme première destination. De là, nous continuerions jusqu'à *Foshan*, puis à *Xian de Bao'an*, où nous franchirions la frontière.

Alors que nous nous reposions à la grotte, baignés par les doux rayons du jour naissant, un bruit provenant de la végétation attira notre attention.

Nous nous retournâmes instinctivement et découvrîmes Qingyu. Elle n'était pas seule. Lorsqu'elles se rapprochèrent, je reconnus aussitôt l'autre personne. Il s'agissait de Yang Lojin, la fille au Zippo.

Nous sortîmes de notre cachette et nous nous précipitâmes vers elles. Les filles, le visage marqué par la fatigue, arborait un sourire sincère.

— Que faites-vous ici ? demandai-je, d'un ton à la fois surpris et joyeux.

Qingyu essuya une larme naissante et répondit :

— Nous avons décidé de vous rejoindre. Nous ne pouvions pas vous laisser partir seuls.

Yang Lojin hocha la tête en signe d'approbation. Li Shui, visiblement ému, s'approcha de Qingyu :

— Mais comment as-tu su où nous retrouver ?

— C'était facile, Yáo Jun ne serait jamais parti sans Pluie de Lune, alors nous nous sommes dirigés vers la grotte.

— Et ton père ? dit Li en la regardant fixement.

— J'ai fait un choix, et mon choix c'est toi.

Li Shui acquiesça d'un léger mouvement de tête, puis il l'enveloppa dans une étreinte réconfortante et amoureuse. Alors que

Yang Lojin nous souriait timidement, je remarquai une légère odeur de brûlé qui imprégnait ses vêtements. Elle tenait son briquet Zippo, qu'elle n'arrêtait pas d'ouvrir et de refermer.

Ce que nous ignorions tous à cet instant, c'est qu'elle avait délibérément incendié deux maisons avant de nous rejoindre, tuant au passage ses tortionnaires, ceux qui avaient fait d'elle une victime, ceux qui l'avaient violée.

Son sourire cachait une douleur ancienne et une vengeance accomplie, dont nous ne pouvions encore mesurer l'ampleur.

— Allez, il est temps de nous mettre en route ! Nous devons atteindre la ville de Wuhan, qui est à plus de cent kilomètres, dit Li Shui.

Nous croisâmes un paysan avançant à un rythme tranquille, conduit par un vieux cheval. L'homme, un visage buriné par le soleil, nous aperçut et s'arrêta d'un geste lent. Nous échangeâmes quelques mots, ponctués de gestes amicaux. Li Shui, toujours à l'affût d'une opportunité, sortit une petite boîte de cigarettes et en proposa quelques-unes en échange d'un peu de transport.

Le paysan, d'abord intrigué, observa les cigarettes et, après un bref moment, accepta notre offre avec un sourire complice. Le bruit des roues de la charrette grinçant sur la route était rythmé par le souffle lourd du cheval et le crissement des radis qui bougeaient dans leurs paniers.

Le paysage défilait autour de nous, une mer de champs cultivés qui s'étendait à perte de vue sous un ciel d'un bleu éclatant. Les feuilles des radis, qui frémissaient au vent, paraissaient animées, tout comme nous d'une envie de liberté.

Le cliquetis des roues de la charrette résonnait sur les chemins de terre, se mêlant harmonieusement aux murmures de la nature environnante. Enveloppés par cette symphonie apaisante, nous en profitâmes pour nous reposer.

Quelques heures plus tard, en pleine nuit, la charrette s'arrêta brusquement à la croisée d'un chemin. Le paysan nous secoua doucement pour nous réveiller. Dans l'obscurité, il nous indiqua la direction à prendre pour Wuhan.

Soudain, un bruit sourd, lourd, rompit le silence de la nuit : c'était le rugissement d'un moteur. L'angoisse se réveilla en nous. Sans réfléchir, nous bondîmes hors de la charrette, fuyant dans les champs voisins. La terre humide et fraîche s'invita en bas de nos chevilles, tandis que les hautes herbes se refermaient autour de nous, nous enveloppant jusqu'aux hanches.

Lorsque les lumières du véhicule apparurent au loin, nous nous aplatîmes et retînmes notre souffle. Le véhicule poursuivit sa route, s'éloignant lentement dans la profondeur de la nuit.

Après une dizaine de minutes de marche où seul le bruit des herbes caressait nos vêtements, une lueur lointaine perça l'obscurité environnante. Elle scintillait, fragile, oscillant doucement. En nous approchant, la lumière dévoila la silhouette massive d'un entrepôt aux contours flous.

Ses grandes portes métalliques étaient légèrement entrouvertes. Nous décidâmes d'y pénétrer pour la nuit. Tous nos sens étaient en alerte.

La flamme chancelante du briquet Zippo de Yang Lojin dessinait des ombres mouvantes sur les murs et les montagnes de sacs empilés que nous découvrîmes à l'intérieur.

Une odeur âcre de moisi et de poussière nous envahit, teintée d'une légère pointe de métal rouillé. Chaque son, chaque craquement, semblait être amplifié dans ce lieu étouffant.

Nos visages, éclairés par la lueur du briquet, se détachaient nettement du reste de l'obscurité, accentuant notre sentiment d'isolement.

Nous pressâmes l'un des ballots et entendîmes le bruit des grains se frottant les uns contre les autres. Li Shui sortit son couteau et l'enfonça dans l'un des sacs, faisant aussitôt s'écouler une cascade de riz sur le sol, suivit d'un nuage de poussière blanche. La quantité de riz à l'intérieur nous avait laissés sans voix.

Un écho sourd et métallique résonna. Yang Lojin ferma son briquet, et dans l'obscurité retrouvée, la grande porte métallique, usée par le temps, grinça sinistrement en s'ouvrant.

Un courant d'air glacial et humide s'engouffra dans le bâtiment, faisant frémir notre peau. Instinctivement, nous nous précipitâmes pour nous cacher, retenant notre souffle dans l'espoir de ne pas être repérés.

La pâle lueur d'une lampe torche perça l'obscurité, projetant des ombres menaçantes qui dansaient de manière inquiétante sur les murs décrépits et les piles de sacs. Nous aperçûmes un homme vêtu d'une salopette bleue et d'un béret vert.

Le brassard distinctif qu'il portait sur son bras gauche ne laissait aucun doute quant à son affiliation au bureau politique régional. Le gardien scrutait les lieux avec une expression grave, son faisceau lumineux balayant chaque recoin, traquant la moindre anomalie.

Nous avions appris à nous méfier de ce genre de personnes. En général, ils dissimulaient un passé trouble.

Nous retînmes notre souffle, espérant échapper à sa vigilance. Les secondes s'étiraient en minutes, tandis que nos cœurs battaient à tout rompre dans nos poitrines. Chaque craquement, chaque respiration étouffée faisait monter en flèche notre stress.

Nous n'osions même pas bouger. Le moindre bruit, le moindre geste pourrait tout faire basculer. Soudain, Yang Lojin saisit ma main avec une telle force que j'eus l'impression qu'elle allait me l'arracher. Quelque chose venait de lui faire mal.

Finalement, le gardien passa à côté de nous sans s'arrêter et continua sa ronde. Un soupir de soulagement s'échappa de nos lèvres.

Yang Lojin alluma son briquet. Elle tremblait et des larmes commençaient à couler le long de ses joues. Je m'approchai d'elle pour la réconforter, quand, à travers la lumière vacillante, quelque chose attira mon regard. Au niveau de son cou, une grosse queue rosâtre se balançait lentement. Un frisson glacé me parcourut. Elle avait un énorme rat sur ses épaules.

À tout instant, elle risquait de se mettre à hurler. Qingyu réagit rapidement et lui plaça ses mains sur la bouche pour étouffer ses cris.

Soudain, j'écarquillais les yeux. Dans notre précipitation, nous avions oublié nos baluchons et nos étuis. Je tapai sur l'épaule de Li pour attirer son attention, puis lui montrai nos affaires éparpillées sur le sol.

Je repoussai le rat d'un coup rapide avec ma chaussure, puis Yang Lojin éteignit son briquet. Li prit une grande inspiration, et s'éloigna de notre cachette. Sans faire de bruit, il se colla aux piles de sacs, se mouvant lentement. Tout à coup, dans un moment de panique, il perdit pied et glissa sur le sol.

La lumière de la lampe torche du gardien balaya immédiatement la pièce, projetant des ombres qui se mirent à se tordre. Li Shui se figea, les yeux rivés sur la lumière qui se rapprochait inexorablement.

Chaque mouvement du gardien, chaque murmure de ses vêtements froissés retentissait dans le silence oppressant. Il n'était désormais qu'à quelques centimètres de nous. Je pouvais distinguer son avant-bras tenant fermement la lampe.

Il avait contourné notre cachette, surgissant de côté, et maintenant sa lumière nous piégeait. Retenant notre souffle, nous nous serrâmes les uns contre les autres, priant en silence pour qu'il ne remarque pas notre présence. L'angoisse nous submergeait, chaque seconde s'étirant en une éternité insupportable.

Finalement, il recula et s'arrêta de nouveau. Nous entendîmes alors le son distinct d'un briquet, suivi par la diffusion lente et envahissante d'une odeur de cigarette dans l'air clos. À peine avait-il franchi quelques pas vers la sortie qu'un éternuement incontrôlable m'échappa.

Le son résonna dans le silence oppressant. Là, les filles me regardèrent avec de grands yeux, leurs expressions mêlant colère et incrédulité.

Le gardien fit rapidement volte-face et se dirigea de nouveau vers nous. L'angoisse me serrait la gorge.

À un mètre de nous, il braqua son faisceau lumineux dans notre direction. Mais à cet instant précis, un rat aussi gros qu'un chat surgit des ténèbres, ses yeux rouges scintillant à la lumière de la lampe du gardien. Celui-ci grinça de dégoût, son visage se contractant en une expression de répulsion.

— Saleté de bestioles !

Me nouant les entrailles, la peur m'envahit. Nous reculâmes lentement, presque sans respirer. Le silence autour de nous était assourdissant, chaque bruit était amplifié, chaque souffle trop bruyant.

Je savais que si le gardien levait un instant sa lampe, il nous découvrirait. Mon cœur battait à tout rompre. Nous étions à la merci de ce seul faisceau de lumière, et tout pouvait basculer en un instant.

Et cela arriva. La lumière s'éleva lentement, presque de façon irréelle et le temps se figea. Et, dans ce moment suspendu, l'inévitable se produisit : la lampe se dirigea dans une autre direction. Une voix éraillée et forte avait retenti, captant entièrement l'attention du gardien.

— Alors, tu te fais attendre, camarade ! On ne peut pas jouer au Mahjong sans toi, espèce d'idiot ! lança soudainement son collègue d'une voix forte et ivre.

— J'ai entendu du bruit ! Ça venait de ce coin-là camarade.

D'un pas chancelant, son collègue s'avança vers nous, la lampe toujours braquée dans notre direction. D'un geste brusque, il balança à la volée :

— Ah... ce sont juste des saloperies de rats ! Laisse tomber... Allez, viens jouer au Mahjong, camarade.

— Tu as raison, allons-y, j'ai assez perdu de temps ici, dit-il en riant.

Nous pûmes enfin souffler et nous détendre. Cependant, le bruit net de deux gros clics me fit comprendre que nous étions maintenant prisonniers. L'un des gardiens avait verrouillé la porte.

Li Shui revint avec nos affaires et alluma une allumette, faisant danser à nouveau des ombres sinistres autour de nous.

— Nous l'avons échappé belle ! dit-il.

Je leva les yeux sur lui :

— Sauf qu'on est enfermés, là ! m'exclamai-je.
— Bah, ils finiront bien par ouvrir un jour, reprit Li Shui d'un ton décontracté.
— Et les rats ? demanda Yang Lojin, la voix tremblante.
— Les rats, je m'en occupe. Ne t'inquiète pas ! déclara Li Shui, avec l'assurance d'un chevalier servant.

Li attrapa son baluchon, fouilla à l'intérieur et en sortit un radis noir qu'il avait volé dans la charrette. Il le brisa en morceaux d'un geste rapide, puis le jeta aussi loin que possible, espérant distraire les rongeurs.

— Voilà, comme ça, ils nous laisseront tranquilles ! lança-t-il fièrement.
— Il fait plus froid ici que dans les montagnes, remarquai-je, essayant de me réchauffer.

Yang Lojin grelottait, visiblement, transie de froid. Je m'approchai d'elle, pensant simplement à lui offrir ma veste.

— Même pas en rêve… murmura-t-elle d'une voix teintée de dégoût.
— Non, attends, c'est… je voulais juste…
— Pervers, ne t'approche pas de moi.

Ça n'allait pas être facile de se reposer dans ces conditions, mais nous n'avions pas le choix. Alors nous nous sommes regroupés les uns contre les autres pour la nuit.

Dormir sur des sacs de riz était plutôt agréable, mais le froid nous glaçait les os. Je me réveillais fréquemment, d'abord à cause du froid, et ensuite à cause des rats qui venaient parfois nous importuner, allant jusqu'à nous mordiller.

Au bout d'un moment, ne pouvant plus dormir, je m'assis sur un sac de riz et surveillai mes amis pour protéger leur sommeil des rats. J'avais attrapé une vieille pelle et j'étais prêt à en découdre avec ces sales bestioles. Lorsque les premiers rayons du soleil percèrent les vitres sales de l'entrepôt, je constatai que les rats avaient réussi à déchirer le baluchon contenant le reste de notre nourriture.

Chapitre 10

À bout de souffle

Dès que tout le monde fut réveillé, nous nous mîmes à explorer méthodiquement l'entrepôt. À terre, il y avait des sacs de toile vides, quelques balais et des pelles éparpillées çà et là. Les sacs de riz montaient jusqu'au plafond en tôle.

— Merde, j'ai plus de clopes ! grogna Li Shui en écrasant son paquet vide du pied.

— Et maintenant, qu'est-ce qu'on fait ? demandai-je en croisant les bras.

— On pourrait foutre le feu, comme ça ils seraient obligés d'ouvrir la porte, suggéra Yang Lojin, en ramassant un vieux chiffon pour le tordre entre ses mains.

— Mauvaise idée, rétorqua Qingyu en le lui arrachant des mains. On finirait asphyxiés avant même qu'ils arrivent.

— Y'a toujours une solution, maugréa Li Shui en donnant un petit coup de pied dans un sac vide.

Nous disposâmes les sacs de riz sur le sol pour nous asseoir. Yang Lojin ouvrit le baluchon de Qingyu et en sortit du porc séché.

Celle-ci s'est jointe à elle et en a tiré un paquet de cartes. Nous l'avons dévisagé.

— Quoi ? Il faut bien passer le temps, non ? On ne va pas juste attendre en regardant les murs, répondit-elle en voyant nos visages stupéfaits.

— Eh bien, moi, je suis nul aux cartes, marmonna Yang Lojin en attrapant un morceau de porc.

— Tant mieux, ça sera plus drôle, répondit Qingyu en lui lançant sa première carte.

Je secouai la calebasse. Rien.

— Plus d'eau, dis-je en montrant l'intérieur.

Yang Lojin releva la tête en mâchant.

— Peut-être qu'on pourrait casser une fenêtre et sauter par-là ? lança-t-elle en désignant les vitres sales du menton.

— Pfff, t'es vraiment naïve. À cette hauteur, tu risques de te casser les jambes, répliqua Li Shui.

— Il va falloir trouver une solution pour l'eau, ajoutai-je, frustré, que personne ne m'écoute.

Tandis que nous mangions, nous nous lançâmes dans une partie de poker mémorable. En guise de jetons, nous utilisâmes des grains de riz. Qingyu se révéla être une joueuse brillante, remportant presque chaque manche.

Alors que nous nous laissions emporter par ce bref moment de détente, plongés dans notre insouciance, nous étions loin de nous douter que notre tranquillité allait être brisée par le bruit assourdissant d'un moteur de camion.

Pris de panique, nous échangeâmes un regard inquiet. En hâte, nous ramassâmes les cartes et nous cherchâmes un endroit où nous dissimuler.

Le moteur s'arrêta près de l'entrepôt, suivi de voix étouffées et du claquement sec de portières. Je m'approchai des grandes portes et jetai un œil par la large serrure. De là, j'aperçus une table et deux chaises placées près d'une petite guérite.

Normalement, les gardiens auraient dû surveiller l'entrepôt depuis ce poste. Ils avaient toutefois visiblement préféré s'abriter dans une cabane un peu plus loin.

Les deux gardiens arrivèrent en courant et s'installèrent sur les chaises. Ils disposèrent leurs cahiers, stylos et tampons sur la table, prêts à travailler. D'un geste rapide, ils ajustèrent leurs casquettes ornées d'une étoile rouge, réajustèrent leurs brassards et boutonnèrent soigneusement leurs vestes, pour se donner un air formel.

— Hé ! Il se passe quelque chose dehors ! m'exclamai-je.
— Laisse-moi voir ! dit Li, en me poussant presque pour prendre ma place.

Après un instant, il murmura, tendu :

— Il y a d'autres camions qui approchent.
— Que fait-on ? demanda Yang Lojin, visiblement effrayé.
— Cachons-nous, vite ! dis-je, aussi inquiet que mes amis.

Pris de panique, nous nous précipitâmes vers le fond de l'entrepôt.

Une vingtaine de gros camions militaires s'arrêtèrent devant, et une cinquantaine de paysans en descendirent. Ils pénétrèrent à l'intérieur.

Dans l'ombre, j'aperçus rapidement un homme plutôt grand, vêtu d'un costume bleu foncé du Parti. Il portait un pistolet à sa ceinture.

Minutieusement, il observa les centaines de sacs empilés, puis, avec autorité, il claqua la paume de sa main sur un tas de sacs et ordonna d'une voix tranchante :

— Je veux que tous les sacs de riz soient chargés dans les camions et prêts à partir avant 17 heures précises !
— Oui, camarade responsable Fang-Le ! répondirent les deux gardiens d'une voix apeurés.

Alors que le camarade Fang s'apprêtait à quitter la pièce, il fut attiré par quelque chose sur le sol. Il s'abaissa pour ramasser une carte, et son visage se crispa en découvrant qu'il s'agissait d'un roi de cœur. Son regard sombre parcourut l'entrepôt, à la recherche d'un indice qui lui échappait encore.

Pendant une demi-heure, nous les observâmes discrètement, puis Li Shui décida de les rejoindre et hissa un sac de riz sur son dos.

J'étais inquiet. Qingyu me donna une légère tape pour me faire comprendre que je devais faire de même. Il était crucial que nous parvenions aussi à nous échapper de cet endroit.

Les paysans étaient méfiants. Leur regard devenait de plus en plus insistant et je pouvais sentir leurs interrogations peser sur nous.

Avant que la situation ne dégénère, un cri retentit soudain parmi les paysans :

— Au feu ! Au feu !

Les filles se frayèrent un chemin hors de l'entrepôt. Une fois à l'extérieur, elles s'élancèrent dans les hautes herbes. L'épaisse fumée noire, qui avait envahi l'intérieur, s'échappait maintenant en volutes à l'entrée.

C'était l'occasion parfaite. Sans hésiter, je pris la fuite, convaincu que Li me suivait. Dès que je me dissimulai dans les herbes, je jetai un regard furtif en arrière. Essoufflées, les filles s'approchèrent de moi, haletantes :

— Où est Li Shui ? me demanda Qingyu d'une voix inquiète.

— Regarde là-bas ! Il est à côté du premier camion, intervint Yang Lojin.

Les flammes se propageaient à une vitesse terrifiante, engloutissant maintenant une partie de l'entrée. La panique était visible sur les visages des hommes présents.

Li Shui hésitait à nous rejoindre, craignant d'attirer l'attention de Feng Le, qui s'agitait et criait sans cesse. Dès qu'il s'éloigna un peu du groupe, Feng le rattrapa et l'interpella d'une voix perçante :

— Et toi ! D'où tu viens ? Comment tu t'appelles ?

Li Shui lança un violent coup de poing au visage de Feng Le, qui tomba lourdement sur ses fesses. Après un moment de surprise, il porta sa main à son nez et réalisa qu'il saignait.

La douleur et la colère l'envahirent, transformant sa rage en une fureur incontrôlable. D'un geste brusque, il dégaina son arme et se mit à tirer.

La terreur nous paralysa. Les balles fendirent l'air, sifflant près de nos oreilles. Dans ce chaos meurtrier, Li Shui, le visage marqué par la détermination, se mit à hurler :

— Par ici ! Ne vous arrêtez pas ! Allez !

Il s'en fallut de peu pour qu'on se prenne une balle. Nous étions tous essoufflés, mais à présent, nous étions hors de portée. Cachés par la végétation, nous étions complètement désorientés par ce qui venait de se passer.

Après avoir retrouvé mon souffle, je me redressai :

— Pourquoi as-tu mis autant de temps à nous rejoindre ? demandai-je à Li Shui.

— Je suis vraiment désolé… J'ai cru qu'il allait me tirer dans le dos. Une chance qu'il ne sache pas tirer, ce crétin ! Mais tu saignes, Yáo Jun ?

Je touchai mon oreille droite. Ce n'était rien de grave. Je sentais tout de même un picotement.

— Ma valise, j'ai oublié ma valise… dis-je, dépité.

— Nous avons récupéré les baluchons et les étuis. Désolé, Yáo Jun répondit Yang Lojin.

— Je n'ai pas perdu Pluie de Lune, c'est déjà ça, dis-je, malgré ma déception.

Soudain, Qingyu, le visage pâle, annonça :

— Le camarade Feng-Le a bien atteint une cible…

Inquiets, nous nous précipitâmes vers elle.

— Ne vous inquiétez pas, tout va bien. Il ne m'a pas touchée, mais une balle… (Elle passa son petit doigt sur l'endroit où la balle avait traversé l'étui de Vent d'Ouest).

Par chance, le violoncelle n'avait subi aucun dégât. Soudain, un bruit attira mon attention. Il venait du fond de la vallée et ressemblait à un grondement.

— Attendez, écoutez ! m'exclamai-je. Vous entendez ?

— C'est un train ! annonça Yang Lojin.

— Oui, allons-y ! répliqua Li Shui.

Nous nous précipitâmes à travers la prairie et atteignîmes les rails en début d'après-midi. Au loin, un train se profilait à l'horizon. Vu de notre position, il ressemblait à une chenille qui se déplaçait. D'un commun accord, nous décidâmes de le suivre. Après quelques heures de marche, nous dûmes faire une pause.

— Qu'est-ce qui s'est passé à l'entrepôt ? demandai-je aux filles avec inquiétude.

Yang Lojin avoua :

— C'est moi qui ai mis le feu ! Il fallait bien créer une diversion.

Li Shui murmura :

— Le camarade Feng Le, quel enfoiré celui-là !

Qingyu répliqua d'un ton agacé :

— Tu n'étais pas obligé de le frapper.

Ignorant la remarque de Qingyu, Li Shui proposa :

— Quand nous arriverons à une gare, on prendra un train et on s'éloignera le plus possible d'ici. La gare ne doit pas être très loin. Il suffit de suivre les rails.

Soudain, un paysan, aussi chargé qu'une mule, émergea des broussailles. Il nous fixa un instant avant de poursuivre son chemin. Je décidai de le rattraper pour lui demander des informations sur la gare la plus proche.

Il nous indiqua que Pang-fou se trouvait à plus de 50 kilomètres de là. Cinq heures plus tard, la nuit nous enveloppa et nous nous arrêtâmes dans une prairie, au bord d'une forêt. Le ciel noir, parsemé d'étoiles, s'étendait telle une couverture de diamants.

— Regardez ! s'écria Yang Lojin.

Là, nous fûmes émerveillés. S'étendant peu à peu, une mer de lucioles commença à s'illuminer. Elles dansaient dans les airs, éclairant la nuit de leurs robes douce et chatoyante.

Elles finirent par nous encerclées complètement. Chacun de nous observait, perdu dans ces instants inexplicables qui figeaient le temps. Nous n'étions plus un groupe, seulement des individus, seuls avec nos pensées, nos espoirs, nos peurs, et notre incertitude.

Tant de choses remontèrent à la surface que des perles de larmes commencèrent à couler sur mes joues sales. C'est alors que je commençai à espérer, d'une manière un peu folle, que tout allait bien se passer. Je me mis à avancer lentement, et les autres me suivirent.

Les insectes commencèrent à tournoyer autour de nous, avant de se poser sur nos corps. Au bout d'un moment, nous nous retrouvâmes noyés parmi eux. C'était une expérience incroyable, et pendant un instant, nous eûmes l'impression d'être transportés dans un autre monde…

La nuit fut froide, marquée çà et là par la douleur, la soif et l'inconfort. Au matin, nous reprîmes notre marche et atteignîmes enfin la gare de Pangfou.

Aucun horaire n'était affiché. En constatant que les guichets étaient fermés, nous décidâmes d'attendre. Notre objectif était de rejoindre la gare de She-hsien, située à plus de deux cents kilomètres, mais il nous fallait d'abord absolument trouver de l'eau.

Finalement, nous trouvâmes de l'eau grâce à un robinet réservé à la gare, interdit au public. Après avoir étanché notre soif, nous nous blottîmes les uns contre les autres sur un blanc.

En début d'après-midi, un employé des chemins de fer, intrigué par notre présence, se mit à nous observer. Les étuis que nous portions semblaient particulièrement l'intéresser. Après quelques longues minutes, il disparut à l'intérieur de la gare.

Peu de temps après, un homme vêtu d'un costume bleu délavé et d'une casquette arriva pour ouvrir le premier guichet. Nous nous approchâmes. Il était occupé à trier et ranger des billets, restant indifférent à notre présence. Son visage figé et austère ne laissait transparaître aucune émotion.

Il resta de longues minutes à ranger et nettoyer son guichet. Une fois installé et prêt à recevoir du monde, il tourna une petite pancarte indiquant « *Ouvert* » et son visage changea aussitôt. Il semblait soudainement plus détendu, presque joyeux.

Ce contraste saisissant entre ces deux attitudes opposées nous surprit agréablement. Il était désormais prêt à nous écouter et à répondre à nos questions.

— Bonjour, camarade, bienvenue à la gare de Pang fou ! s'exclama-t-il avec un large sourire.

— Bonjour, camarade. Nous souhaiterions nous rendre à She-hsien. Pourriez-vous nous donner quatre billets de troisième classe, s'il vous plaît ? demanda Li Shui.

— Bien sûr, camarade. Voici vos quatre billets pour She-hsien. Le train partira du quai 2 à 16 heures.

— À 16 heures ? m'étonnai-je.

— Exactement, camarade ! Passé une bonne journée.

Les billets en poche, nous nous sommes tassés sur le banc de bois, nos instruments serrés contre nous. Les rares regards qui croisaient les nôtres nous glaçaient.

Du sang et des larmes.

Nous restâmes là, à attendre patiemment l'heure du départ. Le silence était troublé seulement par le sifflement strident de la vapeur s'échappant d'une locomotive sans wagons.

La gare, d'abord endormie, s'éveillait petit à petit au fil des heures. Les voyageurs affluaient en vagues successives, remplissant les bancs et les quais. Fatigués, nous nous frayâmes un chemin à travers la foule animée, pour nous diriger vers le quai numéro 2.

C'est alors que mes yeux furent attirés par un groupe d'individus postés à l'extrémité du quai. Parmi eux, je distinguai immédiatement Feng-Le, celui qui nous avait tirés dessus à l'entrepôt. Il se tenait là, implacable, entouré de trois hommes au regard froid et menaçant, chacun portant un brassard rouge frappé du symbole du Parti. Leurs silhouettes, figées à côté des grands piliers de la gare, dégageaient une aura de surveillance angoissante.

L'employé des chemins de fer, celui-là même qui nous avait observés avant que son collègue ne prenne son poste au guichet, achevait de former ce cercle de regards hostiles. Il se tenait à l'écart, un peu en retrait, mais ses yeux scrutaient intensément chacun de nos mouvements. L'air était chargé de menace.

Après avoir averti mes amis, nous nous sommes arrêtés brusquement. À notre gauche, un long train de bétail s'éloignait, ses wagons poussiéreux secoués par le bruit des chaînes métalliques qui claquaient, se mêlant au brouhaha de la foule désormais dense.

Nous nous précipitâmes alors vers le train. Ses roues grondaient sur les rails, et la locomotive crachait de la vapeur.

— Nous devons monter à bord ! Dépêchez-vous ! cria Li Shui.

— Il va déjà trop vite ! s'exclama Yang Lojin, essoufflé par l'effort.

Soudain, deux détonations de pistolet éclatèrent, glaçant l'atmosphère d'un coup. La foule, prise de panique, se dispersa dans toutes les directions, hurlant de terreur et se bousculant pour fuir.

Li Shui réussissait de justesse à ouvrir l'une des portes d'un wagon. D'un geste vif, il bondit à l'intérieur et saisit la main de Qingyu pour l'aider à monter. Je lui remis précipitamment les étuis et m'agrippai de toute ma force à une poignée de fer pour me hisser dans le wagon. Mon cœur battait dans mes tempes à chaque pulsation.

Alors que le train commençait à prendre de la vitesse et à sortir de la gare, Qingyu se mit à hurler :

— Yang Lojin !

Yang Lojin gisait sur le quai, ventre contre terre, la tête plongée dans une flaque de sang. Autour d'elle, des femmes hurlaient, tandis que d'autres s'étaient précipitées au sol, complètement apeurées par ce qui venait de se passer. Un vide immense m'envahit. Je savais que tout était fini — une balle avait éclaté l'arrière de son crâne.

Cette scène tourna longuement dans ma mémoire. Je pouvais tout ressentir de cet instant : l'odeur, les sons, les détails… et cette oppression insoutenable. À présent, ce n'est plus qu'un souvenir comme tant d'autres. Le temps a cette faculté de polir les souvenirs avec une telle agilité qu'il en devient presque difficile de savoir si cela a réellement existé ou non.

Avec une lourde respiration, je poussai la porte en bois du wagon, la refermai en m'assurant que le loquet était bien enclenché, et m'enfonçai dans l'obscurité.

Assis sur le sol dur, entouré de moutons qui bêlaient, je me mis à pleurer. La situation dans laquelle nous étions plongés relevait du cauchemar. Qingyu, blotti dans les bras de Li Shui, pleurait, inconsolable.

Je fermai les yeux un instant, tentant de me recentrer, sans y parvenir. L'air oppressant ne faisait qu'aggraver mon malaise. L'odeur du wagon était insupportable, un mélange suffocant de foin, de sueur animale et d'excréments. Le bêlement constant ne faisait qu'accentuer ma sensation d'étouffement, plongeant mes sens dans une confusion totale.

— Comment le camarade Feng-Le a-t-il pu savoir que nous étions à la gare ? demanda Li Shui, visiblement contrarié.

— C'est simple, répondit Qingyu. Quatre jeunes qui se baladent avec des étuis, ça passe difficilement inaperçu, non ?

— C'est complètement absurde ! Tu voudrais dire qu'il faudrait qu'on se débarrasse de nos instruments ? lui demandai-je.

— Je ne sais pas... je ne sais plus rien..., répondit-elle, son visage assombri par la tristesse.

Après plusieurs heures, l'odeur nauséabonde des excréments et de l'urine nous collait à la peau. C'est durant ce temps que nous réalisâmes que Feng-Le nous attendait probablement à l'arrivée. L'idée d'attendre l'arrêt du train ou d'essayer de l'arrêter nous parut folle. Face à cette impasse, nous prîmes une décision désespérée : sauter du train en marche…

Nous nous approchâmes de la porte, et dès que nous soulevâmes le loquet, une bourrasque d'air frais nous fit reculer. Devant nous, l'abîme du vide s'étendait, vertigineux, tandis que le paysage filait à toute vitesse, à peine distinguable dans la confusion du mouvement.

Le fracas des roues contre les rails vibrait dans un battement sourd, mais tout ce que je percevais, c'était le tambourinement effréné de mon cœur dans ma poitrine. Le vent fouettait mon visage et m'apportait l'odeur vive de l'herbe mouillée, du blé des champs et des fleurs sauvages.

Une sensation étrange d'adrénaline mêlée à de la peur m'avait envahi. En contrebas, je pouvais distinguer le vide : un enchevêtrement de rochers et d'arbres, avec, au centre, un ruisseau qui serpentait à travers le paysage. Soudain, Li Shui se mit à crier :

— Vous êtes prêts ? Après le pont, on saute !

Nous nous regardâmes un instant, et en cet instant fugace, tant d'émotions se mêlèrent. Aucun mot n'était nécessaire pour exprimer ce que nous ressentions. Une compréhension silencieuse naquit entre nous, révélant toute la profondeur de notre amitié.

— Après le pont, je saute... Après le pont, je saute... répétais-je en boucle, pour me donner de l'assurance dans ce moment fou.

Plus l'instant approchait, plus la peur m'envahissait. L'idée d'échouer, de tomber et de me blesser gravement me terrorisait. Dès que le train eut franchi le pont, nous nous débarrassâmes de nos affaires.

Qingyu craignait d'endommager Vent d'Ouest, tandis que j'hésitais à lancer Pluie de Lune dans les broussailles. Quelques secondes plus tard, la voix de Li perça le vent :

— Un... deux... trois !

Li Shui se jeta dans le vide, son corps s'écrasant lourdement dans les fourrés. Sans hésiter, Qingyu le suivit, disparaissant presque immédiatement. Après un bref instant d'hésitation, je fermai les yeux et me lançai à mon tour.

L'atterrissage fut... pour le moins surprenant. Mon coude gauche et une partie de ma cuisse droite me brûlaient. La terre crue dans ma bouche avait un goût métallique.

Je toussotai, et respirais difficilement. Finalement, il y avait eu plus de peur que de mal : les hautes herbes avaient amorti ma chute, et m'avaient offert un lit plus doux que prévu.

Je me mis à observer le ciel. Je n'arrivais pas à croire ce qu'il s'était passé. Ce que je venais de faire était complètement fou. Derrière moi, le grondement du train s'éloigna, se perdant dans le lointain.

Peu à peu, la nature reprit ses droits, et un silence dense m'enveloppa. Seuls le chant fragile des oiseaux et la danse discrète des insectes venaient troubler cette quiétude.

Tout d'un coup, deux visages cernés de terre et de sueur se penchèrent au-dessus de moi. Les yeux écarquillés, Qingyu et Li Shui m'observèrent :

— Ça va ? demanda Qingyu, d'une voix calme, mais empreinte d'inquiétude.

Li Shui me tendit la main et m'aida à me relever. Je lui adressai un grand sourire, puis, avec difficulté, je me dirigeai vers les buissons, à une dizaine de mètres de là, pour récupérer mon étui. Sans attendre, nous reprîmes la route vers la prochaine ville.

Nous étions dans un état lamentable, l'esprit hanté par la vision de Yang Lojin, étendue sur le quai, baignant dans son sang. À l'intérieur de moi, une douleur lancinante me tenaillait. Les coups de feu qui avaient résonné dans la gare tournaient encore dans ma tête.

Après un long moment, nous arrivâmes devant un village. Exténués, nous décidâmes de nous arrêter pour reprendre des forces.

Nous demandâmes aux villageois quelle était la ville la plus proche, et ils nous indiquèrent que She-hsien se trouvait à deux heures de marche si nous traversions la forêt. Nous choisîmes de suivre ce chemin pour atteindre plus rapidement notre destination.

Affamés et assoiffés, nous aperçûmes soudain les premiers bâtiments de la ville au loin. La ville avait un charme certain. Des canaux sinueux serpentaient entre les ruelles pavées, bordées de maisons traditionnelles en bois et en pisé. Les façades ornées de fleurs colorées ajoutaient une touche festive à l'ensemble.

Alors que nous passions devant un : « *Dai pai dong* », un restaurant en plein air tenu par une vieille dame, une délicieuse odeur de nouilles sautées au poisson nous enveloppa.

Nous décidâmes de faire une halte et commandâmes chacun un bol. Avant de commencer, nous levâmes silencieusement nos verres en hommage à Yang Lojin, versant quelques gouttes de vin de riz sur le sol en signe de respect, puis vidâmes le reste d'un trait.

Lorsque les nouilles touchèrent ma langue, une explosion de saveurs et de sensations s'empara de moi, au point de me faire presque verser des larmes. Ces nouilles représentaient bien plus qu'un simple repas : elles incarnaient le goût de la liberté. Nous avons savouré notre repas, chaque bouchée nous émerveillant par sa saveur, sa texture et son odeur.

Depuis notre arrivée, la vieille dame n'avait cessé de fixer nos étuis. C'était peut-être la première fois qu'elle voyait ce genre d'objets, et elle se demandait sans doute de quel type de valise il s'agissait. Quoi qu'il en soit, après le repas, nous partîmes à la recherche d'un abri pour la nuit.

Finalement, nous avons trouvé une vieille maison abandonnée, à l'écart, près d'un ruisseau. En poussant la porte grinçante, une odeur de moisi mêlée à celle du bois brûlé nous saisit les narines. Nous avons fouillé rapidement l'intérieur, balayant les débris éparpillés et déplaçant quelques morceaux de mobilier pour dégager un coin où nous pourrions passer la nuit.

Le calme oppressant contrastait avec le murmure du ruisseau à l'extérieur. Nous étions à l'abri. Au matin, alors que je sortais pour me soulager, une femme à vélo passa. En me voyant, elle ralentit brusquement.

Elle hésita un instant à m'adresser la parole, puis, gênée par ma présence dans cet endroit abandonné, reprit sa route en se crispant sur son guidon. Avant de disparaître au détour du chemin, elle me lança un dernier regard furtif.

Cette situation m'effraya, me poussant à réveiller mes amis. Nous reprîmes notre périple sans plus tarder. Nous ne le savions pas, mais la maison où nous nous étions réfugiés avait été bombardée durant la guerre sino-japonaise. Cette famille n'avait jamais reconstruit, choisissant de laisser les ruines en signe de respect pour les défunts.

Chapitre 11

Musique sur les flots

Trois mois après la mort de Yang Lojin.

Nous sommes enfin arrivés à Bao'an (actuellement Shenzhen). La région, profondément rurale, déployait son immensité sous le règne des rizières et des fermes. Les maisons basses, modestes et discrètes, s'ancraient timidement dans le sol. Çà et là, de nouveaux immeubles émergeaient, tranchant avec l'harmonie des paysages traditionnels.

Nous marchâmes une grande partie de la journée, le regard souvent attiré par les montagnes qui, par endroits, se dévoilaient à travers un voile de brume. Puis au moment où nous atteignîmes enfin le poste de contrôle, le crépuscule se mit à peindre le ciel de teintes adoucies, plongeant le paysage d'une lumière diffuse.

Immobiles, mais attentifs, les gardes chinois armés avaient une mine patibulaire.

C'était un obstacle que nous contournâmes en traversant une rizière inondée. L'eau froide et la boue nous étaient rapidement montées jusqu'aux genoux, puis jusqu'à la taille, rendant nos pas lourds et lents. Nous touchions presque au but. Une seule idée nous habitait : rejoindre Hong Kong au plus vite. Elle était là, toute proche, et semblait nous sourire. Cependant, nous avions ressenti, à ce moment-là, une certaine appréhension : les gardes ou les corbeaux (Dénonciateurs du parti) auraient pu nous repérer et, tout simplement, nous dénoncer.

Après cet effort harassant, nous arrivâmes enfin près du pont qui enjambait la rivière des Perles, notre passage vers la liberté. Nous enlevâmes nos vêtements pour les essorer et changeâmes de chaussettes. Puis, avec nos pantalons encore humides et nos chaussures trempées, nous avançâmes sur le pont jusqu'au poste de garde.

Des projecteurs protégés par des grilles s'allumèrent, illuminant une clôture de deux mètres de haut, hérissée de fil de fer barbelé. Au-delà de cette barrière, un peu plus loin, le drapeau britannique flottait dans le vent, ondulant avec une majesté silencieuse.

Nous restâmes côte à côte, les yeux fixés sur le drapeau. Ce fut un instant irréel, au-delà des mots, un moment qu'il était impossible de définir ou d'exprimer. Submergés par un flot d'émotions, nous avions tous les trois les larmes aux yeux.

Nous nous intégrâmes à la foule qui avançait lentement vers le check-point, sous le regard impassible des militaires postés à intervalles réguliers. Ces Européens étaient un spectacle en soi. Leur apparence, si différente de la nôtre, suscitait à la fois intrigue et dépaysement. Leurs langues, une cacophonie inconnue, me plongeaient dans une perplexité joyeuse.

Soudain, émergeant de la foule, gantée de blanc et coiffée d'un chapeau à fleurs, une femme chinoise d'une trentaine d'années, nous interpella d'une voix douce. Ses yeux, baissés un instant, évitaient les nôtres, révélant une gêne palpable face à notre apparence. Elle nous informa, avec politesse, qu'il nous fallait impérativement une autorisation, un visa et un passeport pour pénétrer à Hong Kong.

La réalité nous frappa de plein fouet. D'un sourire désinvolte, elle s'excusa et passa devant nous. Comment avions-nous pu être si naïfs ? Démoralisés, nous fîmes demi-tour, lorsque nos regards croisèrent ceux d'un homme en costume européen, portant un élégant chapeau blanc.

Contrairement aux tenues simples et usées que nous portions, son costume semblait tout droit sorti d'un magazine de mode. La coupe était impeccable, le tissu d'une finesse rare, et cette élégance ajoutait une touche de distinction qui le démarquait nettement des autres.

Cet homme incarnait un raffinement qui nous rappelait à quel point nous étions étrangers à ce genre de raffinement.

Après une brève hésitation, il s'approcha, et son sourire chaleureux nous mit immédiatement à l'aise. Il se présenta sous le nom de Liu Fang.

— Excusez-moi, je n'ai pas pu m'empêcher de vous écouter. Peut-être ai-je une solution à votre problème de visa. J'ai des amis anglais qui peuvent vous obtenir des passeports.

Avec discrétion, il sortit un passeport noir de la poche intérieure de sa veste. Sur la couverture, son nom et prénom étaient inscrits en lettres blanches dans une longue case rectangulaire. Juste en dessous, l'inscription en anglais, réalisée en lettres dorées, disait : « British Passport ».

— Vous voyez ? Ce passeport, je l'ai acheté pour fuir la Chine, tout comme vous. Maintenant, je fais du commerce entre Hong Kong et ici. Je peux vous obtenir des passeports pour chacun de vous trois, mais… cela a un prix, bien sûr.
— Combien ? demanda Li Shui.
— Trois passeports… oui… non… plutôt six cents yuans. Cela fait deux cents par passeport. C'est véritablement un prix d'ami !
— C'est trop cher ! dis-je, méfiant.
— Attendez une minute, nous allons en discuter entre nous, dit Li Shui.

Nous remarquâmes aussitôt sa jolie montre dorée à son poignet, au moment où il alluma une cigarette. Dans un ton empreint d'incertitude nous échangèrent nos inquiétudes à voix basse.

— Six cents yuans, c'est pratiquement tout notre argent ! Je ne lui fais pas confiance, à ce type... soufflai-je.

Il fallait faire face à la réalité, nous n'avions que peu d'options pour entrer à Hong Kong.

— Nous avions besoin de ces passeports, fit remarquer Li Shui d'un ton résigné.

Qingyu, visiblement peu convaincu, ajouta :

— Après tout, peut-être qu'il peut réellement nous aider.

— Je pense qu'il ne faut pas lui faire confiance, point final. Nous devons essayer autre chose, dis-je soucieux et légèrement énervé.

Alors que nous pesions le pour et le contre, Liu Fang s'approcha de nous, interrompant notre discussion :

— Désolé, mais je suis pressé. J'ai un rendez-vous à honorer. Je repasserai demain, et si vous êtes d'accord, je pourrai faire une demande de passeport à mes amis anglais, annonça-t-il rapidement.

Li s'empressa de lui poser une question :

— Combien de temps faudra-t-il pour obtenir nos passeports ?

— Deux ou trois jours... C'est généralement le délai requis.

— Très bien, alors à demain, acquiesça Li Shui.

Liu Fang s'avança jusqu'au check-point, montra son passeport et entra sans difficulté. Qingyu se mit à sourire :

— Avec une jolie montre comme celle-ci, il doit être une personne importante à Hong Kong.

— Moi, avec une montre comme ça, je la revendrais et m'achèterais un énorme dîner, avec des nouilles, du crabe et du bœuf, dis-je, une main posée sur mon ventre qui gargouillait.

Nous nous éloignâmes en silence et trouvâmes un refuge précaire près d'une vieille maison de pêcheur abandonnée. Nos estomacs criaient famine, rappelant cruellement l'absence de repas depuis des heures.

Le vent s'infiltrait entre les tuiles de la maison, brisant un silence si profond qu'il en devenait presque oppressant. De notre côté, seules quelques lanternes vacillaient, perçant timidement l'obscurité, tandis que, du côté de Hong Kong, un océan de lumières scintillait à l'horizon, vibrant d'une vie lointaine, et pourtant si proche. La nuit, qui s'était interminablement étirée, avait été éprouvante, remplie d'incertitudes et de murmures sourds emportés par le vent.

Enfin, à l'aube, Liu Fang réapparut. Après avoir compté les billets devant lui avec soin, nous lui remîmes l'argent. D'un geste, il sortit de sa poche une petite feuille, qui contenait une adresse, ainsi qu'une phrase écrite en cantonais : « *Heoi diu nei dei.* »

Nous scrutâmes les caractères inscrits, mais pour nous, ils n'avaient tout simplement aucun sens. Seule l'adresse était inscrite en mandarin.

— Il faut prendre des photos. Allez-y pour moi et dites au photographe que c'est pour des photos d'identité. Moi, je retourne à Hong Kong de ce pas pour commander vos passeports.

Il jeta un coup d'œil à l'heure affichée sur sa superbe montre, nous sourit et nous dit :

— On se retrouve ici vers 13 heures. Ne tardez pas, s'il vous plaît, j'ai absolument besoin de ces photos !

Liu Fang franchit le *check-point*, jeta un dernier regard derrière lui, puis s'éloigna rapidement, se fondant dans la foule qui l'engloutit en un instant.

De notre côté, nous partîmes à l'adresse indiquée. En arrivant, nous restâmes figés, incrédules, devant un bâtiment de cinq étages réduit à l'état de ruine. L'amère vérité nous frappa alors : Liu Fang nous avait bel et bien dupés.

Peut-être avions-nous mal compris l'adresse, et les mots écrits en cantonais pouvaient peut-être la compléter. Nous interpelâmes alors une personne pour lui demander de traduire ce qui était écrit. La phrase disait : allez-vous faire foutre.

Je m'en voulais de ne pas avoir été plus insistant et d'avoir vu mes avertissements ignorés par Li dès le départ. Une colère sourde était montée en moi, et l'envie de réprimander mon ami m'avait brûlé les lèvres. Cependant, cela n'aurait servi à rien.

Je pouvais voir sur le visage de Li Shui qu'il regrettait de ne pas m'avoir écouté. Qingyu, elle, avait les larmes aux yeux. Li sortit l'argent qu'il lui restait de sa poche : seulement 70 yuans pour atteindre Hong Kong. L'intérieur de sa poche de pantalon, retourné et pendant mollement, telle une langue de tissu desséchée, acheva d'alourdir le poids de notre désespoir.

Nous errions désespérément le long de la frontière, scrutant chaque recoin à la recherche d'une échappatoire. Mais la sécurité était implacable : chaque passage, était surveillé de près et le risque de se faire attraper bien trop grand.

Les gardes chinois, lourdement armés, patrouillaient en voiture, prêts à déjouer la moindre tentative. De l'autre côté, les militaires anglais avaient reçu l'ordre de tirer sans sommation sur les clandestins.

Après avoir de nouveau défié les gardes chinois en traversant le pont sur la grande rivière des Perles, nous arrivâmes à Zhucun, près de la baie. À ce moment-là, nous étions… comment dire… triste n'était pas le mot juste, plutôt terriblement déçus, en proie à une forme de désespoir.

Nos seuls abris étaient les galets gris et blanc pâle sur lesquels nous nous allongions, en proie à la fatigue. Les mouettes, d'un mépris insolent, nous survolaient, puis éclataient de leurs rires bruyants lorsqu'ils s'approchaient pour récupérer les quelques miettes de nourritures dispersées près de nous. Leurs gros becs avides saisissaient les restes avec une dextérité déconcertante.

Au loin, les bateaux s'éloignaient, voguant vers l'horizon infini, emportant avec eux nos rêves de liberté et nos incertitudes. Après deux jours d'errance, un vieux pêcheur croisa notre chemin. Ses yeux fatigués s'étaient posés sur notre étui à violoncelle. Il avait le visage marqué par les années passées à défier les éléments, et les joues creuses. Il s'approcha timidement, en triturant ses gants de pêche :

— Nǐ hǎo, lança-t-il. Vous savez jouer du violoncelle, jolie mademoiselle ?

Qingyu répondit d'une voix incertaine :

— Oui... Enfin, j'essaie de m'améliorer chaque jour.

Les yeux empreints de nostalgie, il poursuivit :

— J'ai un fils… Lui aussi joue du violoncelle. Ça fait des années que je ne l'ai pas vu, mais je sais qu'il continue à jouer. Il vit avec sa mère maintenant. Elle s'est remariée avec un type qui travaille dans un magasin de costumes, là-bas, à Hong Kong. Je suppose qu'elle ne supportait plus l'odeur du poisson.

— Nous cherchons un moyen d'entrer à Hong Kong, camarade ! dit Li Shui, en lui coupant presque la parole.

Un court silence s'ensuivit.

— Ah ! Je vois, murmura-t-il en plissant les yeux. Eh bien, vous êtes tombé sur le bon pêcheur. Je peux vous y emmener, mais il y a une condition.

Li Shui se redressa :

— Nous n'avons pas d'argent, vieil homme ! s'énerva Li Shui.

Le pêcheur le rassura :

— Non, non, ne vous en faites pas. Je veux simplement entendre un petit air de musique classique. Cela fait tellement longtemps.

Je me redressai à mon tour et balayai la poussière qui s'était accumulée sur mon pantalon :

— D'accord ! m'exclamai-je. Comment allez-vous nous y conduire ?

Le pêcheur esquissa un sourire fatigué, et pointa du doigt un vieux bateau de pêche :

— Il y a quelque temps déjà, une bande de saltimbanques m'a demandé la même chose. Vous allez monter à bord du bateau le plus rapide de la mer de Chine.

Intrigué, je m'approchai de lui, curieux de découvrir ce qu'il allait dire :

— Ils ne s'appelaient pas la Troupe de la Luciole d'orée ? lui demandai-je.

Il se toucha le ventre en souriant :

— Mon petit, je ne me souviens même pas de ce que j'ai mangé ce matin au petit déjeuner, alors ne m'en demande pas trop.

— Très bien, quand pouvons-nous partir ? demanda Li Shui.

— Quand vous êtes prêt !

— Pourquoi prendre autant de risque pour nous ? Nous sommes des étrangers pour vous, lui demandai-je.

Il se gratta le cou d'un air désinvolte :

— À mon âge, prendre des risques, c'est devenu une habitude…, dit-il avec un sourire malicieux, ses yeux pétillant d'une lueur espiègle.

Il marqua une pause, comme pour laisser ses mots résonner, avant d'ajouter en riant :

— Et puis, on dit que j'ai un grain de folie.

À ce moment-là, le doute commença à m'envahir : pouvions-nous vraiment lui faire confiance ? Pourtant, sa démarche tranquille et sa gentillesse finirent par nous rassurer. Peu à peu, nous nous laissâmes convaincre et le suivîmes à bord.

À l'intérieur, deux autres pêcheurs nous accueillirent chaleureusement. Sur le côté du bateau, une inscription peinte en noir attira notre attention : « Hēi Zhēnzhū », un nom aussi mystérieux que rassurant.

— Vous avez donné un nom à votre bateau ? demanda Qingyu, d'un air joyeux.

— Oui, c'est vrai, un bateau sans nom porte malheur. Mais je néglige mes bonnes manières devant une si belle demoiselle. Je vous en prie.

Il la laissa passer devant lui, se pencha légèrement, puis, d'un geste de la main, lui fit signe de bien vouloir monter. Il reprit :

— Je suis Qing Yuan, le capitaine de cette humble bicoque. Le gros balourd derrière vous, c'est Yang Li, et le fil de fer à côté, c'est Fan-Jiang. Nous vous souhaitons la bienvenue à bord de la *Perle noire* !

Le vieil homme m'avait bien fait rire avec sa façon théâtrale de se présenter. On aurait dit un personnage tout droit sorti d'un conte européen sur la piraterie. À bord, le sol humide et glissant rendait chaque pas incertain, tandis que les effluves de poisson mêlés à l'air marin nous piquaient les narines.

Plus qu'une ligne colorée et informe, peu à peu, la côte s'éloigna, emportant avec elle notre histoire et notre passé. Li Shui, pâle comme un linge, fut rapidement pris de mal de mer et vomit par-dessus bord. Qingyu et moi, en revanche, fûmes étonnés de ne ressentir aucun malaise. D'après les dires de Qing Yuan, il semblait que nous ayons le pied marin.

Une bonne heure plus tard, le capitaine alluma des morceaux de pneu dans un vieux tonneau de fer rouillé. Tourbillonnant au-dessus de nous, une épaisse fumée noire s'éleva dans les airs. Nous trouvâmes cela étrange.

Intrigué, je finis par lui poser la question :

— Pourquoi brûlez-vous ces morceaux de pneu ?

— Regarde et attend…

Le bateau coupa son moteur, et les trois pêcheurs vinrent s'installer près de nous. Je les observais avec méfiance, et scrutais chacun de leurs mouvements. Li Shui, fit glisser Qingyu derrière lui. Je remarquai qu'il avait déjà sa main plongée dans sa poche. Il était prêt à sortir son couteau. Son regard tendu ne laissait aucun doute : lui non plus ne leur faisait pas confiance. Soudain, un puissant coup de corne de brume nous fit sursauter. Nous nous retournâmes et aperçûmes à l'horizon un bateau qui, sorti de l'horizon, arrivait vers nous. Peu après, une dizaine d'embarcations apparurent, leurs coques marquées par le temps. Ils éteignirent leurs moteurs et nous entourèrent.

Le capitaine, ayant lancé le signal pour les faire venir, leur annonça qu'il allait leur faire écouter de la musique classique. Tous furent enchantés, surpris par cette diversion qui sortait de leur quotidien.

L'atmosphère électrique s'était dissipé, emportée par les bruissements du vent, chargé d'humidité et d'odeur salée. Li Shui, à nouveau mal à l'aise, esquissa un sourire maladroit avant de se diriger vers l'avant du navire pour vomir.

Nous ouvrîmes nos étuis et nous nous installâmes du mieux que nous pouvions. Le bateau tanguait légèrement, mais pour impressionner notre public, je grimpai sur une petite caisse en bois, ce qui me donna un peu de hauteur.

Depuis notre fuite des montagnes Jaunes, nous n'avions pas eu l'occasion de jouer. Maintenant, bercés par les vagues dansantes, sous un ciel bleu éclatant et le visage poudré de sel, nous entamâmes notre duo. La sonate que nous avions déjà jouée, intitulée « *Allegro* », résonna. Tandis que nous commencions les premières notes, mon regard se perdit un instant dans l'immensité lapis-lazuli de la mer, parsemée de reflets scintillants.

Je fis glisser la mèche de crin de mon archet sur les cordes de mon violon, libérant une douce vibration. J'aimais ce contact intime entre l'instrument et moi. Tel un cavalier chevauchant les embruns marins, les premières notes de mon violon s'élevèrent. Ce n'étaient pas seulement les accords d'une sonate centenaire, ce furent aussi les voix d'êtres qui criaient pour leur liberté.

Le son puissant de Vent d'Ouest me saisit alors, apportant à la composition une unité parfaite. La mer, pleine de vie, semblait danser, ses vagues ondulant en harmonie avec notre mélodie.

À l'exception du capitaine, c'était la première fois que les autres pêcheurs écoutaient de la musique classique.

Lorsque nous terminâmes notre sonate, un silence s'installa un instant, avant que les pêcheurs n'applaudissent de bon cœur. Nous leur rendîmes un salut avec gratitude. Quelques minutes plus tard, les bateaux se dispersèrent et nous reprîmes notre cap.

Le navire remonta l'un de ses filets de pêche. À l'intérieur, les dorades royales frétillaient, entourées de mérous imposants et de grands poissons aux écailles vertes. Le filet s'ouvrit brusquement, faisant dégringoler les poissons sur le pont.

Curieux, nous nous approchâmes pour observer de plus près ces créatures aux écailles d'un vert profond.

— C'est des *Mahi-Mahi*, dit Yang Li en pointant les poissons qui s'agitaient. Ils peuvent peser jusqu'à 40 kilos, je crois.

Tout à coup, le capitaine, visiblement paniqué, s'élança vers nous :

— Une patrouille anglaise ! Vite, les gamins, cachez-vous sous la bâche !

La grande bâche bleue, délavée et sale, que le capitaine Qing Yuan avait soulevée, était humide et sentait le poisson.

— Ne perdons pas de temps ! ajouta-t-il, visiblement agacé.

Nous nous cachâmes sous la bâche sans poser de questions, nos instruments pressés contre nous. À travers les petites déchirures usées par le temps, la lumière du jour filtrait, projetant des éclats de clarté dans notre refuge improvisé. Dans cet espace confiné, je distinguais le visage de Qingyu, qui, étrangement, me souriait.

Jamais elle n'avait été aussi proche de moi, et cette proximité inattendue ne m'avait pas déplu. Pourtant, l'instant était chargé d'une angoisse terrible. Elle prit ma main dans la sienne, créant une connexion silencieuse entre nous. Elle avait vu sur mon visage que j'avais peur, et il y avait de quoi : les garde-côtes anglais tiraient à vue sur les clandestins qui tentaient de pénétrer à Hong Kong.

Pendant ce temps, Qing Yuan, avec précaution, continuait à scruter le bateau anglais à l'aide d'une vieille longue-vue en cuivre.

— Yang Li ! appela-t-il.

— Oui, capitaine !

— Sors le deuxième filet de pêche, déverse-le sur la bâche, vite !

— Oui, capitaine !

Yang Li s'empressa d'obéir aux ordres. Les poissons, suffocants, nous tombèrent dessus, et nous ressentîmes de petits coups de poing avant d'être écrasés au sol sous leur poids.

Nous étions maintenant dans le noir total, et il devenait de plus en plus difficile de respirer. Malgré tout, nous pouvions entendre les sons étouffés de l'extérieur.

Deux soldats montèrent à bord. On entendit leurs pas résonner sur le pont. Leurs rires moqueurs s'élevèrent, empreints d'une ironie glaçante. Soudain, la longue lame d'une baïonnette, fixée au fusil d'un soldat, transperça la bâche avec un bruit métallique. Elle s'enfonça dans la chair des poissons et la lame passa si près de moi qu'elle se figea entre mon visage et celui de Qingyu. Nous séparant d'un simple souffle, la lame se souleva, traçant un autre chemin à travers la chair des poissons, avant que nous n'entendions le soldat dire :

— I have nothing to report, sir ! (Il n'y a rien à signalé sergent)

Nous étions terrifiés. Quelques minutes plus tard, la patrouille maritime s'éloigna, et les pêcheurs restèrent sur leurs gardes, attendant le moment propice pour nous libérer. Lorsque la bâche fut enfin soulevée, un immense soulagement nous envahit. Nous pouvions enfin respirer et, avec une pointe de stupéfaction, réaliser que nous étions toujours en vie.

La patrouille anglaise, tout comme les pêcheurs avant eux, avait repéré la fumée noire qui s'était échappée de notre bateau. Ils savaient que cela signifiait un rassemblement de navires, et c'était souvent à ce moment-là que certains pêcheurs en profitaient pour faire de la contrebande. C'est pour cette raison unique que, ce jour-là, nous avons eu la visite des soldats anglais.

Un large sourire illuminait le visage de Qing Yuan :

— Le poisson voit l'appât et non l'hameçon ! Vous avez eu de la chance, les gamins ! s'exclama-t-il.

Ses sourcils se froncèrent en remarquant le visage blafard de Li Shui.

— Hé là, mon petit, ça va aller ? ajouta-t-il d'un ton ironique.

Li Shui, silencieux et le visage défait, nous observa brièvement avant de se diriger vers la rambarde bâbord pour vomir. Qingyu s'approcha pour le soutenir, tandis que mon regard restait fixé sur l'horizon, attiré par les silhouettes sombres qui se dessinaient au loin.

Les côtes se rapprochaient peu à peu, et les montagnes, visibles à travers les nuages laiteux qui se dissipaient, offraient plus qu'un simple espoir : elles représentaient le réconfort d'un avenir meilleur, le soulagement de mes angoisses et de mes doutes.

Un frisson d'excitation nous saisit lorsque le bateau s'approcha du rivage. Entre la terre et nous, il n'y avait qu'une vingtaine de mètres. La plage s'étendait sur une dizaine de kilomètres, bordée par des groupes d'arbres, des buissons et des rochers.

D'un saut audacieux, nous quittâmes le pont, plongeant dans l'eau froide qui nous atteignit jusqu'aux genoux.

— Adieu, mes amis. Bonne chance ! s'écria le vieux capitaine, en levant la main.

Nous nous hâtâmes vers la plage battue par les vagues. Une fois nos pieds sur le sol ferme, épuisé, je m'effondrai sur les petits galets blancs. Enfin, nous y étions.

— Nous sommes enfin libres ! criai-je, avant de me relever et de tendre la main vers le bateau pour lui dire au revoir et merci.

Nous avions échappé aux dangers, à la répression et à la peur. Dans cet instant de bonheur, nous nous sentions enfin véritablement libres. Après cette brève euphorie, nous nous mîmes à laver nos vêtements gorgés d'odeur de poisson.

Nous nous étendîmes nus sur la plage. Allongés sur le dos, nos yeux se perdirent dans les nuages, tandis que le rythme des vagues aux écumes blanches caressait nos pieds et nos chevilles.

Nous étions d'une certaine naïveté, je l'admets, ne mesurant pas encore l'ampleur de la réalité qui s'annonçait devant nous. On s'était mis à rire bêtement, imaginant notre futur.

Néanmoins, en cet instant précis, peu importaient les gémissements, la douleur, les cris ou les larmes qui émaillaient notre monde, qu'il fût passé ou futur. Seul importait le présent, cet instant fugace où nous nous abandonnions totalement.

— Il paraît qu'à Hong Kong, les rues sont pavées d'argent et que les gens sont tous gros, car ils mangent beaucoup trop, dit Qingyu d'un ton convaincu.
— J'ai entendu dire que, dans la ville, il y avait une tour si haute qu'on pouvait voir Pékin, dit à son tour Li Shui, joyeux.

Naïvement, j'imaginais autre chose, en lien cependant avec ce qu'il venait de dire : un quartier rempli de magasins de musique, où les gens dansaient du matin au soir, car ils étaient libres.

Qingyu fixait l'horizon, où la surface de la mer scintillait sous les milliers d'étoiles éblouissantes. Elle glissa une main dans ses cheveux humides, un léger sourire aux lèvres. Dans ses yeux, je lisais un désir profond : celui d'explorer, d'aller au-delà… de s'aventurer dans cet inconnu qui, encore hier, l'avait terrifiée, mais qui, aujourd'hui, effleurait sa peau d'une brise salée et la faisait frissonner délicieusement.

Après avoir enfilé mon pantalon humide et retroussé les ourlets jusqu'en bas de mes genoux, je m'éloignai seul sur la plage, leur laissant un peu d'intimité.

Là, face à la mer, mes pieds dans le va-et-vient des vagues, je me mis à penser à mes parents, à ma vie d'avant, et à cet endroit magique où tous les possibles pouvaient devenir réalité. Machinalement, je me retournai. Li Shui tenait la main de Qingyu. Si j'avais été plus près, j'aurais pu entendre leurs conversations.

—

> — Tu sais... j'adore quand on rigole... j'aime la façon dont ta bouche se pince quand tu ris. Il faudrait qu'on ait plus de joie dans nos vies, plus de moments agréables. Je veux te voir heureuse, et je ferai tout mon possible pour que cela devienne réalité.
> — Quand je suis avec toi, je suis heureuse. Je n'ai besoin de rien d'autre...

Leurs lèvres se rencontrèrent dans un baiser doux et plein de tendresse. Lentement, elle posa sa tête sur son épaule.

—

L'horizon se découpait sous un ciel parsemé de nuages blancs effilochés, et l'eau, caressant doucement le rivage, reflétait les rayons du soleil en un scintillement de milliers d'étoiles. Sous mes pieds, les galets arrondis étaient étonnamment lisses, et à mesure que j'avançais, leur contact rassurant m'incitait à ralentir et à me perdre dans cette quiétude.

Au-dessus de moi, les oiseaux marins planaient avec grâce, leurs cris aigus se mêlaient au murmure du vent. Il y avait longtemps que je ne m'étais senti aussi bien. Les bruits du port, plus loin, se mêlaient aux échos de la civilisation grouillante. Il était temps de partir.

Nous arrivâmes dans le quartier ancien de Sheung Wan, où les murs des bâtiments décrépis murmuraient des histoires oubliées. Nous quittâmes peu à peu cet endroit imprégné de traditions, pour pénétrer dans la nouvelle ville.

La première chose qui nous frappa fut la majesté des gratte-ciel qui se dressaient devant nous. Le contraste entre l'ancien et le nouveau était saisissant.

C'était un bourdonnement vibrant, un essaim d'abeilles en colère qui jonchait les rues animées de Ba Yuan Wan. Les rues étaient bondées de personnes pressées, tandis que les odeurs de nourriture exotique et le bruit incessant des voitures et des passants animaient l'atmosphère dans une effervescence brutale. Nous étions à la fois émerveillés et déconcertés par cette nouvelle réalité.

Nous nous laissâmes emporter par le flot incessant des passants, pénétrant ainsi au cœur de l'agitation qui animait les rues. Tout cela était nouveau pour nous, et, à vrai dire, je ressentais une certaine angoisse, un mélange de peur et d'émerveillement.

La foule grouillante, le bruit assourdissant des voitures européennes qui klaxonnaient, les vélos filant à toute vitesse, et les imposants bus à deux étages défilaient devant nos yeux écarquillés. Plus nous nous enfoncions dans le centre-ville, plus j'avais l'impression d'étouffer.

Aux fenêtres, des visages curieux observaient le quartier, tandis que des chiens errants, maigres et décharnés, fouillaient les poubelles à la recherche de nourriture. Sur les trottoirs, des personnes ivres gisaient, témoignant des excès de la vie urbaine.

Parmi la foule, des hommes et des femmes européennes se faisaient transporter dans des pousse-pousse. De temps en temps, des cris de disputes s'élevaient, se mêlant aux voix des racoleuses qui nous accostaient, tentant de nous attirer vers leurs salons de massage.

Le long des trottoirs, des rats se faufilaient, ajoutant une touche d'étrangeté à cette scène vibrante.

C'était donc cela, le prix de la liberté ? Tous nos fantasmes sur cette nouvelle vie s'étaient écroulés en un instant : pas de quartier rempli de gens qui dansent, pas de personnes obèses, pas de rues pavées d'argent, pas de tour d'où l'on pouvait apercevoir Pékin.

Ignorant ma présence, un homme me bouscula sans s'excuser. Lorsqu'il m'a regardée, une lueur de haine s'est mise à briller dans ses yeux. J'appris plus tard que, pour les habitants de la ville, nous n'étions que des *Daaihluhkyahn*[5]. Il nous avait identifiés, à cause des vêtements que nous portions et de notre coupe de cheveux.

Bientôt, la nuit nous enveloppa de son manteau, révélant l'éclat des lumières dorées des publicités et des enseignes qui illuminèrent les rues. Nous nous retrouvâmes plongés dans une ambiance

---

[5] Daaihluhkyahn, translittération du chinois mandarin, qui signifie « chinois du continent ».

théâtrale sans fin, où tout n'était que spectacle en perpétuel mouvement. Puis, nous pénétrâmes dans le quartier de Yaumatei, sans savoir que cet instant marquerait un tournant décisif dans nos vies.

Ce lieu allait se révéler être le point de départ d'une nouvelle aventure, dont nous ne soupçonnions pas encore l'ampleur ni les conséquences. À cette époque, l'atmosphère y était bien différente de celle d'aujourd'hui. Les rues étaient bordées de vieilles bâtisses aux tuiles vertes, rappelant les temples traditionnels de Chine, avec leurs toits élégamment recourbés.

Des échoppes de toutes sortes se côtoyaient, formant une véritable mosaïque de saveurs et de couleurs. Une odeur distinctive planait également, facilement reconnaissable, qui démarquait cet endroit des autres zones de la ville. C'est ici que nous décidâmes de prendre notre premier repas, dans un charmant Dai pai dong.

Derrière son comptoir, la dame, occupée à préparer ses spécialités, nous offrit le spectacle de canards laqués suspendus, de morceaux de poitrine de porc luisants sous la chaleur et de saucisses parfumées qui dégageaient une senteur irrésistible. À côté, des paniers en bambou renfermaient d'autres délices encore plus mystérieux.

L'agitation autour de nous, mêlée aux rires et aux échanges des habitués, créait une ambiance vibrante et chaleureuse. La vieille cuisinière, dont le visage rayonnait de bonté et de bienveillance, perçut immédiatement que nous étions des étrangers. Elle s'approcha de nous avec un sourire chaleureux et, d'une voix douce en mandarin, nous dit :

— Nĭ hăo ! Prenez ma carte, je vous en prie, et choisissez ce qui vous plaît. Ici, tout est délicieux ! nous dit-elle.

Très vite, nous remarquâmes que son accent n'était pas cantonais. En haut de la carte, je lus le nom du restaurant : « Les Saveurs de Song ». La liste des plats proposés était interminable, mais je choisis des nouilles sautées aux légumes et aux crevettes. Li Shui, quant à lui, opta pour des raviolis à la vapeur, tandis que Qingyu, attiré par l'odeur, succomba au délice d'un plat de canard laqué accompagné de légumes.

Les prix, parfaitement adaptés à notre maigre budget, nous avaient permis de déguster ces festins sans culpabilité, d'autant plus que nous avions préalablement échangé nos yuans contre des livres sterling. Après tout ce que nous avions traversé, la faim, la peur, la fatigue, évoluer dans ce monde à la fois réel et irréel n'avait pas été un luxe, mais une douce récompense.

Au milieu de notre repas, la vieille dame nous demanda si elle pouvait nous poser une question. Surpris, nous lui répondîmes, oui.

— Que diriez-vous de gagner un peu d'argent ? nous dit-elle, sans détour.

Curieux, nous la fixâmes, attendant ce qu'elle voulait nous proposer.

— J'ai remarqué que vous avez des étuis, cela me semble être un violoncelle et un violon, continua-t-elle. Que diriez-vous de jouer de la musique pour moi ? Ainsi, vous attireriez des clients, et en échange, je vous nourrirais gratuitement. Les pourboires seront à vous.

— Très bien, nous jouerons pour vous ! déclara Li, enchanté par cette proposition.

— Ah, vous avez pris une bonne décision, se félicita la vieille dame. Je m'appelle Hui-Ying et, pour sceller notre accord, je vous offre le repas.

Qingyu et moi échangeâmes un regard. Li Shui avait pris la décision pour nous, et sur le moment, nous nous sentions piégés. Il aurait au moins pu nous consulter avant. Bien que ses intentions fussent bonnes et que cela puisse être un bon début pour gagner de l'argent, nous n'avions pas eu notre mot à dire.

Nous ouvrîmes nos étuis et je m'installai à côté de Qingyu. Nous décidâmes d'interpréter une sonate pour violon et violoncelle de Ravel. Jouer dans cette rue me mettait légèrement mal à l'aise. Cependant, en fermant les yeux, je me laissai emporter par la mélodie. En un instant, une foule se rassembla autour de nous.

C'était la première fois que des musiciens jouaient de la musique classique dans ce quartier, et leur curiosité se manifestait clairement.

Les passants s'arrêtaient, intrigués par les sons émanant de nos instruments. Les bruits de la rue s'atténuèrent, laissant place à notre interprétation. Des enfants s'assirent par terre, tandis que des travailleurs pressés ralentissaient leur allure, captivés par cette nouveauté. Les jolies notes se fondaient harmonieusement dans l'atmosphère animée du lieu. Émus par notre musique, les visages s'illuminaient de fascination et de sourires.

Je ne sais pas pourquoi, mais à cet instant, je me mis à pleurer. Peut-être était-ce dû à la fatigue, ou au sentiment que nous étions enfin libres. Et puis, nous étions là, avec nos instruments, libres de jouer ce que nous voulions, sans répression, sans violence, sans souffrance…

Lorsque je tournai la tête, je vis Li Shui, les larmes aux yeux, qui essayait de finir son repas. Quant à Qingyu... elle aussi pleurait, bien sûr, mais elle souriait. C'était sa façon de dire merde à toutes les galères que nous avions vécues jusqu'à présent.

Chapitre 12

La proposition

Janvier 1970

Madame Hui-Ying, la propriétaire du restaurant, était originaire de la province du Sichuan. Elle s'était montrée très gentille avec nous, et particulièrement avec Qingyu, qu'elle considérait un peu comme sa fille, lui offrant souvent des cadeaux. En tant que veuve, elle gérait son commerce avec autorité.

À cette époque, notre logement était un simple studio, si l'on peut vraiment l'appeler ainsi. C'est Madame Hui-Ying qui avait réussi à le trouver pour nous. Il se composait de trois pièces : deux chambres et un petit salon. La cuisine et les toilettes étaient partagées entre les familles de l'immeuble et se situaient sur le palier.

Les immeubles modernes, situés en ville, contrastaient fortement avec ceux à l'extérieur, qui ressemblaient à des constructions rudimentaires, presque improvisées. Pourtant, même ces bâtiments urbains semblaient entassés comme des boîtes de conserve, les uns à côté des autres et les uns sur les autres. Lorsqu'on ouvrait la fenêtre, on apercevait les autres appartements et la vie des habitants qui s'y déroulait.

Je me souviens encore, avec une vive nostalgie, des linges qui dansaient aux balcons, des plantes suspendues aux fenêtres, et des effluves de nourriture et de friture qui embaumaient les escaliers et les paliers. Je revois ces grand-mères, courbées, mais résilientes, à qui j'offrais mon aide pour monter leurs courses. Ces habitants, bien que pauvres, portaient une dignité fière.

Nous avions un voisin qui habitait en dessous de chez nous. Il était… comment dire… énervant. Non, ce mot n'est pas tout à fait juste : il était plutôt irritant et agaçant. C'était le genre de personne qui croyait tout savoir, toujours prêt à discourir sur n'importe quel sujet, même les plus triviaux. Il avait cette fâcheuse habitude de vous entraîner dans des conversations interminables. D'ailleurs, je ne connaissais même pas son nom. Je me contentais de lui lancer un simple :

— Bonjour, monsieur.

Ah, allez, franchement, vous en avez bien un dans votre entourage, non ? Le mien était grand, le crâne légèrement dégarni, avec cette allure un peu vieillissante qu'on associe souvent aux types sérieux. Il avait une façon bien à lui de froncer les sourcils, même sans raison, ce qui lui donnait l'air de faire la tête en permanence. Bref, je partais, sans jamais m'attarder, car s'il vous attrapait dans une conversation, il valait mieux prévoir d'y passer l'après-midi.

Depuis que nous avions accepté de travailler pour le restaurant, une routine s'était peu à peu installée. En général, je jouais pendant la journée, tandis que Qingyu prenait le relais le soir, lorsque le service devenait plus calme.

C'est au cours de ces premières semaines que nous avons fait la connaissance d'un individu… Le qualifier d'étrange serait insuffisant. Non, « énigmatique » : voilà un mot qui lui convenait bien mieux.

Une après-midi, une voiture d'un pourpre profond, conduite par un chauffeur vêtu d'un élégant costume noir, s'arrêta près du restaurant. Il s'agissait d'une *Bentley*, un véhicule qui, à l'époque, n'était accessible qu'aux plus fortunés.

L'homme installé à l'arrière semblait apprécier les sonates que j'interprétais. À ses côtés se trouvait une jeune fille dont le visage restait indistinct, mais mon attention était captivée par la manière dont elle enroulait nerveusement les mèches de ses longs cheveux autour de ses doigts.

À la fin du morceau, le chauffeur sortit de la voiture et, sans un mot, me tendit un billet de cent dollars. Lorsque je m'approchai pour le prendre, le visage de l'homme installé à l'arrière se dévoila plus clairement. Ses tempes grisonnantes, sa fine moustache et son expression impassible semblaient raconter, à travers ses rides, une vie marquée par le pouvoir et les intrigues. Lorsque son regard glacé rencontra le mien, je compris aussitôt qu'il représentait un danger.

La *Bentley* repartit lentement, se fondant dans le tumulte de la circulation avant de disparaître.

La sensation du billet de cent dollars entre mes mains était presque irréelle. À l'époque, c'était une véritable fortune. Lorsque je repris ma place, je demandai à madame Hui-Ying si elle connaissait ce généreux donateur.

Elle me répondit discrètement, en détournant les yeux, qu'il s'agissait de monsieur Huàng et qu'il valait mieux ne pas chercher à en savoir trop sur lui. Elle ajouta que c'était dangereux, car il était l'un des *Lǎobǎn* de la ville, un homme puissant dont la curiosité excessive pouvait avoir des conséquences fâcheuses. Sa réponse me déconcerta, car c'était la première fois que j'entendais parler de ces « patrons » à Hong Kong. Je compris, au ton de sa voix, ce qu'elle sous-entendait : il s'agissait d'un criminel. L'homme, âgé d'environ cinquante ans, était un puissant *Lóngtóu*[6]. C'était le genre de personne qu'il valait mieux éviter de contrarier.

La musique classique que nous jouions commença à attirer un public, et les commerçants nous en étaient reconnaissants. Un jour, un touriste nous confia qu'à Paris, il avait déjà vu des musiciens jouer de la musique classique dans un lieu nommée Montmartre. Nos mélodies ravivaient en lui les souvenirs de sa petite escapade en France.

Dans ce quartier, lorsque l'on entrait dans un bar, il y avait six chances sur dix que les gens parlent de Qingyu : « la fille des Saveurs

---

[6] Lóngtóu, signifie littéralement « tête de dragon ».

de Song », c'est ainsi qu'ils l'appelaient. Ce qu'il appréciait, ce n'était pas la musique qu'elle jouait, mais ses courbes et sa beauté à couper le souffle. Plus d'un homme était déjà venu voir madame Hui-Ying pour lui poser des questions à son sujet et savoir si elle accepterait de passer une soirée avec eux en échange d'argent. Cela mettait madame Hui-Ying en colère. Une fois, elle avait même lancé un bol de nouilles bouillantes au visage d'un client.

Quoi qu'il en soit, nous approchions du mois de février et du Nouvel An. J'avais une impatience palpable à l'idée de célébrer l'année du chien de métal avec mes amis. J'imaginais déjà le festin succulent qui nous attendait.

Un après-midi, alors que je me livrais à mon art dans Yaumatei, un homme d'une quarantaine d'années, aux cheveux blonds et au visage bouffi, s'approcha pour m'écouter. Son allure élégante était rehaussée par un choix vestimentaire soigné. Il se déplaçait avec une canne noire laquée, ornée d'un pommeau en argent à tête de lion. L'homme appréciait ma façon de jouer. Son regard en coin et son sourire léger me mettaient mal à l'aise.

Au fil des semaines, une habitude malsaine s'était installée : il se plaisait à caresser la tête du pommeau de sa canne en m'écoutant, un geste mystérieux qui ajoutait une dimension étrange à nos échanges de regards. Il émanait de lui quelque chose de sournois et d'obscur.

Lorsque nous n'étions pas plongés dans l'effervescence du restaurant, nous nous égarions dans les rues. Par moments, je m'arrêtais délibérément dans de modestes librairies, cherchant avidement des œuvres à prix modiques.

Depuis notre arrivée, notre soif de culture avait pris des proportions démesurées. Nous dévorions tout ce qui tombait entre nos mains, qu'il s'agisse de journaux, de poèmes ou de livres, créant dans notre modeste logement un amoncellement de lectures variées. J'achetais également des sonates de compositeurs étrangers et les étudiais. Une en particulier m'intéressait, celle du compositeur Paul Hindemith. J'aimais jouer ces nouvelles sonorités et perfectionner ma méthode. Ce n'était pas facile, mais j'y parvenais.

Je me souviens que Li Shui avait trouvé un roman intitulé : « *L'Aigle dans la neige* » de l'auteur anglais Wallace Breem. Le livre était écrit en anglais, et nous nous amusions à apprendre l'écriture et à déchiffrer les mots. Qingyu s'était montrée plus assidue que nous et avait rapidement appris la langue. Elle avait acheté des manuels scolaires pour étudier et bénéficiait parfois de l'aide de Hui-Ying, qui parlait anglais couramment.

Personnellement, je trouvais cette langue barbare. Il fallait toujours se pincer la langue, avant de parler. Non, mais sérieusement, cette langue reste encore un mystère pour moi.

C'est au cours de cette période d'apprentissage que j'ai rencontré Wei Lin. Elle était d'une douceur absolue et s'exprimait toujours avec une sérénité apaisante. La première fois que nos chemins se croisèrent, c'était en descendant pour jeter un sac à la poubelle.

Elle avait ce je-ne-sais-quoi dans les yeux, une lueur mystérieuse qui m'attirait, un subtil mélange de malice et de sensualité. Nos rencontres fortuites dans l'escalier devinrent des moments précieux, où je prenais plaisir à contempler son visage et à écouter sa voix lorsqu'elle s'adressait à quelqu'un.

Un après-midi, alors que je sortais Pluie de lune de son étui, l'homme occidental à la canne m'interpella.

— Bonjour, jeune homme. Je suis James O'Ryan. J'apprécie la finesse de vos notes lorsque vous jouez. Vos pièces sont toujours parfaites. Seriez-vous intéressé à animer une soirée ? L'un de nos violonistes nous a quittés, et je suis à la recherche d'un talent pour le remplacer. Bien entendu, vous serez rémunéré pour votre prestation.

J'étais à la fois surpris et fasciné par sa maîtrise du mandarin. Je croisai le regard de Hui-Ying, qui m'adressa un sourire encourageant, comme pour m'inciter à accepter sa proposition. Pourtant, cet homme me mettait mal à l'aise. Une intuition inexplicable me poussait à me méfier de lui. Ses yeux, empreints d'une lueur de prédation, me disaient de refuser.

— D'accord, dis-je malgré moi.

Il y a des moments dans la vie où tout déraille, et c'est exactement ce qui allait arriver deux jours plus tard.

Sous la caresse d'un doux après-midi, je me dirigeai vers l'adresse qu'il m'avait indiquée. L'hôtel, une majestueuse bâtisse aux murs de pierre crayeuse, se dressait fièrement au cœur d'une végétation luxuriante. « *The Peninsula* » était gravé sur une stèle de pierre grise, placée avec soin à l'entrée. Devant, des voitures de luxe, moteurs en marche, déposaient leurs passagers avant de s'éloigner.

L'hôtel se trouvait à la croisée de Nathan Road et de Salisbury Road, face au terminal de ferries et à quelques pas de l'ancienne gare de Kowloon. L'intérieur du hall était d'une somptuosité discrète, préservant toute la splendeur coloniale d'antan.

De gigantesques jarres en terre cuite, couleur châtaigne, étaient disposées le long des murs, ajoutant une touche d'authenticité à l'ensemble. Les grandes plantes vertes, habilement agencées, imprégnaient l'espace d'une sensation de fraîcheur. Des canapés et fauteuils en cuir marron étaient soigneusement installés, offrant aux clients un espace pour s'installer et profiter du bar dans une atmosphère raffinée.

Les convives présents étaient principalement des Occidentaux, vêtus avec une élégance qui rehaussait l'atmosphère d'une touche de chic. Leur démarche dégageait une confiance tranquille. Certains hommes, confortablement installés dans les fauteuils, savouraient des cigares, tandis que des femmes coquettes, coiffées de larges chapeaux à la mode, les accompagnaient avec une grâce indéniable.

Un groom, impeccable dans son uniforme, vint me chercher et me conduisit au douzième étage. La chambre qui m'attendait se révéla être une somptueuse suite. Le garçon, ganté de blanc, frappa trois fois à la porte. Lorsqu'elle s'ouvrit, un jeune homme au style aristocratique, coiffé d'une perruque frisée blanche et chaussé de souliers vernis, m'accueillit avec une courtoisie distante. Il m'informa qu'il fallait que je me change, puis m'emmena dans une petite pièce.

Là, il me tendit un costume parfaitement assorti, avec des dentelles délicates aux poignets, des chaussettes blanches immaculées, des souliers vernis éclatants et une perruque bouclée d'un blanc laiteux qui complétait l'ensemble.

Une fois vêtu, je me dirigeai, dans ce drôle d'accoutrement, vers les autres musiciens, près de la porte d'entrée. Parmi eux se trouvaient un violoncelliste et un violoniste. Dès qu'ils m'aperçurent, ils chuchotèrent et lancèrent des regards discrets sur ma tenue, avant qu'une femme élégante ne vienne nous chercher. Je ne voyais pas pourquoi ils se moquaient, puisque ces idiots étaient tout aussi ridicules que moi, dans leurs costumes.

Nous prîmes place sur une petite scène en bois, où trois pupitres avaient été installés, accompagnés d'une chaise pour le violoncelliste. En jetant un regard au nom du compositeur inscrit sur le cahier de partitions, je fus surpris. Il s'agissait d'une œuvre de « Thomas Linley le jeune », un compositeur anglais. C'était la première fois que je m'apprêtais à jouer cette sonate.

Mon entrejambe était trop serré et ma perruque était trop grande. Cela me grattait la tête et m'empêchait d'apprécier pleinement la beauté des lieux.

Dans cette luxueuse suite, les rêves avaient toute leur place. Au plafond, d'un blanc crème, pendaient des lustres en cristal qui ressemblaient à des pleurs de soleil. Les murs étaient recouverts de lambris et surchargés de moulures dorées. Le sol, quant à lui, était en marbre blanc. Au loin, vers le centre de la grande pièce principale, de magnifiques rideaux lourds et épais d'un pourpre profond, retenus par des cordons dorés, s'intégraient parfaitement au décor. Toutes les portes de la suite étaient blanches et certaines coulissaient.

Sur le mur derrière moi se trouvait un immense tableau représentant des femmes nues dans un jardin. Certaines tenaient des vases débordant d'eau, d'autres entouraient un imposant taureau noir aux grandes cornes. Les femmes, aux cheveux ambrés et platine, paraissaient envoûtées par l'animal, créant une scène à la fois intrigante et captivante. À ma gauche, un vaste canapé en velours vermeil, orné de coussins dorés, était accompagné de fauteuils.

Créant une invitation visuelle à la détente et à la délectation, de petites tables rondes laquées étaient disposées, offrant une sélection de rafraîchissements, de boissons alcoolisées et de fruits.

Lorsque je retirai Pluie de Lune de son étui en soie, mes deux acolytes fixèrent l'instrument étonné. Leur attitude changea instantanément, se faisant plus amicale et bienveillante. Un

Stradivarius avait ce pouvoir, surtout sur ceux qui en connaissaient la véritable valeur.

Prêt à interpréter la partition du mieux que je pouvais, je parcourus les notes du cahier, les jouant mentalement pour les assimiler, lorsqu'un événement inattendu se produisit.

L'une des grandes portes s'ouvrit dans un grincement, laissant entrer des hommes et des femmes nus, leurs visages dissimulés derrière des masques d'animaux ou de papillons. Ils s'installèrent sur les fauteuils et les canapés, éclatant de rire et discutant avec une énergie débordante.

Immédiatement, le jeune violoncelliste qui m'accompagnait entama la partition. C'était une mascarade érotique, où certaines femmes, le sourire aux lèvres, brandissaient des cravaches et guidaient des hommes à quatre pattes, en laisse.

Dans cet univers enivrant, je me sentais totalement déplacé. J'étais… troublé par la situation. Je tentais néanmoins de reprendre mes esprits. Lorsque vint mon tour de jouer, mes mains commencèrent à trembler, et cela se refléta dans mon interprétation.

Le violoniste et le violoncelliste me regardaient avec agacement, leur visage se tordant en grimaces.

Soudain, mes yeux se fixèrent sur un homme assez corpulent, aux cheveux blonds, qui se détachait de manière étrange au milieu de ce groupe de chair glabre. C'était monsieur O'Ryan, qui me fixait d'un regard tendu. Les mains sur les hanches, et malgré son masque représentant un porc, je pouvais discerner la grimace qu'il arborait.

Tout à coup, il fut interrompu par une femme à la poitrine opulente, qui s'agenouilla et commença à lui faire une fellation. Monsieur O'Ryan, la tête inclinée, les jambes légèrement pliées et écartées, commença à gémir de plaisir. Ses doigts boudinés s'enfoncèrent dans la chevelure cuivrée et épaisse de la jeune femme, l'incitant à aller plus loin.

À cet instant, j'avais été déconcerté, et les notes de Pluie de Lune s'étaient mises à dévier dangereusement, jusqu'à ce que je parvienne à me reprendre. Mes doigts, impatients de saisir les notes parfaites, effleurèrent les cordes avec une délicatesse presque électrique.

Autour de moi, une danse sensuelle se déployait. Hommes et femmes, en harmonie avec la symphonie charnelle, s'effleuraient, se caressaient, s'embrassaient. Leur mouvement fluide s'intégrait à la mélodie que je m'efforçais de maîtriser.

L'œuvre du compositeur britannique envahissait mes sens. Mon ouïe, plus aiguisée que jamais, captait chaque note émanant de nos instruments, saisissant pleinement l'intention que Thomas Linley avait voulu transmettre à travers cette sonate.

Elle imprégnait ma peau avec une délicatesse infinie, influençant le rythme de mon cœur, ma respiration, et l'ombre projetée sur un monde qui, à la fois, m'avait blessé, détesté et aimé.

Les notes de Pluie de Lune glissaient sur les corps des femmes nues, effleurant leurs peaux, caressant leurs généreuses poitrines aux tétons lilas, les enlaçant avec force par les hanches, avec une violence douce, sans fin.

Les hommes étaient tous blancs. Leur corps, pour certains courbés ou obèses, reflétait une certaine richesse, tout comme leur langage aristocratique. Ils portaient tous des chaînes, des bagues et des bracelets en or. Leur façon de regarder les serveurs et notre orchestre me glaçait le sang ; j'avais l'impression d'être du poisson frais sur un étal de marché.

Je baissai les paupières. Plongeant dans l'obscurité, je me focalisai sur Pluie de Lune. Plus rien ne respirait, à part mon violon. Lorsque les dernières notes résonnèrent, j'ouvris les yeux et, là, je fus paralysé sur place, saisi par une gêne profonde. Mes compagnons avaient arrêté de jouer, et le public silencieux me regardait, troublé.

Soudain, dissimulée derrière un masque en forme de papillon, une femme se mit à applaudir, puis l'ensemble des personnes présentes se joignit rapidement à elle. Je me retrouvai vite submergé par un mélange d'embarras et de confusion. Cherchant désespérément un refuge invisible au milieu de cette mer d'applaudissements, je baissai la tête et fermai les yeux.

Le violoniste qui m'accompagnait me tira brusquement la manche :

— Mais, qui es-tu au juste ?

Je m'assis, m'efforçant de garder mon calme sous les regards persistants qui continuaient de me mettre mal à l'aise.

— Je m'appelle Yáo Jun…

Un instant s'écoula.

— Je suis Lian Wén, me dit le violoniste. Et lui, c'est Yi Lojiang. Enchanté, de te connaître Yáo Jun. Cela faisait longtemps que nous n'avions pas entendu une interprétation aussi remarquable. En fait, jamais. Bon, la pause est terminée, il est temps de reprendre la musique, ajouta-t-il d'un ton encourageant.

Malgré les doutes qui m'assaillaient encore, je me levai, pris une profonde inspiration et me préparai à jouer à nouveau. Après tout, je ne pouvais pas laisser mes incertitudes me submerger. J'étais déterminé à continuer, à donner le meilleur de moi-même, même dans cette atmosphère étrange.

Les heures défilèrent. L'aube commença à poindre à l'horizon, et les invités de Monsieur O'Ryan, la tête enivrée par l'alcool, l'opium et la passion charnelle, commencèrent à quitter les lieux. Très vite, la suite se vida.

La suite ressemblait à présent à un dépotoir, mais je pense que, pour eux, cela ne reflétait qu'une expression de pouvoir, d'argent et de sexe. Ils avaient même déchiré, pour le plaisir, des coussins et écrasé des fruits sur le sol.

Monsieur O'Ryan, vêtu seulement d'une robe de chambre, s'avança vers nous pour nous régler. Après avoir soigneusement remis Pluie de Lune dans son étui, il m'invita à le suivre dans son bureau.

La pièce était empreinte d'une atmosphère mystérieuse. Sur les étagères en acajou, des livres anciens coexistaient harmonieusement avec des objets d'art venus d'autres pays. Monsieur O'Ryan s'installa derrière son imposant bureau en teck sombre, poli à la perfection et m'invita à m'asseoir en face de lui.

— Yáo Jun, vous avez un véritable talent musical, déclara-t-il d'une voix grave. Vous avez réussi à captiver l'audience avec votre interprétation... qui était remarquable.

Je ne m'attendais absolument pas à de tels compliments de sa part. Son visage, habituellement impassible, s'illuminait d'une lueur inhabituelle.

— J'ai une proposition à vous faire, reprit-il après un court silence. Je suis très investi dans le monde de l'art et de la musique, et je pense que vous pourriez être une véritable étoile montante. Vous pourriez gagner beaucoup d'argent en très peu de temps. J'aimerais devenir votre mécène, vous soutenir financièrement et vous aider à développer votre carrière.

Sa proposition me prit de court. Être soutenu par un homme aussi influent représentait une opportunité à ne pas négliger, mais une part de moi demeurait méfiante.

> — Je vous remercie pour votre proposition, Monsieur O'Ryan, répondis-je d'une voix calme. Cependant, j'ai besoin de réfléchir avant de prendre une décision.

Comprenant ma prudence, il sourit. Il commença alors à me raconter son parcours, ses réussites dans le domaine de l'art et sa passion pour la musique. J'écoutais attentivement, pesant les avantages et les inconvénients de cette proposition qui pouvait changer ma vie, lorsque soudain, il se leva :

> — Voulez-vous un verre de liqueur *Pimm's* ou peut-être un whisky ?

> — Non, merci.

> — Ne soyez pas timide.

Lorsqu'il s'approcha du minibar, son visage, jusque-là serein, laissa transparaître un changement inquiétant. Une lueur perverse, qu'il cherchait à dissimuler, commença à apparaître, brisant la quiétude apparente dans ses gestes.

> — Vous savez, il n'y pas d'heure pour ce faire plaisir petit boy.

Il laissa tomber trois gros glaçons dans son verre, créant un son cristallin qui résonna à travers la pièce. Il se servit un verre de whisky, puis planta son regard dans le mien. Une lueur énigmatique brillait dans ses yeux. Il s'approcha et se positionna derrière moi. Sa présence était imposante. Sa voix, teintée d'une certaine familiarité, s'éleva doucement :

> — Je comprends que cela puisse te déstabiliser petit boy. Tu as un talent exceptionnel, une sensibilité rare.

Son souffle chaud effleura le sommet de mon crâne moite. J'avais ôté ma perruque, désormais posée sur mes genoux. Un frisson glacé parcourut ma colonne vertébrale, pourtant couverte de transpiration.

Ce qui me semblait étrange, c'était son soudain changement de ton : il ne me vouvoyait plus. Une part de moi se sentait intriguer par cette proximité inattendue, tandis qu'une autre faisait preuve de méfiance.

Et ce nom, « petit boy », suscitait en moi un malaise grandissant. Qu'était donc devenu l'homme cultivé, poli et distingué du quartier de Yaumatei ? En Asie, cette expression désignait un domestique indigène, parfois un danseur de music-hall, voire un prostitué, du moins dans l'imaginaire des hommes blancs. Un sentiment d'humiliation m'envahit, car je ne correspondais en rien à ce stéréotype dégradant. Je n'étais pas, et ne serais jamais, un « petit boy ».

> — Je vais t'apprendre les secrets de la réussite, me dit-il en posant ses mains sur mes épaules. Si tu décides de te joindre à moi, cela me ferait extrêmement plaisir. Tu

deviendras mon protégé, et ensemble, nous atteindrons des sommets que tu ne peux même pas imaginer.

Son ton oscillait habilement entre séduction et menace, mêlant une proposition alléchante à une aura de danger. Coincé entre la tentation irrésistible de saisir cette opportunité et la prudence qui m'avertissait des conséquences inconnues, je pris une profonde inspiration et rassemblai tout mon courage.

— Monsieur O'Ryan, je suis honoré par votre proposition, mais je dois prendre le temps de réfléchir, répondis-je d'une voix ferme, cherchant à maintenir une distance respectueuse.

Les glaçons dans son verre tintèrent bruyamment lorsqu'il termina son whisky. Sa proximité derrière moi devenait insupportable, et lorsque son ventre bedonnant effleura l'arrière de ma nuque, j'essayai de me lever. Il m'en empêcha en posant de nouveau ses mains lourdes sur mes épaules. Je me sentis immédiatement piégé.

Que voulait-il à la fin ? Cette question me tourbillonnait dans la tête. Qu'attendait-il vraiment de moi ?

J'essayai de me calmer, tentant de garder ma voix stable, malgré le trouble qui m'envahissait.

— Monsieur O'Ryan, je suis curieux de connaître vos intentions. Qu'attendez-vous de moi en échange de cette proposition ?

Son souffle chaud à l'odeur de whisky caressa mon oreille, puis sa voix grave murmura :

— Tu sais bien ce que je veux…

Sans la moindre retenue, il enfonça ses doigts boudinés dans mes cheveux et commença à caresser l'arrière de ma tête. Irrité, je me redressai brusquement et me tournai vers lui. Il recula d'un pas, visiblement surpris.

— Du calme petit boy !
— Monsieur, je pense qu'il y a un malentendu. Je ne comprends pas pourquoi vous m'avez invité dans votre bureau.
— Allez, petit boy, ne fais pas semblant de ne pas comprendre.

Il déplaça la chaise qui nous séparait et avança vers moi. Son ventre adipeux frôla le mien, faisant monter en flèche ma peur. Sans gêne, il écarta doucement les mèches de ma frange, puis me sourit avec une insistance troublante :

— Tu es vraiment beau, tu sais ? murmura-t-il d'une voix empreinte d'une douceur étrange, presque oppressante.

Son haleine chargée de whisky et de tabac envahissait l'espace entre nous. Chaque fibre de mon être vibrait d'appréhension. La caresse intrusive de ses doigts sur ma joue ne faisait qu'amplifier le malaise qui m'étreignait.

Mon esprit, en alerte, s'agitait frénétiquement à la recherche d'une échappatoire, tandis que mes yeux, nerveux, se fixaient sur la porte. Une seule pensée me hantait : fuir, à tout prix. Cela devint vite une obsession, il fallait que je parte d'ici ! La porte, à la fois proche et inaccessible, attirait mon regard. Nerveusement, je me mis à l'observer.

— N'aie pas peur, petit boy... Je serai très doux.

Il dénoua lentement la ceinture de sa robe de chambre, laissant le tissu glisser de ses épaules. En un instant, il se retrouva complètement nu, exposant sans retenue sa silhouette corpulente. Lentement, sa main glissa de mon cou à mon torse, puis s'aventura sur mon ventre. Lorsqu'il tenta de glisser ses doigts dans mon pantalon, je le repoussai brusquement. Fou de désir, il se jeta de nouveau sur moi, cherchant à m'embrasser. Sans réfléchir, je saisis l'étui de Pluie de Lune et le frappai violemment au visage.

Le coup le projeta au sol. Sans perdre un instant, je me précipitai vers la porte. Alors que j'atteignais le centre du grand salon, sa voix retentit depuis le bureau :

— Quoi ? Qu'est-ce qu'il y a ? Tu n'aimes pas ce que tu vois, petit boy !?

Instinctivement, je me retournai. Du sang coulait de son nez, traçant une ligne écarlate jusqu'à son menton et coulait sur son vendre. J'ouvris précipitamment la porte de la suite et m'échappai par les escaliers de secours. Une fois dans le grand hall, je courus en direction de la sortie, la sueur perlant sur mon front, encore sous le choc de ce qui venait de se produire.

Au loin, je vis un bus s'approcher et, dans un élan, j'accélérai le pas pour le rejoindre. Les souliers qu'on m'avait forcé à porter me faisaient atrocement mal, aggravant ma frustration. Dans un accès de colère, je les retirai brusquement et les lançai violemment sur le trottoir, avant de monter à bord du bus.

Un mélange de gêne et de libération m'envahit. Mon corps était littéralement trempé de sueur. L'attention embarrassante des autres me préoccupait peu ; c'étaient surtout mes vêtements abandonnés qui occupaient mes pensées.

En descendant du bus, l'humidité s'était infiltrée dans mes chaussettes, rendant chaque pas inconfortable. Je redoutais de marcher sur un éclat de verre qui pourrait encore blesser mes pieds déjà endoloris.

Un homme noir, imposant dans son uniforme militaire, passa à côté de moi à bord d'un pouce-pouce. Ne pouvant dissimuler ma surprise, je le fixai. Il esquissa un léger sourire, probablement conscient que c'était la première fois que je rencontrais un homme comme lui d'aussi près, ou bien il riait à cause de mon costume.

Arrivé devant le seuil de mon immeuble, je priais intérieurement pour éviter de croiser Wei Lin. L'idée qu'elle me voie dans cet accoutrement ridicule m'intimidait. Pressé de monter les escaliers, je parvins enfin à ma porte. Une agréable odeur de nouilles flottait sur le palier, réveillant la faim de mon estomac vide.

— La clé ?

Je fouillai frénétiquement mes poches, mais un sentiment de désarroi m'envahit en réalisant que j'avais laissé la clé à l'hôtel, dans la poche de mon pantalon.

Juste au moment où j'allais frapper, la porte s'ouvrit et Li Shui apparut. Il me fixa un instant, silencieux, puis descendit précipitamment les escaliers. Une odeur âpre émanait de lui. Il avait réussi à décrocher un emploi sur les docks. Le salaire était intéressant, surtout pour un travailleur clandestin.

Qingyu éclata de rire en me voyant ainsi accoutré. Épuisé par les événements de cette longue nuit, je m'installai péniblement sur l'une des deux chaises de notre minuscule cuisine improvisée. J'explorai la pièce, observant les murs usés et les meubles défraîchis qui témoignaient de notre modeste existence.

Qingyu me tendit un généreux bol de nouilles fumantes, et en retour, je lui offris mon billet de 20 dollars, que nous ajoutâmes à notre petite cagnotte commune. Nous entamâmes une conversation légère, et, mal à l'aise, je lui racontai ce qui m'était arrivé. J'étais fatigué, énervé et me sentais terriblement coupable, alors que je n'y étais clairement pour rien.

Une fois mon repas terminé, j'ôtai mes vêtements et les jetai à la poubelle avant de m'affaler lourdement sur mon matelas. La fenêtre, à peine entrouverte, laissait filtrer les bruits de la ville, une symphonie urbaine douce qui m'enveloppait et me berçait vers le sommeil. Les images des événements défilaient en boucle dans mon esprit, s'entrelaçant et se superposant jusqu'à ce que tout devienne flou et que mes paupières finissent par se fermer.

— Petit boy…

La voix de Monsieur O'Ryan fendit mon sommeil telle une lame acérée, ses mains s'abattant sur mes épaules. Je m'éveillai en sursaut, le corps entièrement couvert de sueur. Je plaçai les paumes de mes mains sur mon visage.

J'avais dormi un sacré bout de temps, et nous étions déjà le lendemain après-midi. Il était temps que je descende prendre une douche.

En sortant de ma chambre, je tombai sur Li Shui et Qingyu. Pour une fois, ils n'arboraient pas leur air renfrogné habituel. Qingyu m'apprit qu'elle s'apprêtait à jouer à ma place, persuadée que j'avais besoin de temps pour me remettre. Je lui assurai que tout allait bien, même si, au fond de moi, je savais que ce n'était pas vrai.

Li Shui, quant à lui, proposa d'aller lui rendre visite. Mais, le connaissant trop bien, je devinais qu'il ne tarderait pas à faire des siennes. Je l'arrêtai net, lui disant que ce n'était pas la peine. Je me tournai vers Qingyu et lui demandai de m'attendre, lui suggérant que nous irions ensemble au quartier de Yaumatei une fois que j'aurais pris ma douche. Li Shui, sans se faire prier, décida de nous accompagner.

Je descendis donc jusqu'aux douches. Un bien grand mot pour désigner ce lieu. Il s'agissait en réalité d'un espace ouvert, séparé par de petits murs de chaque côté. Les gens pouvaient s'apercevoir à partir de la tête, mais en face, pour préserver une certaine pudeur, un simple rideau de tissu mal tendu servait de fragile barrière.

La cabine, construite en briques, abritait un trou dans le sol fait de carrelage et une pomme de douche entartrée, placée en hauteur, qui, plus souvent qu'à son tour, ne crachait que de l'eau tiède ou froide.

Tandis que je fermais le robinet, la poignée rouillée grinçant sous mes doigts, j'entendis derrière moi un bruit étouffé, comme un pas sur le sol mouillé. Je pivotai brusquement, et là, mon cœur fit un bond violent dans ma poitrine.

— Petit boy…

Monsieur O'Ryan se tenait là, sa robe de chambre entrouverte laissant entrevoir son corps nu. Son visage, rouge de colère, était marqué par un nez en sang dont les filets rouges dégoulinaient sur son torse et son ventre.

Ses mains s'agitaient nerveusement, tripotant quelque chose que je ne parvenais pas encore à distinguer – un verre de Whisky peut-être.

Je reculai d'un pas, puis deux, les yeux rivés sur lui. Son visage déformé par la colère et l'envie de me posséder trahissait son impatience de me prendre. Tout en lui était menaçant, grotesque, insupportable. Mes jambes flanchèrent, et je sentis le sol se dérober sous moi. Je tombai lourdement, mes genoux heurtant le carrelage à présent froid. À terre, le souffle coupé, je levai les yeux vers lui, prêt à l'implorer, à crier, à faire quelque chose. Mais il n'était plus là. L'endroit était vide, silencieux, baigné seulement par la lumière pâle du soleil qui traversait le rez-de-chaussée.

Je réalisai alors que tout cela n'avait existé que dans ma tête. Torse nu, la peau encore humide, ma serviette autour du cou, vêtu seulement d'un caleçon et de tongs aux pieds, je remontais les marches de l'escalier, troublé par ce qui venait de se passer.

Une fois dans ma chambre, je m'installai sur mon lit et réfléchis une minute. Il fallait que je me ressaisisse.

J'attrapai mon pantalon et ma chemise, puis commençai à m'habiller. Je pouvais entendre mes amis discuter dans le salon ; ils rigolaient, et cela était devenu rare. Je savais ce qui se passait à la maison : il y avait souvent des disputes depuis un certain temps entre eux, et Li Shui se comportait de façon étrange.

J'étais prêt à partir, alors nous nous décidâmes à y aller. Li Shui prit l'étui de Vent d'Ouest, et nous dévalâmes les escaliers. Il faisait plutôt beau, malgré quelques nuages. Une fois dans la rue, nous choisîmes de prendre un raccourci.

Au détour d'une ruelle, nous tombâmes sur un homme que nous n'avions jamais vu auparavant. Il se tenait telle une ombre vivante, son long manteau gris, rapiécé et taché, traînant presque sur les pavés humides. Un chapeau melon, légèrement incliné, cachait une partie de son visage, laissant entrevoir une fine moustache grisonnante, soigneusement taillée.

Autour de son cou pendait un Seagull 4, un appareil photo chinois des années 60, aussi usé que son propriétaire. Le boîtier en cuir noir était éraflé, et l'objectif, recouvert d'un filtre rouge foncé, semblait absorber la faible lumière de la ruelle.

Il tenait l'appareil avec une étrange tendresse. Parfois, il tapotait le boîtier du bout des doigts, comme pour l'encourager, avant de tourner lentement les molettes de mise au point avec une précision presque obsessionnelle.

Ce qui frappait le plus, c'était son comportement. Il se déplaçait par à-coups, s'arrêtant brusquement pour photographier des détails insignifiants : une fissure dans un mur, une flaque d'eau reflétant la lumière du réverbère, ou même une ombre projetée par un chat fugitif.

Lorsqu'il nous vit, il s'arrêta net et nous observa un instant, avant de s'approcher. Li Shui se tenait raide, les poings serrés, prêt à réagir au moindre geste suspect.

Moi, j'observais l'homme, fasciné par ses mouvements saccadés, semblables à ceux d'une marionnette sans fil. Qingyu, elle, semblait amusée, tant par son apparence décalée que par ses gestes.

— Il y a une lumière qui émane de vous, une lumière... incroyable !, s'exclama-t-il, la voix tremblante d'une admiration démesurée. Vous brillez comme un astre tombé du ciel. C'est... c'est stupéfiant !

Li Shui, agacé, nous fit signe d'avancer. Nous passâmes alors à côté de lui, et c'est à ce moment qu'il nous demanda :

— Je peux faire une photo de vous ?

Qingyu trouva l'idée amusante et s'arrêta. Avant même que Li Shui n'ouvre la bouche, elle lui dit : « D'accord. » Je ne voulais pas qu'on me prenne en photo, et Li Shui non plus. Nous portions seulement une simple chemise et notre pantalon de tous les jours.

À cette époque, les photos avaient une autre valeur. Il fallait être beau et préparé, bien habillé, et savoir le sourire. Nous fîmes remarquer notre désapprobation à Qingyu, mais elle nous dit de l'accepter. Alors, nous nous exécutâmes. Il valait mieux ne pas l'énerver.

— Lin Yong, c'est mon nom, déclara l'homme avec un large sourire. L'instrument ! s'exclama-t-il ensuite, les mains agitées comme s'il essayait de capturer l'air autour de lui. Montrez-le-moi, là, maintenant ! Il a une histoire, une vibration, quelque chose qui mérite d'être immortalisé. Et vous, oui, vous, mademoiselle, vous allez vous placer juste ici, au milieu de vos amis, l'instrument dans vos mains.

Li Shui soupira, les lèvres serrées, avant de sortir Vent d'Ouest de son étui. Ses gestes, lents et hésitants, contrastaient avec l'impatience de Lin Yong. Il tendit l'instrument à Qingyu, dont le visage s'assombrit. Elle en avait assez de notre manque d'enthousiasme.

— Très bien, les amis, serrez-vous un peu… voilà, parfait… Attention, 1… 2… 3 ! C'est dans la boîte ! Cela fera 1 dollar…

Nous fûmes surpris que cela ne soit pas gratuit ; après tout, c'était lui qui nous avait proposés. 1 dollar… Avec cet argent, j'aurais pu manger un bol de nouilles. Lin Yong sortit un petit carnet de sa poche ainsi qu'un stylo, puis nous demanda notre adresse afin de nous déposer la photo dans notre boîte aux lettres.

Qingyu lui tendit notre adresse en insistant :

— Glissez la photo sous la porte, s'il vous plaît, pas dans la boîte aux lettres.

Elle lui remit ensuite le dollar qu'il réclamait pour la photo, un sourire forcé aux lèvres, avant de le remercier d'un hochement de tête. Nous replaçâmes précieusement Vent d'Ouest dans son étui, puis reprîmes notre chemin.

Quelques minutes plus tard, un homme nous interpella :

— Vous n'auriez pas croisé un photographe avec un chapeau melon, par hasard ? nous demanda-t-il, visiblement inquiet.

Avant même que nous ayons eu le temps de répondre, il ajouta précipitamment :

— C'est un voleur ! Il n'y a pas de pellicule dans son appareil !

Sans réfléchir, nous nous lançâmes à sa poursuite, parcourant les ruelles étroites et scrutant chaque recoin. Mais le photographe avait disparu, englouti par l'agitation de la ville.

Chapitre 13

La Cité des ténèbres

Un jour, alors que je rangeais des livres, un petit bout de papier tomba doucement au sol. Intrigué, je me penchai pour le ramasser et lus ce qui y était inscrit. Les mots « Luciole dorée » réveillèrent aussitôt en moi des souvenirs enfouis.

C'était Shen Yan qui me l'avait donné. J'avais été profondément touché par l'attitude de ce groupe excentrique lorsqu'ils m'avaient écouté jouer dans la grotte.

Grâce au vieux pêcheur, j'avais appris qu'ils étaient parvenus à franchir la frontière, ce qui m'avait réconforté. Pourtant, une part de moi restait inquiète, et cette inquiétude se transforma en certitude : je devais retrouver Shen Yan. Mais avant cela, une autre rencontre m'attendait, une rencontre que je n'aurais jamais cru possible…

Wei Lin affichait un petit sourire qui me rendait totalement... craintif. Son visage, d'une harmonie parfaite, semblait sculpté par la main patiente d'un artiste. Ses traits délicats étaient encadrés par une chevelure ébène, lisse et brillante, qui cascadait en douceur sur ses épaules. Son regard, d'une profondeur saisissante, dégageait une intensité unique. Sa voix douce voyageait entre mes tympans, telles les notes d'une mélodie de printemps.

J'avais succombé à la beauté de son être, à la douceur de sa voix, à l'élégance de ses gestes, et à l'éclat de son sourire.

Oui, j'étais tombé amoureux d'elle. C'étaient des sentiments troublants, car j'étais aussi encore amoureux de Qingyu, et tout cela se bousculait dans ma tête.

Parfois, je me retrouvais en bas de mon immeuble, attendant qu'elle descende les escaliers, simplement dans l'espoir de la croiser. Lorsqu'elle apparaissait, je remontais les marches, et un simple sourire d'elle suffisait à illuminer ma journée. Un tel comportement était déraisonnable, voire insensé, j'en étais bien conscient, mais je ne pouvais m'empêcher de le faire.

Un mercredi, j'avais décidé de descendre les poubelles. Dès que la porte de l'appartement se referma derrière moi, je m'élançai dans les escaliers, et c'est là que je la vis. *Elle*...

Wei Lin, assise sur l'une des marches, était en pleurs. Elle se tordait les mèches de ses cheveux. Incertain de la manière dont m'approcher, je ralentis mes pas, et au moment où je passai devant elle…

> — Tu es le voisin du quatrième étage ? Celui qui reste en bas, à m'attendre comme un pervers ? Ma mère disait de toi que tu ne devais pas être tout à fait sain d'esprit.

Confus, je restai figé, les yeux écarquillés et stupides, et au moment où j'allais repartir...

> — Attends, pour une fois que tu peux me parler, reste. J'ai besoin d'un ami en ce moment. Je sais bien que t'es pas un pervers, tu es juste le plus timide de la « bande des trois ».

Je me retournai. Elle m'adressa un sourire, mais une nervosité sous-jacente transparaissait sur son visage.

> — La bande des trois ? lui demandai-je.
> — C'est comme ça que les gens vous appellent dans l'immeuble. Vous, les musiciens de Yaumatei. Je vous ai déjà observés jouer, et je dois dire que tu t'en sors plutôt bien.

Je restai un instant immobile, incrédule. Je n'en croyais pas mes yeux : j'étais avec elle, et elle me parlait. C'était pour moi un rêve qui se réalisait. Je sais que c'est un peu fou à dire, mais j'étais aux anges, et cela se voyait clairement sur mon visage. Soudain, me sortant de mon état de confusion, elle fit claquer ses doigts juste sous mon nez.

> — Ça va ? Tu te sens bien ?

Je fis un geste en arrière. Elle sourit.

> — Euh... pas mal. Enfin, oui, je joue bien. Quoi ? dis-je, perturbé, en me grattant la tête, complètement nerveux.
> — T'es sûre que ça va ?
> — Oui, c'est juste que ça me fait bizarre de parler à quelqu'un d'autre que mes amis. Les gens d'ici sont tellement distants avec nous. À part peut-être, madame Hui-Ying...

c'est notre patronne. On joue juste en face de son restaurant pour attirer les clients.

— Ça fait longtemps que tu joues du violon ?

— J'ai appris avec ma mère, elle était prof de violon, mais...

Je marquai une pause.

Elle sentit immédiatement la tristesse cachée derrière mes mots, et je pris une profonde inspiration avant de continuer :

— Ça fait longtemps que je n'ai pas eu de nouvelles d'elle. Ma mère est partie dans un camp de rééducation, et depuis, je n'ai plus de contact avec elle.

Ses pupilles noires et brillantes me fixèrent intensément. L'expression grave et enfantine sur son visage me toucha profondément. Sans gêne, elle essuya une larme qui perlait sur ma joue et dit d'une voix douce et sincère :

— C'est triste. Finalement, nous sommes pareils.

— Comment ça ?

— C'est ma mère... Elle est décédée il y a trois jours, dit-elle d'une voix empreinte de tristesse. Elle est morte de la grippe.

Je voulais lui répondre, lui dire que ce n'était pas la même chose, même si je savais que je ne reverrais jamais mes parents. Ma mère n'était pas morte, en tout cas, c'est ce que je pensais à l'époque. Mais je préférai me taire et continuer à la regarder. J'étais si près d'elle...

Elle se leva, s'approcha et, laissant couler ses larmes, posa sa tête sur mon épaule. J'écarquillai les yeux. Ses cheveux exhalaient un parfum délicat de roses. Un profond chagrin m'envahit pour elle, mais, contre toute attente, un plaisir égoïste et une satisfaction inappropriée s'emparèrent de moi. Je pouvais la toucher.

Alors, délicatement, j'entourai mes bras autour de ses épaules. Je sentais la chaleur de son corps et la douceur de sa poitrine contre mon torse.

À ma grande déception, elle retira soudainement sa tête de mon épaule et me fixa droit dans les yeux.

— Tu as une érection ?!

Visiblement contrariée et prête à descendre les escaliers, elle affichait un visage de dégoût. Je ne savais pas comment réagir. L'embarras me submergeait face à cette situation.

— Non... Euh... Attends, excuse-moi !
— Sale pervers !

Contrarié, je la rattrapai dans les escaliers et lui pris le bras, avant de lui lancer un mensonge.

— C'est la boucle de ma ceinture, regarde.

Nous nous fixâmes un instant, pris au piège de cette scène insolite, quand soudain un éclat de rire nous surprit. À cet instant précis, je retrouvai ce beau sourire qui m'avait tant charmé chez elle, la première fois que je l'avais aperçue.

Depuis, cela avait toujours été de petits échanges entre nous : moi, timide, et elle, qui s'amusait de ma gêne. Elle savait que j'étais attiré par elle et, à mon avis, elle jouait de cela depuis le début. Comment le savais-je ? C'était assez évident.

La première fois que je l'avais aperçue en bas de l'immeuble, elle portait un haut col Mao blanc basique et un pantalon noir qui lui arrivait aux genoux, les pieds chaussés de simples tongs. Elle était décontractée, sans maquillage, les cheveux libres.

Puis, son attitude évolua : elle se montrait désormais toujours impeccable, coiffée avec soin, maquillée avec élégance, même pour descendre les poubelles.

Un après-midi, alors que j'avais décidé d'aller rejoindre Shen Yan, je la croisai de nouveau dans les escaliers.

— C'est drôle, c'est toujours comme ça, dit-elle d'une voix lasse.

— De quoi ?

— Lorsqu'on commence à apprécier quelqu'un, il y a toujours un obstacle. En l'occurrence, le fait que je doive bientôt partir vivre à l'étranger et que je ne pourrai plus jamais te revoir.

À cet instant précis, mon être tout entier se figea. Ce qu'elle venait de m'apprendre était comme une flèche brûlante me transperçant le cœur.

— Ça va ? me dit-elle, visiblement inquiète.

— Tout va bien, mentis-je.

Nous descendîmes jusqu'à la sortie. Comment cacher mes émotions ? En réalité, je n'avais jamais réussi à le faire, et pendant la minute qu'il nous fallut pour descendre les marches, aucun son ne sortit de ma bouche.

À l'extérieur, un vent léger nous caressa le visage. Quelque part, près de nous, une radio diffusait « *My Guy* » de *Mary Wells*.

Une grosse libellule noire aux ailes couleur aubergine fit son apparition. Inclinant son corps, l'insecte prit de l'altitude et disparut entre les méandres des linges suspendus aux fenêtres.

Depuis la fenêtre de notre logement, j'aperçus Qingyu qui nous avait surpris et me souriait. Elle me fit un léger coucou que je lui rendis.

J'étais embêté. Je voulais rester et marcher à côté de Wei Lin, mais il fallait que j'aille retrouver Shen Yan. Soudain, je lui proposai de m'accompagner.

La grimace qu'elle fit en lisant l'adresse en disait long sur le lieu. Ce quartier était mal fréquenté, et à ma grande surprise, elle accepta, après que je lui eus raconté qui je voulais retrouver.

Nous hélâmes un « pouce-pouce » pour qu'il nous mène vers le quartier de *Kowloon*, aussi appelé la « Cité des ténèbres ».

Ce quartier avait un caractère singulier, et évoquer simplement l'idée de s'y rendre pouvait en dissuader plus d'un. Cependant, rien n'aurait pu m'empêcher de m'y aventurer. Après tout, mon âme n'était-elle pas déjà tachée de sang ?

L'endroit était dirigé par un groupe mafieux du nom de « *Sun Yee On* ». Des rumeurs persistaient selon lesquelles ils étaient implantés depuis de nombreuses générations et qu'ils avaient leurs entrées un peu partout, notamment au sein de la police, qui était à l'époque extrêmement corrompue. Leurs membres maîtrisaient un langage codé, utilisaient des signes de reconnaissance et pratiquaient des disciplines de combat tenues secrètes.

Ce lieu sombre, dense et surpeuplé échappait aux institutions britanniques et constituait une zone grise qui, au fil des années, avait attiré un mélange éclectique de réfugiés politiques, d'exilés de la révolution communiste chinoise, ainsi que des gangsters, des drogués et des prostituées. C'était un véritable patchwork chaotique, un lieu complexe tissé d'intrigues indéchiffrables, impossible à résumer en quelques mots. Malgré cela, en naviguant à travers ce dédale urbain, la plupart des habitants persistaient courageusement à mener une vie en apparence normale.

Changement d'ambiance.

Dans un grincement fatigué, soulevant un nuage de poussière, le pouce-pouce s'arrêta. Je levai les yeux. Devant moi, des immeubles enchevêtrés et délabrés s'entassaient les uns sur les autres, leurs balcons croulant sous des vêtements délavés et des plantes. Un mélange de bruits et d'odeurs émanait de cet endroit. C'était donc ça, la cité des ténèbres ?

Devant, tel un gardien sans âme, s'étendait un petit parc où des enfants jouaient au ballon, leurs rires contrastaient avec la tristesse du lieu. Le sol, gris et usé, portait les marques du temps, tacheté d'herbes courtes et jaunies qui luttaient pour survivre.

Nous nous enfonçâmes dans les ruelles et découvrîmes un labyrinthe grouillant de vie. Ce lieu était peuplé de familles modestes et de petits commerces précaires. Il y avait des escaliers étroits et des couloirs sombres aux murs décrépits et marqués par l'humidité. Le nombre d'enfants qui jouaient dans ces couloirs crasseux m'avait étonné.

Un bruit sourd, évoquant le choc d'un hachoir sur une planche, attira mon regard. Là, sous une lumière crue, un homme au crâne rasé, le front luisant de sueur, s'affairait en écoutant la radio.

Vêtu d'un tablier taché de sang, il découpait avec précision des morceaux de chair qu'il jetait dans un panier de bambou. Derrière lui, deux carcasses de chiens, dépecées et vidées, se balançaient lentement à des crochets.

La consommation de viande de chien était formellement interdite sur l'île, mais ici, ce n'était plus Hong Kong. Ici, les lois s'étaient égarées dans les ombres, écrasées sous le poids de la survie.

Nous demandâmes notre chemin à plusieurs reprises, nous frayant un passage à travers les couloirs étroits, où pendaient dans un enchevêtrement chaotique des fils électriques de toutes sortes.

Finalement, nous montâmes un escalier où un homme, imprégné d'odeur d'alcool et d'urine, était affalé sur les marches. Insensible à tout ce qui se déroulait autour de lui, il ronflait bruyamment.

À peine assez d'espace pour ne pas le déranger dans son sommeil, il fallait nous glisser entre lui et le mur. Wei Lin passa la première, et je la suivis de près, quand soudain, me stoppant net, la main de l'homme s'enroula autour de ma cheville gauche. Wei Lin poussa un petit cri. Surpris, je fixai l'homme.

Dévoilant des yeux vides et perdus, le visage boursouflé et ridé de l'homme prit vie.

— Vous n'auriez pas une petite pièce pour un vieil homme ?

Sa voix rauque, mêlée à l'odeur fétide de sa bouche et aux dents pourries dissimulées derrière des lèvres baveuses, me fit immédiatement grimacer.

J'essayai de retirer sa main de ma cheville en secouant ma jambe, mais ses doigts s'accrochaient fermement. Puis, à force d'insister, il finit par lâcher.

— Je suis désolé, dis-je en essayant de dissimuler ma gêne.

À peine eut-il commencé à ouvrir la bouche pour répliquer qu'un soubresaut incontrôlé secoua son corps. L'instant d'après, un flot de vomissements soudains brisa le calme précaire de l'escalier. Pris de dégoût et d'urgence, nous nous hâtâmes de passer.

Au deuxième étage nous arrivâmes dans un long couloir. Wei Lin se mit à chercher le numéro de la porte inscrit sur l'adresse. Nous le trouvâmes. La porte en question était détériorée, avec le caractère « bonheur » écrit en lettres dorées sur un fond rouge.

Le symbole avait été astucieusement inversé. C'était une pratique courante dans la culture traditionnelle, et en jouant sur son homonymie, ce geste symbolisait l'arrivée du bonheur ou de la chance.

Je frappai contre la porte. Rien. Juste avant que je ne m'apprête à frapper à nouveau, un léger cliquetis de clé résonna dans la serrure. La porte s'entrouvrit lentement, laissant apparaître une dame aux cheveux grisonnants.

Elle portait un délicat gilet blanc orné d'une broche dorée en forme d'abeille. D'un air méfiant, elle nous scruta à travers l'entrebâillement de la porte. Une fois la surprise passée, elle nous parla en cantonais, et Wei Lin lui expliqua la raison de notre venue. Lorsqu'elle entrouvrit davantage la porte, par-dessus son épaule, je distinguai l'intérieur de son appartement, d'où s'échappaient des notes de violon accompagnées d'étranges sifflements.

La dame demeurait cependant méfiante, mais le doux visage de Wei Lin parvint à l'apaiser.

— Nous nous excusons de vous déranger, madame, je m'appelle Yáo Jun et mon ami Wei Lin. Nous sommes des amis de Shen Yan. C'est Shen Yan lui-même qui a écrit l'adresse que j'ai ici, regarder.

Elle prit le papier et examina l'écriture attentivement :

— Shen Yan n'est pas là, dit-elle d'une voix empreinte de tristesse.

Nous restâmes silencieux devant elle. Elle ne semblait pas particulièrement heureuse de nous voir. Puis, d'un geste las, elle défit la petite chaîne qui reliait la porte au mur et nous fit entrer.

Notre surprise se lisait sur nos visages. Nous ne nous attendions pas à découvrir un appartement aussi luxueux et soigné. Dans la salle à manger, trônait un vieux piano en bois laqué couleur châtaigne. Sur celui-ci reposaient un métronome, des enveloppes et des lettres ouvertes. Il portait la marque française Pleyel.

J'eus un moment d'hésitation avant de prononcer correctement le mot, mais finalement, je parvins à l'articuler.

En dessous, le mot « Paris » était inscrit. Je savais que c'était la capitale de la France grâce à mon livre des Misérables. Cela me rappela certains passages, les barricades et le suicide de Javert dans la Seine. Pendant ce temps, Wei Lin était absorbée par autre chose.

Elle s'était arrêtée devant une grande cage en forme de cloche. À l'intérieur, un énorme oiseau, aux yeux globuleux noirs et au plumage orange, jaune et vert, se grattait les plumes. Il s'étira ensuite et frotta son bec crochu contre les barreaux de sa cage.

— Il est vraiment fascinant, s'extasia Wei Lin.

— Il s'appelle Équinoxe, c'est un « Kakapo », un perroquet venant de Nouvelle-Zélande. C'est mon ami Yin Zizhong qui me l'a offert avant de partir pour San Francisco. Il est magnifique, n'est-ce pas ?

— Oui, très joli, il est rigolo.

J'étais étonné d'apprendre que Madame Bo connaissait le célèbre compositeur chinois Yin Zizhong, une véritable légende parmi ceux qui avaient, un jour, pratiqué la musique classique en Chine.

— Vous connaissez monsieur Yin Zizhong ? dis-je interloqué.

— Tout à fait, mon cher. Il se fait désormais appeler Che Chung Wan et vit aux États-Unis. Nous restons en contact, mais ses lettres se font de plus en plus rares.

Quelque part dans ce vaste appartement, la musique du violon s'interrompit soudainement. Une jeune fille d'une dizaine d'années fit son apparition. Vêtue d'une chemise claire, d'une cravate et d'une jupe tricolore, elle portait des souliers vernis qui brillaient sous la lumière.

Dans ses petites mains fines, elle tenait un violon. Derrière elle, la porte entrebâillée par laquelle elle était sortie laissait entrevoir une salle d'un blanc immaculé, qui attira immédiatement mon regard.

Mes yeux se posèrent sur l'immense piano noir laqué, qui trônait au centre de la pièce.

— Madame Bo, je vous remercie pour ce cours. Je dois à présent rentrer.

— Très bien, Haimeï, à mercredi même heure.

La fille nous salua poliment avant de quitter l'appartement. Madame Bo nous invita à nous installer sur le canapé. Autour de nous, des cadres accrochés aux murs exposaient des photographies en noir et blanc, capturant des individus tenant divers instruments de musique.

Les meubles étaient ornés de statues représentant des bouddhas, des aigles, des hiboux, ainsi que des figurines représentant des femmes vêtues à la manière des anciennes dynasties, tenant des éventails. Des pots de plantes vertes étaient éparpillés un peu partout dans la pièce.

Elle prit place devant nous.

— Yáo Jun... je me souviens maintenant. Shen Yan m'avait parlé de vous. Vous l'aviez éblouie avec votre violon. Il avait trouvé votre interprétation exceptionnelle.

— Exceptionnelle, pas vraiment. J'essaie simplement d'interpréter au mieux ce que d'autres m'ont enseigné.

— Shen Yan, quant à lui, était talentueux, jusqu'à ce que les gardes rouges le torturent pendant des jours et lui prennent ses doigts. Il avait tellement honte de ses mains

> qu'il portait constamment des gants blancs. Quelle tristesse, pauvre enfant. Maintenant, il est parti...

— Où puis-je le trouver ? demandai-je, naïvement.

Un moment s'écoula, puis elle leva doucement la tête en direction du plafond, cherchant apparemment le courage de nous répondre :

— Il s'est suicidé.

Mon cœur se serra en entendant cette révélation tragique. Wei Lin, touchée par ma douleur, posa doucement sa main sur mon genou.

> — Lui et sa petite troupe sont restés là pendant un moment, puis, un soir, il est monté sur le toit de l'immeuble et s'est jeté dans le vide, nous expliqua-t-elle.

Elle plaça délicatement son visage entre ses mains, tentant de dissimuler son désespoir. Ses sanglots étouffés étaient déchirants.

Elle se redressa :

> — Je suppose que ses cauchemars ont fini par avoir le dessus sur lui !

J'essayai de trouver les mots pour la consoler, mais Wei Lin m'interrompit.

> — Euh... Peut-être que Yáo Jun pourrait jouer du violon pour rendre hommage à votre neveu ?

Madame Bo essuya ses larmes d'un geste furtif, tentant ensuite de dissimuler la trace de son émotion, et dessina un sourire fragile sur ses lèvres.

— Il aurait sans doute apprécié.

Avant même que je puisse répondre, Wei Lin reprit, déterminé :

— Très bien, il va jouer alors !

Je la fixais avec insistance, tentant de lui faire comprendre qu'elle aurait dû me demander si j'étais d'accord pour jouer. Mais dès que nos regards se croisèrent, je fondis littéralement.

— Comment pourrais-je refuser ? Après tout, ce lieu respire la musique.

Madame Bo nous invita à la suivre dans la pièce blanche où, depuis des années, elle transmettait son savoir. Le sol, les murs et le plafond resplendissaient d'un blanc éclatant, enveloppant l'espace d'une aura à la fois pure et intimidante.

Deux grandes fenêtres laissaient pénétrer la lumière du jour, inondant la pièce d'une clarté apaisante. À l'intérieur, chaque son résonnait avec une pureté particulière. Au milieu de la salle, tel un énorme rocher noir émergeant d'une banquise argentée, trônait le piano de marque autrichienne, un majestueux « *Bösendorfer.* »

Cela me rappelait celui de mon père. Les deux pianos de Madame Bo étaient vraiment magnifiques. Les touches luisantes du *Bösendorfer* reflétaient les rayons de soleil. Reposant sur son dos lisse et puissant, un violon couleur ténébreux et brillant reposait, sur des feuilles de partitions. À première vue, le violon paraissait ancien, mais remarquablement bien conservé.

Madame Bo prit délicatement un pupitre en bois et le plaça au centre de la pièce. Elle se dirigea ensuite vers la salle à manger et revint un instant plus tard, un livre de partitions en main.

Sur la couverture, je lus : « *Luigi Boccherini* ». Elle s'assura ensuite de refermer la porte derrière elle, amplifiant ainsi la résonance de la pièce. Nos pas et nos voix commencèrent à vibrer.

Avec précaution, je saisis le violon, le plaçai délicatement sur mon épaule et ajustai la mentonnière. Parcourant les notes de la première page, je fermai les yeux, prêts à jouer, quand quelqu'un frappa à la porte d'entrée.

— Ah... Haimeï ! Ce n'est pas la première fois qu'elle oublie quelque chose. Elle va finir par perdre la tête un jour, marmonna Madame Bo en se dirigeant vers la porte d'entrée.

Là, j'attendis avec Wei Lin. Elle était assise, me fixant d'un regard joyeux. Cette fille était vraiment gentille. Nous entendîmes la porte d'entrée s'ouvrir, suivie d'une exclamation de joie de la part de Madame Bo en découvrant son visiteur.

Curieux, Wei Lin et moi nous approchâmes de la salle à manger. Là, nous aperçûmes un vieil homme aux cheveux blancs, plutôt maigre, vêtu d'une chemise blanche et d'un pantalon noir. Il tenait deux sacs plastiques lourds, remplis de fruits, qu'il déposa sur la table de la salle à manger.

Timides, nous nous approchâmes davantage.

— Mes jeunes amis ! s'exclama Madame Bo d'une voix enthousiaste. Laissez-moi vous présenter monsieur Yin Zizhong.

Le vieil homme sourit chaleureusement, et malgré son âge avancé, il paraissait en pleine forme. Nous nous inclinâmes respectueusement pour le saluer. C'était plus un miracle qu'une simple chance de croiser ce grand monsieur. Après tout, c'était un compositeur exceptionnel et un violoniste hors pair.

— Enchanté de vous rencontrer, Monsieur Yin Zizhong, je m'appelle Yáo Jun, dis-je, troublé. Et mon ami s'appelle Wei Lin.

Wei Lin, toujours curieuse et avide de connaissances, prit l'initiative de demander :

— Vous êtes un compositeur et un chef d'orchestre renommé, si je me souviens bien.

Le vieil homme hocha la tête avec modestie.

— Oui, c'est moi, mais aujourd'hui, c'est votre ami qui est à l'honneur. Madame Bo m'a parlé de votre désir de jouer une sonate de Luigi Boccherini en hommage à Shen Yan.

Il croisa alors mon regard :

— Je serais ravi de vous écouter jouer, jeune homme.

À ce moment-là, mes jambes se mirent à trembler et mes mains devinrent moites. L'idée de jouer devant ce grand monsieur me paralysait. Et si je me débrouillais mal ? Je ne pouvais pas non plus me ridiculiser devant Wei Lin ; une pression m'envahit, et mon cœur se mit à battre de façon irrégulière.

Wei Lin posa une main sur mon épaule et me regarda un instant, ses yeux empreints d'un calme profond. Puis, d'une voix basse et douce, elle murmura :

— Calme-toi, tout va bien se passer.

Un mélange de gratitude et de respect s'empara alors de moi. Après tout, c'était une chance inouïe de jouer devant un musicien d'une telle renommée.

Madame Xiao Bo nous fit signe de revenir dans la salle de musique. Yin Zizhong et elle s'installèrent discrètement dans un coin, tandis que je me retrouvai de nouveau devant le pupitre, le violon fermement placé sous mon menton. Je refermai le cahier de partitions. La sonate du compositeur italien ne m'intéressait pas, je voulais jouer autre chose. Après tout, autant se ridiculiser avec style, non ?

J'observai brièvement Wei Lin, puis me perdis dans les premières notes. Le violon vibra sous mes doigts, et chaque son me transportait davantage. Je me laissai emporter, fermant les yeux.

Madame Xiao Bo, les yeux fermés et le visage détendu, oscillait la tête au rythme de la musique. Les yeux de monsieur Yin Zizhong brillaient, emplis d'admiration et de gratitude. Wei Lin, totalement absorbée, suivait la mélodie, sa main effleurant délicatement sa cuisse, marquant la mesure avec une légèreté presque imperceptible.

L'interprétation achevée, un sourire chargé d'émotion illumina le visage de Madame Bo, tandis que Wei Lin souriait et que Monsieur Yin Zizhong paraissait satisfait. Les applaudissements qui suivirent m'embarrassèrent et me remplirent d'une étrange chaleur. C'était un mélange de gêne teintée de timidité.

Les yeux légèrement embués, monsieur Yin Zizhong s'inclina respectueusement, un geste qui témoignait de sa profonde gratitude :

— Pourquoi avez-vous choisi précisément cette sonate ? me demanda monsieur Zizhong.

— J'ai pris l'habitude de lire et de jouer cette sonate chaque soir. Paul Hindemith a vraiment un style unique, et, pour être honnête, c'était plus un défi qu'autre chose d'aborder un morceau aussi complexe. En prime, j'ai eu la chance d'avoir une mère exceptionnelle. Elle était aussi une violoniste talentueuse, avant que tout ne devienne sombre et compliqué. Jouer pour vous a été un véritable honneur…

— Votre père, était-il musicien ? me demanda-t-il.

Tout à coup, un torrent d'émotions intenses m'envahit, et mes yeux se brouillèrent de larmes. Je m'efforçai désespérément de les contenir, consciente de la présence de Monsieur Zizhong et de Wei Lin.

— Oui, il était professeur de piano ! Il a été envoyé dans un camp de travail.

— Ah, je vois, répondit-il, contrarié et la voix chargée de compréhension.

Madame Bo se leva :

— Venez, je vous prie, nous dit-elle en nous invitant à la suivre dans le salon. Nous allons prendre le thé.

Nous l'accompagnâmes, encore sous le coup de l'émotion que j'avais provoquée...

Installé dans le salon, je me sentais minuscule face à monsieur Zizhong. Mes mains s'agitaient nerveusement. Je n'osais prononcer un mot. Ce n'était pas seulement de la timidité ou de la gêne, c'était une peur plus profonde, presque viscérale.

Madame Bo revint rayonnante, un plateau noir laqué dans les mains. Posée délicatement dessus, une théière en laiton ornée d'un majestueux dragon. La vapeur qui s'échappait de la théière dansait sous les rayons du soleil. Les tasses en terre cuite, chaudes au toucher, étaient disposées autour, chacune unique par sa forme et sa texture. Le parfum envoûtant du thé avait envahi la pièce d'une odeur fruitée.

Elle prit délicatement la théière et versa lentement l'eau chaude dans les tasses, laissant les feuilles de l'infusion danser et tourbillonner, avant de remonter à la surface.

— Il va falloir patienter un peu, c'est encore brûlant.

Tout d'un coup, le perroquet se mit à siffler et à dire des mots en cantonais. Sa voix aiguë résonna dans la pièce, brisant l'instant de calme qui régnait autour de la table. Wei Lin et monsieur Zizhong sourirent, tandis que madame Bo, visiblement gênée, laissa son expression trahir son malaise face aux mots que le perroquet avait prononcés.

Elle saisit sa tasse et la porta à ses lèvres, fermant les yeux pour en savourer pleinement l'arôme. Puis, nous observant de nouveau, elle sourit :

— Cette infusion provient de Corée du Sud, expliqua-t-elle. C'est une variété rare et précieuse, difficile à se procurer. Les feuilles sont récoltées avec soin dans de petites plantations familiales, et chaque étape de sa préparation relève d'un véritable art. Je suis heureuse de la partager avec vous.

Nous dégustâmes notre thé, savourant chaque gorgée, laissant le parfum délicat s'entrelacer avec nos sens, quand le perroquet, revint à la charge. Madame Bo s'excusa, se leva et s'approcha d'Équinoxe. Elle prit la cage et alla la déposer sur le balcon.

— Quand on atteint les sommets les plus élevés de l'art, une seule vie ne suffit pas pour aimer, vivre pleinement et apprécier la beauté de manière sensible, s'exclama Monsieur Zizhong. Vous m'avez impressionné, jeune homme, ajouta-t-il, en brisant le silence.

Je ne savais plus où me mettre :

— Merci monsieur.

— Pour ma part, c'est la première fois que je suis témoin d'une maîtrise du violon aussi exceptionnelle, pour un débutant, je veux dire, déclara Madame Xiao Bo avec admiration. Vous vous appropriez l'instrument d'une manière si naturelle qu'il semble faire partie intégrante de vous. C'est tout simplement fascinant.

— Cette sonate demande une maîtrise technique et une sensibilité profonde. J'ai eu la chance de l'interpréter à de nombreuses reprises, mais je dois dire que votre interprétation m'a véritablement impressionné. Vous avez su capturer toute l'essence de cette œuvre avec une rare intensité et une émotion sincère, me confia Monsieur Zizhong.

Je fus à la fois surpris et honoré par ses paroles. C'était un véritable privilège de recevoir un tel compliment de la part d'un musicien aussi renommé. J'étais rempli d'une joie indescriptible. Il se leva et s'approcha :

— Seriez-vous intéressé à rejoindre un orchestre ? me demanda-t-il.

À vrai dire, j'avais toujours su que je voulais devenir un grand violoniste. Mais je ne me sentais pas prêt. Je manquais cruellement de pratique. Il allait sûrement se rendre compte que je ne valais rien et que je n'étais pas assez bon pour jouer dans un orchestre. Je ne voulais pas me ridiculiser.

— Je pense que je ne suis pas prêt... je...

— Vous êtes prêt ! Avec votre passion et votre talent naturel, vous pouvez y arriver. Vous avez une oreille musicale incroyable. Ne vous sous-estimez pas. Je crois en vous, et je ne suis pas le seul à le penser, me dit-il.

Wei Lin et madame Xiao Bo souriaient.

— Faire partie d'un orchestre est un honneur et une occasion unique de progresser en tant que musicien, reprit-il. Votre talent et votre passion sont indéniables, et je suis convaincu que vous pourriez apporter une contribution exceptionnelle à notre orchestre en tant que premier violon. Cependant, avant d'en arriver là, vous devrez passer une audition. Vous comprendrez que manifester ouvertement mon intérêt pour vous pourrait être mal perçu et susciter des jalousies. La seule chose que je peux faire, c'est vous inscrire. Vous avez un violon ?

— Oui, monsieur, répondis-je timidement.

— Très bien. Dans trois semaines, pendant le Nouvel An, une audition aura lieu au City Hall, poursuivit-il. Comme je vous l'ai mentionné, nous sommes à la recherche d'un premier violon talentueux pour rejoindre notre orchestre. Une fois sélectionné, vous aurez l'opportunité de participer à notre prochaine tournée en Europe, notamment à Paris et Berlin. Vous...

— Excusez-moi, mais je n'ai aucun papier ni passeport ! dis-je, inquiet, tout en lui coupant la parole. Monsieur Zizhong, je vous prie de m'excuser de vous avoir interrompu. Je suis arrivé à Hong Kong avec mes amis et... je ne pense pas que... Pour le moment, c'est un rêve que je ne peux pas me permettre, désolé.

Il sourit :

— Pour ce qui est des papiers, nous trouverons une solution. Quant au reste, vous êtes seul maître de votre destin. Je suis convaincu que vous avez toutes les chances lors de cette audition. Je suis sérieux !

Il sortit de sa poche une carte où figuraient l'heure et l'adresse de l'audition.

Cet après-midi-là, une douce nostalgie emplissait l'air. Les notes du violon de Monsieur Zizhong, dont la musique avait tissé des souvenirs intemporels, résonnaient encore dans nos esprits. Une heure plus tard, après avoir chaleureusement remercié Madame Xiao Bo pour son accueil et Monsieur Zizhong pour sa prestation, nous partîmes.

Je trépignais d'impatience à l'idée d'annoncer à Li Shui et Qingyu que j'avais rencontré Monsieur Zizhong et qu'il souhaitait que je participe à une audition pour rejoindre un orchestre.

Sur le chemin du retour, Wei Lin prit ma main. Une intense émotion m'envahit en la voyant ainsi, arborant une expression de satisfaction et de bonheur. Elle manifestait un réel intérêt pour moi.

Arrivés à un coin de rue, une nervosité soudaine m'envahit. Tandis qu'elle me fixait intensément, un tumulte de pensées agitait mon esprit. Avais-je le droit de l'embrasser ? Avais-je son autorisation ? Je ne voulais pas devenir son Monsieur O'Ryan. Ce que je ressentais à cet instant était…

— Tu n'as jamais embrassé une fille ou quoi ? me dit-elle.

Rompant net le fil de mes pensées, elle me ramena à la réalité. Avec timidité, je m'approchai d'elle, posai mes mains sur ses hanches et l'embrassai.

Je pouvais sentir les battements de son cœur s'accélérer contre ma poitrine. Mon corps tout entier frissonnait de peur, une peur douce et enivrante. Mes veines se remplirent d'une vague d'émotions qui me transformèrent en un autre homme. La douceur pouvait paraître naïve, mais c'était précisément cette naïveté qui la rendait encore plus belle. Un doux moment de bonheur, dans un cocon d'incertitude.

Abîme de sang et de verre brisé.

Tout à coup, dans un éclair foudroyant, le monde s'effaça. Après un temps indéfinissable, je surgis de l'abîme et ressentis des éraflures douloureuses qui zébraient mon visage. Je pouvais sentir à l'arrière de mon crâne une douleur horrible, tandis que le sang coulait le long de mon cou et sur mon front.

Ajoutant une note sinistre à la réalité, un goût métallique de sang imprégnait ma bouche. Des éclats de verre s'étaient enfoncés dans ma chair, me brûlant jusqu'aux larmes. Tout était flou, et même les sons étaient étrangement déformés.

Avec fébrilité, je parvins à bouger et à porter ma main vers l'arrière de mon crâne. Elle revint ensanglantée. Là, devenant de plus en plus clairs, des cris se firent entendre et je reconnus immédiatement cette voix : c'était celle de Wei Lin, qui se faisait agresser.

J'essayai de me redresser, de dompter cette force qui m'empêchait de bouger, mais la brume qui m'encerclait obscurcissait ma vision. Lorsqu'elle se dissipa, elle me révéla une scène horrible.

Wei Lin était allongée sur le sol, entourée de trois individus aux bras tatoués. Leurs visages étaient déformés par des expressions de dédain et de satisfaction malsaine. Bien que je ne comprenne pas le cantonais, leurs voix moqueuses et les sourires en coin ne laissaient aucun doute sur leurs intentions. Ils voulaient la violer.

Wei Lin ne se laissait pas faire. Avec une rapidité surprenante, elle avait réussi à gifler l'un des types. La réaction de l'homme ne se fit pas attendre. Dans un éclat de colère, il répliqua avec un coup de poing brutal, au niveau du ventre. Quand nos yeux se rencontrèrent, l'impuissance qui m'envahissait devint insoutenable.

« Redresse-toi, allez, courage ! Redresse-toi ! » m'écriais-je intérieurement, le visage tordu par la douleur. Tremblant de tout mon être, dans un ultime élan, je parvins enfin à me lever. La peur au ventre, je ramassai un tesson de bouteille de bière et m'avançai vers les hommes en criant :

— Lâché-là, bande de salauds !

La douleur ralentissait considérablement ma perception de ce qui se passait, d'autant plus que le sang qui coulait sur mon visage m'empêchait également de voir.

Alors que je m'avançais, une berline couleur pourpre glissa lentement avant de s'immobiliser. Mon attention se fixa sur la portière du conducteur qui s'ouvrit.

C'est à ce moment-là que je reconnus le conducteur. Il s'agissait du chauffeur de la Tête du dragon. Les hommes, occupés à déchirer le chemisier de Wei Lin, n'avaient pas remarqué le véhicule.

L'homme vêtu de noir alla ouvrir la porte arrière. Mon regard se posa ensuite sur l'homme qui en sortit. Il portait un costume en lin blanc crème et un chapeau blanc de style italien. Son visage sans expression se posa d'abord vers moi, puis se fixa sur les hommes.

Quand il passa à côté de moi et qu'il me regarda plus clairement, avec ses pupilles vides et glacées, je sentis que l'instant était chargé d'électricité. J'en avais l'intime conviction, le sang allait encore couler...

Il fixa les individus avec une assurance implacable. Dès qu'ils l'aperçurent, un frisson de stupeur les traversa. Ils laissèrent immédiatement Wei Lin de côté, et se précipitèrent pour s'agenouiller devant lui.

Wei Lin, en larmes, se releva avec difficulté et se précipita pour se blottir dans mes bras. Alors que ses sanglots secouaient son corps, je jetai un regard par-dessus son épaule, observant le reste de la scène.

Je ne comprenais pas un mot de ce que les trois hommes disaient en cantonais, mais, tel un film sous-titré, je pouvais deviner leurs paroles. Ils imploraient son pardon.

Lóngtóu, imperturbable, était dissimulé derrière un masque d'indifférence glaciale. Il prit une grande inspiration, ajusta sa veste et sa cravate, puis se tourna vers Wei Lin pour lui adresser la parole.

Que faisait-il ici ? Pourquoi était-il intervenu ?

Wei Lin ne lui répondant pas, il s'approcha de nous. D'un geste vif, je pointai mon arme improvisée en sa direction, tranchant l'air sans précision, plus dérisoire que menaçant. J'étais prêt à l'affronter.

— Personne ne fera plus de mal à Wei Lin, soupirais-je.
— C'est très noble de vouloir la défendre, mais tu ne pourras pas faire grand-chose avec ce tesson, me dit-il d'un ton calme.

— Ne t'approche pas ! hurlai-je d'une voix emplie de fureur.

Plus personne ne fera de mal à Wei Lin, tu m'entends ?

Wei Lin, toujours accrochée à mon cou, me murmura soudain à l'oreille :

— C'est mon oncle...

Cette révélation me frappa de plein fouet, tandis que mes souvenirs s'entremêlaient et se reconstituaient peu à peu, donnant enfin un sens à ce qui m'avait semblé flou. Je me rappelai cette fille, assise à l'arrière de la berline, tortillant ses cheveux aux côtés de Lóngtóu, la première fois que j'avais vu cet homme. Je revivais également sa façon de se nouer les mèches dans l'escalier avant d'arriver ici. C'était elle, Wei Lin, et soudain, plus rien, juste un rideau noir.

Chapitre 14

Méandre de l'esprit

« C'EST MON ONCLE... »

Un raz-de-marée sonore déchira l'obscurité, s'abattant violemment dans les replis de mon esprit. En un éclair, je me réveillai en sursaut, trempé de sueur, submergé par la panique et la terreur. L'esprit encore embrumé, je scrutai attentivement la vaste chambre d'hôpital où je venais de m'éveiller.

Répandant une blancheur éclatante, deux immenses fenêtres inondaient la pièce d'une lumière douce. La quiétude réconfortante s'accompagnait d'un délicat parfum de fleurs. À ma droite, une petite table de nuit supportait une cruche d'eau cristalline et un verre étincelant.

Trois coups secs sur la porte me tirèrent brusquement de mes pensées. Une infirmière en blouse blanche entra sans attendre, affichant une assurance tranquille. Elle s'approcha avec délicatesse pour vérifier ma perfusion. Allongé dans mes draps en sueur, je tentai péniblement de me redresser, mais sans succès. D'une voix douce et apaisante, elle murmura : « Restez calme... tout va bien... ».

Dissipant peu à peu mes craintes, sa présence m'apporta un sentiment de sécurité, bien que la raison de ma présence ici restait floue. Elle m'aida à me redresser avec précaution, prenant soin de ne pas raviver la douleur lancinante qui irradiait l'arrière et le sommet de ma tête. Avec une délicatesse infinie, elle ajusta aussi mon oreiller avant de me tendre un verre d'eau.

D'un geste fluide, elle approcha le verre de mes lèvres desséchées. Chaque gorgée demandait un effort, mais la fraîcheur qui coulait dans ma gorge apportait un grand soulagement.

— Où suis-je ? réussis-je à articuler.
— Vous êtes à la clinique Cambridge.

Je tentai de rassembler mes souvenirs, mais les pièces du puzzle refusaient de s'assembler.

— Depuis combien de temps suis-je ici ? demandai-je avec anxiété.

L'infirmière marqua une brève pause avant de répondre :

— Nous sommes mardi, cela fait donc deux jours que vous êtes arrivé.

Alors, tel un film projeté en accéléré, les souvenirs remontèrent à la surface : les instants de panique, la lutte pour protéger Wei Lin, et cette scène jusqu'alors enfouie sous un voile de douleur me furent projetés.

Lóngtóu posa son regard implacable sur les trois hommes agenouillés, tremblant de peur. Leurs visages, marqués par une supplication désespérée, tentaient vainement d'obtenir son pardon.

Leurs sanglots s'éteignirent brusquement lorsqu'il prononça, d'une voix froide :

— Ne vous inquiétez pas, je ne vais pas vous tuer... je n'ai pas envie de salir mon costume.

Suspendant l'instant, d'un ton dédaigneux, il lâcha des mots imprégnés d'une menace voilée et d'un sarcasme glaçant :

— Dewei !

— Oui monsieur ?

— Tuez-moi cette vermine !

— Très bien monsieur.

D'un geste précis, le chauffeur dégaina un pistolet dissimulé sous sa veste de costume. Sans la moindre hésitation, il s'avança et plaqua le canon contre le front du premier supplicié. Les deux autres hommes, terrifiés, s'inclinèrent jusqu'au sol, noyés dans des pleurs désespérés. Leur supplication se perdait dans un silence lourd et oppressant.

BANG !!! Le tir transperça le front de l'homme, faisant gicler l'arrière de son crâne dans une pluie de sang, de chair et d'os. Le coup résonna et se perdit en échos contre les murs de la cité. Les deux autres hommes, paniqués, se mirent à crier avant de se redresser et de prendre la fuite.

Dewei murmura :

— Aucun honneur... avant de pointer de nouveau son arme sur eux et de faire feu.

Les deux hommes s'affalèrent lourdement sur le sol. Pour lui, cela n'était qu'une simple formalité. Le chauffeur rangea son pistolet et, avec une tranquillité déconcertante, se dirigea vers la berline.

Les yeux embués de larmes, Wei Lin me dévisageait :

— Tout va bien se passer...

Je n'étais plus debout, mais étendu sur le sol. Je me souviens, j'avais froid, et ma main, qui tentait de toucher le visage de Wei Lin, ne rencontra que le frottement de mes ongles contre le bitume sec et crayeux.

Là, croyant la scène terminée, l'un des hommes se mit à tousser violemment, crachant des giclées de sang. Tout en gémissant et en grognant, il tentait de reprendre son souffle, se traînant péniblement sur le sol dans une tentative désespérée de s'enfuir.

Lóngtóu s'avança vers lui et, sans la moindre hésitation ni trace d'empathie, plaça la semelle de sa chaussure sur la gorge de l'homme. Un gargouillement s'échappa, suivi d'un long râle qui s'éteignit lentement.

Tenant toujours le verre d'eau dans sa main, l'infirmière interrompit le flot de mes pensées en me le remettant sous le nez :

— Voulez-vous encore boire un peu d'eau ? me demanda-t-elle doucement.

— Non, merci, murmurais-je, appréciant l'attention bienveillante qu'elle me témoignait.

Elle fit une légère grimace :

— Vous avez reçu un coup très violent sur le crâne, me dit-elle. Vous avez été opéré et plusieurs points de suture ont été nécessaires. Il est essentiel que vous vous reposiez pour permettre à votre corps de guérir. N'hésitez pas à appuyer sur le bouton d'appel si vous avez besoin d'assistance ou si vous ressentez des douleurs. Nous sommes là pour vous accompagner et répondre à vos besoins.

L'infirmière sortit sans un bruit, la porte claquant à peine derrière elle. Je me mis à regarder les gouttes de la perfusion, les entendant tomber dans un vacarme assourdissant. Sans cela, je serais sûrement en train de hurler de douleur. Je fermai alors les yeux, me laissant emporter par la fatigue et la souffrance.

Plongé dans l'inconscience, mon esprit divagua entre le moment présent et le passé. Tout était tellement vague.

Je ne sais pas combien de temps je suis restée endormie, mais lorsque mes paupières lourdes s'ouvrirent, je compris que la nuit était tombée, car l'obscurité régnait.

Mes paupières se refermèrent, me ramenant de nouveau dans un sommeil forcé. Venant de nulle part, à l'intérieur de mon esprit, une voix familière, que je reconnus étrangement comme la mienne, se mit à me parler. Elle disait :

— Réveille-toi, Yáo Jun, réveille-toi...

Les paupières à demi-closes, je me réveillai dans un autre monde. L'obscurité avait disparu, et les grandes vitres, aux volets à demi ouverts, laissaient filtrer des lueurs jaunes et oranges qui éclairaient doucement la pièce.

Les ombres de la ville, animées par l'effet dansant des lumières et le bruit infernal des rues, se déplaçaient dans un va-et-vient incessant. Là, je me laissai submerger par une vague de souvenirs, brutaux : Wei Lin, Li Shui, Qingyu, Yang Lojin, Yong, monsieur Yin Zizhong, le capitaine, mes parents, monsieur O'Ryan, la troupe de la Luciole dorée, Chin ii, le camarade responsable Fang-Le… Tout ce que j'avais vécu depuis mon départ de Hangzhou m'était revenu.

Les images de ma ville natale, avec ses rues pittoresques, emplissaient également mon esprit avec nostalgie. Je revoyais aussi le jour où les gardes rouges avaient jeté par la fenêtre le piano de mon père, ces rues de la ville qui se noyaient dans le chaos de la révolution communiste, tous ces gens accablés et persécutés, tout ce cauchemar ensanglanté.

Soudain, tel un spectre surgissant des ténèbres, une ombre inquiétante se dessina. Un frisson glacial me parcourut, faisant s'emballer mon cœur dans ma poitrine. Cette ombre était bien réelle, et non l'illusion de mon esprit fatigué.

Je dirigeai lentement ma main droite vers l'interrupteur de ma lampe de chevet et réalisai, avec surprise, qu'il refusait obstinément de fonctionner. J'étais piégé, avec elle, elle qui se rapprochait, et la sueur froide qui imprégnait mon dos. Je voulus crier, mais les sons restèrent coincés dans ma gorge.

La silhouette au pied de mon lit s'immobilisa :

— Je suis là pour vous, souffla-t-elle. C'était la voix d'un homme.

Le ton calme et posé de la voix enferma davantage la pièce dans une bulle chaude et oppressante. Je percevais le danger peser sur moi et l'impératif de demeurer absolument silencieux. Au moindre bruit, je savais qu'il me ferait du mal.

— Nous voulons être certains que vous comprenez bien la situation, Monsieur Jun. Vous avez vu quelque chose, et il est impératif que cela reste ignoré de tous. Nous aurions pu vous éliminer pendant votre sommeil, mais une personne a plaidé en votre faveur.

Les mots de l'homme résonnaient dans ma tête, provoquant un mélange insoutenable de peur et d'incertitude. Tandis que je m'efforçais de dissiper l'atmosphère menaçante, une lueur de lucidité s'éveilla en moi. Je reconnaissais cette voix, ce qui rendait l'instant étrangement singulier. Je me concentrais avec difficulté, tentant de l'identifier.

— Si la police venait à vous interroger, reprit-il d'une voix glaciale, vous n'avez rien vu, rien entendu. Vous devez garder le silence. Est-ce bien clair, Monsieur Jun ?

Je répondis d'un simple signe de tête.

— Je vous souhaite un prompt rétablissement, Monsieur Jun.

L'homme s'approcha lentement de la porte, chacun de ses pas mesuré pour éviter le moindre bruit. Il l'entrouvrit avec précaution, juste assez pour jeter un coup d'œil rapide dans le couloir. Une lumière blafarde s'insinua depuis l'extérieur, effleurant son visage et dévoilant partiellement des traits jusque-là engloutis par l'obscurité.

Mes paupières battirent à plusieurs reprises, cherchant à dissiper le brouillard d'incertitude qui m'enveloppait. Puis, tel un éclair de lucidité, un souvenir me heurta : c'était lui, oui, « Dewei », le chauffeur de la berline. La porte émit un grincement sourd, puis se ferma avec une discrétion parfaite.

Je restai un moment à réfléchir à ce qui venait de se passer, lorsque soudain, trois coups retentirent à la porte. Je fus soulagé en apercevant l'infirmière dans l'encadrement de la porte.

Son visage bienveillant et sa présence rassurante dissipèrent en partie mon anxiété. Sa voix portait une compassion sincère lorsqu'elle me demanda :

— Comment vous sentez-vous ce soir ? Avez-vous besoin de quelque chose ?

Le lendemain, je sortis enfin de la clinique. J'appris que les frais de mon hospitalisation avaient été pris en charge par l'oncle de Wei Lin. Bien que sa générosité m'eût surprise, je lui exprimai mentalement ma gratitude, tout en sachant que Wei Lin ne devait pas être étrangère à cela.

Je me mis à contempler l'extérieur, ravi de pouvoir enfin respirer l'air pur. Le soleil caressait ma peau, et le souffle du vent me parvenait, accompagné du bruit familier de la ville.

Mes vêtements étaient imprégnés de l'odeur de l'hôpital ; il devenait impératif que je rentre chez moi au plus vite. Chaque pas jusqu'à l'arrêt de bus avait été un défi, et l'attente m'avait paru interminable. Enfin, je distinguai le bus à l'horizon et rassemblai mes dernières forces pour monter à bord.

Arrivé dans mon quartier, je me précipitais hors du bus. Je n'avais qu'une seule idée en tête, retrouvée, Wei Lin. J'avais encore mal et j'étais fatigué, mais, porté par une excitation électrisante, je pressais le pas.

Avec hâte, je pénétrai dans le hall et grimpai les escaliers jusqu'à son étage. C'était étrange, mais une hésitation me retint devant sa porte. Ma timidité sans doute. Je me lançais finalement au bout de quelques minutes. Les coups résonnèrent. J'insistai davantage, mais je n'eus aucune réponse.

Juste au moment où je m'apprêtais à partir, l'une des portes du palier s'ouvrit, révélant une vieille dame dont l'expression méfiante trahissait une certaine crainte. Sa voix rauque m'interpella :

— C'est la jeune fille que vous cherchez ?

— Bonjour, madame. Oui, c'est elle que je cherche.

— Mademoiselle Lin n'est plus là... La pauvre enfant, elle vient de perdre sa mère.

— Elle est partie depuis longtemps ?

La vieille dame me scruta, tentant sans doute de sonder mes intentions. Après un moment de réflexion, elle poussa un soupir et répondit d'une voix fatiguée :

— Cela fait trois jours... J'ai récupéré les clés de l'appartement. Une grosse voiture est venue la chercher en bas de l'immeuble.

Les yeux rivés sur le sol sale, je restai là, sans un mot. Elle était partie... La porte se referma derrière la vieille dame, me laissant seul, noyé dans ma déception. J'aurais tellement voulu la voir à ce moment-là.

Madame Gao, ma voisine du dessous, apparut soudainement derrière moi. Elle grimaçait sous le poids d'un lourd panier de légumes. Sans hésiter, je lui proposai mon aide. C'est alors qu'elle me raconta une expérience qu'elle avait vécue récemment.

Quelques heures plus tôt, deux jeunes l'avaient violemment bousculée dans les escaliers. Dans la confusion, leurs visages étaient restés flous, mais un détail lui avait sauté aux yeux : l'un d'eux tenait un étui à violon.

— Des vauriens ! avait-elle craché, le visage empourpré. De la vermine qui s'attaque aux vieilles femmes ! Vous rendez-vous compte ?

Alors que nous gravissions lentement les marches, je réfléchissais à ce qu'elle venait de me dire : deux jeunes, un étui à violon. Cela était étrange, d'autant plus que j'étais le seul à en...

Un mauvais pressentiment m'envahit. Je lâchai précipitamment le panier de légumes de madame Gao sur l'une des marches et me précipitai jusqu'à mon palier.

À cet instant, je me figeai devant la porte. Elle avait été défoncée. Des morceaux de bois jonchaient le sol et m'empêchaient presque de passer. Lorsque je poussai la porte de l'appartement, elle grinça tel un sinistre avertissement.

En découvrant, l'état de l'appartement, une vague de tristesse s'empara de moi. Nous avions été cambriolés. En avançant, je retirais lentement la bande enroulée autour de mon crâne. Je n'arrivais pas à le croire. Mes doigts se posèrent avec précaution sur les points de suture à l'arrière de ma tête, créant une sensation étrange et délicate. Cela me faisait penser à la colonne vertébrale d'un poisson.

Qingyu émergea dans le couloir, les yeux embués de larmes et de désespoir. Elle me dévisagea. Cela faisait un certain temps que je n'étais pas revenu à la maison, et son regard semblait chercher des réponses à des questions qu'elle n'osait pour le moment pas poser.

— Tout est parti... Ils ont tout volé... Nos économies, tout est parti... Comment allons-nous faire ?

Je n'étais déjà plus attentif, à elle, car mes pas me conduisaient déjà vers ma chambre. La porte était grande ouverte. Je fouillai la pièce, cherchant frénétiquement l'endroit habituel où je rangeais Pluie de Lune. Il était introuvable… Une vague de colère m'envahit. Dans un accès de rage, je me précipitai vers la fenêtre, me pencha au-dehors, et cria :

— Bande de salauds ! Rendez-moi Pluie de Lune !

Imaginer mon violon entre des mains autres que les miennes m'enflammait de colère. Je scrutais les passants dans la rue, les yeux brûlants, et peu à peu, une pensée s'imposa : tout était de ma faute. Un Stradivarius authentique valait une fortune, et pourtant je l'avais exposé dans le quartier de Yaumatei, puis à l'hôtel. Je me mordais les lèvres, frappé par l'absurdité de ma naïveté.

Saisissant une chaise, je la redressai avant de m'asseoir. En contemplant le chaos qui régnait dans l'appartement, un sentiment d'impuissance et de vulnérabilité m'envahit. J'avais l'impression que mon intimité, ma vie privée, avaient été profondément violées. Qingyu s'assit à mes côtés, et doucement, posa sa tête sur mon épaule :

— Que va-t-on faire maintenant ? Je crois que je vais...

Soudain, elle se pencha pour vomir. Je me levai, remplis un verre d'eau que je lui tendis.

— Merci, murmura-t-elle, le visage tourné vers le sol.

— Il faut aller prévenir Li Shui aux docks, dis-je.

Elle se redressa. Son visage, d'une pâleur extrême, arborait cette expression que seuls ceux qui ont enduré de profondes souffrances peuvent connaître. Avec une moue aigrie, elle me dit :

— Cela fait des jours qu'il ne travaille plus aux docks.
— Quoi ? Comment ça, plus au docks ?
— Il n'y travaille plus. Li Shui est... absent. Il doit être encore en train de traîner dans un bar.

Étonnamment, à cet instant précis, en la fixant intensément dans les yeux, je la trouvais encore plus ravissante que d'ordinaire.

— Li Shui a changé depuis un certain temps. Il ne me touche plus, ne me regarde plus, ne me parle plus. Je crois qu'il a même perdu la moindre trace de gentillesse qu'il avait en lui. C'est cette ville qui l'a transformé, et puis... il y a cette odeur qu'il ramène sur ses vêtements, forte et répugnante...

Elle se redressa, fit une grimace, puis me donna un coup de poing sur l'épaule :

— Et toi, où étais-tu pendant tout ce temps ? Je m'inquiétais !

Je pris une profonde inspiration et lui dévoilai mes péripéties avec Wei Lin.

— Mon pauvre... murmura-t-elle d'une voix douce, en fixant la vilaine cicatrice que j'avais derrière la tête. Tu sais, tu devrais écrire un livre.

— Un livre ?

— Oui, avec tout ce qui t'arrive dans la vie... ricana-t-elle, d'un rire nerveux.

— Je vais y réfléchir… dis-je avec un sourire.

Depuis le début de notre périple, nous avions traversé de nombreuses épreuves difficiles, et celle-ci était de loin l'une des plus éprouvantes que nous ayons connues. C'est peut-être ridicule, mais même aujourd'hui, lorsque je rentre chez moi, j'ai toujours cette petite appréhension avant de franchir ma porte, ce stress qui serre ma poitrine.

Qingyu, les yeux rougis par les larmes, me demanda :

— Yáo... qu'allons-nous faire ?

Un silence pesant s'installa, je me sentais désarmé face à la situation.

— Nous allons faire ce que nous avons toujours fait, nous allons affronter cela ! Commençons par ranger et nous verrons ensuite. Nous ne pouvons pas nous laisser abattre. J'ai quelques économies que j'ai cachées dans le plafond de ma chambre, ça devrait suffire pour le moment.

Qingyu s'extasia :

— Il nous reste de l'argent ?

Je me levai lentement, observant Qingyu qui attendait une réponse avec curiosité. Je me dirigeai vers la porte d'entrée, ramassai un des morceaux qui traînaient au sol et le lui présentai, avant de lui dire :

— Oui, il nous reste de l'argent.

— Il nous reste de l'argent ! s'exclama-t-elle en se levant d'un bond pour me sauter dans les bras.

Soudain, nos regards se croisèrent. Un instant suspendu, où je sus immédiatement que quelque chose de spécial venait de se produire. C'était une connexion profonde, une onde vibrante qui nous avait traversés.

L'amitié que nous partagions avait pris une tout autre dimension. À cet instant, un frisson parcourut tout mon corps. Plongé dans ses yeux, je sentis ma peau se hérisser, chaque fibre de mon être réagissant à cette proximité nouvelle. Pourtant, malgré cette connexion intense, une appréhension grandissait en moi. C'était cette peur de franchir une limite fragile, invisible, qui nous séparait encore.

Et Wei Lin ? J'étais également amoureux d'elle. Et Li Shui, je ne pouvais pas lui faire ça. Mes pensées se brouillaient, empêtrées dans un tourbillon de sentiments contradictoires. Je n'arrivais plus à réfléchir clairement, déconcerté par cette nouvelle sensation qui m'avait pris au dépourvu. Peut-être fallait-il simplement accepter que le cœur ne suive pas toujours la raison, et que parfois, il choisisse sans nous consulter.

Nous laissant sans voix, tels deux amants timides et maladroits, nos regards craintifs se détournèrent simultanément. Nous étions ridicules, et nous le savions.

Elle suspendit un instant son regard dans le mien, puis, prise sur le fait, chercha précipitamment une échappatoire en évoquant un autre sujet :

— Tu as réellement rencontré Monsieur Yin Zizhong ? me demanda-t-elle, rompant ainsi ce silence pesant. Comment était-il ?

— C'est un homme âgé, très courtois et raffiné dans ses gestes.

Tout en répondant, je percevais une réalité différente. Le son de sa voix trahissait sa douleur, sa lassitude face à cette situation difficile à affronter, et je la comprenais.

Un jour s'était écoulé depuis le cambriolage. Li Shui rentra à l'aube, le visage amaigri et marqué par la fatigue. Ses yeux étaient vitreux, ses traits tirés, il était méconnaissable. Je ne pouvais détacher mon regard de cette apparition cadavérique qui errait à présent dans l'appartement.

Il s'effondra sur son lit sans un mot, indifférent au désordre de l'appartement, et sombra aussitôt dans le sommeil. Une odeur nauséabonde émanait de lui. Qingyu, le visage inondé de larmes, avait porté une main à sa bouche pour étouffer un sanglot.

Depuis son retour, une tension imprégnait nos vies. Chaque conversation avec lui dégénérait rapidement en conflit. Li Shui était devenu irritable, agressif, et il multipliait les injures. En plus, il souffrait de symptômes inquiétants : nausées, vomissements, vertiges, sueurs et démangeaisons. Nous nous sentions impuissants, d'autant plus qu'il nous avait formellement interdit de faire appel à un médecin.

Une nuit, un léger bruit dans le couloir attira mon attention. La poignée de ma porte grinça, et timidement, la silhouette gracieuse de Qingyu se dessina dans l'encadrement. Elle était vêtue d'une nuisette en nylon bleu lapis-lazuli, avec une large ceinture qui soulignait les courbes de son corps. La beauté et l'élégance de son apparition me frappèrent. Elle ajoutait une touche de mystère à cette atmosphère déjà saturée d'émotions.

Que voulait-elle ? Où était Li Shui ? Pourquoi tant de mystère et de précaution dans ses mouvements ? Avec grâce, elle s'avança. Sans un mot, baignée par les ombres de la pièce, elle fit lentement glisser sa ceinture, laissant le tissu de sa nuisette se détacher de ses épaules pour révéler son corps nu. Je restai bouche bée, incapable de détacher mes yeux de son corps. Sa peau scintillait sous la lumière platinée du couloir, qui inondait partiellement la pièce, dévoilant chaque courbe, chaque creux de sa silhouette parfaitement sculptée.

Elle se pencha et, au moment où elle s'approcha, une vague de chaleur me submergea. Mes narines s'enivrèrent aussitôt du parfum de ses cheveux. D'un geste brusque, elle saisit le drap et l'éloigna, découvrant mon corps nu, avant de s'asseoir sur moi ; chair contre chair.

Coincé par l'intensité de l'instant, je déglutis péniblement, incapable d'émettre le moindre son. Bien que mes lèvres restèrent scellées, je savais que mes yeux révélaient tout ce que je ressentais : la peur, la fascination, l'adoration, et la soumission. Mon cœur alors, s'emballa dans une course effrénée.

Ce sentiment d'être avec une femme, peau contre peau, était inédit pour moi. Oui, je l'avoue, j'avais peur. Je tendis la main pour toucher sa peau, elle recula, m'obligeant à la poursuivre.

Nous étions engagés dans un jeu de séduction dangereux, chaque mouvement était calculé pour susciter un désir chez l'autre.

Tout à coup, je me ressaisis et la repoussai avec mes bras. Je ne pouvais pas faire ça à Li Shui, je n'étais pas comme ça… Elle me toisa un instant, immobile, puis esquissa un mouvement plein de sensualité. Se penchant davantage, elle dévoila sa poitrine avant de presser ses lèvres contre les miennes.

Je me sentais faible et vulnérable en même temps, pourtant, je me sentais plus vivant que jamais. Submergé par l'intensité du moment, incapable de prononcer un mot, je laissai ses doigts effleurer sa poitrine. Tel un roseau pris dans un torrent, elle se pencha vers moi. Au moment où j'allais prononcer un mot, elle posa doucement son index sur mes lèvres, me faisant signe de me taire. Je tremblais.

— Mais pourquoi ? réussis-je à articuler.

Ses long cheveux balayèrent mon visage, tandis que la pointe de ses seins effleura mon torse en sueur. Elle approcha son visage du mien et me chuchota à l'oreille :

— Fais-moi l'amour...

Lorsque sa joue droite effleura la mienne, je sentis l'humidité de ses larmes. Un instant, mon corps se raidit, les souvenirs de l'hôtel remontant à la surface comme une vague glacée. Soudain, elle glissa sa main entre mes cuisses, attrapant mon sexe languissant.

— Non, arrête !

Elle chuchota :

— N'est pas peur…

Ma main se posa sur son épaule, tentant de la repousser, mais son toucher était si doux, si enivrant, que je me retrouvai incapable de résister. Alors, sans défense, je me laissai emporter, pris dans un tourbillon de sensations.

Mon corps répondait instinctivement, tandis que mes pensées se brouillaient. Une chaleur dévorante m'envahit tout entier, effaçant toute lucidité.

Qingyu scella mes lèvres dans un baiser passionné, puis parcourut mon cou de tendres baisers. Mes mains s'étaient laissées guider par l'envie, effleurant le contour de ses hanches avant de glisser audacieusement sur ses cuisses et de s'aventurer plus haut, vers ses seins fermes.

Chaque caresse décuplait l'intensité de nos émotions. Nos regards échangés, pleins de complicité, confirmaient notre désir mutuel. Mes lèvres chaudes effleuraient sa peau moite, tandis que son parfum m'enivrait. J'avais toujours rêvé de cet instant, et le vivre, surpassait toutes mes espérances.

Nous étions restés enlacés, nos corps et nos âmes fusionnés, jusqu'à ce que l'étreinte explose puis se dissipe. Allongée à mes côtés, Qingyu avait les yeux fixés sur le plafond, illuminé par les phares des voitures qui passaient.

Soudain, elle se leva, quitta le lit et saisit sa nuisette. Au seuil de la porte, elle se retourna, son regard planté dans le mien :

— Promets-moi quelque chose, Yáo Jun…

— Oui, quoi ?

— Ne m'oublie jamais, murmura-t-elle, la voix empreinte d'émotions. Et participe à cet audition.

— T'oublier ? Impossible, dis-je, les yeux dans les siens.

Elle resta un instant à m'observer, puis ferma la porte derrière elle, plongeant à nouveau ma chambre dans l'obscurité. Je demeurai là, à fixer la porte, espérant qu'elle revienne, mais la nuit et le sommeil finirent par m'emporter.

Chapitre 15

Chien de métal

La ville fourmillait d'une énergie fiévreuse. Dans le quartier central de Hong Kong, les rues scintillaient sous une cascade de lanternes rouges suspendues entre les immeubles, leur éclat dansant au gré des brises venues du port.

L'odeur entêtante des brochettes grillées, des boulettes de riz sucrées et des nouilles sautées s'élevait des étals alignés sous les enseignes lumineuses. Les badauds se pressaient, vêtus de leurs plus beaux atours : certaines femmes ou jeunes filles arboraient des *cheongsams[7],* aux motifs floraux éclatants.

Au cœur de la foule, le bruit incessant des pétards éclatait en série. Un dragon multicolore, long de plusieurs mètres, ondulait à travers les rues, porté par des danseurs qui bondissaient en rythme sous les percussions martelant des tambours. Des enfants riaient, brandissaient des bâtons d'encens, allumaient des pétards ou lançaient des confettis dorés et rouges.

Dans une petite ruelle plus calme, baignée d'une lumière tamisée, un vieil homme disposait méthodiquement ses offrandes devant un autel en bois, orné de calligraphies dorées. Des clémentines, d'un

---

[7] Cheongsams, signifie (aussi appelé qipao) est une robe traditionnelle chinoise pour femme.

orange éclatant, contrastaient avec la pénombre de la ruelle. Choisies pour leur douceur et leur couleur vive, elles étaient disposées avec soin aux côtés d'un canard laqué à la peau croustillante.

Le parfum de l'encens se mêlait au crépitement des bougies, créant une atmosphère propice à la méditation. Les mains tremblantes, l'homme murmurait une prière ancestrale, ses yeux clos en signe de recueillement. C'est à cet instant que l'idée me vint d'acheter des clémentines. Qingyu aurait sûrement été ravie de les déguster.

Je montai dans un bus et descendis au quartier *Lang Lo*. Les rues grouillaient de gens. Là, j'aperçus une vieille dame assise sur un tabouret bancal. Devant elle, une petite bâche en plastique bleu était étalée à même le sol. Dessus, elle avait empilé des oranges et des clémentines en une petite pyramide maladroite, qu'elle tentait de vendre.

Il y avait cette étrange expression sur son visage, donnant l'impression que toute sa vie reposait sur ses fruits. Derrière elle, les commerçants, visiblement agacés par sa présence, lui lançaient des regards froids et des murmures de reproche.

Je pris la décision de m'approcher de la vieille dame pour lui acheter ses clémentines, malgré les regards frustrés des autres marchants. Alors que je me dirigeais vers elle, des paroles en cantonais jaillirent dans ma direction. Ignorant leurs regards, je m'avançai jusqu'à elle et je lui demandai de me servir une vingtaine de clémentines.

Elle déposa les clémentines dans un sac en plastique, ses mains ridées tremblaient légèrement sous le poids. Après l'avoir payée, je m'éloignai, prêt à traverser pour rejoindre le trottoir d'en face. Mais je n'avais pas fait trois pas qu'un policier surgit devant moi.

— *Your papers.* Vos papiers, lança-t-il d'un ton sec.

Soudain j'entendis la femme crier, alors je me retournai. Un autre policier, debout près d'elle, écrasait ses clémentines sous la semelle de ses bottes. La vieille dame, furieuse, s'était mise à hurler en cantonais, pointant le policier du doigt avec une rage évidente.

Dans un geste de désespoir et de révolte, la vieille dame saisit quelques clémentines, les yeux pleins de larmes, et commença à les jeter sur l'officier.

J'ai détesté ce moment. Pourquoi tant de méchanceté envers cette vieille dame ? Mon regard allait des policiers aux commerçants, et tout devint clair : c'étaient eux qui avaient appelé la police. C'était interdit de vendre à la sauvette, je le savais. Mais leur façon de procéder était ignoble. Écraser ses clémentines sous leurs bottes, c'était cruel, humiliant, et totalement gratuit.

— *Your papers* ! me répéta le policier, me tirant brutalement de mes pensées.

Je fis semblant de chercher dans mes poches, bien que je savais pertinemment que je n'avais aucun papier. À cet instant, une décision s'imposa : fuir. Mais à peine m'élançai-je qu'il me saisit brusquement par l'épaule et me passa les menottes dans le dos.

Un profond désespoir m'envahit. Qu'allaient-ils faire de moi ? Me jeter en prison ? Me renvoyer en Chine ?

Je fis une grimace. L'année du chien de métal commençait merveilleusement bien. Soudain, des cris éclatèrent.

Son collègue, furieux de voir son uniforme éclaboussé de clémentines, venait de frapper brutalement l'épaule de la vieille dame avec son bâton. C'est à cet instant que tout dégénéra.

Les gens dans la rue se mirent à hurler contre le policier à l'uniforme souillé par les clémentines, qui se plaça immédiatement en garde. M'attrapant par le bras, l'officier me ramena vers son collègue pour lui prêter main-forte.

La rue, habituellement animée par les passants pressés et les commerçants, était désormais un terrain de confrontation.

— Qu'est-ce que vous faites ?! cria un homme dans la foule, furieux, tout en se frayant un chemin entre les passants curieux, pour se rapprocher des policiers.

— Elle n'a rien fait ! hurla à son tour une femme, les yeux injectés de colère. Vous avez vu ça ? Vous là frappée comme un chien !

Les policiers, impassibles, serraient leurs bâtons. Il savait que le moindre faux pas pourrait déclencher l'enfer. C'est alors qu'un homme, peut-être ivre, s'approcha d'un des policiers. D'un geste brusque, il attrapa son col et le projeta en arrière. Avant qu'il ait le temps de comprendre, le policier leva son bâton et, d'un coup sec, frappa l'homme à la tête. Ce dernier s'effondra aussitôt sur le pavé.

Un silence lourd s'abattit sur la foule, puis, quand ils virent le sang couler de la tête de l'homme, un hurlement collectif s'éleva et les coups commencèrent à pleuvoir. Je me retrouvai projeté en arrière, au sol, tandis que les policiers, dépassés, essuyaient des coups de poing, de pied et des jets de clémentines.

Une vague d'adrénaline parcourant mon corps, je me redressai d'un bond. Les menottes me sciaient les poignets, mais je n'avais pas le choix : il fallait courir. La sueur dégoulinait déjà sur mon front, mêlée à une peur sourde qui me vrillait l'estomac.

Les rues défilaient, floues, les regards des passants pesaient, et mes jambes commençaient à faiblir. J'entendais des cris lointains, des exclamations étouffées. Ils étaient à ma poursuite, je le savais. Une heure plus tard, j'arrivai enfin devant mon immeuble.

Dans ma rue, des éclats rouges marquaient le sol, témoins des pétards éclatés. Les rires des enfants résonnaient, mêlés au claquement des petites détonations qu'ils lançaient en courant partout. À l'étage, en m'approchant de la porte, j'entendis Qingyu et Li Shui se disputer. Ce n'était pas la première fois qu'ils se disputaient, mais d'habitude, c'était moins violent.

Je me mis sur le côté et frappai plusieurs coups sur la porte avec le bout de mon pied. Elle s'ouvrit brusquement, et là, Li Shui me fixa droit dans les yeux. J'eus l'impression qu'il savait, qu'il savait pour moi et Qingyu. Je me sentis immédiatement en danger. Sachant de quoi il était capable, je reculai d'un pas. Il passa alors à côté de moi et commença à descendre les escaliers, quand je l'interpellai :

— J'ai besoin de toi !

Il se retourna et me fixa, énervé.

— Il faut que tu m'enlèves ça ! repris-je.

Je lui montrait les menottes.

— J'ai pas le temps, j'ai un rendez-vous, me répondit-il d'un ton glacé. Adresse-toi au voisin d'en dessous.

— Mais, euh… d'accord…

Il partit, et je me retrouvai seul sur le palier. Qingyu était dans sa chambre, la porte fermée à clé. Elle devait sûrement être en train de pleurer, encore. Je n'aimais pas cette situation, et la façon dont Li Shui la traitait m'énervait.

Je m'approchai de la porte de sa chambre et soufflai :

— Ça va aller, Qingyu ?

— Laisse-moi tranquille…

Puis elle se contenta de pleurer. Je pris alors la décision de me rendre chez le voisin d'en dessous. J'hésitai un instant à frapper, mais je ne pouvais pas rester avec les menottes. Alors, du bout de ma chaussure, je tapai trois coups sur sa porte.

Un bruit métallique résonna de l'autre côté, suivi d'un raclement précipité et la porte s'ouvrit. Mon voisin, les yeux grands ouverts, m'observa de la tête aux pieds, puis jeta un coup d'œil au palier et aux escaliers. Il portait une chemise froissée, les manches retroussées jusqu'aux coudes, révélant des bras constellés de taches d'encre.

> — C'est pour quoi ? me dit-il.
> — Euh, pourriez-vous m'aider à retirer les menottes que j'ai dans le dos ?

J'avais tellement honte.

> — Vous êtes Yáo Jun, n'est-ce pas ? Vous et votre bande, vous pourriez faire un effort pour le voisinage ! On dirait un chantier ici certains soirs. La prochaine fois, je vous jure que je sonne à 5 heures avec ma perceuse !

Je restais figé, les mots coincés dans ma gorge. J'étais plutôt mal à l'aise. Ses mots déferlaient sans pause, tels un torrent incontrôlable.

Je jetai un rapide coup d'œil à son appartement : c'était propre et bien rangé. Mais, au milieu du salon, trônait un canapé de velours couleur pistache qui, selon moi, ne s'accordait pas avec le reste du décor.

> — Vous avez vu la lumière dans le couloir ? Ça clignote, hein ? C'est moi qui ai réparé ça, enfin, essayé de réparer. Les outils, vous savez, c'est toujours… Oh, et votre boîte aux lettres ! Trop petite, non ? On peut pas y mettre grand-chose. Dites, vous êtes venu pourquoi déjà ?

Mon voisin clignait des yeux à un rythme frénétique, chaque tic accompagnant ses paroles rapides. Ses doigts grattaient nerveusement sa tempe.

— Euh, je voulais juste… emprunter un tournevis, dis-je en cherchant une issue à cet étrange monologue.
— Tournevis ? Ah oui, oui, bien sûr, un tournevis ! J'en ai plein, enfin pas tous en bon état, mais assez pour visser n'importe quoi. Vous savez, une fois, j'ai démonté une horloge entière avec un tournevis cassé. Une horloge, imaginez !

Tout en continuant de parler, l'homme se précipita dans une pièce, laissant la porte ouverte derrière lui. Lorsqu'il ressortit, un tournevis en main, il se figea soudainement, les yeux fixés sur un point invisible au sol. Ses doigts commencèrent alors à toucher sa chemise.

Il retroussa davantage ses manches, puis se frotta frénétiquement les bras. J'avais l'impression qu'il chassait quelque chose d'invisible ou tentait de se débarrasser d'une sensation qu'il ne comprenait pas.

Il s'arrêta brusquement, puis, d'un air détaché, se dirigea vers la fenêtre du salon. La pluie avait commencé à frapper contre les vitres. Il scruta l'extérieur, puis se retourna :

— Dites, vous aimez les oiseaux ? Vous avez remarqué qu'ils volent plus bas quand il pleut ? Et cette odeur de pluie… vous la remarquez ? On dirait presque l'odeur de

> l'argile, vous ne trouvez pas ? C'est étrange, mais j'ai toujours eu l'impression que la pluie me parlait, comme si elle avait quelque chose à me dire…

Les tics ne s'arrêtaient pas. Chaque seconde, il clignait des yeux, touchait ses mains et recommençait à ajuster sa chemise.

— Je ne vais pas vous déranger plus longtemps, je vais...

Là, il me regarda droit dans les yeux et un silence s'installa entre nous. Ses traits se figèrent, puis une lueur de prise de conscience traversa son regard. Il se rappelait enfin la raison de ma visite.

> — Tournevis ! Voilà, un tournevis… Vous savez que les premières vis ressemblaient plus à des spirales qu'aux vis modernes et étaient utilisées dans des matériaux tendres comme le bois ? Les premiers tournevis étaient des outils simples, souvent fabriqués à partir de matériaux naturels comme le bois ou l'os. Avec l'avènement de l'industrialisation, la conception des vis et des tournevis s'est considérablement améliorée. De nouveaux matériaux et des techniques de fabrication plus précises ont permis de créer des outils plus effica…

Agacé, je me retournai brusquement et lui montrai mes menottes qui entravaient mes poignets. En voyant cela, il s'était interrompit, un instant, avant de reprendre.

— Des menottes ? Oui, des menottes… Mais il fallait le dire plus tôt. Attendez, je reviens. Ce n'est pas avec un tournevis qu'on peut enlever des menottes.

Il fouilla dans un tiroir et en sortit un morceau de fil de fer, presque aussi fin qu'une aiguille. Il l'inséra dans la serrure des menottes, le métal grinça contre le mécanisme. Chaque mouvement était lent, mais précis. Il fit glisser ensuite le fil dans l'une des rainures, et un craquement se fit entendre. Les menottes s'ouvrirent enfin et tombèrent au sol.

— Merci beaucoup, dis-je.

— Je m'appelle Xiǎo Chén, dit-il en tendant sa main vers moi. Voulez-vous une tasse de thé ?

Cet homme était vraiment étrange. Cependant, je lui serrai la main. Après ce qu'il venait de faire, il m'était impossible de refuser son invitation, alors j'acceptai. Il m'invita à m'asseoir le temps qu'il prépare le thé. Je m'installai sur son canapé, qui se révéla être plutôt confortable. Dans la cuisine, je pouvais l'entendre me parler. C'était juste une suite de sons, des mots qui me revenaient complètement incompréhensibles.

Je me mis à observer les photos sur sa commode. Il y avait les photos d'une femme et d'une petite fille. Il revint avec un plateau, sur lequel se trouvaient une théière en fonte noire et deux tasses, qu'il plaça sur la table basse devant nous.

— Votre famille n'est pas ici ? demandai-je, cherchant à engager la conversation.

Il me regarda droit dans les yeux. Une expression mêlant colère et tristesse bouillonna instantanément en lui, et cela m'effraya sur le moment.

— Ma femme et ma fille sont mortes dans un accident. Et depuis... je vis seul. J'essaie de... comment dire, de m'approcher des gens, mais je n'y arrive pas. De toute façon, je préfère rester seul.

Il versa du thé dans les tasses et m'en tendit une. Je pouvais lire sur son visage qu'il n'osait plus prononcer un mot. Parler de cela, et qui plus est avec un inconnu, devait être une épreuve difficile.

Un instant de gêne s'écoula avant qu'il ne reprenne ses habitudes et ses tics, presque machinalement. Là, il se remit à me fixer et, après un instant d'hésitation, il se confia à moi. Tandis qu'il parlait, cette fois avec calme et mesure, je compris qu'il cherchait à se libérer :

— Ce jour-là... L'eau tiède enveloppait ma femme, Yumei. Elle souriait, vraiment. Notre fille, Xueyan, éclaboussait joyeusement, ses longs cheveux noirs collés sur ses joues roses. Son rire cristallin se mêlait au bruit des vagues. « Encore, maman ! » suppliait-elle, les yeux brillants. Yumei la souleva dans ses bras, toutes deux ruisselant de lumière, avant de plonger dans les vagues. Je les observais, adossé à un rocher. « Allez, mes amours, il est temps de rentrer ! » criai-je. C'est alors que le courant emporta Xueyan. Ma femme se jeta vers elle, hurlant son nom. Je vis son visage se décomposer quand les flots engloutirent notre petite fille. Je courus, jusqu'à l'eau et essaya de les rejoindre. Yumei luttait encore quand une vague la frappa de plein fouet. Son dernier geste fut de tendre les bras vers l'endroit où Xueyan avait disparu. Le lendemain matin, ils ramenèrent le corps de ma femme. Notre fille, elle, resta avec la mer. Parfois, au crépuscule, quand il m'arrive d'y retourner, je crois encore entendre leurs voix dans le clapotis des vagues.

Il éclata en sanglots. Je ne savais quoi faire d'autre que de le regarder. Soudain, sans savoir pourquoi, je repensai à ce que Qingyu m'avait dit un jour : « Tu devrais écrire un livre, parce que c'est toujours à toi qu'arrivent des choses bizarres. »

Là, une sensation nerveuse s'empara de moi. Et le voir sangloter, avec cette expression qui était bien sûr extrêmement triste, me parut... D'abord, je me pinçai les lèvres, mais, ne tenant plus, j'eus un éclat de fou rire.

Xiǎo Chén ressentit d'abord un poids écrasant dans sa poitrine. Ce qu'il venait de voir et d'entendre, vibrant encore dans son salon, avait eu l'effet brutal d'une gifle.

— Espèce de petit salopard ! Je vais t'étrangler !
— C'était nerveux, désolé ! dis-je.

Il se leva brusquement et se jeta sur moi. J'eus le réflexe d'être plus rapide et, sous l'effet de la peur, je me précipitai vers la porte de l'entrée. Sous l'élan, il s'écrasa contre son canapé, ce qui me donna juste le temps d'ouvrir la porte et de m'échapper.

Dans un souffle saccadé, je murmurai des excuses, mais il ne les entendit pas. Lorsqu'il fonça vers la porte, les yeux pleins de fureur, j'étais déjà en train de descendre les escaliers.

Je me retrouvai dans la rue, où les éclats des pétards, bruyants, explosaient, perçant l'air et le faisant vibrer sous leurs souffles.

Je jetai un coup d'œil en arrière, histoire de vérifier qu'il ne me poursuivait pas, et lorsque je repris mon chemin, je m'arrêtai net.

Elle était là, me fixant droit dans les yeux. Il y avait quelque chose dans son regard qui trahissait clairement ce qu'elle ressentait à cet instant. C'était Wei Lin…

Elle portait une robe rouge traditionnelle, dont les motifs dorés captaient la lumière des lanternes à chaque mouvement. Elle se jeta dans mes bras et se mit à pleurer. Je restai un instant immobile, à la fois heureux et stupéfait.

— Je suis désolée, dit-elle. J'aurais dû venir plus tôt.

Elle passa sa main sur mon crâne et tenta de regarder la cicatrice, qui ne se voyait presque plus à cause de la repousse de mes cheveux.

— C'est à cause de mon oncle, expliqua-t-elle. Il ne voulait pas que je vienne, c'était trop risqué pour lui. Il m'enferme dans une grande maison au sud de la ville, mais j'ai réussi à m'échapper, juste pour te voir. Dans quelques jours, on part pour les États-Unis… et je ne sais même pas si je pourrais te revoir un jour…

Elle m'embrassa et me serra dans ses bras. À cet instant, des feux d'artifice éclatèrent, projetant leurs couleurs vives dans le ciel qui s'assombrissait peu à peu. Chaque détonation vibrait au loin, projetant sur nos corps des éclats aux multiples couleurs.

Tout à coup, un pétard lancé par accident à nos pieds par un petit garçon portant une grosse paire de lunettes nous fit sursauter. Nous éclatâmes de rire. Cela faisait si longtemps que je ne m'étais pas senti aussi heureux.

De l'autre côté de la rue, un fracas de tambours, entrecoupé du craquement incessant de pétard, parvint à nos oreilles. Alors, tout en nous tenant la main, nous décidâmes d'y aller.

Des odeurs alléchantes de brochettes grillées, de boulettes fumantes aux porcs, vendues par des marchands ambulants, nous sautèrent au nez. Je n'avais pas beaucoup d'argent, mais pour faire plaisir à Wei Lin, je lui achetai des brochettes aux bœufs. Esquivant habilement la foule compacte rassemblée pour le défilé, nous nous mîmes à marcher lentement. Tout était tellement beau à cet instant que j'aurais voulu que le temps s'arrête, voire qu'il n'existe plus.

Nous nous arrêtâmes devant un petit stand où un vieil homme faisait tourner des dragons en papier sur de fines tiges de bambou. Wei Lin en acheta un et me le tendit avec un sourire radieux.

— Pour te protéger des mauvais esprits, plaisanta-t-elle.

Elle éclata de rire, son visage s'illuminant d'une joie simple et sincère. Plus loin, une danse de dragon débuta : deux figures imposantes, couvertes de soie colorée et d'écailles scintillantes, bondissaient au rythme des tambours assourdissants.

Wei Lin m'emmena dans une allée un peu plus calme, se plaça contre un muret et plaça ses bras autour de mes épaules :

— Tu crois qu'on verra les feux d'artifice d'ici ? demanda-t-elle, les yeux pétillants d'excitation.
— Peut-être, répondis-je, tout nerveux. Mais ce n'est pas grave. Le vrai spectacle, c'est toi.

Elle me regarda, rougissant légèrement, avant de me donner un coup d'épaule. Mais avant qu'elle ne puisse dire quoi que ce soit, une explosion de lumière illumina le ciel, et nous nous embrassâmes. Wei Lin, émerveillée, leva les yeux, tandis que moi, je continuais à la regarder. Emportés par la magie du Nouvel An, dans ce chaos de sons et de couleurs, nous nous sentions invincibles.

Je l'aimais, oui, je l'aimais, et cet amour était bien plus fort pour elle que pour Qingyu, j'en étais vraiment certain… Nous nous mîmes à marcher main dans la main, empruntant la grande rue, au milieu de cette foule dense et animée, baignée par les odeurs de nourriture, de fruits frais et de fleurs d'orchidées vendues sur les trottoirs. J'étais plongé dans un rêve.

Nous nous arrêtâmes devant un stand où un garçon à peine âgé de 10 ans vendait des pommes d'amour couvertes de sucre caramélisé. Wei Lin en acheta une et me tendit le bâton avec un sourire taquin.

— Tu veux goûter ? C'est délicieux.

Elle tenait la pomme juste devant moi. J'ouvris la bouche pour mordre dedans, mais avant que je ne puisse faire quoi que ce soit, un homme en costume et chapeau la saisit par le bras. Elle se débattit un instant, puis la força à monter dans une berline noire. Je me mis à crier, et certaines personnes se retournèrent vers moi, mais elles restèrent en retrait, sans réagir à ma peine ni à ce qui était en train de se passer.

Je me mis à courir vers eux et, au moment où j'arrivai devant la portière arrière, la voiture démarra en trombe. C'était son oncle, qui avait envoyé ses sbires la chercher. Il ne voulait pas qu'elle fréquente une personne comme moi, un bon à rien, un étranger du continent.

Je n'eus que le temps de frapper la vitre du passager avant que la voiture ne s'éloigne. Une rage m'envahit. Je me mis à courir, déterminé à la rattraper. En apercevant un vieux vélo abandonné, je l'attrapai et partis à leur poursuite.

La sueur chaude se changeait en frissons glacés sur mon dos, tandis que le vent tiède m'enveloppait, emporté par la vitesse. Chaque coup de pédale était lourd, mais je finis par les rejoindre. Je la vis, là, sur le siège arrière, les yeux pleins de larmes. Ses mains, pressées contre la vitre, semblaient chercher désespérément à m'atteindre.

Je me mis à crier son nom :

— Wei Lin, Wei Lin !

Je me faufilais entre la voiture et les passants, mais la berline accéléra, me laissant derrière. J'essayais de toutes mes forces de la rattraper. Wei Lin se retourna pour me fixer, mais plus je pédalais, plus la voiture s'éloignait.

Soudain, une charrette débordant de coton et de tissus bariolés surgit devant moi. Impossible d'esquiver.

Mon vélo percuta l'attelage dans un choc brutal, m'éjectant violemment en avant. Mon corps s'écrasa sur le bitume.

Le fracas des pétards, les éclats de feux d'artifice et les bruits incessants des discussions envahissaient l'espace. La douleur me saisissait à chaque mouvement, mes muscles trop endoloris pour réagir immédiatement. Les passants n'avaient même pas prêté attention à ma chute. Ils continuaient leur chemin, absorbés dans l'excitation du moment. Je tentai de bouger, mais le choc m'avait laissé un goût amer dans la bouche. Un regard vers la charrette me révéla qu'elle continuait sa route, indifférente.

Je finis par me relever. Mes genoux étaient égratignés, un peu de sang perlait sur le côté droit de mon visage, et mon bras gauche me lançait. Tout d'un coup, attristé par ce qui venait de se passer, je laissai échapper un long râle de rage.

À cet instant, j'attirai l'attention des gens autour de moi. Oui, j'étais bien vivant, Yáo Jun, de la ville de Hangzhou. Je baissai la tête, non pas blessé par le regard des gens, mais pour ne pas laisser libre cours à ma colère. Finalement, je n'avais plus rien d'autre à faire que de rentrer.

J'étais complètement épuisé, tant physiquement que moralement. Mes pieds traînaient avec une lourdeur accablante, et d'un pas las, presque mécanique, j'avais gravi les escaliers, marche après marche, les yeux baignés de larmes.

J'ai ouvert la porte d'entrée de notre appartement, et soudain, j'ai senti quelque chose sous mon pied. Je me suis arrêté net, intrigué.

En baissant les yeux, j'ai découvert une enveloppe marron posée sur le sol. Elle avait été glissée sous la porte.

Je me suis baissé pour la ramasser. À l'intérieur se trouvait une photo, un peu froissée sur les bords. Je l'ai reconnue immédiatement. C'était la photo que Lin Yong avait prise de nous, ce photographe un peu fou que nous avions croisé un jour, alors que nous traversions une ruelle pour nous rendre dans le quartier de Yaumatei.

Je me souvenais de son air excentrique, de son sourire en coin, et de la façon dont il avait insisté pour immortaliser ce moment. Sur la photo, Qingyu tenait Vent d'Ouest. Moi, j'étais à sa droite, les mains dans les poches, et Li Shui à sa gauche, son regard fixé sur le photographe.

Un sourire las a éclairé mon visage, puis, refermant doucement la porte, j'ai déposé la photo sur la petite table de la cuisine, espérant que mes amis la remarquent à leur retour.

Finalement, Lin Yong n'était pas un voleur. Juste un peu fou sur les bords, certes, mais pas un escroc, comme nous l'avions pensé.

Chapitre 16

La divine rouge

Un après-midi, je décidai de suivre Li Shui pour découvrir où il passait ses journées, sans me douter un instant de ce qui allait se produire. J'avais en tête l'audition qui approchait à grands pas, et je n'étais pas encore certain de vouloir y participer.

Depuis que Qingyu était venue me voir un soir dans ma chambre, elle était devenue distante. Je sentais qu'elle n'était plus la même, ou que quelque chose la perturbait.

Je devais rester vigilant : la dernière fois que j'avais suivi Li Shui en secret jusqu'à la petite cabane dans les montagnes, et que je l'avais surpris avec Qingyu, il avait failli me tuer.

Li Shui s'arrêta à une station de bus. Un car bondé finit par arriver. C'était l'un de ces vieux modèles bringuebalants qui sillonnaient juste les petits quartiers.

Les gens commencèrent à descendre dans un bourdonnement de voix et de pas pressés. Je me faufilai entre les gens. Dès que je fus à l'intérieur, je m'efforçai de me fondre dans la masse, cherchant un coin discret pour le surveiller et ne pas me faire remarquer.

À la première station, un homme, fatigué et visiblement agacé, se leva et abandonna sa place. Li Shui s'y glissa aussitôt. À ses côtés, une femme d'un âge avancé, visiblement incommodée par son odeur, se pinça le nez, se redressa et s'éloigna.

Le car finit par s'arrêter, et nous descendîmes pour continuer à pied. Nous nous enfonçâmes dans le quartier de Wan Chai, un endroit risqué une fois la nuit tombée. Les rues étaient bordées de bars, de boîtes de nuit, de prostituées sollicitant les passants et de vendeurs de drogue. Nous croisâmes des hommes d'affaires anglais et des militaires en permission, qui avaient apparemment l'habitude d'y venir.

Li Shui se déplaçait d'une manière singulière, une étrange détente éclairant son visage d'une joie discrète. Il atteignit un vieux bâtiment d'un rouge pâle. Devant l'entrée, mal accrochée, se trouvaient de chaque côté de la porte deux vieilles lanternes rouges, grandes et déchirées.

Après avoir frappé trois coups à la porte, il attendit. Il était évident qu'il brûlait d'impatience d'y pénétrer, car il n'arrêtait pas de se tortiller les mains. Une vieille femme, vêtue d'un qipao noir, ouvrit la porte et l'invita à entrer.

Pourquoi était-il là ? Qu'est-ce qui l'avait poussé jusqu'ici, dans cet endroit si étrange ?

De l'autre côté de la rue, une vieille berline couleur pourpre se gara. Elle avait attiré mon attention, car celle-ci ressemblait à celle de l'oncle de Wei Lin. Apparemment, le conducteur rencontrait un problème mécanique et était descendu pour vérifier sous le capot.

Après avoir attendu un certain temps, j'ai finalement décidé d'aller frapper à la porte. Peu de temps après, la même femme vint m'ouvrir. Son visage pâle, aux yeux étroits et perçants, scruta froidement chaque détail de mon corps. J'étais propre sur moi, une odeur agréable m'entourait et je n'avais rien de suspect. Cela la dérangea visiblement, car elle savait qu'elle me voyait pour la première fois.

Son visage, l'expression qu'elle portait, retenait une colère sourde. Toute son allure était empreinte d'une aura sombre et menaçante.

— Mon ami Li Shui, euh... mon ami est à l'intérieur, dis-je, intimidé.

Elle me répondit d'une voix rauque :

— Suis-moi...

Elle referma la porte derrière moi, et je pénétrai dans une cour sombre et humide. Le sol en béton, sale et fissuré, était maculé ici et là de taches de sang séché. Au centre se dressait une antique petite fontaine, dont le robinet, d'un blanc pâle, était jauni par le temps.

Soudain, un chien squelettique au pelage court, d'un marron terne, et aux yeux globuleux, apparut et vint me renifler. La femme poussa un juron, lui donna un coup de pied, et le chien, apeuré, se réfugia sur une vieille guenille au fond de la cour.

Elle ouvrit ensuite une deuxième porte. Immédiatement, une odeur âcre envahit mes narines et me fit tousser. La pièce était plongée dans une semi-obscurité oppressante. Des lampes rouges, suspendues de manière chaotique au plafond, étaient couvertes de poussière.

Elles diffusaient une lumière faible et inquiétante, pareille à des yeux de démons tapis dans l'ombre, scrutant chacun de vos mouvements, prêts à vous dévorer. Quant au sol, il était jonché de déchets de toutes sortes.

Une vingtaine d'hommes aux yeux hagards gisaient sur des matelas souillés, leurs corps recouverts d'une fine pellicule de sueur et de crasse.

Ils étaient allongés sur le côté, la tête posée sur des oreillers, inhalant les vapeurs d'un petit fourneau à la flamme vacillante. La fumée pourpre qui s'échappait de leurs bouches tissait une atmosphère, presque cauchemardesque.

Un peu plus loin, en hauteur, une lampe à l'huile au verre poussiéreux créait une grande auréole sur la surface d'un mur éraflé et éclairait des caractères peints à l'encre noire. Ils formaient le nom énigmatique de la « Divine Rouge ».

Cet endroit malsain n'était rien de plus qu'une tanière de vices et de dépravation, où les clients s'adonnaient à la fumée de l'opium.

Je pouvais à peine distinguer les silhouettes des fumeurs. Certains étaient presque décharnés, des squelettes se déplaçant avec difficulté sur leurs matelas posés à même le sol.

Dans ce chaos enfumé et nauséabond, de jeunes femmes maquillées et vêtues de qipao moulante servaient les clients en opium et en alcool de riz. Leurs déplacements rappelaient ceux des infirmières dans un hôpital. Pourtant, leurs sourires séduisants et leurs robes chatoyantes trahissaient leur véritable nature : c'étaient des prostitués.

Dans cette antre rempli de désespoir et de désolation, je cherchais Li Shui, qui restait introuvable. Soudain, la patronne me fixa d'un air glacial :

— Si tu veux passer plus de temps avec ton ami, tu dois acheter quelque chose ici. C'est la règle de l'établissement.

D'un geste las, elle me désigna ensuite l'arrière de la pièce :

— Ton ami est là-bas, au fond. Débrouille-toi pour le trouver.

J'ai hoché la tête et me suis dirigé vers l'endroit qu'elle m'avait indiqué.

Je n'avais de cesse de détourner le regard pour éviter les individus arborant des visages livides. On dit que les yeux sont les fenêtres de l'âme... Mais lorsque mes yeux croisaient les leurs, ceux-ci paraissaient profondément sombres, dépourvus de vie, et empreints d'une impression d'impuissance et de fragilité.

Je sentis alors que quelque chose n'allait pas. Sous l'emprise des effluves, je glissais lentement dans un gouffre sans fond, m'enfonçant chaque seconde un peu plus. J'avais la tête qui tournai et je commençais à ressentir des choses illogiques au plus profond de moi. Je vis un instant le visage de mon père, qui avait remplacé celui d'un homme.

Au moment où il attrapa sa pipe, celui-ci s'évapora, laissant place à un autre visage, celui d'un homme au teint blafard et évanoui.

Je jetai à nouveau un coup d'œil sur les hommes allongés les uns à côté des autres, séparés seulement par un simple rideau.

Sans expression, sans fierté, ils n'étaient plus que des souffles froids, se mouvant parmi la fumée vermeille qui tourbillonnait dans la pièce. Leur corps, privé de toute beauté, témoignait de la souffrance, rongée par les insectes invisibles de leur déchéance.

Je découvris enfin Li Shui allongé, son visage partiellement éclairé par la flamme du fourneau posé à côté de lui. Son regard fixe donnait l'impression qu'il était étrangement détaché de son propre corps.

Tout à coup, de sa bouche, la fumée s'échappa et prit vie, se transformant en une créature infernale qui m'empêcha d'approcher. Elle me dissuadait de le tirer de sa transe empoisonnée.

Je secouai la tête et me donnai une petite gifle pour me réveiller. Tout cela n'était que dans ma tête. Je m'accroupis à sa hauteur et posai ma main sur son épaule, mais il ne me reconnaissait pas. Ses pupilles dilatées, noires, étaient figées dans le vide. Rien d'autre n'existait pour lui, à part cet état d'engourdissement qui parcourait ses veines.

Je le secouai doucement. Il émit un léger gémissement et se recouvrit les jambes de la vieille couverture sale et fine, qui était roulée à hauteur de ses genoux.

La tristesse m'envahit en le voyant dans cet état. Il était impératif que je l'aide à retrouver ses esprits et que je le sorte de cet endroit au plus vite. Lorsque je le redressai, un long gémissement s'échappa de ses lèvres.

L'odeur âcre qu'il dégageait me brûlait les narines. Avec difficulté, je réussis à le mettre sur ses jambes. Lorsque nous nous retournâmes, la maquerelle était là, face à nous, les mains sur les hanches. Elle était accompagnée de deux types aux crânes rasés. L'un des types, le plus petit, avait un œil blanc et un air patibulaire, tandis que son compagnon, plus grand et large d'épaules, arborait une cicatrice sur la joue gauche.

Une profonde anxiété me submergea, et mon cœur se mit à battre plus vite. Les hommes au visage impassible me clouaient sur place.

— Alors, où tu crois aller, mon chou ? Tu penses vraiment pouvoir filer avec ton ami comme ça ? Je t'ai laissé entrer pour le voir, pas pour l'enlever sous mon nez. Il me doit de l'argent, et toi, t'es pas mieux ! T'es pas encore payé pour tout ça, alors tu vas rester tranquille.

Avec une grimace menaçante, l'homme à l'œil blanc sortit lentement un couteau, dissimulé dans sa ceinture. Son visage trahissait une excitation malsaine. À ses côtés, son compagnon, les poings serrés et un sourire en coin, n'attendait qu'un signal de sa patronne pour me sauter dessus.

Li Shui, les yeux mi-clos, devenait de plus en plus lourd et fléchissait les genoux. Je peinais à le maintenir debout et pouvais l'entendre murmurer :

— T'es fou, dépose-moi et fiche le camp.

— Oh, ton ami semble vraiment épuisé. Peut-être que tu devrais le laisser se reposer un peu... me lança l'homme à l'œil blanc, un sourire cruel flottant sur ses lèvres, tout en pointant sa lame menaçante vers moi. Vous nous devez de l'argent, et il est temps de payer !

Je me sentais complètement perdu. Les payer avec quoi ? Je n'avais que 50 cents dans ma poche, juste de quoi prendre le bus. La tension montait en moi, et une boule d'angoisse commença à me tordre l'estomac.

Je baissai la tête et fixai le sol. Une idée, aussi stupide que désespérée, s'imposa. De toute façon, ils étaient prêts à me faire du mal, alors pourquoi ne pas tenter quelque chose. Un sourire nerveux, presque incontrôlable, se dessina sur mes lèvres. Il n'y avait plus de retour en arrière. Alors je décidai de jouer un rôle.

Quand je me redressai et leur offris un sourire, leurs expressions changèrent. D'abord surpris, ils devinrent rapidement plus durs, et agressifs. Retournant une de mes poches, je leur lançai d'un ton moqueur :

— Est-il vraiment nécessaire d'être si désagréable avec moi ? De plus, j'ai une envie pressante... Avez-vous des toilettes ?

Leurs visages se crispèrent de colère.

— Tu vas voir, je vais t'ouvrir le ventre, comme un putain de poisson ! me dit l'homme à l'œil blanc, la bave aux lèvres.

Je toussai, affichant une expression lasse et ennuyée. La maquerelle me fixa alors d'un regard hargneux :

— Sale rat ! Quand ils en auront fini avec toi, je m'embêterai même pas à te jeter aux chiens.

La maquerelle fit un geste de la main, ordonnant à ses hommes de me tuer, mais je levai rapidement la mienne pour les stopper.

— Attendez un instant ! ai-je lancé d'une voix ferme.

Les deux hommes, d'abord interloqués, se tournèrent vers leur patronne avant de me lancer des regards pleins de hargne.

— Avant que vous ne commettiez une erreur qui pourrait non seulement mettre votre établissement en danger, mais aussi compromettre vos vies, laissez-moi vous rappeler que je suis un membre de Sun Yee On. Une berline pourpre attend de l'autre côté de la rue, envoyée par mon patron. Il serait bien dommage pour mon ami et moi ne manquions notre rendez-vous, n'est-ce pas ?

Ils me fixèrent, interloqués, puis la maquerelle fit un signe de tête à l'homme à la balafre, lui ordonnant de vérifier à l'extérieur. La tension monta d'un cran. La peur qu'ils nous tuent, nous découpent en morceaux et nous abandonnent aux quatre coins de la ville me glaçait le sang. Pire encore, j'ignorais si la berline en panne était toujours là.

L'homme à la balafre, visiblement dépité, revint et murmura quelque chose à l'oreille de sa patronne. Soudain, l'attitude de la maquerelle changea radicalement :

— Voyons, voyons, cher ami... il ne faut pas se fâcher pour si peu, n'est-ce pas ? Vous auriez dû me dire immédiatement pour qui vous travaillez, nous vous aurions accueilli avec bien plus de gratitude.

D'un simple claquement de doigts, deux prostituées, presque aussi jeunes que nous, vinrent nous toucher les épaules avec un large sourire.

— Après tout, le client est roi... reprit-elle, avec un sourire glacé. Veuillez nous excuser pour ce mal entendu !

Elle haussa les épaules avec nonchalance et éclata de rire avant de reprendre sérieusement :

— Nous sommes sincèrement désolés pour l'inconfort que nous avons pu vous causer. Veuillez accepter encore nos excuses les plus sincères. Nous ferons tout ce qui est en notre pouvoir pour que vous soyez pleinement satisfait à l'avenir.

Voyant que j'avais du mal à porter Li Shui, elle ajouta :

— Ne vous en faites pas, mes hommes vont vous aider à conduire votre ami jusqu'à la sortie !

Ils se placèrent de chaque côté de lui et, le tenant par les épaules, m'aidèrent à le diriger vers la sortie. Je m'arrêtai pourtant, un besoin irrépressible de marquer le coup. C'était plus fort que moi, je savais que j'étais en position de force, alors...

— Quelque chose ne va pas, cher ami ?

— J'ai oublié quelque chose.

Je m'approchais de l'homme à l'œil blanc et, tout en souriant, j'ouvris ma braguette. Tout en maintenant mon regard fixé sur lui, je commençai à uriner sur ses chaussures. Son visage se décomposa, puis une rage sourde monta en lui.

Voyant cela, la maquerelle lui fit une grimace, et il tenta de dissimuler sa colère en affichant un sourire forcé.

La femme et son autre employé m'examinèrent d'un air étrange, visiblement perturbés. Mon geste inattendu les avait complètement désarçonnés.

— Bien, maintenant que j'ai terminé, nous pouvons y aller, déclarai-je d'un ton calme et posé.

Au moment où nous commencions à marcher vers la sortie, la patronne s'empressa de nous dire d'une voix mielleuse :

— J'espère que vous avez apprécié votre séjour dans notre établissement et que nous aurons le plaisir de vous revoir, vous et votre ami, très bientôt. Au revoir !

Lorsque la porte s'ouvrit enfin, une bouffée d'air frais nous frappa, tranchant avec la chaleur et l'odeur lourde de l'intérieur. La nuit tombait progressivement, et les premiers bruits de la ville émergeaient, porteurs de promesses de plaisir et de débauche.

Un sentiment de soulagement m'envahit dès que mes yeux se posèrent sur la berline pourpre, immobile de l'autre côté de la rue.

Le chauffeur s'essuyait les mains avec un chiffon. Il semblait encore contrarié par la panne, bien que le moteur fût de nouveau en marche, prêt à repartir.

M'approchant de la berline, je m'installai à l'arrière avec Li Shui, sans demander la permission à l'homme, qui fut immédiatement surpris de notre présence. Le chauffeur, qui était au volant, sortit et ouvrit d'un geste brusque la porte arrière, son visage trahissant un mécontentement évident. Il nous ordonna de sortir du véhicule.

— Et les gamins, vous faites quoi ? Sortez de ma voiture !

Je tentai désespérément de le raisonner, espérant trouver une once de compréhension en lui :

— Pardon, monsieur, c'est juste pour quelques minutes... Mon ami a besoin de reprendre un peu ses...

Il me coupa la parole :

— Foutez-moi le camp ! Je vais appeler la police ! Dégagez de là !

La maquerelle continuait de nous épier de l'autre côté de la rue, arborant un air menaçant. Je m'adressai à nouveau au chauffeur d'une voix suppliante :

— S'il vous plaît, juste pour quelques minutes, monsieur, je vous en conjure !

Il réagit violemment et se mit à crier :

— Bande de petits cons ! Je sais me défendre, vous savez ?

D'un geste brusque, il remonta les manches de sa chemise. Je ne savais plus quoi faire. Machinalement, j'observai de l'autre côté de la rue : la maquerelle était rentrée.

Nous sortîmes du véhicule et nous hâtâmes de remonter la rue pour éviter tout affrontement, mais notre fuite fut brutalement interrompue par un événement inattendu : Li Shui, pris d'un violent haut-le-cœur, se vomit dessus.

Nous arrivâmes finalement à une station de bus et attendîmes. Titubant, tel un ivrogne, Li Shui s'effondra sur le seul banc libre. Les gens autour de nous nous fixaient sans mot dire, mais je savais exactement ce qu'ils pensaient. Las de tout cela, je m'assis à côté de lui.

— Ce que tu as fait tout à l'heure était complètement insensé, bredouilla-t-il en se passant les mains sur le visage.

Je tournais la tête vers lui :

— Je n'ai pas réfléchi, je me suis lancé, c'est tout. Et pourquoi as-tu commencé à fumer de l'opium sans rien nous dire ?

Li Shui cracha puis tenta de sortir quelque chose de sa poche. Je l'aidai et en retirai une lettre, écrite par l'un de ses oncles restés au pays.

— Ma mère, que je n'ai pas connue, est morte. Je n'ai plus personne, plus de famille. Et là, sur cette place, j'ai regardé mon père dans les yeux et je l'ai battu à mort. Je suis un putain de monstre Yáo Jun. C'est moi le coupable... c'est moi qui l'ai tué.

Avec empathie, je pliai la lettre et lui dit :

— T'es juste coupable d'être un véritable crétin ! Ce n'est la faute de personne. Arrête de te sentir coupable pour rien.

— Non, tu ne comprends pas, s'emporta-t-il. Ce soir-là... sur cette place... souffla-t-il fatigué. Mon oncle l'a trouvé deux jours plus tard. Il ne pouvait plus parler, c'est moi... moi qui l'ai frappé. Tu n'as pas lu la lettre en entier, c'est toi l'idiot. J'ai détruit ma famille, je suis un criminelle.

Oui, je n'avais pas lu la lettre, seulement le début, car pour moi, c'était trop personnel.

Je savais que Li Shui avait été un garde rouge et qu'il avait commis, inexorablement, des atrocités. Mais je ne voulais pas en savoir plus, ou sans doute pas affronter la vérité en face, je ne sais plus. La seule chose dont j'étais certain, c'est qu'il souffrait de ce qu'il avait fait, et que, d'une certaine manière, c'était sans doute ce qu'il méritait.

Ne disposant pas de suffisamment d'argent pour rejoindre notre quartier en bus, nous décidâmes de terminer le trajet à pied. La nuit tomba.

Portant en moi toute la tristesse qu'il vivait, je ne savais pas quoi lui dire. Son visage était devenu un masque de honte et de tristesse, une douleur sourde qui, depuis bien trop longtemps, avait fini par le dévorer.

Je comprenais désormais pourquoi il avait sombré dans l'opium. C'était sa manière à lui d'échapper à tout cela, à tous ces souvenirs qui le rongeaient de l'intérieur, et ce, depuis notre arrivée au village des Hirondelles.

Tout à coup, un bruit de porte qui claque, suivi du bruit d'une poubelle renversée, attira notre attention. De l'autre côté de la rue, à quelques mètres de nous, éclairé par un lampadaire défectueux et les publicités lumineuses, un homme en costume soigné titubait, une bouteille de bière à la main. Nous étions assez proches pour distinguer les traits de son visage dans cette rue déserte.

— Regarde-moi ce salopard ! s'exclama Li Shui.

— Arrête, c'est bon, on devrait partir maintenant. Laisse tomber !

Je retins son bras pour l'empêcher d'aller plus loin, pensant qu'il voulait simplement se battre avec un inconnu pour atténuer sa peine.

— C'est lui, c'est bien lui ! dit-il, étonné.

— Laisse tomber ! Allez vient…

— Non, regarde, c'est cet enfoiré qui nous a volé notre fric à la frontière. Liu… Liu Fang !

L'homme se parlait à lui-même, tentant maladroitement de franchir les détritus renversés devant lui. Soudain, je le reconnus : c'était bien Liu Fang. Il se tenait là, dépourvu de toute dignité passée, sa parole et son charisme avaient disparu.

Li Shui, furieux, s'approcha de lui et sortit son couteau.

— Et salopard ! hurla-t-il, les dents serrées, en pointant la lame de son couteau vers lui. Tu te souviens de moi ?

L'homme écarquilla les yeux, cherchant clairement à fuir son regard furieux. Il était évident, vu son état, qu'il ne se souvenait absolument plus de nous.

— Quoi… t'veux quoi, toi ? bégaya-t-il, les yeux égarés. Il vacilla, tentant de se redresser, mais ses jambes fléchirent sous lui et il faillit s'effondrer. Merde… qui tu es encore toi ? Laisse-moi tranquille !

— Il est hors de question que je te laisse tranquille ! Tu vas nous rembourser !

Liu Fang esquissa un sourire :

— Je... je ne vois pas, pas de quoi tu parles... J'ai arnaqué tellement de personnes dans ma vie.

Fou de rage, Li Shui se jeta sur lui et le saisit brutalement par le col de sa veste.

— Tu es un salaud ! cracha-t-il au visage de Liu Fang.

À partir de ce moment, l'action se déroula si vite que je n'eus pas le temps de réagir. Et pourtant, je peux à présent voir la scène au ralenti.

La lame du couteau brillait dans sa main. Une tension électrique parcourait chaque molécule de vie autour de nous. L'univers, lui, retenait son souffle.

Puis, tout bascula.

Une détonation perçante, un léger nuage de fumée, le couteau lui glissant des mains, son corps s'effondrant au sol, et son visage livide. En face, Liu Fang était resté figé, les yeux perdus. Son arme tremblait dans sa main. Il ne comprenait pas ce qu'il venait de faire.

Stupéfait par son geste, il recula d'un pas et glissa, laissant échapper son pistolet, qui tomba dans les ordures du bar. Au sol, il se mit à tâtonner au hasard, cherchant désespérément à retrouver son pistolet.

Je me sentis désorienté, terrifié, et profondément secoué par ce que je venais de voir. Je me dirigeai d'un pas précipité vers Li Shui, qui se tenait le ventre. Une large tache de sang s'était formée au centre de sa chemise.

Son visage était d'une pâleur extrême, et ses yeux cherchaient désespérément de l'aide. Ses lèvres s'étaient entrouvertes, mais aucun son ne s'en échappait, seulement un gémissement de douleur qui se mêlait à mes sanglots.

Je pressais sa plaie, tentant désespérément d'endiguer le flot de sang qui coulait entre mes doigts. Il savait que c'était la fin, et moi, impuissant, je ne pouvais qu'assister à la scène.

— Au secours ! À l'aide ! Aidez-moi ! criai-je, paniqué.
— Petit con, il m'a pris pour qui ? gémit Liu Fang, qui tentait de se relever.

Il me dévisagea, cherchant à comprendre qui j'étais.

— Et toi, tu veux quoi ? me hurla-t-il. Attends que… que je retrouve mon pistolet.

Titubant, il réussit à se redresser, remontant son pantalon, avant d'afficher un large sourire en voyant Li Shui, qui baignait dans son sang.

Brusquement, une rage incontrôlable m'envahit. Je ramassai le couteau et me jetai sur lui. Mes gestes furent frénétiques et maladroits, totalement aveuglés par la colère et le désir de vengeance.

Je me mis à le frapper à plusieurs reprises. Je sentais la résistance de sa chair et l'impact brutal de la lame contre ses os. Tel un arbre abattu, sa poitrine maculée de sang, Liu Fang s'effondra au sol.

Je me mis à genoux près de Li Shui, mon corps secoué de sanglots. Il était parti. Je caressai alors son visage, priant pour qu'il ouvre les yeux, pour que tout cela ne soit qu'un mauvais rêve. Mais sa peau était glacée, figée, et son regard vide.

Un poids écrasant s'abattit sur ma poitrine, c'était de ma faute. J'aurais dû l'empêcher, j'aurais dû faire quelque chose avant qu'il ne soit trop tard.

Là, mes yeux se posèrent sur la montre à bracelet doré de Liu Fang, et je la lui arrachai du poignet. C'était pour l'argent qu'il nous avait escroqué. J'espérais qu'au moment où il se trouvait désormais, il comprenait que je lui avais volé sa montre.

Tout à coup, une voix au loin se mit à hurler : Police ! Don't move ! Don't move » ! Pris de panique, sans même réfléchir, je saisis le couteau et m'élançai, courant à en perdre haleine. Une seule pensée m'obsédait : fuir, mettre le plus de distance possible entre moi et ce cauchemar.

Mes pas martelaient le bitume dans l'obscurité, à peine guidés par la lueur vacillante des enseignes défraîchies des boutiques alentour. Mes pensées, embrouillées par la peur et l'angoisse, tournaient en boucle et m'étouffait à chaque souffle.

Alimentant ma fuite, les images de mes actes se répétaient sans fin dans mon esprit. Mettre de la distance entre moi et cette scène devenait vital, car c'était ma seule échappatoire.

Après avoir enfin semé la police anglaise, je m'arrêtai, épuisé. Mon corps ruisselait de sueur, mes jambes flageolaient, et un tourbillon d'émotions m'engloutissait. Tout s'était déroulé si rapidement.

Perdu, je me tenais devant un vieux temple bouddhiste abandonné. Le silence pesant n'était troublé que par les battements affolés de mon cœur et le murmure du vent s'infiltrant entre les branches et les feuilles du grand jardin du temple.

J'appuyai mon dos contre un mur délabré, cherchant à retrouver un semblant de calme.

Le temple, avec ses murs fissurés et son aura de mystère, était le seul témoin silencieux de ma détresse. Les rayons de lune se faufilaient timidement, infusant l'endroit d'une lumière fantomatique qui rendait l'instant encore plus irréel.

Je tentai peu à peu de reprendre ma respiration, inspirant profondément pour me calmer.

Mes yeux se posèrent sur mes mains : elles étaient encore tachées par le sang de mon ami et celui de Liu Fang. Je ne voulais plus de ce sang sur moi. Alors, frénétiquement, j'essayai d'essuyer mes mains sur ma chemise, puis sur le sol rugueux. Mais je me raclai la peau et me mis à saigner à mon tour.

Je restai alors là, figé, tandis que les larmes glissaient sur mes joues sales. Le temple me murmurait des réponses, mais je n'étais pas prêt à les entendre.

Je me mis à genoux, laissant mon dos râpé sur le mur. Quelques gouttes de pluie commencèrent à rafraîchir mon corps. Je levai la tête vers le ciel, fermai les paupières et laissai les fines gouttes laver le sang sur mon visage. Soudain, sans que je puisse le contrôler, mes mains posées sur mes genoux, je laissai un cri s'échapper : « Li Shui ! ». Le son résonna, entre les murs centenaires du vieux temple.

Chapitre 17

Mes amis éternels

Au réveil, je vis des rais de soleil percer les nuages dans le ciel pâle. La tristesse, telle une saveur amère et persistante, imprégnait encore mon palais. Quant au monde qui m'entourait, il se dévoilait sous une nouvelle lueur.

Le temple respirait la quiétude. Je me redressai, vacillant. Mes pas, lents et incertains, me trahirent, et je retombai à genoux. Les mains posées sur le sol, le regard sur le bitume craquelé, je laissais mes larmes s'y perdre. Je ne savais comment épargner à Qingyu cette tragique nouvelle.

Je me ressaisis, me relevai et quittai le temple. Les rues commençaient juste à s'animer. Un parfum de brioches farcies à la viande nageait délicatement.

Je m'enfonçai dans le quartier. Là, mon regard accrocha mon reflet dans la vitre d'une boutique de petits pains vapeur et de boissons chaudes. Mes yeux, troublés, cherchaient à qui pouvait bien appartenir ce visage. Je ne me reconnaissais plus.

Après plusieurs heures à errer dans les rues, croisant les regards des passants intrigués par ma chemise maculée de sang, je fus happé par le son d'une flûte. Cette mélodie, douce et lointaine, réveillait en moi des souvenirs enfouis.

Machinalement, je me faufilai parmi la foule rassemblée autour de l'artiste. Et là, mon cœur se serra : c'était Bao Liu, le joueur de flûte de la troupe de la Luciole dorée, celui dont les notes avaient bercé les montagnes jaunes, lorsque j'étais encore qu'un rééduqué.

À ses côtés, Chen, le magicien, faisait danser ses cartes devant des enfants éblouis. Et enfin, il y avait Wenxing Lu, la contorsionniste, dont les mouvements fluides donnaient l'illusion d'un corps sans entraves.

Un souffle de nostalgie m'envahit, mêlé à la douce amertume de revivre un fragment d'un monde qui n'était plus. J'étais heureux de les voir. Enfin... Cela ravivait une lueur de gaîté au fond de mon cœur brisé. Je me surpris à sourire. Leur présence m'apaisait.

Au bout d'un moment, je fis un pas en arrière. Il était temps de partir. Mais à cet instant, les yeux de Wenxing Lu se posèrent sur moi.

Tout en me fixant, elle posa une main sur l'épaule de Chen, qui, surpris, chercha du regard ce qu'il se passait. Lorsqu'il me vit, son visage s'illumina. Intrigué par la réaction de ses camarades, Bao Liu s'arrêta de jouer.

Ils m'avaient tous reconnu. Bao Liu s'approcha. Les spectateurs, surpris, nous observaient, incapables de saisir la raison de cet arrêt soudain. Je me sentais profondément mal à l'aise, d'autant plus que ma chemise était maculée de sang coagulé.

Bao Liu m'observa un instant, intrigué par ma chemise, mais refusa de me poser des questions à son sujet.

Puis, le visage illuminé d'un sourire, il me serra dans ses bras avant de se tourner vers la foule et de déclarer :

— Mesdames, messieurs, je vous présente Yáo Jun !

Je fus surpris qu'il se souvienne encore de mon nom. Je fis un sourire forcé, puis il me prit par le bras pour m'emmener au milieu de la foule. Chen et Wenxing Lu vinrent ensuite me saluer. Ils semblaient visiblement heureux de me revoir, mais moi, j'étais partagé entre la joie de cette rencontre et la peine intense qui me brûlait les veines.

En remarquant l'état lamentable de ma chemise, Chen se dirigea aussitôt vers la malle qu'il avait préparée pour son spectacle. Il en sortit une chemise bleu foncé aux manches de dentelle et me la tendit.

— Tiens, je te la donne, change-toi. Allez, ne sois pas timide…

À cet instant, j'étais partagé entre plusieurs émotions : la joie, la peur, la gêne et la tristesse. J'étais un étranger pour eux. Nous nous étions simplement croisés dans les montagnes Jaunes, un jour parmi d'autres, et pourtant, voilà qu'il m'offrait une chemise, comme pour m'aider à me débarrasser de cette… forme de honte.

Cette chemise me rappelait un peu celle que j'avais portée à l'hôtel pour la représentation. Sauf que celle-ci, malgré ses manches en dentelle, était bien plus belle. Elle avait aussi des poches secrètes, dans lesquelles Chen rangeait ses cartes pour ses tours.

Bao Liu ouvrit une autre malle et en sortit un étui à violon. Je compris aussitôt où il voulait en venir et ce qu'il attendait de moi.

— C'était le violon de Shen Yan, me dit-il. Nous feras-tu l'honneur de jouer un morceau en son souvenir ?

Je pouvais ressentir la peine qu'ils éprouvaient, car la mienne était encore vive.

Quand il ouvrit l'étui et plaça le violon entre mes mains, je sentis comme une vibration parcourir mes veines. Pendant un instant, j'eus l'impression de voir Shen Yan dans la foule. Il me souriait, heureux de me voir là, parmi ses amis. Alors, j'acceptai sa proposition.

Je décidai de jouer une pièce d'Eugène Ysaÿe : la Sonate n° 1 en *sol* mineur. Je plaçai l'instrument, fermai les yeux et commençai à jouer.

Autour de moi, les gens étaient comme hypnotisés ; la plupart n'avaient jamais vu de violon en vrai, ni même entendu le son qu'il pouvait émettre. Au début, cela me faisait du bien. Puis, peu à peu, la tristesse enfla, plus forte, plus oppressante.

Le visage de Li Shui me revint, son sang tiède coulant entre mes doigts. Ma rage contre Liu Fang, ma fuite, le temple… tout déferla, balayant tout sur son passage.

Mon archet, produisit un son glacé en s'arrêtant net. Un murmure parcourut la foule. Certains échangèrent des regards perplexes, d'autres chuchotèrent, se demandant s'il s'agissait d'une pause délibérée. L'émotion qui les avait portés jusque-là venait de buter contre une fin abrupte.

Je m'avançai lentement vers Wenxing Lu et lui tendis mon violon. Je n'étais plus en mesure de continuer ; il fallait que je m'en aille.

J'aurais tant souhaité que nos retrouvailles prennent une autre tournure, mais je ne pouvais rester davantage.

Je ramassai ma chemise, froissée, et posai un regard intense sur eux trois :

— Au revoir, mes amis, murmurai-je avant de m'éloigner, sans oser me retourner.

Arrivé en bas de mon immeuble, j'hésitais à monter les marches d'escalier. La tension était tellement forte…

Devant la porte de notre appartement, une étrange sensation de malaise me serra l'estomac. Je voulais lui épargner la moindre douleur, mais je savais que cela serait impossible, après ce que j'allais lui annoncer.

Je me suis avancé devant elle. Son regard se fixa sur moi, étonné. Mon visage, ma démarche, mon silence, ma chemise tachée de sang, et la montre au bracelet doré de Liu Fang, qu'elle avait reconnue, avaient parlé pour moi.

Son visage se décomposa.

Le verre d'eau qu'elle tenait à la main se mit à trembler. Je cherchais désespérément les mots qui pourraient atténuer sa douleur, mais mes paroles se révélaient impuissantes face à l'ampleur de sa souffrance.

Elle demeura silencieuse, les yeux embués de larmes, face à la dure réalité qui venait de la frapper. Puis, dans un geste lent et tragique, son verre d'eau glissa de ses doigts et se brisa contre le carrelage. Sous le poids de la nouvelle, elle vacilla, s'appuya sur la table, puis s'effondra finalement au sol.

Un cri de douleur s'échappa de sa gorge, étouffé par sa main qu'elle pressa contre sa bouche. Je la pris aussitôt tendrement dans mes bras, caressant doucement sa tête et son visage, pour la consoler.

Avec amertume, je ressentais sa tristesse se mêler à la mienne. Mes bras l'enserrèrent avec douceur. « Désolé, je suis tellement désolé », murmurai-je. Le silence, déchiré par ses sanglots, emplissait la cuisine d'une atmosphère pesante.

Nous restâmes ainsi, enlacés l'un contre l'autre, pendant de longs moments, tels deux naufragés en mer, accrochés désespérément à une bouée de sauvetage.

— Raconte-moi comment il est mort, me demanda-t-elle, les mots presque coincés.

Je lui racontai tout en détail : la divine rouge, la lettre de son oncle, notre rencontre avec Liu Fang. Au bout d'une dizaine de minutes, elle se redressa, essuya ses larmes et s'empara d'une balayette pour ramasser les éclats de verre.

C'était sa façon à elle de supporter ce poids, et faire le ménage l'apaisait. C'était comme une bulle fragile dans laquelle elle pouvait s'enfermer, du moins pour un moment.

— Qingyu, je… commençai-je.
— Non, ne dis rien. Le sang est trop difficile à enlever, dit-elle en regardant ma chemise. Jette-la à la poubelle.

Je fermai le rideau de la douche et commençai à faire couler l'eau. Froide ou chaude, je n'en avais pas conscience. J'étais, sans le savoir, en état de choc émotionnel.

Le sang coagulé se détachait de mon corps, se mêlant à l'eau brûlante et savonneuse. Enveloppé par ma douleur, je devenais une ombre muette sous le jet d'eau, quand soudain, le son d'un violoncelle traversa les murs. Il venait de la cuisine. Qingyu s'était mise à jouer.

Les notes de la Sonate pour violoncelle solo n° 2 en *ré* mineur de Bach frappaient les murs et les faisaient vibrer. Je baissai la tête, fermai le robinet d'eau chaude et je me mis à l'écouter dans la douche. La sonate qu'elle jouait était à la fois triste et puissante.

Mes bras tendus, mes mains posées contre le carrelage du mur de la douche, je sentais les gouttes d'eau glisser le long de mon corps. Elles accompagnaient les notes qu'elle jouait, tandis qu'une vague d'abandon, venue du plus profond de moi, m'envahissait. Je m'effondrai alors en larmes.

Accroupi, submergé par mes émotions, je me mis à frapper du poing contre le mur. Cette souffrance était tellement dure à supporter. Je me couchai dans la douche, me repliant sur moi-même, et, fermant les yeux, je me laissai emporter dans les profondeurs d'un sommeil sans rêves.

Un jour plus tard, deux coups frappèrent à notre porte. Lorsque je l'ouvris, il n'y avait personne, mais un paquet enveloppé de papiers kraft avait été déposé au pied de la porte. Dessus, une rose rouge y avait été déposée.

Je le saisis et, en le palpant, je remarquai qu'il était moelleux. Je l'ouvris et constatai qu'il s'agissait de mes affaires laissées à l'hôtel « The Peninsula ». Un petit mot accompagnait le colis, qui disait : « Je ne t'oublierai jamais, petit boy ! ».

Cette nuit-là, une chaleur étouffante avait empli les rues de Hong Kong. Mon esprit était envahi par le tourment de mes actions, hanté par l'homme que j'avais tué et par l'image de Li Shui, étendu au sol, son visage marqué par la mort.

Les ruelles sombres et animées de la ville se formaient dans ma mémoire, accompagnées du visage effrayé de Qingyu lorsqu'elle avait appris la nouvelle.

Je repoussai doucement le drap, laissant mon corps nu respirer, en quête d'un peu de fraîcheur. Je tournais en rond, réajustant sans cesse mon coussin, mes yeux suivant les ombres dansantes sur les murs.

C'est alors que mon regard se posa sur un petit morceau de papier plié, déposé soigneusement sur ma table de nuit. Qingyu avait dû le trouver dans l'une des poches de l'un de mes pantalons, avant de faire la lessive, et l'avait déposé là, sans rien dire.

Après avoir déplié le papier, je reconnus immédiatement l'écriture. C'était l'adresse, la date et l'heure que Monsieur Zizhong m'avait données pour l'audition en vue de devenir premier violon.

L'audition était prévue pour le lendemain au City Hall. Un soupir de contrariété m'échappa, et d'un geste brusque, je froissai le papier entre mes doigts avant de le lancer.

Comment pouvais-je me présenter devant le jury après tout ce qui s'était passé ? Je ne pouvais que renoncer. La disparition de Pluie de Lune, la mort tragique de Li Shui, et le désespoir accablant de Qingyu m'avaient plongé dans une morosité qui m'étouffait.

À l'aube, un long klaxon me tira de mon sommeil. À l'extérieur, le tumulte de la rue animée frappait les vitres, tandis que le soleil, déjà haut dans le ciel, réchauffait les ombres encore dissimulées dans ma chambre.

Je m'étirai, bâillai et quittai mon lit. Encore engourdi par le sommeil, je saisis machinalement un t-shirt et une culotte propre pour m'habiller. Dès que j'ouvris la porte pour sortir, une gifle violente me frappa et me cloua sur place.

Qingyu se tenait devant moi, le visage pétrifié dans une expression de douleur muette, sa bouche était d'un violet sinistre, tandis que sa peau, livide, semblait avoir perdu toute trace de chaleur. Je réalisai ce que mes yeux tentaient de fuir : elle s'était pendue pendant la nuit.

Je poussai un cri déchirant :

— Qingyu ! Non, ce n'est pas possible, pourquoi ?

À ses pieds, une chaise gisait, renversée. La panique m'envahit. Je courus vers elle, saisissant la chaise pour la remettre en place, puis grimpai dessus, afin de la soulever par les jambes.

Au contact de sa peau glacée, la vérité m'asséna un coup violent : tout était fini.

Je courus vers la cuisine, cherchant un couteau pour couper la corde. Elle était attachée à un tuyau qui courait le long du plafond. Je montai sur la chaise, la pris par la taille et coupai la corde. Son corps lourd s'affaissa dans mes bras, et nous tombâmes ensemble de la chaise.

Je bougeais doucement ses cheveux éparpillés et les écartai, cherchant à voir son visage. Je me mis à l'embrasser :

— Réveille-toi, Qingyu, réveille-toi. Ne me laisse pas seul.
Je suis là... ne t'inquiète pas, murmurais-je, la voix brisée par l'émotion, les larmes aux yeux.

J'aurais tout sacrifié pour effacer cette tragédie, pour revenir en arrière et trouver les mots qui auraient pu la retenir. Mais hélas, il était trop tard. Trop tard pour les promesses, trop tard pour les regrets.

Je m'allongeai à côté d'elle sur le dos, complètement dévasté, le regard fixé sur son visage immobile. Ses traits, autrefois si vivants, semblaient maintenant figés dans une sérénité trompeuse. La pièce silencieuse, frappée par le tic-tac obsédant de l'horloge, semblait me rappeler cruellement que j'étais encore vivant, tandis qu'elle ne l'était plus.

Là, près du sol, mon regard se posa sur le morceau de papier que j'avais jeté au pied de mon lit. Je me redressai soudainement, me rendis dans ma chambre et ramassai le papier. Je le dépliai et observai l'adresse.

Elle m'avait fait promettre de participer à cette audition, alors je devais m'y rendre. Le problème, c'était que je n'avais plus de violon.

Je ne pouvais pas lui offrir des funérailles dignes à cause de ma situation. J'étais toujours un clandestin. Alors, j'ai pris une décision difficile : fuir sans me retourner.

Avant de partir, je lui rendis un dernier hommage, bien que ce ne fût que symbolique.

J'allumai quelques bâtonnets d'encens dans la pièce. Leur parfum avait empli rapidement la pièce. C'était ma manière de lui dire adieu, de lui témoigner mon amour et ma reconnaissance pour tout ce qu'elle avait apporté à ma vie.

Je pris une valise, y enfonçai maladroitement quelques affaires, attrapai tout l'argent qu'il nous restait, puis, avec Vent d'Ouest, je quittai l'immeuble.

Après mûre réflexion, je pris la décision de vendre le violoncelle de Li Shui chez un luthier réputé de la rue Nanking. Cette décision me pesait, car son violoncelle avait une valeur sentimentale pour moi.

Dévoré par la culpabilité et le sentiment de trahison envers mes deux amis, je poussai la porte de l'atelier. Une petite cloche suspendue à l'entrée tinta, signalant ma présence dans la boutique déserte. Mon cœur se serra en repensant au visage pâle de Qingyu, laissée seule dans le couloir.

Lorsque j'aperçus le luthier, qui se dirigeait vers son comptoir, je pris une grande inspiration pour tenter de me ressaisir. Cependant, des larmes silencieuses trahirent l'ampleur de mes tourments intérieurs.

Je déposai ma valise à mes pieds. J'eus du mal à parler, mais il me mit tout de suite à l'aise. Il s'appelait Zhang Yan.

J'ouvris l'étui de Vent d'Ouest et le lui présentai. Dès qu'il posa les yeux sur l'instrument, son visage s'illumina d'émerveillement et d'incrédulité. Il était surpris de découvrir une telle merveille dans un état aussi impeccable.

— Comment t'es-tu procuré ce violoncelle ? me dit-il d'une voix calme et posée.

— Ça appartenait à mon ami Li Shui, je l'ai récupéré, car... il ne pourra plus y jouer.

Il me regarda d'un air suspect. Pour lui, je ne pouvais l'avoir que volé.

— Et que veux-tu en faire ? Il est dans un parfait état, il doit juste être nettoyé.

— Je voudrais le vendre pour m'acheter un violon et participer à une audition.

— Un violon ? dit-il, étonné. Une audition ?

— Oui, monsieur, au City Hall.

Toujours méfiant et désireux d'en savoir un peu plus sur moi, il me proposa de jouer du violon, afin de déterminer si je n'étais pas un imposteur. En effet, j'aurais bien pu avoir volé ce violoncelle, et ne pouvant le vendre, j'aurais pu essayer de l'échanger contre un violon, qui se revendait à l'époque plus rapidement.

Il y avait un violon sur son comptoir qu'il venait de réparer pour une cliente. Il me le tendit avec son archet. Je pouvais voir dans son regard qu'il voulait que je me plante, que je lui prouve que je n'étais qu'un voleur et un menteur.

— Que voulez-vous que j'interprète ?

Il fixa la porte. Il s'était rendu compte qu'elle n'était pas fermée et qu'il m'avait donné un violon. J'aurais bien pu m'enfuir avec. D'un geste lent, il se dirigea vers la porte et la ferma à clé. Je ne savais pas comment le prendre : voulait-il me faire du mal, me voler ?

— Jouez la pièce que vous voulez..., me dit-il dos tourné, avant de se replacer derrière son comptoir.

— Je vais jouer un passage des Amants papillons de Chen Gang et He Zhanhao. J'espère que cela ira.

Une lueur de surprise traversa son regard.

Je plaçais le violon sous mon menton, légèrement incliné vers la gauche, l'archet tenu avec une détente ferme dans ma main droite pour mieux contrôler l'instrument. J'étais concentré et serein, bien que je n'eusse pas l'habitude de jouer cette pièce.

La première note résonna, claire et vibrante, coupant l'air autour de moi. Bien que mes gestes fussent habituels, l'incertitude persistait, c'était un défi à chaque nouvelle mesure.

Mon esprit s'ancrait dans la musique, cherchant à dominer cette œuvre qui m'échappait partiellement.

Le violon, presque vivant entre mes mains, répondait à chaque mouvement, et au fur et à mesure, mes doutes se dissipèrent. Je m'enfonçais dans la mélodie, la tension initiale s'effaçant peu à peu, remplacée par une confiance croissante. Les notes s'enchaînaient, à la perfection.

Lorsque les dernières notes vibrèrent, je posai doucement l'archet et le violon sur le comptoir. Son regard, calme, mais perçant, était fixé sur moi, et je n'arrivais pas à déchiffrer l'émotion qui s'y cachait.

Un instant, je crains que ma prestation n'ait été un échec, mais il ne dit rien. Il resta là, immobile. Finalement, après un long silence, il parla, sa voix aussi mesurée que son regard :

— Vous jouez d'une façon... c'était tout simplement incroyable !

Comme si un poids avait été enlevé de sa poitrine. Son regard, plus calme, trahissait une forme de soulagement. Il m'apprit que Vent d'Ouest n'était pas simplement un violoncelle, mais un Stradivarius, sculpté à la main en 1724. Sa table de résonance, faite d'épicéa à la fibre dense, était un véritable chef-d'œuvre de lutherie. De plus, le bois utilisé pour le fond, les éclisses et le manche était d'une qualité rare, avec des veines ondées d'érable. Ce bois provenait des montagnes des Carpates, en Slovaquie, séché selon des méthodes traditionnelles, ce qui lui conférait une sonorité unique et exceptionnelle.

Face à ce précieux trésor, une fascination mêlée d'humilité m'envahit. Chaque musicien ayant joué de ce violoncelle, chaque note s'étant élevée de ses cordes, semblait avoir laissé une empreinte indélébile dans le bois.

— Je ne vais pas pouvoir l'acheter, malheureusement. Même avec tout l'argent que j'ai dans ma caisse, cela ne suffirait pas ! m'expliqua-t-il.

Je fis une grimace :

— Écoutez, donnez-moi ce que vous pouvez, ainsi qu'un violon, et ce violoncelle est à vous. Je ne peux pas rater cette audition.

D'un geste lent, il humecta ses lèvres avec sa langue, prenant un moment pour réfléchir et évaluer l'ampleur de cette proposition. Il était pleinement conscient de la valeur indéniable de ce violoncelle, qui, de toute évidence, lui apporterait bien plus que ce qu'il allait me donner.

— Très bien… très bien ! dit-il enfin. Attendez un instant, je reviens.

Quelques instants plus tard, il revint avec son violon le plus précieux et une enveloppe. Un sourire éclatant illuminait son visage.

— C'est le plus ancien que j'ai en boutique, il date de 1904. C'est un violon allemand qui nous vient de Freiburg. Le violon a été construit d'après un modèle délicat de Stradivarius, avec une voûte moyennement haute. Sa voûte habilement travaillée témoigne de la qualité.

Il plaça l'étui en cuir brun sur le comptoir et l'ouvrit délicatement. Il était d'une teinte ébène, marqué par les empreintes que le temps lui avait laissées. Je le saisis, l'examinai avec soin, puis, par curiosité, en inhalai l'odeur. Il diffusait presque le même parfum que Pluie de Lune. Je pris ensuite son archet, le plaçai sur mon épaule et posai délicatement mon menton sur la mentonnière. Je fermai les paupières et jouai un court air, cherchant à m'imprégner de son timbre. Il était clair, mûri, et riche en nuances.

— Très bien, Monsieur, j'accepte votre proposition ! dis-je en remettant le violon dans son étui et en glissant l'enveloppe à l'intérieur de mon pantalon.

Le temps était compté, je ne pouvais me permettre de perdre une seconde de plus. Alors, je dis au revoir au luthier et, les yeux encore humides, m'engouffrai dans un taxi.

Après une bonne trentaine de minutes, qui me parurent une éternité, j'arrivai devant l'hôtel de ville du City Hall. Dégageant une majesté tranquille, l'édifice blanc se dressait, ses façades de verre scintillant sous le soleil de l'après-midi. Je sortis du taxi et levai les yeux pour contempler l'imposante structure.

Devant moi, une vingtaine de personnes s'étaient regroupées : des hommes, des femmes et des enfants, tous vêtus de costumes élégants, de chemises blanches et de chaussures vernies. Ils tenaient à la main des étuis brillants et paraissaient tous heureux et décontractés.

Levant les yeux vers l'édifice, je m'avançai vers les gens lorsqu'un pas de trop me fit m'enfoncer jusqu'aux chevilles dans du ciment. Perdu dans mes pensées, je n'avais même pas vu la petite pancarte indiquant : « Ciment frais, attention. » Lorsque les jeunes me remarquèrent, ils éclatèrent de rire et me pointèrent du doigt.

Conscients de ma gêne, évitant leur regard moqueur, je me précipitai hors de là et me réfugiai dans le grand hall. Mes pas laissaient derrière eux des traces verdâtres et grises. J'étais parti de l'appartement trop vite et n'avais pas pris le temps de mettre des chaussettes. Je pouvais sentir le ciment humide sous mes orteils et sous mon talon. De plus, un bruit sourd s'échappait de mes chaussures à chaque pas.

À l'intérieur, certains se mirent à chuchoter et à me dévisager de la tête aux pieds, leurs visages se crispant en des grimaces, mêlant rires étouffés et peine dissimulée. Oui, il était évident que je ne faisais pas partie de leur monde…

Je fus saisi de honte à l'idée de me présenter à l'audition dans des vêtements aussi négligés. Je me reprochais de ne pas avoir pris le temps de me procurer une tenue adéquate, quand soudain, une voix familière me tira de mes pensées :

— Yáo Jun !

Il s'agissait de Monsieur Yin Zizhong, accompagné de Madame Bo et de deux autres femmes. Autour d'eux, des jeunes violoncellistes et violonistes de tous âges se rassemblaient déjà, ravis de rencontrer monsieur Zizhong pour la première fois. Les jeunes musiciens autour d'eux étaient ceux qui s'étaient moqués de moi.

Je m'avançai vers eux et les saluai. Subitement, l'attroupement bruyant des jeunes musiciens s'estompa, laissant place à leur stupéfaction. M'observant de la tête aux pieds, ils s'écartèrent en silence. J'avoue que, sur le moment, j'eus du mal à ne pas savourer cette sensation éphémère.

— Mais juger moi donc ce jeune homme ! s'exclama une des femmes qui accompagnait monsieur Yin Zizhong et madame Bo, dévisageant mes vêtements froissés et le ciment qui cachait mes chaussures avec un mépris évident.

Un malaise s'installa. J'aurais voulu disparaître. Mais Madame Bo intervint rapidement pour apaiser la situation :

— Ne vous inquiétez pas, Madame Yue Lin. Nous trouverons une solution. Il y a toujours des vêtements aux objets trouvés, n'est-ce pas ?

La femme me regarda de travers des pieds à la tête :

— Je vais voir ce que je peux faire… lui répondit-elle.

— Très bien, madame Yue Lin, vous vous occupez de cela. Ensuite, Yáo Jun me rejoindra, ordonna monsieur Zizhong en désignant du doigt une porte à l'autre bout du hall.

J'acquiesçai timidement et la suivis. Nous traversâmes plusieurs portes, empruntâmes des couloirs et montâmes des escaliers avant d'atteindre une petite pièce sombre. Madame Yue Lin alluma la lumière, révélant de grandes boîtes en carton empilées jusqu'au plafond. Il y avait une odeur de renfermé dans la pièce.

Elle se fraya un chemin, souleva un pantalon sans vérifier la taille, puis passa au suivant.

— Je pense que c'est dans l'un de ces cartons, mais lequel ? s'interrogea-t-elle en se mordant le bout des lèvres. Par contre, pour les chaussures, je ne pourrai rien faire !

À cet instant, je remarquai sur ma droite des lacets qui dépassaient d'une boîte, ainsi qu'un morceau de talon de chaussure, mais je ne dis rien. Quand j'y repense, je me dis que j'aurais pu... bref, c'est passé.

Je plaçai ma valise en hauteur et me hâtai de m'habiller. J'avais placé mon enveloppe d'argent dans ma culotte et me rendis très vite compte que c'était plutôt désagréable. Au moment où je voulus la changer de place, madame Yue Lin frappa à la porte. Je n'avais plus le temps. Une fois habillé, je mis le couteau de Li Shui dans la poche de mon pantalon et sortis.

L'immense plafond d'un blanc laiteux, illuminé par des lustres, absorbait la teinte des milliers de sièges pourpres disposés en gradins. Au-dessus de la magnifique scène en bois couleur havane, un balcon aux rangées de sièges assortis s'étendait. C'était la première fois que j'entrais dans une salle aussi somptueuse.

Plantés au milieu de la scène, des sièges et des pupitres étaient disposés. En contrebas, face à eux, une table recouverte d'une nappe rouge et entourée de quatre chaises avait été installée avec soin. Une fois mon regard rassasié par la magie des lieux, monsieur Zizhong vint à ma rencontre.

— Je vous ai bien inscrit, cependant, je suis au regret de vous annoncer que vous passerez en dernier...

Il me dévisagea un instant, nota ma nouvelle tenue, se gratta le menton et esquissa une grimace.

— C'est très original... N'oubliez pas que c'est votre talent qui fera la différence, pas votre apparence. Cette audition ne suit pas les règles habituelles. Bien sûr, nous avons notre mot à dire, mais c'est principalement l'orchestre qui choisira son premier violon.

— Comment va-t-il choisir ?

— C'est très simple. Si l'orchestre choisit de suivre un violoncelliste dans une pièce, cela signifie que c'est lui le bon. Votre prestation sera libre, ce qui signifie que vous pourrez interpréter la sonate de votre choix. Avez-vous bien compris, jeune homme ?

Je pris une profonde inspiration pour me calmer. Sa remarque sur ma tenue m'avait un peu déstabilisé, alors je me concentrais sur l'essentiel : l'opportunité de jouer devant un véritable public.

— Oui, monsieur Zizhong. Je suis prêt à donner le meilleur de moi-même.

Il acquiesça d'un air satisfait et posa une main sur mon épaule :

— Bon courage...

Je me retrouvai seul, m'asseyant à côté des autres candidats, derrière un immense rideau.

À peine m'aperçurent-ils qu'ils commencèrent à chuchoter et à ricaner. J'aurais souhaité m'éclipser pour fuir cette situation gênante, mais je me résolus finalement à rester. Je posai mon étui à la verticale, entre mes jambes, et fermai les yeux, partagé entre l'anxiété et la tristesse.

J'aurais tant voulu que mes amis soient là pour me soutenir dans cette épreuve. Je me retins de pleurer et observai avec mélancolie l'immense salle de spectacle. Ce soir, je jouerais pour eux.

Là, tel un essaim d'abeilles bourdonnant dans une ruche, un brouhaha grandissant monta peu à peu dans l'amphithéâtre. Puis, sous l'effet d'une invisible baguette magique, le tumulte s'apaisa, laissant place à une ambiance solennelle, presque religieuse, tandis que les gens prenaient place.

Après une interminable demi-heure d'attente, les juges firent leur entrée et s'assirent à la petite table placée devant la scène. Ils étaient composés de trois hommes et d'une femme. En écartant le rideau, je reconnus monsieur Zizhong parmi eux.

Il me paraissait absorbé par ses réflexions. Une fois confortablement installés, ils sortirent leurs carnets de notes et commencèrent à discuter entre eux.

Les projecteurs commencèrent à danser, projetant des reflets chatoyants sur les murs. Les couleurs et les luminosités se succédaient, créant une ambiance presque magique. Soudain, toutes les lumières s'éteignirent. Une lueur bleu pâle glissa sur la scène lorsque le rideau s'éleva lentement, dévoilant l'orchestre philharmonique de Hong Kong. Les applaudissements fusèrent.

Dans un coin de la scène, presque en retrait, nous attendions, nerveux, mais prêts à jouer. Se retrouver face à un tel public procurait une sensation étrange.

Le silence retomba et les musiciens prirent place. Ils commencèrent à accorder leurs violons, leurs altos et leurs violoncelles, dans une éclaboussure de sons désordonnés. Les lumières bleutées se fanèrent lentement, laissant place à une lueur blanche qui caressa le devant de la scène, tandis que l'emplacement de l'orchestre s'assombrit.

Ils devinrent presque des ombres, trahis seulement par leurs instruments, qui, selon les uns et les autres, renvoyaient les éclats des projecteurs bleutés, dans le coin de la salle, mêlés aux éclairs des appareils photo.

La première audition commença. Sous les regards attentifs des juges et des spectateurs, une jeune fille se leva lentement à mes côtés, accueillie par les encouragements chaleureux de la foule. Elle était fragile, presque invisible sur scène.

Ses yeux, baissés, évitaient les regards, et ses mains, légèrement tremblantes, trahissaient une nervosité qu'elle cherchait à dissimuler. Elle se tenait droite, mais d'une manière hésitante. Elle jouait de l'alto, et je savais que cet instrument, exigeant une maîtrise subtile, ne pouvait être dominé que par ceux capables de lui insuffler une véritable émotion.

Elle salua l'orchestre, le jury, puis se tourna vers la foule, ses yeux cherchant peut-être la silhouette familière de ses parents dans cette mer de visages.

Les cordes de son instrument commencèrent à vibrer, produisant des notes harmonieuses. Pourtant, soudainement, une erreur se glissa dans sa gamme, brisant l'harmonie par un cri aigu et strident. Elle tentait d'interpréter une sonate solo de Paul Hindemith, et chaque note semblait désormais être un combat pour elle.

Désorientée par sa faute et se laissant emporter par ses émotions, le son de son alto ne produisit alors qu'une déchirure pour les tympans de ceux qui savaient suivre et construire le rythme d'une sonate. Des larmes commencèrent à couler sur ses joues, exprimant sa frustration et sa profonde déception.

Elle tenta de reprendre sa gamme, mais le désespoir avait déjà pris le dessus. Chaque note lui échappèrent. Ne pouvant plus continuer, elle quitta brusquement la scène en pleurs.

Le deuxième candidat arriva rapidement sur scène. C'était un jeune homme très bien vêtu, assez grand et maigre. Il avait une frange sur le côté et portait des lunettes. Sa cravate rouge contrastait vivement avec sa chemise blanche et sa veste noire.

Lorsqu'il était passé à côté de moi et que ses yeux croisèrent les miens, une expression hautaine s'était dessinée sur son visage, accompagnée d'un petit sourire narquois qui m'avait aussitôt mis mal à l'aise. Immédiatement, je sus qu'il faisait partie de ces personnes qui avaient la fâcheuse habitude de considérer les autres comme des moins que rien, et qu'il était aussi un bon violoniste.

Avec une grande confiance en lui et un sourire radieux, il salua l'orchestre, le jury et la foule, puis plaça calmement son instrument, prit une légère pause et se mit à jouer. Les notes sortaient de son alto avec facilité et étaient parfaitement maîtrisées.

La sonate qu'il interprétait était d'une grâce incroyable et d'une virtuosité époustouflante. Bien que son interprétation fût peut-être un peu timide au début, il m'avait rapidement convaincu de son talent. Par ailleurs, les signes d'approbation du jury confirmaient que cet artiste avait de grandes chances de l'emporter.

Cependant, monsieur Zizhong m'avait confié que l'orchestre choisirait son premier violon en le désignant vainqueur lorsqu'il l'accompagnerait dans sa pièce. Lorsqu'il s'arrêta, il fut déçu de découvrir que l'orchestre ne l'avait pas accompagné.

Les concurrents défilèrent, jusqu'à ce qu'une très jeune fille monte sur scène. Vêtue d'une robe bleu foncé en dentelle, de grandes chaussettes blanches et de souliers vernis, elle ne devait pas avoir plus de dix ans. Pourtant, elle tenait son violon avec une confiance et une grâce étonnantes. Après les salutations d'usage, elle entama une sonate de Jean Martinon, une pièce que j'avais moi-même apprise dans mes livres de partitions.

J'en restai bouche bée face à la fluidité de ses gestes et à la perfection de son jeu. Il était clair qu'elle possédait un talent hors du commun, au point qu'il aurait été difficile de prétendre être meilleur qu'elle. Même le jeune homme à la cravate rouge, qui avait cherché à intimider les autres concurrents, ne put dissimuler son admiration.

Lorsqu'elle termina, en pleurs, elle savait qu'elle n'avait pas gagné, mais salua tout de même le public avant de disparaître dans les vestiaires.

Après une série de prestations époustouflantes et des applaudissements nourris, mon regard se fixa sur un candidat anxieux, tapant nerveusement du pied. Son visage m'était familier, mais je n'arrivais pas à lui attribuer un nom. Puis, soudainement, tout me revint en mémoire.

Il s'agissait de Lian Wén, le violoniste avec qui j'avais partagé la scène à l'hôtel The Peninsula. En le voyant se lever pour rejoindre la scène avec son instrument, je ne pouvais m'empêcher de le regarder, un sourire discret sur les lèvres, heureux de le retrouver dans un tel lieu, aussi prestigieux.

Il s'avança sur scène, salua, plaça son violon, et les premières notes s'envolèrent, aussi pures et cristallines que Pluie de…

Je ne pouvais le croire, mais les notes aiguës, cette nuance dans les vibrations des cordes, ce son ne pouvaient venir que de Pluie de lune. C'était bien Pluie de Lune, mon violon et il me l'avait volé.

Ma fascination pour sa musique se transforma en dégoût, la bienveillance en irritation, et la joie en une violence sourde. Je me retenais de toutes mes forces, chaque muscle tendu, chaque respiration mesurée pour ne pas laisser exploser ma colère. Mes mains s'agrippaient au dossier du siège, mes ongles s'enfonçaient dans le bois, cherchant à libérer ma rage qui bouillonnait en moi.

Lorsqu'il eut terminé sa prestation, visiblement déçu de ne pas avoir été choisi, il se dirigea vers la porte des toilettes. À cet instant, je demandai à la personne assise à côté de moi de garder mon violon. Puis, sans attendre sa réponse, je me précipitai vers lui.

Je retournai discrètement l'affichette des toilettes, indiquant qu'elles étaient hors service, et pénétrai sans bruit. Une agréable odeur de citron chatouilla mes narines. Au fond, je distinguai quatre urinoirs opales et quatre cabines, chacune ornée d'une poignée dorée. Sur l'un des lavabos, il avait posé Pluie de Lune.

Lian Wén était de dos, il urinait en sifflotant. Glissant ma main dans ma poche droite, je sortis doucement le couteau de Li Shui et en dépliai la lame. Lian Wén se retourna et son sifflement s'interrompit net. Ses yeux se figèrent sur la lame de mon couteau, puis sur mon visage. Là, il me reconnut.

— Yáo Jun ! s'exclama-t-il. Toi, ici ?

Ses yeux se tournèrent vers la porte derrière moi. Il savait qu'il était piégé. Il leva soudainement les mains :

— Tu ne vas pas faire l'imbécile, hein ? Écoute, ce n'est pas moi qui ai eu l'idée de te voler ! C'est Yi Lojiang !

Je le fusilla du regard :

— C'est toi qui es venue ici, c'est toi qui as joué avec mon violon, c'est toi qui es venue chez moi tout casser ! Et vous avez volé toutes nos économies !

Il tomba à genoux en implorant :

— S'il te plaît, ne me fais pas de mal ! Prends ton violon, il est là ! Regarde !

Je saisis ses cheveux d'une main ferme, les tirant pour le forcer à me regarder droit dans les yeux. Son souffle s'accéléra tandis que la lame froide de mon couteau se pressait contre sa gorge :

— J'ai une forte envie de t'ouvrir la gorge, sale porc !

Ma lame effleura sa peau, laissant échapper un mince filet de sang. La peur se lisait clairement dans ses yeux, et c'est alors que je remarquai l'urine s'échapper lentement de son pantalon.

— Je vais reprendre mon violon, et tu ne sortiras pas des toilettes jusqu'à ce soir. T'as compris ?

— Oui, reprends-le ! Il est à toi ! Reprends-le ! Reprends-le ! dit-il en sanglotant, la voix brisée.

Finalement, perdant patience, je lui asséna un coup de poing violent au visage alors qu'il se relevait. Le bruit sourd de son corps s'écrasant sur le carrelage fit un bruit mat. Quand il releva la tête, son nez était en sang.

J'ai alors rangé mon couteau dans ma poche, saisi l'étui de Pluie de Lune, et me suis dirigé vers la porte. Juste avant de sortir, je me suis retourné une dernière fois. Lian Wén était recroquevillé sous un lavabo, complètement effrayé.

Lorsque je repris place, mes yeux se portèrent brièvement sur la porte des toilettes, mais une voix de femme me fit sursauter. Tous les auditionnés étaient déjà passés. Il fallait que je me dépêche.

Mon cœur se mit à battre plus vite, et une bouffée d'émotions m'envahit. C'était la première fois que je me produisais devant un public aussi nombreux. Tandis que je m'avançais vers le devant de la scène, l'excitation et la peur m'envahirent.

Mon corps tout entier trahissait ma nervosité : mes mains étaient moites, mes jambes tremblaient, et ma vision se brouillait. Ma bouche était tellement sèche que j'avais du mal à déglutir. Je sentais mes membres se raidir et mon souffle devenir de plus en plus court.

Au lieu des applaudissements que j'attendais, des chuchotements et des rires ont envahi la salle, me plongeant dans une confusion et une angoisse profondes. La veste que Madame Yue Lin m'avait donnée était trop petite, et mon pantalon trop grand. J'avais donc fait des ourlets et, pour ne pas abîmer la scène, j'avais retiré mes chaussures, me retrouvant ainsi pieds nus.

Dans le jury, à l'exception de Monsieur Zizhong, tout le monde souriait. L'une des femmes avait même dissimulé son visage derrière des feuilles pour que son rire étouffé ne soit pas vu. J'avais tenté d'ajuster mon pantalon, mais la grosse enveloppe d'argent que j'avais glissée dans ma culotte me pinçait la peau. Finalement, je pris une grande inspiration et saluai le public.

À cet instant, mes pensées s'étaient tournées vers mes amis Li Shui, Qingyu et Yang Lojin. Un frisson m'avait traversé en repensant à Qingyu, seul sur le carrelage froid de notre appartement.

Avant de fermer les yeux, j'avais réfléchi au morceau que je voulais interpréter. Une tension extrême régnait dans la salle : tous ces regards braqués sur moi, ces chuchotements, ces rires moqueurs. Tous les candidats étaient passés et l'orchestre n'avait choisi personne. De toute façon, s'ils ne me prenaient pas non plus, c'était au jury de prendre une décision.

Les lumières se tamisèrent, et la salle commença à devenir silencieuse. C'était à mon tour, à présent. L'un des gros projecteurs se focalisa sur moi, m'entourant presque d'une alvéole dorée. La chaleur des spots me frappa instantanément.

Je me mis à respirer plus lentement, tentant de me calmer malgré cette sensation étouffante. Puis, une fois le calme presque retrouvé, je me plongeai dans la musique. Pluie de Lune était avec moi, et cela suffisait déjà à me donner un sentiment de victoire.

Soudain, je me remémorai les paysages du mont Jaune et un sentiment de sécurité m'envahit. Le Concerto pour violon en *ré* majeur, op. 35 de Tchaïkovski m'avait paru juste, alors je m'abandonnai à la musique.

Au bout de quelques minutes, je m'enfonçai dans cet abîme irréel où je m'étais habitué à me réfugier à chaque fois que je jouais.

Je fusionnais avec mon violon. Chaque note était une barque, m'emportant plus loin, vers un monde où seuls les rêves et les émotions pures existaient. Je devins sourd et aveugle, enveloppé uniquement dans mes gestes, qui fusionnaient avec le temps - ce temps qui s'était arrêté et qui ne voulait plus tourner.

Tout d'un coup, l'un des violonistes derrière moi se mit à me suivre, puis un violoncelliste. Rapidement, tout l'orchestre prit la mesure et m'accompagna. La situation devint magique et prenante ; même le jury était visiblement étonné.

La musique de Tchaïkovski m'enveloppa, telle une brume épaisse. Suivant le rythme puissant de l'orchestre et emporté par l'alizé des notes, les larmes aux yeux, je me laissai disparaître pour ne devenir plus que violon. En rouvrant les yeux, une surprise m'envahit en voyant le chef d'orchestre diriger les quarante-trois musiciens avec concentration.

Soudain, dans la rangée de devant, deux fauteuils vides s'assombrirent, laissant place à des ombres qui se dessinèrent lentement.

Troublé, je fermai les yeux pour ne pas perdre le fil. Lorsque j'eus le courage de rouvrir les yeux, mon cœur fit un bond en découvrant Li Shui et Qingyu assis côte à côte. Ils me souriaient, tout en se tenant la main.

Je leur souris, heureux de les voir, et terminai la sonate en m'inclinant vers eux. En me redressant, le public et le jury se levèrent, applaudissant ma prestation, tout comme l'orchestre.

C'est à ce moment-là que je l'aperçus – elle n'était pas le fruit d'un rêve né de mon esprit éreinté, mais bien présente, en chair et en os. Wei Lin, accompagnée de deux hommes, applaudissait. Je saluai à nouveau le public ainsi que l'orchestre, j'en avais la chair de poule.

Monsieur Zizhong s'approcha alors pour m'annoncer qu'étant désormais premier violon, je devais me préparer. Une fois mes papiers en règle et mon nouveau passeport en main, il m'offrirait un billet d'avion pour le « Konzerthaus », ce prestigieux opéra à Berlin.

Environ trente minutes plus tard, je pris un taxi en direction de la plage de Shek O, celle où nous étions arrivés à Hong Kong pour la première fois. Pieds nus dans le sable fin et ambré, les ourlets de mon pantalon remontés jusqu'aux genoux, je me mis à observer le paysage.

Une brume légère ondoyait au-dessus des imposants îlots, recouverts de végétation, qui fendaient les eaux à l'horizon. Je m'avançai, sentant les vagues glacées s'écraser contre mes jambes. Le vent soufflait, mêlé au clapotis de la mer.

J'étais à la fois profondément triste et étrangement heureux. Une larme se mit à rouler le long de ma joue. Se mêlant au murmure des vagues, Li Shui et Qingyu apparurent dans l'eau. Ils s'étaient mis à jouer, tels deux enfants insouciants. Qingyu, en me voyant, me fit signe. Elle était tellement heureuse d'être là.

— Viens nous rejoindre, allez, Yáo Jun ! cria-t-elle.

Je me mis à sourire, et pendant un instant, je retrouvai ce Yáo Jun d'autrefois : sensible et peureux, naïf et vulnérable.

Ils voulaient à présent que je l'aie rejoignent. Une chaleur douce et joyeuse se répandit dans mes veines, et je m'avançai un peu plus dans l'eau, veillant à ne pas mouiller Pluie de Lune.

Lorsque les vagues atteignirent ma taille, un poids soudain m'écrasa, la réalité ayant été emportée par le vent. Je vacillai, le souffle court, avant de reculer lentement vers la plage. Je ne pouvais plus retenir mes larmes, et, à genoux, je laissai un cri déchirant m'échapper.

Je me redressai, essuyai mes mains humides et rugueuses de sable, puis installai délicatement Pluie de Lune sur mon épaule.

Mes doigts tremblaient légèrement en ajustant l'instrument, mais je savais ce que je devais faire. L'archet effleura les cordes, et les premières notes des Sonates du Rosaire s'élevèrent, portées par le vent marin. Autour de moi, la plage déserte semblait retenir son souffle. Seul le bruissement des vagues répondait à ma musique. Mes yeux se fermèrent un instant, et je sentis le poids des souvenirs s'accrocher à moi, comme des ombres silencieuses qui ne me quitteraient jamais.

Quelques années plus tard…

Chapitre 18

Les larmes du cerisier

Japon, 1982

La salle de l'aéroport de Miyazaki était en effervescence, le bruit des pas pressés se mêlait au cliquetis des bagages sur le sol carrelé. Les voyageurs se hâtaient vers leurs portes d'embarquement, leurs visages marqués par l'impatience, tandis que les employés, concentrés, s'activaient autour des comptoirs et des écrans d'affichage.

Le va-et-vient incessant des gens, entre les annonces qui se superposaient et le bourdonnement des conversations, créait une atmosphère de frénésie.

Au milieu de cette agitation, je cherchais désespérément l'endroit où récupérer ma valise. Mon seul bagage à main était l'étui de Pluie de Lune. Après des minutes qui me parurent interminables, je finis par repérer ma valise sur le tapis roulant. Une fois à l'extérieur, je levai la main pour héler un taxi.

> — Bonjour, quelle est votre destination, monsieur ? me demanda le chauffeur de taxi, d'une voix chaleureuse, en anglais.

Je lui montrai l'arrière de la photo, celle du couple de Japonais en kimono que j'avais trouvé dans l'épave de l'avion au mont Huang.

Le dos portait des inscriptions en japonais, que j'avais jadis fait traduire. C'était un nom de famille, Sato, suivi d'une adresse. Le chauffeur, hocha la tête et nous nous mirent en route.

— Hai !

Nous traversâmes la ville côtière, et je me laissai emporter par la beauté des bâtiments traditionnels, des cerisiers en fleurs et de cette mer bleu turquoise qui bordait notre chemin. Miyazaki, était vraiment une ville incroyable.

Nous quittâmes la ville, laissant derrière nous l'effervescence urbaine, et nous aventurâmes dans les recoins tranquilles de la campagne japonaise. Le paysage changeait lentement, révélant un autre visage du Japon, plus serein et empreint d'une authenticité rare. Les rizières s'étendaient à perte de vue.

C'était la première fois que je découvrais un tel paysage. Les montagnes, majestueuses et imposantes, se dressaient à l'horizon, leurs silhouettes veillant sur ce lieu encore étranger à mes yeux. Un silence profond régnait, contrastant avec le tumulte des villes que j'avais appris à connaître. Ce calme m'enveloppait, m'isolant de tout ce que j'avais l'habitude de voir.

Au-delà de la mission qui m'amenait ici, je compris que ce voyage était bien plus qu'une simple mission.

C'était une quête personnelle, un chemin intérieur qui me rapprochait de la promesse que j'avais fait le jour où j'avais trouvé Pluie de Lune dans cette épave.

Ramener Pluie de Lune à son propriétaire, accomplir cette promesse, était devenu bien plus qu'une simple mission. C'était un devoir qui me liait à un passé que je ne pouvais ignorer. Soudain, me tirant de mes pensées, le taxi s'arrêta près d'un trottoir.

— C'est ici. Vous voulez que j'attende ?

— Non, merci, cela va aller.

Après l'avoir payé, il fit demi-tour, me laissant seul face à une vieille maison, en plein cœur d'un village. Les ruelles pavées étaient calmes, bordées de maisons aux toits de tuiles sombres, et l'odeur du bois mêlée à celle de la terre humide baignait l'endroit.

Le murmure lointain des rizières se mêlait au chant des oiseaux, apportant une douce sérénité. Les montagnes se dessinaient au loin, encadrant ce petit coin de tranquillité.

Un mélange d'excitation et de nervosité m'envahissait. Abasourdi, je réalisais que j'allais enfin tenir ma promesse. Le jardin de la maison était magnifiquement soigné, avec des fleurs aux couleurs vives qui embellissaient l'espace. Un petit pont en bois traversait un ruisseau et menait à l'entrée, tandis que des lanternes en pierre diffusaient une lumière tamisée, éclairant le chemin avec douceur.

Tout semblait suspendu dans le temps, le passé et le présent se confondant harmonieusement en ce lieu précis.

Je pris une profonde inspiration avant de traverser le pont et de me tenir enfin sur le seuil de leur porte. Il y avait une petite sonnette, alors j'appuyai doucement dessus et patienta.

Là, j'entendis des pas légers s'approcher, puis, de l'autre côté de la porte, une voix s'éleva, claire et calme.

La porte s'ouvrit enfin, révélant une jeune femme au visage souriant, les yeux brillants de curiosité. Elle me salua poliment, en courbant légèrement la tête. Ne parlant pas japonais, j'ai tenté de lui parler en anglais, mais elle ne comprenait pas.

Nous nous sommes regardés un instant, puis nous avons fait des gestes, essayant de combler le vide. Pourtant, la barrière de la langue restait un mur entre nous.

Là, une idée me traversa l'esprit. Je sortis délicatement la vieille photo en noir et blanc du couple en kimono et, avec douceur, je la lui tendis. Ses yeux se fixèrent dessus, puis tout d'un coup, un éclat de surprise traversa son regard.

À chaque détail, son visage se métamorphosait, et je pouvais voir dans ses yeux qu'elle reconnaissait ces personnes. Puis, soudainement, un cri s'échappa de ses lèvres :

— Obaasan ! Obaasan !

Surpris, je fis un pas en arrière, tandis qu'elle s'éloignait précipitamment, disparaissant dans le salon. Je restai là, figé, seul devant la porte d'entrée. À l'intérieur, des bruits sourds me parvenaient.

Une vieille femme, au visage rond et profondément ridé, émergea lentement de l'ombre d'une pièce. Elle était vêtue d'un kimono somptueux aux couleurs vibrantes, qui contrastait avec l'intérieur du salon. Son apparence alliait une douceur humble et une aura mystérieuse. Elle tenait entre ses mains la photo que j'avais donnée à la jeune femme.

Elle s'approcha doucement et me salua, ses yeux scrutant le moindre de mes gestes. En la voyant, je perçus immédiatement la lourdeur de l'émotion qui l'envahissait. Elle semblait troublée, cherchant à comprendre qui j'étais, pourquoi j'étais là, et surtout, comment j'avais obtenu cette photo.

Ses yeux exprimaient une chaleur profonde, témoignant de sa connexion avec l'âme de la photo et des liens unissant ces personnes d'un autre temps. Tout en scrutant la photo, une légère tristesse l'envahit, et des souvenirs enfouis remontèrent à la surface, noyant son regard de larmes.

Soudain, elle releva la tête et posa sur moi un regard intense. Une chaleur bienveillante émanait de son visage, illuminant chaque trait de son expression. Je ressentis qu'un changement s'était opéré, que notre lien s'était intensifié, cette photo nous unissant dans une étrange alchimie du destin.

Je saisis l'étui de Pluie de Lune et en fis glisser la fermeture avec précaution. Alors que l'étui s'ouvrait, révélant l'instrument, elle eut comme un léger malaise — elle avait reconnu immédiatement le violon. Avec ma main, je lui saisis l'épaule, mais je compris à sa réaction qu'elle ne voulait pas que je l'aide.

Elle tendit sa main ridée avec une tendresse infinie et effleura doucement le bois précieux du violon. Un sourire ému se dessina sur ses lèvres.

Dans ce silence partagé entre elle et l'instrument, je me sentais privilégié d'être le témoin de cet échange intime. Elle murmura, en japonais, des mots emplis de gratitude et d'émotion. Bien que je n'en aie pas compris le sens, leur douceur m'avait profondément touché.

— Iriguchi ! Iriguchi ! (entrée) me dit-elle d'une voix douce.

Après avoir enlevé mes chaussures, je pénétrai dans leur modeste demeure. La jeune femme nous laissa et sortit. La pièce dégageait une chaleur douce, remplie de souvenirs. Les murs, ornés de tableaux anciens, et les bibelots soigneusement disposés, racontaient une vie pleine d'histoires et d'émotions.

La grand-mère s'installa délicatement sur un tatami près de la fenêtre, tandis que je m'asseyais en face d'elle, dans un silence respectueux. La lueur douce des lampes en papier baignait la pièce, d'une sérénité propice aux confidences et à l'intimité.

Sans un mot, elle me fit signe de m'approcher et me montra une autre photo posée sur une étagère, son regard mêlant fierté et nostalgie. Sur ce cliché, un couple en kimono posait avec grâce dans un jardin en fleurs, leurs sourires éclairant l'image.

Ce couple était le même que sur la photo que j'avais apportée.

— Yamamoto, murmura-t-elle en me désignant du doigt, l'homme sur le cliché.

Une vingtaine de minutes plus tard, la jeune femme revint, accompagnée d'un jeune homme en uniforme de lycéen. En me voyant, son visage se figea dans une expression curieuse. Il devait être surpris de trouver un étranger chez sa grand-mère. Il allait servir de traducteur et se présenta sous le nom de Hiroshi Sato.

Je me levai pour les saluer, les remerciant sincèrement pour leur accueil si chaleureux. L'étudient d'abord timide, s'inclina devant moi et commença à traduire mes paroles.

Il me posa quelques questions sur mon voyage et la raison de ma venue au Japon. Je lui racontai avec enthousiasme mon amour pour la musique et comment j'avais fait la promesse de remettre Pluie de Lune à sa famille japonaise.

Ses yeux s'illuminèrent d'étonnement en entendant l'histoire du violon, et il acquiesça avec admiration. La grand-mère souriait, fière de son petit-fils et émue de voir que le violon de son jeune mari d'autrefois, avait retrouvé sa place auprès d'elle.

Hiroshi m'apprit que Yamamoto était son grand-père et que sa grand-mère s'appelait Aoki. Yamamoto avait été un musicien de talent et avait jadis joué en présence de l'empereur, à Tokyo, dans le quartier de Chiyoda.

Ils avait trouvé cela rigolo, voir étrange d'avoir donné un nom à un instrument. Au fil de notre conversation, nous découvrîmes nos passions communes pour la musique et la culture.

Hiroshi se révéla être un talentueux musicien, et j'appris qu'il jouait du violon depuis plusieurs années. C'est donc lui qui eut l'honneur de jouer la première pièce. La musique avait ce pouvoir de nous unir, de transcender nos différences culturelles et de nous rapprocher, bien au-delà des mots.

La soirée s'étira dans une chaleur douce et conviviale. Hiroshi et moi, unis par la mélodie, jouâmes chacun à notre tour. La musique envahit l'espace, se faufilant dans chaque recoin, tissant un lien indélébile entre nous. Ce moment suspendu nous faisait sentir, à cet instant précis, comme les gardiens d'un héritage musical.

En quittant leur domicile ce soir-là, mon cœur était rempli de gratitude et d'émerveillement. J'avais tenu ma promesse en offrant Pluie de Lune à sa famille d'origine, mais ce moment m'avait aussi révélé bien plus que cela…

Fin